국어 교과서
소설 탐구여행②

일러두기

1. 2009 개정 중학교 검정 교과서 『국어』(①~⑥) 16종 96책에 수록된 소설 가운데 39편을 엄선하여 두 권으로 나누어 수록하였습니다.
2. 작품의 표기는 원문에 충실히 따르는 것을 원칙으로 하되 맞춤법과 띄어쓰 기는 현행 표기법을 따랐습니다.
3. 교과서 원문을 충실하게 반영하였으나 불가피한 경우에는 작품의 일부를 생략하고 줄거리를 제시하였습니다.
4. 작품 감상과 이해에 필요한 내용을 상세하게 행간주로 달았으며 작품을 한 눈에 파악할 수 있도록 문단 요약과 구성 단계를 요약해서 제시했습니다.
5. 작품 본문의 어려운 어휘와 구절에 어휘 풀이와 구절 풀이를 달았습니다.
6. '생각 톡톡'을 통해 학생 스스로 작품을 입체적으로 감상해 볼 수 있도록 안내하였습니다.
7. 중학교 과정에 나오는 모든 문학 작품을 한눈에 파악하고 쉽고 빠르게 이해 할 수 있도록 핵심 내용들을 간결하게 정리하였습니다.
8. 작품을 감상하고 난 뒤에는 독서기록장을 따로 작성하지 않고도 독서 이력 을 쌓을 수 있게 '독서논술 콕콕'을 실었습니다.
9. '독서 퀴즈'를 재미있게 풀다 보면 작품을 더 잘 이해할 수 있고, 독서에 흥미를 불러일으킬 수 있습니다.
10. '어휘력 팡팡'은 작품에 등장한 핵심 어휘의 뜻을 확인하고 학생의 부족 한 어휘력을 길러 줍니다.

국어 교과서
소설 탐구여행 ②

한철우 한국교원대학교 명예교수 감수
OK통합논술연구소 편저

(주)교학사

머리말

국어는 만과(萬科)의 기초, 즉 모든 교과 학습의 기초가 된다고 합니다. 그리고 국어 공부의 중심은 독서에 있습니다. 독서는 문학 작품을 읽는 것과 설명문, 논설문 등을 읽는 것을 모두 포함합니다. 특히 문학 작품은 그 비중이 매우 크기 때문에 국어 공부에서 문학 감상 능력은 필수적입니다. 그러므로 국어 실력의 차이는 독서와 문학 감상의 실력에 비례한다고 볼 수도 있습니다.

독서와 문학 감상의 기초는 물론 국어 수업 시간에 배웁니다. 시 감상의 기초는 운율, 심상, 시의 짜임 분석 등이고, 소설의 주제, 구성, 배경, 인물과 사건, 복선 등에 관한 내용일 겁니다. 설명문과 논설문의 공부는 글의 짜임과 주제, 어휘 등이 주요 학습 내용입니다. 이런 내용의 학습은 국어 시간에 잘 듣고 이해하고 기억해야 합니다. 그것이 기초가 되기 때문입니다.

그러나 국어 실력의 향상은 이 기초만으로 되지 않습니다. 학습한 기초를 다지고 확장해야 합니다. 다른 작품의 반복적인 감상을 통해서 감상의 기초적인 내용을 다시 한 번 확인하여 적용하면서 잘 이해하고 있는지를 점검하고, 다시 또 다른 작품 감상으로 확장해야 합니다. 자기가 공부하는 국어 교과서의 작품 감상과 읽기만으로는 국어 능력이 향상되지 않습니다. 자전거를 타는 기초를 배웠으면 운동장에서만이 아니라 거리로 나가 실제 현장에서 많이 타 보아야 자전거 타는 실력이 향상되고 자전거 타기가 즐거워집니다. 국어 공부도 이 자전거 타기 원리와 같습니다. 즉 학교 수업 시간에 익힌 기초를 적용하고 확장하는 수많은 독서와 감상이 있어야 합니다. 다른 교과서의 모든 문학 작품과 설명문, 논설문을 읽음으로써 국어 공부의 만전을 기할 수 있을 것입니다.

독서와 문학 감상의 적용과 확장에는 상호 텍스트성이 있습니다. 이는 주제, 구성, 운율, 심상, 배경, 사건 등의 관련되는 다른 글과 문학 작품을 다양하게 감상하는 것입니다.

이 책은 국어 공부와 문학 감상의 기초 다지기, 상호 텍스트성의 원리를 바탕으로 편찬되었습니다. 현재 중학교에서 사용되는 16종의 모든 국어 교과서의 작품을 망라하여 독서와 문학 감상의 완벽을 기하도록 하였습니다. 교과서에 수록된 문학 작품과 글 자료들은 교과서 편찬자들이 신중에 신중을 기하고, 심혈을 기울여 엄선한 주옥같은, 국어 공부에 피와 살이 되는 작품들이므로 반드시 읽어야 합니다.

동서양을 막론하고 교과 학습의 기초는 국어와 수학입니다. 국어가 만과(萬科)의 기초가 된다는 사실을 학생들은 잊기가 쉽습니다. 이 국어 교과서 탐구 여행 시리즈 읽기를 통하여, 국어 능력을 키우고 다른 교과 학습의 기초를 튼튼히 하기 바랍니다.

2013년 2월
한국교원대학교 국어교육과 명예교수 한철우

차례

1

나라 잃은
사람들의 삶을
엿보다

그 많던 싱아는 누가 다 먹었을까

박완서

앞부분 줄거리 '나'는 일제 강점기 말에 개성에서 가까운 농촌 마을인 박적골에서 할아버지, 할머니, 숙부, 숙모와 살며 어린 시절을 보낸다. 세 살 때 아버지를 여읜 '나'는 할아버지와 할머니의 각별한 사랑을 받고 자라난다. 실개천에서 물장구를 치고 싱아를 비롯한 여러 가지 풀과 꽃을 뜯고 산열매를 먹으며 자연의 일부분으로 살아가던 '나'는 일곱 살이 되면서 엄마를 따라 서울로 가게 된다. (발단)

'나'는 두근거리는 마음으로 서울 생활을 기대했지만 '나'가 정착한 동네인 현저동은 집들이 다닥다닥 붙어 있고 시궁창 물이 흥건한 달동네였다. 교육열이 대단한 엄마는 '나'를 산 너머에 있는 국민학교에 입학시키고, '나'는 때때로 박적골을 그리워하며 서울 생활에 적응한다. 오빠가 총독부에 취직하여 살림이 나아졌는데도 엄마는 집을 장만할 때까지는 삯바느질을 계속하겠다고 선언하고 얼마 뒤에는 자식들을 위해 남의 돈을 빌리면서까지 집을 장만한다.

우리는 그 집을 괴불 마당 집이라고 불렀다. 마당이 괴불처럼 세모였
_{어린아이가 주머니 끈 끝에 차는 세모 모양의 조그만 노리개}
기 때문이다. 우리는 다 같이 그 집에 만족했고 또한 사랑했다. 오빠는 건넌방을 혼자 쓸 수가 있었고 문간방은 세를 주었다. 기역 자 집의 양 끝인 건넌방과 대문간을 직선으로 이으면 마당이 삼각형이 된다. 집이 들어앉지 않은 삼각형의 한쪽 변은 높은 축대고 축대 밑은 그 아랫집 뒤
_{집 뒤에 있는 뜰이나 마당}
꼍이었다. 엄마는 축대 밑에 있는 집의 양해를 구하고는 우리 마당을 추
_{네모지고 끝이 번쩍 들린, 처마의 네 귀에 있는 큰 서까래(한옥에서 지붕의 비탈진 면을 받치는 긴 나무)}
녀처럼 그 뒤란으로 내물렸다. 그리고 늘어난 마당을 꽃밭으로 만들었
_{뒤뜰} _{밖으로 내어서 물러나게 했다.}

다. 밑의 집에선 뒤꼍에 지붕이 생겼다고 좋아하고 나는 꽃밭을 가질 수

가 있어서 좋았다. ▶ 괴불 마당 집에 만족하는 '나'의 가족

나무로 기둥을 세우고 널빤지를 깔고 흙을 부은 꽃밭에서도 분꽃과

금잔화가 어찌나 잘 퍼졌는지 볼만했다. 가을에 고사도 푸짐하게 지내

이웃과 넉넉히 나누어 먹었다. 세 살던 집보다 더 꼭대기였지만 엄마는

이사 간 동네를 마음에 들어 했다. 나가 놀지 말란 소리도 안 했다. 엄마

<u>세 들어 살 때는 주인집 사람들에게 자기 자식들이 밉보이는 것이 싫어서 나가 놀지 말라고 함.</u>

가 진저리를 치면서 싫어한 것은 안집 사람과 안집의 사는 방법이었지

동네 사람 다는 아니었나 보다.

괴불 마당 집 바로 앞집은 구장 집이었는데 집도 반듯하고 화초를 많

<u>예전에, 시골 동네의 우두머리를 이르던 말</u>

이 길렀다. 특히 옥잠화가 여러 분이어서 꽃이 피어날 어스름녘이면 감

미로운 향기가 우리 집까지 끼쳐 왔다. 골목이 좁고 다들 대문을 열어

놓고 살 때였으니까. 우리는 그 집을 구장 집이라 부르지 않고 옥잠화

집이라고 불렀다. 그 집에 나보다 두 살 위인 언니도 있어서 옥잠화 알

뿌리를 몇 번씩 우리한테 찢어 주었지만 우리 집에선 그게 잘 되지 않았

다. 우리 다음 집은 일각 대문 집이라고 불렀다. 엄마는 옥잠화 집하고

도 일각 대문집하고도 친했다. ▶ 이웃과 사이좋게 지내는 '나'의 가족

방세도 들어오고 오빠가 월급도 많이 타 와 엄마는 삯바느질을 덜 했

다. 오빠 몰래 꼭 엄마의 솜씨를 원하는 사람한테만 해 주는 것 같았다.

오빠는 효성이 지극해서 엄마가 남의 바느질하는 것만 보면 슬픈 얼굴

로 골을 냈다. 내 집에서 산다는 것과 월급을 타서 한 달을 설계하고 식

<u>언짢은 일을 당하여 벌컥 내는 화</u>

구끼리 서로 화목한 것이 얼마나 좋다는 게 어린 마음에도 느껴졌다. 비

록 현저동은 못 면했지만 정신적으로나 물질적으로나 도시 생활에 적

응하고 조화를 이루기 시작한 시기였다. ▶ 도시 생활에 적응하는 '나'의 가족

　방학을 하기가 무섭게 시골에 내려가는 건 전과 다름없었다. 『귀향을
　　　　　　　　　　　　　　　　　　　　　　　　　　　고향으로 돌아감.
앞두고는 가슴이 설레고 방학 내내 서울서 지낼 수밖에 없는 서울내기
『 』: 시골에 고향이 있는 것에 대한 나의 우월감이 나타남.
들을 참 안됐다고 여기는 것도 여전했다.』『그러나 시골에 눌러 살라면

못 살 것 같았다. 침침한 등잔불이 제일 갑갑했다. 개학해서 서울로 돌
『 』: '나'가 도시 생활에 점차 익숙해지는 모습
아올 때면 대낮 같은 전깃불이 반가워 고향의 싱그러운 풀 냄새를 맡을

때 못지않은 기쁨을 맛보았다.』 ▶ 도시 생활에 익숙해진 '나'

　취직한 오빠는 방학 동안 서울에 혼자 남아 숙부네서 출퇴근을 했다.

숙부는 험한 고생 끝에 남대문통에 자기 가게를 가질 만큼 돈을 모았다.

그래서 우리가 집 살 때도 적지 않은 돈을 돌려줄 수가 있었던 것이다.

생선 도매상에 다닐 때의 연줄인지 숙부가 처음 시작한 장사는 얼음 장
　　　　　　　　　연이 닿는 길
사였다. 깨끗한 식료품상이 밀집한 상가에 있는 숙부네 얼음 가게는 늘

바쁘고 활기가 넘쳤다. 숙부네에 놀러 갈 수 있다는 것도 서울 생활의

즐거움 중의 하나였다.

　숙부네는 그때까지도 아이가 없어서 우리 남매에 대한 애정이 극진
　　　　　　　　　　　　　　　　　　　마음과 힘을 다하여 애를 쓰는 것이 매우 자극했다.
했다. 방학해서 시골 갈 때도 먼저 숙부한테 통신부를 보이고 칭찬도 받
　　　　　　　　　　　　　　　　　오늘날의 생활 통지표
고 기차 안에서 먹을 것도 듬뿍 받았다. 내 성적은 3, 4학년이 될 때까지

중간에서 약간 처지는 편이었다. 『그러나 숙부 또한 국어, 산수만 잘 하
　　　　　　　　　　　　　　　　『 』: 주요 과목의 성적만 중요시하는 엄마와 숙부의 모습
면 창가나 체조는 못 할수록 좋다는 엄마의 통신부 보는 법을 무조건 따
오늘날의 음악　오늘날의 체육
랐기 때문에 조금도 기죽을 필요가 없었다.』 숙부네 가면 귀여움을 받

을 수 있는 것도 좋았지만 조선 사람과 일본 사람이 반반씩 섞인 상가의 독특한 분위기가 현저동과는 딴 세상 같은 것도 마음에 끌렸다. 숙부네 가게는 큰 얼음 창고가 있었고 그때만해도 아주 귀한 전화도 가지고 있었다. 겨울에는 숯도 팔았지만 그 상가에선 '고리야상'으로 통했다.

'얼음 가게'의 일본어 표기

▶ 얼음 가게를 하는 숙부

숙부네가 서울서 장사로 성공했단 소리는 실제보다 과장되게 시골에 알려진 듯했다. 장삿길을 터 보려고, 혹은 남의 상점에 고용살이라도 들어가 보려고 숙부를 믿고 상경하는 고향 사람들이 심심찮게 있었다. 그런 사람들은 숙부로부터 장장한 숙부의 입지전을 들어야 했다. 무작정

기나긴

어려운 환경을 이기고 뜻을 세워 노력하여 목적을 달성한 사람의 전기

상경해서 일본인 생선 도매상 얼음 창고 위 다락방에서 겨울을 나면서 고생한 이야기였다. 숙부가 그런 사람들한테 실컷 으스댄 것밖에 그다지 큰 도움을 준 것 같지는 않고, 또 그럴 처지도 못 됐건만 숙부네 집에 항상 시골 사람들 발길이 그치지 않았던 것은 숙부네 상점이 바로 경성역 코앞이라는 것과도 무관하지 않았을 것이다.

▶ 숙부의 가게에 고향 사람들이 많이 찾아옴.

결국은 그런 연줄로 숙부는 고향 마을 소년을 한 사람 부리게 되었는데 자기의 입지전과 똑같은 방법으로 소년을 훈련시키려 들었다. 자기가 당한 것처럼 얼음 창고 천장에다 다락방을 들이고 소년을 기거하게 했다. 그러나 깔끔하고 상냥한 숙모가 꾸며 놓은 다락방은 내가 보기엔 여간 근사하지 않았다. 한창 이층집을 동경할 때였다. 사닥다리를 타고 올라가야 하는 게 이층집 기분이 났다. 바닥에 다다미가 깔린 것까지 그

마루방에 까는 일본식 돗자리

럴 듯해 보였다. 나는 어쩌면 막연히 일본식 생활 방식을 동경하고 있었는지도 모르겠다.

▶ 고향 마을 소년이 기거하게 된 숙부네 다락방을 부러워하는 '나'

그 다락방에서 나는 처음으로 만화책을 접하게 되었다. 일본 사무라
이가 칼싸움하는 만화였는데 숙부한테 들키자 호된 꾸지람을 들었다.

일본 무사

나뿐 아니라 소년까지 불러다가 야학 갈 공부한다기에 밤늦도록 전깃

야간 학교

불을 켜놓고 있어도 봐 주었더니 이 따위고 못된 책을 보느라고 전기값
을 축냈더냐고 만화책으로 소년의 빡빡머리를 탁탁 때리며 야단을 쳤

일정한 수나 양에서 모자람이 생기게 했더냐

다. 나는 소년에게 괜히 미안했고 읽다만 만화책의 재미도 여간 감질이
나지 않았다. 덮어놓고 못된 짓 취급을 당하니까 더욱 그 재미를 잊을
수가 없었다.

▶ 다락방에서 만화책을 처음으로 보고 그 재미에 빠진 '나'

오랫동안 만화 속의 그림이 눈에 삼삼하고 다음 줄거리가 궁금해서

잊히지 않고 눈앞에 보이는 듯 또렷하고

어디 가서 훔칠 수 있는 거라면 훔쳐서라도 마저 보고 싶었다. 요즈음
세상의 상식으로는 믿을 수 없는 얘기나 내가 교과서 외의 읽을거리를
접해 본 것은 그때가 처음이었다. 우리 집이 가난한 탓도 있었지만 동무
들 중에도 동화책 같은 걸 가지고 있는 아이를 보지 못했다.

엄마는 당신의 이야기 재주로 딸을 이야기를 좋아하도록 길들여만
놓고, 의당 그 다음에 나타날 욕구에 대해서는 전혀 무책임했다. 학기
초에 새 교과서를 받으면 국어나 수신 책을 뒤져서 미리 재미있는 얘기
를 골라냈다가 심심할 때면 소리를 높여 읽고 또 읽는 게 기껏 내 나름
의 갈증의 해소 방법이었다. 큰 소리로 책을 읽고 있으면 엄마는 내가
공부하는 줄 알고 좋아했다. 그러면 나는 혀를 낼름대며 엄마를 속여먹
고 있다는 묘한 쾌감을 맛보곤 했다.　▶ 교과서 외의 읽을거리를 더 읽고 싶어 하는 '나'

오빠 방엔 얼마 안 되는 오빠의 책이 따로 있었지만 거의가 조선말로

된 소설책이어서 나는 조금도 흥미를 느낄 수가 없었다. 『학교에서 조

선말을 가르치지 않았기 때문에 한글을 읽고 쓸 줄 아는 내 또래는 아주

『 』: 일제 강점기에 민족 말살 정책의 하나로 학교에서 한글을 가르치지 않아서 생긴 현상

드물었다.』 나는 그런 드문 아이 중의 하나였지만, 그걸 긍지로 여기기

엔 나는 너무 철이 없었다.　　　　　▶ 한글로 된 소설책에 흥미를 느끼지 못하는 '나'

　시골서 어렸을 때 배운 거니까 잊어버릴 법도 한데 안 잊어버린 것은

한글을 써먹을 기회가 종종 있었기 때문인데 나는 그 기회가 돌아오는

게 그렇게 싫을 수가 없었다. 그 기회란 시골에 계신 조부모님께 문안

할아버지와 할머니

편지를 쓰는 일이었다. 나는 할아버지, 할머니를 마음으로부터 좋아했

다. 『나에게 고향과 조부모님은 따로따로가 아니라 한 덩어리였다.』 만

『 』: 고향과 조부모님을 떼어 놓고 생각할 수 없음.

약 고향에 그분들이 안 계신다면 일 년에 두 차례의 귀향이 그렇게 가슴

설레는 희열일 까닭이 없었다. 그러나 만약 그분들이 박적골 아닌 딴 데

기쁨과 즐거움

계신다면 그분들이 그렇게 그리울 것 같지가 않았다.

　　　　　　　　　　　　▶ 조부모님께 한글로 문안 편지 쓰는 것을 싫어한 '나'

　나는 할아버지가 반신불수인 것까지도 박적골의 터줏대감답다고 생

병이나 사고로 반신이 마비되는 일　　　　집단의 구성원 가운데 가장 오래된 사람

각했다. 『방학이 가까워 오면 할아버지의 침에 절어 시척지근한 냄새가

『 』: 감수성이 풍부한 '나'의 모습　　　　음식이 쉬어서 맛이나 냄새 따위가 신

밴 베수건에 싸 둔 곶감이나 밤 따위가 다 절절히 그리워지곤 했다. 그

매우 간절히

건 먹고 싶다는 것하고는 달랐다. 핏빛 저녁노을을 배경으로 건들대는

수수 이삭을 보고 싶은 것과 같은 감미롭고도 쓸쓸한 정서였다.』 할아

달콤한 느낌이 있고도　　　　그리움의 정서

버지 화로에 불이 꺼졌을 때 누가 담뱃불 붙이는 걸 도와드릴까. 사촌

동생은 아직 어리고. 아아, 이번 방학에 내려가면 할아버지 말씀대로 입

의 혀처럼 심부름을 잘 해야지. 내가 쓰고 싶은 편지는 그런 내 마음을

나타내는 것이었다.　　　　▶ 조부모님을 그리워하는 마음을 자유롭게 쓰고 싶은 '나'

그러나 『엄마는 내가 내 마음대로 편지를 쓰도록 내버려 두지 않았
『 』: 격식과 절차를 중요하게 생각하고 고정 관념이 강한 엄마의 성격을 알 수 있음.
다. 엄마는 편지에는 일정한 틀이 있다고 믿고 있었고 거기에 어긋나는

편지를 딴 사람도 아닌 웃어른에게 드린다는 건 말도 안 된다는 생각을

가지고 있었다.』 그래서 엄마는 나를 불러 앉히고 마치 받아쓰기처럼
사뢰어 올린다는 뜻. 웃어른에게 드리는 편지의 첫머리나 끝에 쓰는 말
편지를 쓰게 했다. 편지는 늘 비슷한 말로 시작했다. "할아버님 전 상사
친족 집단에서 손위나 손아래를 나타내는 말
리. 할아버님 기체후 일향만강하옵시고..." 대강 이런 식이었다. 항렬
옛 편지글의 첫머리에 흔히 쓰는 표현. '몸과 마음의 형편이 언제나 한결같이 아주 편안하신지요?'의 뜻
순서로 온 집안 식구 안부를 다 묻고 나서 이쪽도 하념하옵신 덕택으로
윗사람이 아랫사람을 염려하여 주신
몸 성히 잘 있다는 것을 식구마다 따로 아뢰고 나서, 다시 춘하추동 계

절에 따라 말만 약간 바꾸어, 일기가 이만저만 불순한 계절에 행여 옥체
남의 몸을 높여 이르는 말
미령하실까 봐 문안 여쭙는다는 사연으로 끝맺게 돼 있었다.
어른의 몸이 병으로 인하여 편하지 못함.
    나는 이런 받아쓰기가 어찌나 따분하고 재미가 없는지 쓸 때마다 몸

이 비비 꼬이고 조선글만 쓸 줄 몰랐다면 이런 고역을 안 치르는 건데

하는 생각이 들곤 했다. 나는 내가 알고 있는 조선글의 유일한 쓰임이가

이렇게 지겹기만 한 나머지 조선말로 된 읽을거리에도 관심이 없었다.

으레 재미없고 따분하려니 했다.
            ▶ 조부모님께 쓰는 문안 편지를 형식에 맞추어서 쓰기를 원하는 엄마와 그것을 싫어한 '나'
    제2차 세계 대전을 맞은 것도 괴불 마당 집에서였다. 일본 사람들은

대동아 전쟁이라고 했다. 무언지도 모르고 신이 났다. 우리는 그전부터

이미 호전적으로 길들여져 있었다. 일본은 벌써부터 지나 사변이라 부
싸우기를 좋아하는   중국의 군인·정치가·중화민국의 총통
르는 전쟁(중일 전쟁)을 하고 있었고, 『우리는 중국을 '짱골라' 장개석
1937년에 일본이 중국을 정복하려고 일으킨 전쟁. 1945년에 일본이 연합국에 무조건 항복함으로써 끝남.
을 '쇼오가이세끼'라고 부르면서 덮어놓고 무시할 때였다. 동무들과
『 』: 일제 강점기에 전쟁에 흥미를 느끼면서 일본과 싸우는 나라 사람들을 무시하도록 교육받음.
싸울 때에도 짱골라라고 놀려 주는 게 가장 심한 욕이 되었다. 아침에

운동장에서 조회를 할 때마다 황국 신민의 맹세를 하고 나서 군가 행진
_{일본 천황이 다스리는 나라의 신하 된 백성}
곡에 발을 맞춰 교실에 들어갈 때면 괜히 피가 뜨거워지곤 했는데 그건

뭔가를 무찌르고 용약해야 할 것 같은 호전적인 정열이었다.』
_{용감하게 뛰어감.}
『짱골라한테는 줄창 이기고 있다고만 들어서 적으로는 시시했다. 우
_{『 』: 점점 더 호전적으로 변해가는 사람들과 일본과 싸우는 나라 사람들을 괴수로 몰아가는 모습}
리는 우리도 모르게 더 큰 적에 대한 기대감에 부풀어 있었다. 쇼오가이
_{미국의 제32대 대통령 루스벨트의 일본어 발음}
세끼에다 '루스베루또, 짜아찌루'가 무찔러야 할 악의 괴수로 추가되
_{영국의 수상인 처칠의 일본어 발음}   _{못된 짓을 하는 무리의 우두머리}
고, 매일매일 승전의 소식이 전해졌다. "깨어졌다 싱가폴, 물러서라 영

국아." 하는 노래를 조선의 유명한 소프라노 가수가 불러 단박 유행을

시켰고, 남양군도를 하나하나 함락시킨 걸 뽐내고 자축하기 위해 밤엔

등불 행렬이 장안을 누볐다. 고무가 무진장 나는 남양군도가 다 일본 땅

이 됐다고 전국의 국민학생에게 고무공을 하나씩 거저 나누어 주기도
_{오늘날의 초등학생}
했다.』   ▶ 전쟁에서 일본이 승승장구한다는 소식을 듣고 들떴던 '나'

그러나 자랑 끝에 불붙는다고 그 후 얼마 안 돼『쌀이 배급제가 되더
_{너무 자랑하면 그 끝에 말썽이나 화가 생긴다고}
니 운동화와 고무신까지 배급제가 되었다.』쌀은 식구에 따라 배급 통
_{『 』: 일본이 군량과 군수 물자 확보를 위해 한 조치}
장을 만들어 주었지만 고무신은 애국반을 통해 한 반에 한두 켤레씩 나
_{1940년 10월에 설립된 친일 단체인 '국민 총력 조선 연맹'의 말단 조직}
오면 제비를 뽑아서 차례를 정했다. 반상회 때마다 꽝밖에 못 뽑고 나서

엄마는 우리는 제비에는 소질이 없나 보다고 한탄을 하곤 했다. 생활필

수품이 하루하루 귀해졌다.
   ▶ 제2차 세계 대전에서 일본의 상황이 좋지 않자 식량과 생활필수품이 배급제로 바뀜.
창씨개명령은 그보다 앞서 내렸는데 살기가 각박해지면서 그 강제성
_{한국인의 성명을 일본식으로 바꾸도록 강제한 법령}
도 심해져 더욱 시국을 흉흉하게 했다. 우리는 창씨를 하지 않았다. 할
_{현재 당면한 국내 및 국제 정세나 대세}
아버지가 내 눈에 흙이 들어가기 전엔 그것만은 안 된다고 완강하게 나
_{기질이 꿋꿋하고 곧으며 고집이 세게}

오셨기 때문이다. 호주의 권한은 그만큼 절대적이었다. 남대문 통에서
<u>법률상 한 집안의 주인이 되는 사람</u>
장사하는 숙부는 성을 안 갈아서 장사가 잘 안 된다는 식으로 할아버지
를 원망했다. 엄마는 엄마대로 오빠의 사회생활이나 내 학교생활에 지
장이 있을까 봐 할아버지가 마음을 돌이키시길 고대했다.
▶ 할아버지의 반대로 창씨개명을 하지 않은 '나'의 가족

4, 5학년 이 년 연속해서 담임이 일본 사람이었다. 엄마는 자주 나에
게 그 일본 선생이 너 성 안 갈았다고 뭐라지 않더냐고 물어보곤 했다.
내가 그런 일 없다고 하면 엄마는 네가 눈치가 없어서 그렇지 왜 구박을
안 하겠느냐고 당신 편한 대로 넘겨짚곤 했다. 내가 운수가 좋아 좋은
선생님을 만나서 그랬는지는 몰라도 한 반에 창씨 안 한 애가 서너 명밖
에 안 남았을 때도 그런 애들을 선생님이 특별히 구박하거나 무언의 압
박을 가한 것 같은 기억은 전혀 없다.

불령선인으로 낙인이 찍힌 특별한 집안이라면 모를까, 우리네 같은
<u>일본 제국주의자들이 자기네 말을 따르지 않는 한국 사람을 이르던 말</u>
보통 집안 사정은 대개 비슷했으리라고 생각한다. 그런데도 단시일 내
에 창씨가 그렇게 급속히 확산됐던 것은 너무 내 경험 위주로만 생각하
는 건지는 몰라도 아직까지도 이해가 잘 안 되는 부분이다. 박적골 사람
들도 두 박씨 집만 빼고 나머지 홍씨들은 초기에 일찌거니 도쿠야마로
성을 갈았다. 성을 안 갈아서 실질적인 불이익이 우려되는 건 면서기인
큰숙부련만, 면서기 정도의 관직도 출세한 것처럼 여기는 할아버지가
<u>면사무소에서 일반적인 사무를 맡아보던 사람</u>
창씨 문제에 있어서만은 이상하도록 줏대 있게 구셨다.
▶ 대부분의 사람들이 창씨개명을 한 상황에서도 창씨개명을 반대한 할아버지

그게 할아버지의 모순이라면 음력설만이 조선 설이라고 온갖 장애를
<u>일제의 관직을 갖는 것은 좋아하면서도 창씨개명은 반대한 것</u>
무릅쓰고 지켜 나가면서도 성 가는 건, 알아서 간 건 마을 사람들의 모
<u>우리의 전통문화는 지키려고 하면서도 창씨개명은 한 것</u>

순일 터였다. 우리 엄마도 물론 알아서 기는 대표적인 케이스였지만 나

는 그와는 좀 다른 까닭으로 역시 창씨하기를 간절하게 바랐다. 내 이름

을 일본말로 부르면 '보쿠엔쇼'가 되는데 비상시국이 되면서 방공 연습
_{국가가 중대한 위기를 맞이한 시국}

을 매일같이 했는데 방공 연습을 일본 말로 하면 '보쿠엔슈'가 되었다.
_{적의 공중 공격에 의한 피해를 막기 위하여 실제 상황을 가정하여 행하는 훈련}

발음이 비슷해서 방공 연습 때마다 아이들이 나를 놀렸다. 『창씨개명을

하면 한자를 음으로 읽지 않고 뜻으로 읽게 되는데 '하나코'니 '하루

에'니 하는 여자 이름이 그렇게 듣기 좋고 부러울 수가 없었다.』
_{『 』: 세상 물정을 모르고 민족의식이 없었던 어린 시절의 '나'의 모습}

▶ 듣기 좋은 발음 때문에 창씨개명을 원한 '나'

집에서도 일본말로 생활한다고 자랑하는 아이도 있었다. 그런 애의
_{한글 말살 정책이 가정으로까지 확산된 상황}

엄마는 대개 젊고 멋쟁이였다. 우리 처지로는 꿈도 꿀 수 없는 얘기였

다. 『엄마는 그런 소리를 들으면 쓸개 빠진 것들이라고 격분을 했다.』
_{몹시 흥분함.}

_{『 』: 창씨개명은 찬성하면서도 집에서 일본말을 하는 것을 비난하는 엄마의 이중성}

학부형회가 있으면 엄마는 꼭 참석을 했는데 담임 선생님이 일인이고

학부형이 일본말을 모르는 경우에는 반장을 불러서 통역을 시켰다. 일
_{시집간 여자가 머리털을 땋아서 뒤통수에 틀어 올려 비녀를 꽂은 것}

본인 선생님 앞에 풀을 세게 먹인 뻣뻣한 무명옷을 뻗쳐 입고, 쪽에 흑

각 비녀를 꽂은 머리를 꼿꼿이 세우고, 꼬마 통역에 대한 배려라곤 조금
_{빛깔이 검은 물소의 뿔}

도 없이 당신하고 싶은 말을 엄숙하게 하고 있는 엄마를 바라본다는 것

은 고문처럼 괴로운 일이었다.

   그러나 그건 어디까지나 엄마의 개인적인 자존심이었을 뿐 민족의식
_{자기 민족의 존엄과 권리를 지키고 민족의 단결과 발전을 꾀하려는 집단적 의지나 감정}

과는 상관이 없지 않았나 싶다. 왜냐하면 엄마는 창씨 안 한 게 자식들

에게 행여 어떤 불이익이 되어 돌아올까 봐만 지나치게 걱정했을 뿐, 만

약에 불이익이나 박해를 받을 경우 자식들이 떳떳하게 견딜 수 있도록
_{못살게 굴어서 해롭게 함.}

도와줄 준비가 돼 있는 건 아니었기 때문이다. 엄마가 바라는 자식의 출

세도 물론 일제의 그늘 아래에서의 일일 뿐 조선이 자주적인 운명에 대

<u>평범하고 변변하지 못함.</u>

한 바늘구멍만한 예감도 갖고 있지 않은 범용한 아낙에 지나지 않았다.

▶ 민족의식과는 상관없이 개인적인 자존심과 자식의 안정을 위해 행동하는 엄마　**전개**　할아버지의 반대로 창씨개명을 하지 않음.

학부형회 때마다 엄마가 빠지지 않고 참석하는 것도 창피해 죽겠는

데 어느 날 수업 중에 엄마가 느닷없이 나타났다. 그리고 고무신도 벗지

않고 교실문을 드르륵 열었다. 일본인 남자 선생님이 담임할 때였는데

엄마는 마치 그가 일본인이라는 걸 모르는 것처럼 예절 바른 어려운 조

선말로 시골의 조부님이 위독하다는 전보가 와서 딸애를 데리러 왔다

는 뜻의 말을 했다.

선생님도 뭔가 심상치 않은 낌새를 챘는지 반장한테 시키지 않고 나

를 불러 통역을 시켰다. 나는 그때 엄마가 쓴 장엄하기까지 한 고급의

<u>씩씩하고 웅장하며 위엄 있고 엄숙함.</u>

우리말을 그대로 옮길 수 없는 게 억울하고 초조한 나머지 울상이 되어

형편없는 통역을 했다. 아무튼 뜻은 전달이 됐으므로 선생님은 어서 가

라고 허락을 했다.

그러나 『엄마는 그 경황 중에도 할아버지가 돌아가실 경우 장례를

『　』: 엄마의 교육열이 나타남.

치르는 동안은 결석 처리를 하지 않는 게 교칙인 줄 아는데 그게 맞지

요? 하는 확인까지 통역을 시키고서야 내 손을 잡고 교실을 물러났다.』

엄마는 시골 갈 준비를 다 해 가지고 학교에 들렀는지라 나는 책가방을

멘 채 경성 역으로 직행을 해 기다리고 있던 오빠와 숙부, 숙모와 합류

했다.

방학 때 귀향할 때는 토성행 완행열차를 탔었는데 그날 처음으로 신

<u>빠르지 않은 속도로 달리며 각 역마다 멎는 열차</u>

의주행 급행열차를 탔다. 기차는 한 번도 안 쉬고 달리다가 처음으로 개

성 역에 잠시 정차했다. 깜깜한 밤이었지만 우리 다섯 식구는 쉬지 않고

이십 리 길을 달려갔다. ▶ 할아버지가 위독하다는 전보를 받고 고향으로 가는 '나'의 가족

사랑에 불이 환하고 사람들이 웅성웅성했다. 할아버지는 의식은 없

죽음을 맞이함.

지만 아직 생존해 계신다고 했다. 세 번째 동풍이어서 다들 임종을 각오

병으로 몸의 전체 또는 일부분에 일어나는 경련

하고 있었다. 사랑에 모인 사람들이 나는 어리다고 들어오지 못하게 했

다. 나도 죽음의 그림자가 드리운 할아버지를 뵙는 게 무서웠기 때문에

얼른 그 자리를 피했다.

안채에도 불을 밝히고 아무도 자는 사람이 없었지만 나는 깊은 잠에

빠졌고 곡하는 소리에 깨어났다. 새벽녘이었다. 『할아버지가 돌아가셨

장례를 지낼 때에 일정한 소리를 내며 우는 · · · 『 』: 할아버지의 죽음이 현실로 와 닿지 않은 '나'

다는 소리를 듣고도 나는 눈물이 나오지 않았다.』 오일장을 치르는 동

안 당시의 풍습에 따라 한시도 곡이 그치지 않았지만 호상답게 집안 분

복을 누리고 오래 산 사람의 죽음

위기가 침울하지는 않았다.

박적골 사람들은 물론 인근 마을 사람들이 아이들까지 안동하고 와

사람을 데리고 함께 가거나 물건을 지니고 감.

상가에서 침식을 해결했고, 그 비상시국에 그런 일을 넉넉하게 치렀기

사람이 죽어 장례를 치르는 집

때문에 모두 돌아간 분의 복을 기리고 부러워했다. 다 할아버지를 끝까

지 모신 큰숙부 덕이었다. 막상 큰일을 당하니까 서울 가서 돈도 벌고

출세도 한 걸로 알려진 작은숙부나 오빠보다도 면서기의 세도가 더 빛

권력과 세력을 마구 휘두르는 일

을 발휘했다. 그때 큰숙부는 면의 총무부장이었다.

▶ 할아버지가 돌아가시고 오일장을 함.

상중에 할아버지의 죽음을 가장 슬퍼한 이는 오빠였다. 오빠는 아버

지가 돌아가셨을 때도 애통이 지나쳐 한때 몸을 다 해쳐 엄마의 애간장

슬프고 가슴 아파함. · · · 몹시 초초한 마음속

을 태웠다고 한다. 내가 세 살 때였으므로 내 기억 속에 아버지의 죽음

은 없다.

이번에도 오빠가 맏상주였으므로 오빠는 굴건제복을 했다. 지금 오
_{상주가 머리에 쓰고 입는, 삼베로 만든 두건과 옷}
빠는 늠름한 청년이지만 아버지의 상중에서 열 살 남짓한 소년이 굴건
_{부모나 조부모가 죽어서 상중에 있는 맏아들}
제복을 하고 서럽게 울었을 생각을 하면 나는 그런 일이 나오는 상관없
는 오빠만의 운명인 양 애틋한 슬픔을 느꼈다. 그건 오빠의 약하고 여린
면에 대한 연민이었다. 집에서 잡은 돼지고기를 끝내 못 먹고만 오빠를
어른들이 걱정하던 생각까지 나면서 나도 비슷한 걱정이 되기도 했다.

출상하는 날은 선산이 가깝기 때문이기도 했지만 만장의 행렬이 집
_{조상의 무덤이 있는 산}
앞에서 산까지 연달았다. 상여도 그렇고 서울서는 좀처럼 볼 수 없는 호
_{상가에서 상여가 떠나는}　　　_{죽은 이를 슬퍼하여 지은 글을 비단이나 종이에 적어 깃발처럼 만든 것}
사스러운 광경이었다. 당시의 풍습이 그러했는지, 우리 집안만의 가풍
이었는지 『안상제들은 상여 채를 부여잡고 서럽게 울기만 하다가 슬그
_{가족의 상을 당한 여자}　　　『 』: 제례의 관습이 남성 중심으로 진행되었음을 알 수 있음.
머니 물러나고 장지까지 따라가지 않았다.』 ▶ 오빠가 맏상주가 되어 오일장을 잘 치름.
_{장사하여 시체를 묻는 땅}

숨이 넘어간 후에 오히려 많은 사람을 불러들이고, 복잡하고도 밑도
끝도 없는 절차와 격식으로 닷새 동안의 시간을 밤낮없이 지배하던 유
_{죽은 사람의 뼈}
해가 떠난 후의 공허함은 많은 뒤치다꺼리가 남아 있음에도 불구하고
_{텅 빈 듯한 허전한 느낌}
안상제들을 어쩔 줄을 모르게 만들었다. 『채울 길 없는 공허감은 어린
　　　　　　　　　　　　　　　　『 』: 할아버지의 빈자리가 느껴지면서 느끼는 감정
마음에도 크나큰 공포감으로 다가왔다.』 툭 건드리면 울음이 터질 것
같은 절박한 상황에서 엄마가 느닷없이 나에게 모진 말을 했다.

"툭하면 울기 잘 하는 년이 어쩌면 할아버지가 돌아가셨는데도 눈물
한 방울을 안 흘리냐 안 흘리길? 저깟 년을 그렇게 귀애하시다니. 기
_{귀엽게 여겨 사랑하시다니.}
르던 강아지라도 그만큼 귀애했으면 며칠 끼니라도 굶겠다. 그저 딸

년이고 손녀고 계집애 기르는 일은 말짱 헛일이라니까."

　엄마는 말만 그렇게 모질게 했을 뿐 아니라 나를 바라보는 눈길도 오만 정이 다 떨어진 것처럼 뜨악하고 냉랭했다. 그때부터 나는 울기 시작
<small>마음이나 분위기가 맞지 않아 서먹하고</small>
했다. 정신이 가물가물하고 온몸이 탈진할 때까지 몸부림을 치며 통곡을 했다. 할머니와 숙모들은 내가 그 동안 참았던 설움을 폭발시킨 줄 알고, 속 모르는 말을 한 엄마를 나무라며 나를 다독거려 주었다.

▶ 엄마에게 모진 소리를 듣고 울음을 터뜨린 '나'

　『그러나 아직까지도 분명한 것은 그때의 내 울음은 슬픔 때문이 아니
<small>『 』: 할아버지를 사랑했던 자신의 마음을 몰라주고 자신을 강아지에 비유하며 모욕을 준 엄마에게 화가 남.</small>
라 모욕감 때문이었다.』 그렇다고 엄마가 내 마음의 정곡을 찌른 것도
<small>깔보고 욕되게 한 것을 당한 느낌</small>　　　　　　　　<small>과녁의 한가운데가 되는 점</small>
아니었다. 나는 비록 상중에 울진 않았지만 누구보다도 오래 할아버지를 여읜 상실감과 할아버지에 대한 자잘한 기억들을 간직하고 있었다.
<small>무엇인가를 잃어버린 후의 느낌</small>
사진을 남기지 않은 할아버지 신관의 섬세한 부분까지, 그리고 다들 잊
<small>'얼굴'의 높임말</small>
어버린 사소한 버릇이나 일화까지를 어른 되고 시집 간 후에도 기억하고 있어서 기억력 좋다는 소리를 들었지만 나는 그게 기억력의 문제가 아니라 애정 때문이라고 생각한다.

　사랑채 마루엔 서까래로부터 삼으로 탄탄하게 꼰 새끼줄 굵기의 줄
<small>뽕나뭇과의 한해살이풀. 줄기의 껍질은 섬유의 원료로 쓰임.</small>
이 사람들이 붙들고 오르내리기 알맞은 높이에 늘어져 있었다. 동풍이 들기 전에도 할아버지는 그 줄을 가볍게 잡고 오르내리셨지만 일차 동풍 후 어느 정도 회복이 되어 뒷간이나 마당 출입이 가능했던 시기엔 그 줄에 매달려 다리를 부들부들 떠는 것을 몇 번이나 본 적이 있었다.

　할아버지가 돌아가신 후에도 그 줄은 거기 늘어져 있었고 나는 방학에 귀향할 적마다 멀리서도 텅 빈 사랑채에 늘어져 있는 그 줄만 눈에

띄면 심장에 균열이 가는 것처럼 가슴에 진한 아픔이 왔다. 그래서 오래 기다리고 있는 사람에게 달려가듯이 제일 먼저 그 줄을 향해 달려가 어루만져 보곤 했다. 할아버지의 손때에 절어 그 줄은 찐득찐득했고 그게 그렇게 좋을 수가 없었다. 나는 자주 그 줄에 매달려 할아버지 품에 안겼을 때와 같은 감동을 맛보곤 했지만, 그 짓을 누가 눈치 챌세라 은밀하게 하곤 했다.

▶ 돌아가신 할아버지를 그리워하는 '나'

전쟁이 점점 불리해지면서 방공 연습도 잦아지고 처음으로 몸뻬라는
여자들이 일할 때 입는 바지의 하나
걸 교복처럼 의무적으로 입게 되었다. 학교에서 하라는 건 어기면 큰일 나는 줄 아는 엄마인지라 곧 검정 물을 들인 광목을 끊어다가 몸뻬를 손수 만들어 주었지만 입혀 보고는 한탄을 금하지 못했다.
정상적인 상태에서 어그러져 차마 보기가 어려움.
"시상에, 왜놈 훈도시만 망측한 줄 알았더니 여자 가랭이 드러나는
일본 남자들이 입는 전통적인 속옷의 하의
꼴은 더 못 봐 주겠네. 더 살면 무슨 꼴을 볼꼬."

『엄마가 일본 풍습을 얕잡는 것 중에 복식이 제일 유별났다. 옛날에
『 』: 엄마는 민족의식은 없지만 우리나라 문화가 일본보다 우월하다는 의식을 가지고 있음.
맨발에다 겨우 아랫도리만 기저귀 같은 천으로 가리고 살던 일인이 조선에 와서 그들에게 알맞은 옷과 신발 짓는 법을 하교해 달라고 애걸하
윗사람이 아랫사람에게 가르침을 베풀어
여 옷은 우리의 상복을, 신발은 우리의 도마를 가르쳐 준 게 지금의 일
일본 사람들이 신는 나막신을 낮잡아 이르는 말
본 하오리와 게다짝이 됐단 얘기를 엄마는 역사적 사실처럼 우리에게
일본 사람들이 옷 위에 입는 짧은 겉옷
얘기해 주곤 했다.』

그건 마치 세종대왕이 문살에서 힌트를 얻어 하룻밤 새에 한글을 만들었다는 터무니없는 얘기를 역사적 사실처럼 믿는 것만큼이나 아무도 못 말릴 엄마의 고정 관념이었다. 밤이 이슥한 한여름의 남대문통이나

본정통에는 아직도 훈도시만 차고 어슬렁거리는 일인이 있는 것까지도 엄마는 우리가 상복이나마 의복을 하교해 주기 전의 풍습이 남아 있는 산 고증처럼 얘기하곤 했다. ▶ 일본의 풍습을 얕잡아 보는 엄마

예전에 있던 사물들의 시대, 가치 등을 옛 문헌이나 물건에 기초하여 증거를 세워 이론적으로 밝힘.

   그러나 엄마의 반일 감정은 믿을 만한 것이 못 됐다. 할아버지 장례를 치르고 상경하자마자 엄마는 오빠와 숙부에게 우리도 창씨개명을 하자고 재촉했다. 그건 나도 은근히 바라는 바였고 또 으레 그럴 수 있으려니 했다. 그러나 이번엔 오빠가 반대를 하고 나섰다. 여태껏도 견뎌왔는데 좀 더 견뎌 보자는 것이었다. 좀 더 견뎌 보자는 것은 그때의 비상시국의 어떤 끝장을 바라보는 말 같아서 좀 섬뜩하게 들렸다.

굳세게 버티어 굽히지 않음. ▶ 창씨개명을 반대하는 오빠

   오빠의 태도도 평소의 심약한 오빠답지 않게 강경하고 어딘지 비장

슬프면서도 그 감정을 억눌러 씩씩하고 장함.

해보였다. 나는 어려서 그러했겠지만 꽤 잘난 엄마도 일본을 미워하고 얕잡기는 잘 했어도 『일본의 끝장은 곧 우리의 끝장이란 생각에 굳어져

『 』: 일본의 황국 신민화 정책으로 나타난 반응

있어』 일본의 끝장이 우리에게 새로운 갈림길을 열어 주리라는 생각 같은 건 꿈에도 안 해 본 듯했다.

   엄마보다 더 놀란 건 작은숙부였다. 창씨를 안 하고 일본인 상가에서

껍질이 벗겨지지 않은 채로 섞인 벼 알갱이

장사 해먹기는 앞으로 점점 『쌀의 뉘』 처럼 껄끄러워지리라고 하소연했

『 』: 창씨개명 안 한 사람을 비유적으로 표현함.

다. 오빠는 정 그러면 숙부네가 따로 분가해서 성을 가는 게 어떻겠느냐는 제안을 했다. 할아버지 다음으로 오빠가 호주를 승계했고 그때만 해도 호주의 권한이 막강했다. 오빠의 이 새로운 제안은 숙부를 노엽게도

화가 날 만큼 분하고 섭섭하게도

슬프게도 했다. 내가 자식이 없어도 느이 남매를 친자식이나 다름없이

너희

여겨 섭섭한 줄 몰랐거늘 호적을 파 가라는 수모를 당하다니, 하면서 탄

창피당함.

식했고 엄마가 중간에서 사죄와 화해를 시키느라 쩔쩔맸다.

성을 안 갈아서 곤란하기는 작은숙부보다는 말단 공무원인 시골의
큰숙부가 더 했으련만 역시 오빠 때문에 뜻을 이루지 못했다. 엄마는 엄
마대로 생전 어른 속이라고는 썩일 줄 모르던 오빠가 왜 별안간 객쩍은
　　　　　　　　　　　　　　　　　　　　　행동이나 말, 생각이 쓸데없고 싱거운
자기주장을 하게 되었는지 모르겠다고 걱정이 이만저만이 아니었다.

한 번도 뜻이 안 맞아 본 일이 없는 세 집이 창씨 문제로 처음으로 옥신
각신했다. 그러나 다들 오빠의 뜻을 따르기로 무언의 합의가 이루어진
서로 옳으니 그르니 하며 다투었다.
걸 보면 숙부들은 그래도 오빠의 주장을 단순한 객기로만 보진 않은듯
　　　　　　　　　　　　　　　　　쓸데없이 부리는 용기
하다.
　　　　　　　　▶ 오빠의 생각대로 창씨개명을 하지 않은 '나'의 가족

나는 처음으로 오빠를 딴 사람과는 다르다고 생각했고 거기에 대한
　　　　　　　현실에 순응하는 평범한 사람과 다르다고 생각했고
묘한 긍지를 느꼈다. 나야말로 무엇을 알아서라기보다는 전형적인 속
자신의 능력을 믿음으로써 가지는 당당함.　　　세속적인 일에만 신경을 쓰는 사람을 속되게 이르는 말
물의 세계에서 별안간 우뚝 솟은 어떤 정신의 높이를 본 것 같은 환각이
　　　　　　　　옳지 않은 현실에 대항하는 정신　어떤 사물이 실제로 없는데도 있는 것처럼 인식함.
었다. 그런 건방진 느낌은 그 무렵 왕성해진 독서 체험과도 무관하지 않
을듯하다.
　　　　　　　　　　　　　　　▶ 오빠의 결정에 긍지를 느낀 '나'

중략 부분 줄거리 '나'는 국민학교를 졸업하고 숙명고등여학교(지금의 숙명여고
임. 학교 제도가 4년제 고등학교였다가 6년제 중학교로 바뀜.)에 입학한다. 이 무
렵 일본은 제2차 세계 대전에서 패색이 짙어졌고, 한국 사람들을 상대로 식량과
무기를 만들 때 쓸 수 있는 물건을 약탈하는 일이 점점 더 심해졌다. 심지어는
학교에서도 군수품을 만들었다. 오빠는 총독부를 그만두고 와타나베 철공소에
들어간다.

어느 날 학교에서 돌아와 보니 엄마가 사색이 돼 있었다. 드디어 오

빠에게 징용 영장이 나온 것이었다. 와타나베 철공소가 군수 공장이 됐

<small>일본 제국주의자들이 조선 사람을 강제로 전쟁터로 동원하여 부리던 일</small>

기 때문에 징용은 안 나가도 된다더니 그게 아닌 모양이었다. 엄마는 오

빠를 어디로 도망시키고 우리 식구도 다 야반도주를 하자고 했다. 엄마

<small>남의 눈을 피하여 한밤중에 도망함.</small>

는 거의 제 정신이 아니었다. 와타나베 철공소만 철석같이 믿고 있었기

때문에 만약의 경우에 대한 구체적인 계획은 전혀 없는 상태였다. 배급

통장 없이는 어디 가서 밥 한 끼 제대로 얻어먹을 수 없는 각박한 세상

이었다. 제일 만만한 건 박적골이었지만 어디에나 버젓이 명기된 본적

<small>분명히 밝히어져 적혀진</small>

지가 피신처일 수는 없었다. 지금 같으면 재까닥 전화로 의논을 했겠지

만 일각이 여삼추로 오빠가 들어올 때만 기다리는 수밖에 없었다.

<small>짧은 시간이 3년처럼 길게 느껴진다는 뜻으로 기다리는 마음이 간절함을 비유적으로 이르는 말</small>

　군수 공장이라 매일같이 야근을 하는 오빠는 자정이 가까워서나 들

<small>군대에서 필요한 물품을 생산하고 고치는 공장</small>

어왔다. 엄마는 불안을 용케 감추고 오빠가 저녁밥을 다 먹고 난 후에

비로소 징용 영장을 내 놓았다. 오빠는 염려 말라고만 말하고 무덤덤하

게 잠자리에 들었다. 어른한테 절대로 걱정을 안 시키는 오빠의 습관적

인 말투인지 정말 그렇게 자신이 있는지 도무지 종잡을 수가 없었다. 그

건 엄마도 마찬가지였겠지만 도망을 가라는 말은 꺼내지도 못하고 그

밤을 밝혔다.　　　▶ 오빠의 징용 영장을 받고 걱정하는 엄마와 걱정하지 말라는 오빠

　　다음 날 오빠는 회사에서 증명서를 떼 주어 다 잘 됐다고만 말했고 사

흘째 되는 날이 징집에 응해야 하는 기한인데, 평상시와 다름없이 출근

<small>군대에 갈 사람을 불러 모음.</small>

을 하고도 별탈이 없었으니 정식으로 모면이 되긴 된 모양이었다. 엄마

는 두고두고 와타나베 철공소의 위력에 감격을 하면서 성도 안 간 고집

쟁이를 그 일본 사장이 뭐가 이뻐서 봐 줬을까 신통해하곤 했다.

<small>신기할 정도로 묘함.</small>

　　　　　　　　▶ 오빠가 다니는 군수 공장에서 오빠의 징용을 막아 줌.

엄마의 생각은 뒤죽박죽이었다. 등화관제로 전깃불을 끄고 깜깜한
<u>적의 야간 공격에 대비하여 일정 지역에서 불을 모두 끄게 하는 일</u>
방에 죽치고 앉았을 때는 『폭격을 맞아 다 죽는 한이 있어도 일본 놈들
『 』: 엄마의 반일 감정
폭삭 망하는 꼴이나 좀 봤으면 좋겠다고 폭언을 해서 누가 들을까 봐 겁
나게 하다가도』 『아들이 일본인한테 잘 보이고 중하게 쓰인다는 것은
『 』: 엄마의 친일 감정
또 그렇게 자랑스러워할 수가 없었다.』 남들한테도 자랑을 하고 싶겠지
만 워낙 때가 때이니 만치 참고 있는 거였다.

이승만과 김일성의 이름을 들은 것도 『방공 연습이나 진짜 공습경보
<u>적의 항공기가 공습하여 왔을 때 위험을 알리는 경보</u>
로 일찌거니 불을 끄고 자리에 들었을 때』 엄마가 옛날 얘기처럼 해 준
『 』: 전쟁 상황임을 알 수 있음.
비현실적인 정보를 통해서였다. 김일성은 만주 벌판에서 독립운동하는
장순데 기운이 장사일 뿐 아니라 축지법을 써서 하룻밤에 험준한 산길
<u>도술로 먼 거리를 가깝게 하는 방법</u>
도 천릿길을 간다고 했고, 이승만은 미국서 독립운동하는 학식 높은 선
빈데 조선 땅은 절대로 폭격을 안 할 테니 안심하라고 방송도 하고 비행
기에서 삐라도 뿌린다고 했다. 왜놈들이 미국 비행기만 왔다 하면 우리
<u>선전하는 글이 담긴 종이쪽</u>
를 방공호로 처넣는 게 우리 살라고 그러는 게 아니라 비행기에서 그런
<u>적의 공격을 피하기 위하여 땅속에 파 놓은 굴</u>
삐라가 떨어지는 걸 못 보게 하려고 그런다고도 했다. 왜놈들이 그런 삐
라를 보면 얼마나 약이 오를까 하면서 장난꾸러기처럼 웃을 때면 나는
엄마가 나보다도 어린 친구처럼 만만해지곤 했다. 엄마는 이렇게 그런
중대한 얘기를 전혀 심각하지 않게 재담처럼 했기 때문에 당시 우리가
처한 단칸방 속에서의 암흑에는 위안이 됐지만, 시대적인 암흑에 어떤
<u>민족의식을 고취시키면서 어려움을 참고 견디게 하는 힘</u>
빛이나 용기가 되기에는 역부족이었다. 그게 결국은 우리 엄마의 한계
였다.
▶ 반일 감정과 친일 감정을 동시에 가지고 있는 엄마의 이중성

그러나 오빠는 달랐다. 우리는 오빠가 징용도 빠질 수 있는 회사에 다니고 있다는 사실에 너무 감격해서 오빠가 고민스러워하는 문제를 대수롭게 여기지 않았다.

오빠가 선반 기술자를 한 사람 취직시켜 준 일이 있었다. 오빠보다 나이도 많고 처자식이 딸려 있다고 했다. 그러나 그에게 징용 영장이 나왔을 때 회사에서는 그를 위해 징용을 면제해 줄 만한 증명 서류를 해주는 걸 거부했다. 『오빠는 그것 때문에 사장하고 옥신각신한 모양이었다. 심지어는 회사에 꼭 필요한 사람 순서로 따지자면 나보다는 그 기술자가 우선인데 나는 되고 그가 안 되는 까닭이 뭐냐고까지 따진 모양이었다.』 그 기술자는 징용을 나가면서도 그로 인해 오빠에게 고맙다는 인사를 와 그런 얘기를 해서 우리도 알게 되었다. 엄마가 기가 막혀 한 것은 당연했다. 내가 보기에도 그랬다. 자기 보신도 언제 어떻게 될지 모르는 판국에 남 걱정 해 주려고 자기 보신까지 위태롭게 하려는 오빠가 딱하고 유치해 보이기까지 했다. 오빠가 하루하루 회사에 나가는 게 물가에 어린애 내보내는 것처럼 안심이 안 되는 날이 계속됐다.

`「 」: 불공평하게 사람들을 대우하는 것을 참지 못하는 오빠의 성격을 알 수 있음.`

`자신의 몸을 온전히 지킴.`

▶ 자기 보신보다 남을 더 생각하는 오빠를 걱정하는 엄마

『식량 배급은 줄고 도저히 먹을 수 없는 콩깻묵까지 섞여 나와 엄마의 시골 나들이가 잦아졌다.』 쌀을 얻으러 가는 것이었다. 시골집은 숙부가 면서기여서 일정량의 공출만 내면 억울하게 수탈을 당하는 일을 면할 수가 있었다. 그러나 식량 수탈에는 대개 면서기들이 앞장서야 했으니 숙부는 그만큼 원성의 대상이었을 듯했다. 오빠가 아무리 자기가 누리는 작은 특권에 고민해 봤댔자였다. 결국은 시골에서 숙부가 누리

`「 」: 전쟁에서 일본의 상황이 좋지 않음을 알 수 있음.    콩에서 기름을 짜내고 남은 찌끼`

`국민이 농업 생산물이나 물건 등을 의무적으로 정부에 내어놓음.`

는 치사한 특권에 빌붙어 굶주림을 면하고 있었다.

▶ 식량 배급이 줄자 시골로 쌀을 얻으러 다니는 엄마

1944년 겨울방학에 귀향했을 때는 박적골 사정도 매우 흉흉했다. 순
사와 면서기가 합동을 해서 식량을 뒤지러 나오는데 그때는 온 동네가

일제 강점기에 둔, 경찰관의 가장 낮은 계급의 사람

발칵 뒤집혔다. 우선 그들이 들고 다니는 기구가 무기보다 더 섬뜩했다.
긴 장대 끝에 창같이 생긴 날카로운 쇠붙이를 꽂고 다니면서 그걸로 천
장, 아궁이, 볏짚단, 갈잎가리 등을 마구 찔러 보았다. 우리 마을은 아니
었지만 이웃마을에서 갈잎가리 속에 숨었던 소녀가 그 창끝에 옆구리

갈댓잎을 단으로 묶어 차곡차곡 쌓은 더미

를 찔렸다는 소문은 너무도 끔찍해 백주의 악몽이었다.

대낮   ▶ 일제에 의한 식량 수탈이 심해진 박적골

소녀가 거기 숨은 까닭은 정신대 때문이었다. 마침 그보다 며칠 전에

일제가 식민지 여성들을 강제로 동원하여 만든 무리

딴 마을에서 우물에서 물을 긷던 소녀를 일본 순사가 정신대로 끌고 간
일이 있었다는 소문을 들은 소녀의 부모가 동구 밖에 양복 입은 사람들
이 나타나니까 지레 겁을 먹고 딸을 거기다 감춘 것이었다. 『사람을 빼
앗기는 건 먹을 걸 빼앗기는 것보다 더 무서웠고 사람과 먹을 걸 한꺼번

『 』: 전쟁에서 일본의 상황이 좋지 않음을 알 수 있음.

에 빼앗기는 세상은 보나마나 말세였다.』

정치, 도덕, 풍속 따위가 아주 쇠퇴하여 끝판이 다 된 세상

말세의 징후가 도처에 비죽거리고 있었다. 나하고 동갑내기를 멀리
시집보낸 소꿉동무 엄마가 나를 붙들고 눈물을 흘렸다. 내 나이에 시집
을 가다니. 그때 나는 겨우 열네 살이었다. 그러나 시골에선 조혼이 유

어린 나이에 일찍 결혼함.

행이었다. 극도의 식량난으로 딸 가진 집에서 한 식구라도 덜고 싶은데
정신대 문제까지 겹치니 하루빨리 치우는 게 수였고, 아들 가진 집에선
병정 내보내기 전에 손이라도 받아 놓고 싶어 했으니까.

▶ 정신대와 징용으로 인해 조혼이 유행함.

시골 숙부네가 심한 수탈을 면할 수 있었던 것은 그나마 면서기라는

강제로 빼앗음.

알량한 벼슬 덕이었는데 그 방법이 알고 보면 매우 치사했다. 면의 총무
부장이니까 직접 뒤지러 다니지는 않았지만 뒤지러 다니는 일선 공출
독려 반원들을 만단 면서기와 주재서 순사로 구성돼 있어 그들이 슬쩍

감독하여 격려함.   일제 강점기에, 순사가 머무르면서 사무를 맡아보던 경찰의 말단 기관

눈감아 주는 거였다. 그렇다고 우리 집만 그냥 통과하는 건 아니었고,
도리어 딴 집보다 더 여기저기를 찔러 보고 구석구석을 뒤지고 다녔다.

  그러나 정작 쌀독은 그냥 지나쳐 주었다. 순전히 눈 가리고 아웅 하

얕은수로 남을 속이려 한다는 말

는 식이었다. 이런 우리의 특권을 눈치 못 챌 마을 사람들이 아니었다.

특별한 권리

그 날강도들이 달려들기 전에 황급히 우리 집 울타리 너머로 쌀자루를
넘겨주었다가 나중에 찾아가면서 제사에 쓸 쌀이었다고 변명하는 이웃
도 있었다.

▶ 쌀 수탈을 피할 수 있었던 큰숙부네

  그런 판국이니 숙부네라고 식량이 넉넉할 리가 없었다. 그래도 큰숙
부는 우리에게 주는 걸 최우선으로 쳤기 때문에 우리는 시골집 건 다 우
리 건 줄 알면서 자랐다. 남보기에는 별로 많은 농토는 아니지만 오빠가
의당 이어받아야 할 장손이기 때문에 그럴 수 있다고 여길 수도 있겠으
니, 그보다는 큰숙부는 아버지 없는 우리에게 아버지 노릇을 대신해야
된다는 의무감에 철저한 분이었다. 끝내 자기 자식을 낳아 보지 못한 작
은숙부에게서 내가 느낀 게 친아버지나 다름없는 자애였다면 좀 늦긴

아랫사람에게 베푸는 도타운 사랑

했지만 자기 자식을 사남매나 둔 큰숙부에게서 느낀 건 아버지의 권위
와 의무였다.

▶ '나'의 가족에 대한 의무감을 가지고 있는 큰숙부

  그러나 부뚜막의 소금도 집어넣어야 짜다고 아무리 마음대로 퍼 올

아무리 좋은 조건이 마련되었어도 그것을 이용하지 않으면 소용이 없음을 뜻함.

수 있는 쌀이 독독이 있다고 해도 운반을 해 오지 않으면 우리 입에 들

어갈 수가 없는데 운반이 쉽지 않았다. 순사가 쌀을 뒤지러 다니는 것은 농가에만 해당되지 않았다. 기차 속에서의 단속은 더욱 극악스러웠다.

> 마음씨나 행동이 더할 나위 없이 악함.

야미 장수 단속반이 수시로 기차간을 돌면서 수상한 보따리는 뒤져 보

> 남의 눈을 피하여 정당하지 않은 거래를 하는 장사꾼

고 찔러 보고 했다. 들키면 망신당하고 빼앗기는 건 물론이었다. 그들도 사람인지라 그리고 명색이 야미 장수 단속인지라 몇 됫박 안 되는 쌀은 팔아먹을 게 아니라 식구들 먹을 거라고 사정하면 봐 주었기 때문에 엄마는 조금씩 날라왔고 그러자니 차비는 차비대로 들고 감질만 났다. 엄

> 바라는 정도에 아주 못 미쳐 애타는 마음

마도 차츰 대담해져 옷 보따리에뿐 아니라 배에도 쌀을 차고 다니게 되어 나는 엄마가 시골 가면 무사히 돌아올 때까지 마음을 졸이곤 했다. 후방 경제를 교란시킨다고 해서 암거래 단속이 심했고 특히 쌀 암거래

> 법을 어기면서 몰래 물품을 사고파는 행위

를 혹독하게 다스렸지만 그럴수록 수법도 교묘해져 입은 옷 속에다 쌀 서너 말 정도는 거뜬하게 누벼 넣고 다니는 야미 장수도 있다는 소문이었다.

　시골서는 그런 고생하지 말고 차라리 정당하게 반출증을 내서 갖다

> 물건을 외부로 실어 내가는 것을 허가하는 증명서

먹으라고 했지만 오빠가 질색이었다. 시골에 농토가 있는 지주에게는 반출증이라는 걸 내주어 일정량의 쌀을 서울에 들여오는 걸 허락했지만 그 대신 배급을 탈 수가 없었다. 오빠는 우리가 무슨 지주라고 그들이 주는 쌀을 마다하고 시골 쌀을 축내느냐는 것이었다. 오빠의 말은 옳았지만 오빠는 엄마 덕에 콩깻묵 밥을 먹어 본 적이 없었다.

　▶ 단속을 피해 시골에서 쌀을 가지고 오는 엄마와 그 덕에 콩깻묵 밥을 먹지 않은 오빠

딸이라고 음식 차별을 해 본 적이 없는 엄마가 그 비상시국 때만은 오빠 밥은 따로 지었다. 콩깻묵 냄새가 워낙 흉해서 같이 지어서 가려 푸

기조차 싫었던 것이다. 콩깻묵 둔 밥은 엄마하고 나하고 먹었지만 물론

거기에도 층하가 있었다. 밥그릇 위는 비슷하게 섞인 것 같아도 밑으로
다른 것보다 낮잡아 보아 소홀히 대접함.
들어갈수록 엄마 밥에서는 콩깻묵이 더 많이 나왔다. 나는 그걸 알고 있

었지만 콩깻묵만은 정말 먹기가 싫었기 때문에 모른 척했다.

엄마가 절대로 아들딸을 음식 층하 안 하는 것은 숙모들 사이에서도

유별난 걸로 알려져 있었다. 『그만큼 남자와 여자는 기를 때부터 차별
　　　　　　　　　　『 』: 남자를 여자보다 존중하며 차별했던 그 당시의 상황을 알 수 있음.
을 두어서 기르는 게 예사로운 시대였다. 여북하면 숙모들로부터 딸을
　　　　　　　　　　　　　오죽하면
그렇게 길러서 나중에 어떻게 시집을 보내시려고 그러느냐는 핀잔을

다 들었겠는가.』

그러면 엄마는 "나는 내 딸 입만 가지고 시집 보내려네."라고 천연덕

스럽게 말하곤 했다. 엄마는 정말로 내가 시집가기 전까지 엄마의 그런

소신을 굽히지 않았다. 딸일수록 맛있는 걸로 입맛을 높여 놔야 음식을

맛있게 만들 수 있지 먹어 보지 않은 음식은 결코 맛있게 만들 수 없다

는 엄마의 생각은 "입병 난 며느리는 써도 눈병 난 며느리는 못 쓴다."
　　　　　　　　　눈병 나서 일을 못하는 며느리보다 입병이 나서 음식을 축내지 않는 며느리가 더 낫다는 말
는 지독한 말이 아직도 유용하던 당시로서는 너무도 파격적이었다.

오죽해야 나는 시집갈 때까지도 숙모들로부터 "쟤는 입만 가지고 시

집갈 아이니까."라는 다소 빈정거리는 투의 별명을 들어야 했다.

▶ 엄마가 식량 배급이 줄자 음식 차별을 함.
위기 일제 시대 어렵게 삶을 유지함.

뒷부분 줄거리 해방 후 '나'는 소설가 박노갑 선생을 만나 문학에 심취하게 되
며, 오빠의 영향으로 좌익의 이념을 갖게 된다. '나'는 스무 살 때 서울대 문리대
에 입학하는데, 그해 6·25 전쟁이 일어나고 오빠는 의용군에 끌려간다. 공산정
권이 물러난 후 '나'는 좌익 성향이라는 이유로 끊임없이 당국으로부터 조사를

받아야 했으며 숙부 집 또한 심한 고초를 겪는다. (절정)

1·4후퇴로 모두들 피란을 갈 때, 전쟁에 나갔던 오빠는 육체적, 정신적으로 만신창이가 되어 돌아온다. 식구들은 피란을 포기하고 서울로 올라와 처음 자리 잡았던 달동네인 현저동에 몸을 숨긴다. '나'는 고통의 시간들을 되새기며 언젠가 이 시간들을 글로 남겨야겠다고 생각을 한다. (결말)

● 작가 만나기

박완서(1931~2011) 경기도 개풍에서 태어나 1950년 서울대학교 국문과에 입학했으나 전쟁으로 인해 학교를 그만두었다. 1970년 "여성동아"에 장편 소설 '나목'이 당선되어 등단하였다. 주로 6·25 전쟁과 분단 문제, 물질 중심주의에 대한 비판 등이 작품 세계를 이루고 있다. 주요 작품으로 '엄마의 말뚝', '꼴찌에게 보내는 갈채' 등이 있다.

● 작품 만나기

'그 많던 싱아는 누가 다 먹었을까'는 지은이 자신과 그 가족의 이야기가 담긴 자전적 소설이다. 일제 말기에 어린 시절을 보내고 해방과 6·25 전쟁의 혼란 속에서 학창 시절을 보냈던 주인공의 이야기를 통해 우리나라의 비극적인 사회 상황에서 평범한 사람들이 어떤 고통을 겪으며 살아왔는지 알 수 있다.

여기에 실린 부분은 제2차 세계 대전이 막바지로 치달을 무렵, 일제가 창씨개명은 물론 우리나라 사람들에게 징용과 정신대를 강요하고 식량과 생활필수품을 배급제로 실시하던 상황을 잘 보여 준다. 이러한 개인적인 차원의 비극은 개인적인 차원에 머무르지 않고 그 시대를 살아냈던 우리 민족 모두의 비극임을 잊지 말아야 할 것이다.

● 핵심 만나기

갈래	현대 소설, 장편 소설
성격	회상적, 고백적, 자전적
배경	• 시간적: 일제 강점기 말(발췌 부분) ~ 해방과 6·25 전쟁 • 공간적: 개성에서 조금 떨어진 박적골, 개성, 서울
시점	1인칭 주인공 시점
제재	'나'의 어린 시절에 겪은 일들과 성장 과정
주제	민족의 수난기에 한 가족이 겪어야 했던 고난과 그 극복 의지
특징	• 지은이의 실제 경험을 바탕으로 함. • 혼란스러운 사회 상황에 대응하는 인물들의 모습을 어린 소녀의 입장에서 담담하게 그려 냄.

등장인물

나 (서술자)	서울에서 신식 교육을 받으며 책 읽기에 빠지게 되고 점차 주체적으로 사고하는 인물로 성장함. 오빠의 영향으로 좌익 이념을 갖게 됨.
어머니	일본보다 우리 민족이 더 우월하다고 믿으면서도 일제의 사회 체제에 순응함. 높은 교육열과 강한 신념을 지닌 인물로 자식들을 출세시키기 위해 온갖 고생을 함.
오빠	서울에서 신식 교육을 받고 총독부와 철공소에서 일하다가 좌익 활동을 함. 교사로 일하다가 6·25 전쟁이 나자 의용군에 끌려갔으며 정신적 육체적으로 상처를 많이 받고 돌아옴.
숙부들	큰숙부는 시골에서 면서기를 하고 조카들에게 아버지로서의 책임감을 가짐. 작은숙부는 조카들을 친자식처럼 아끼고 사회 변화에 빠르게 적응하면서 장사를 함.

제목의 의미

이 소설의 제목 '그 많던 싱아는 누가 다 먹었을까'는 전쟁도, 이념의 갈등도 없이 평화롭게 살았던 때를 그리워하며 지금의 현실이 그렇지 않음을 보여 주고 있다. '싱아'는 '나'가 어렸을 때 박적골에서 흔하게 먹었던 풀이다. 그런데 이 풀이 서울에서는 보이지 않아 '나'는 안타까워한다. 즉, 이 소설에서 '싱아'는 단순한 풀이 아니라 순수한 어린 시절의 추억이자 평화를 상징한다고 볼 수 있다. 그리고 그런 순수함과 평화를 누가 다 가져갔는지 의문을 던지면서 그것이 사라져가고 있는 현실을 안타까워하고 있다.

●이 소설의 주제가 잘 드러나도록 다른 제목을 붙여 보자.

● 책 이름(출판사)　　　　　　　　　　● 지은이

● 줄거리 요약

　　'나'는 일제 강점기 말에 농촌 마을인 박적골에서 할아버지, 할머니, 숙부, 숙모와

살며 어린 시절을 보낸다. 실개천에서 물장구를 치고 싱아를 비롯한 여러 가지 풀과

꽃을 뜯고 산열매를 먹으며 살아가던 '나'는 일곱 살이 되면서 엄마를 따라

● 인상 깊은 내용과 그 이유

● 읽고 난 후의 생각이나 느낌

✎ 내가 이 소설에 나오는 오빠였다면 창씨개명에 찬성했을지, 반대했을지 밝히
고, 그 이유를 써 보자.

1. 이 소설의 시대 상황을 알 수 있는 말이 아닌 것은?

　① 징용　　　　　　② 정신대　　　　　　③ 괴불 마당

　④ 제2차 세계 대전　　⑤ 황국 신민의 맹세

2. 이 소설에서 '나'가 어린 시절에 고향에서 따 먹던 풀로, 전쟁과 이념의 갈등이 없는
   평화로운 세계를 상징하는 소재를 쓰시오.

3. 이 소설에서 '나'의 가족이 창씨개명을 하지 않은 이유는?

　① '나'의 반대가 심해서　　　　② 큰숙부의 반대가 심해서

　③ 어머니의 반대가 심해서　　　④ 할머니의 반대가 심해서

　⑤ 할아버지의 반대가 심해서

4. '나'의 엄마에 대한 설명으로 알맞지 않은 것은?

　① 일본 풍습을 얕잡아 본다.　　　② 창씨개명을 하고 싶어 한다.

　③ 자식에 대한 교육열이 대단하다.　④ 투철한 민족의식을 가지고 있다.

　⑤ 오빠가 일본인들에게 잘 보이는 것을 좋아한다.

5. '나'에 대한 설명으로 올바른 것은?

　① 창씨개명을 하기 싫어한다.

　② 일제 말기에 어린 시절을 보낸다.

　③ 할아버지에 대한 애정이 별로 없다.

　④ 어린 시절에 한글로 쓰인 소설책을 좋아했다.

　⑤ 어린 시절에 교과서 이외의 읽을거리를 많이 읽었다.

● 다음 뜻에 해당하는 단어를 풍선에서 찾아 빈칸에 써 보자.

(1) _____ : 죽음을 맞이함.

(2) _____ : 복을 누리고 오래 산 사람의 죽음.

(3) _____ : 사람이 죽어 장례를 치르는 집.

(4) _____ : 상갓집에서 상여가 떠남.

(5) _____ : 장사하여 시체를 묻는 땅.

운수 좋은 날

현진건

『새침하게 흐린 품이 눈이 올 듯하더니, 눈은 아니 오고 얼다가 만 비
_{날씨가 조금 쌀쌀하게}
가 추적추적 내리었다.』 「♩: 작품의 분위기를 조성하고 사건의 결말을 암시하는 배경

이날이야말로 동소문 안에서 인력거꾼 노릇을 하는 김 첨지에게는
_{공간적 배경, 혜화문}
오래간만에도 닥친 운수 좋은 날이었다. 문안에(거기도 문밖은 아니지
만) 들어간답시는 앞집 마나님을 전찻길까지 모셔다 드린 것을 비롯하
여 행여나 손님이 있을까 하고 정류장에서 어정어정하며, 내리는 사람
하나하나에게 거의 비는 듯한 눈길을 보내고 있다가, 마침내 교원인 듯
한 양복쟁이를 동광 학교까지 태워다 주기로 되었다.

▶ 오랜 만에 닥친 운수 좋은 날

첫 번에 삼십 전, 둘째 번에 오십 전 — 아침 댓바람에 그리 흉하지 않
_{우리나라 옛 화폐 단위}
은 일이었다. 그야말로 재수가 옴 붙어서 근 열흘 동안 돈 구경도 못 한
김 첨지는 십 전짜리 백통화 서 푼, 또는 다섯 푼이 찰깍하고 손바닥에
떨어질 제 거의 눈물을 흘릴 만큼 기뻤었다. 더구나 이날 이때에 이 팔
십 전이라는 돈이 그에게 얼마나 유용한지 몰랐다. 컬컬한 목에 모주 한
잔도 적실 수 있거니와, 그보다도 앓는 아내에게 설렁탕 한 그릇도 사다
_{아내에 대한 김 첨지의 사랑}
줄 수 있음이다.

▶ 팔십 전을 벌고 기뻐하는 김 첨지

그의 아내가 기침으로 쿨룩거리기는 벌써 달포가 넘었다. 조밥도 굶
_{한 달이 조금 넘는 기간}

기를 먹다시피 하는 형편이니 물론 약 한 첩 써 본 일이 없다. 구태여 쓰려면 못 쓸 바도 아니로되, 그는 병이란 놈에게 약을 주어 보내면 재미를 붙여서 자꾸 온다는 자기의 신조에 어디까지 충실하였다. 따라서 의사에게 보인 적이 없으니 무슨 병인지는 알 수 없으나, 반듯이 누워 가지고 일어나기는새로에 모로도 못 눕는 걸 보면 중증은 중증인 듯, 병이
_{옆으로도}
이대도록 심해지기는 열흘 전에 조밥을 먹고 체한 때문이다. 그때도 김
_{이렇게까지}
첨지가 오래간만에 돈을 얻어서 좁쌀 한 되와십 전짜리 나무 한 단을 사다 주었더니, 김 첨지의 말에 의하면, 그년이 천방지축으로 냄비에 대고
_{너무 급하여 허둥지둥 날뛰는 모양}
끓였다. 마음은 급하고 불길은 달지 않아, 채 익지도 않은 것을 그년이 숟가락은 고만두고 손으로 움켜서 두 뺨에 주먹덩이 같은 혹이 불거지도록 누가 빼앗는 듯이 처박질하더니만 그날 저녁부터 가슴이 땅긴다, 배가 켕긴다 하고 눈을 홉뜨고 지랄병을 하였다. 그때, 김 첨지는 열화와 같이 성을 내며,
_{이유: 표면적- 아내에 대한 분노, 이면적-자책}
  "에이, 조랑복은 할 수가 없어, 못 먹어 병, 먹어서 병, 어쩌란 말이야!
_{복을 받아도 누리지 못하는 사람을 두고 하는 말}
  왜 눈을 바루 뜨지 못해!"
_{바로}
하고 김 첨지는 앓는 이의 뺨을 한 번 후려갈겼다. 홉뜬 눈은 조금 바루
_{겉으로는 쌀쌀하지만 속정이 있는 김 첨지의 성격 제시}
어졌건만 이슬이 맺히었다. 김 첨지의 눈시울도 뜨끈뜨끈한 듯하였다.
_{▶ 병에 걸린 김 첨지의 아내}
  이 환자가 그러고도 먹는 데는 물리지 않았다. 사흘 전부터 설렁탕 국물이 마시고 싶다고 남편을 졸랐다.
  "이런, 조밥도 못 먹는 년이 설렁탕은……. 또, 처먹고 지랄을 하게."
라고 야단을 쳐 보았건만, 못 사 주는 마음이 시원치는 않았다. 인제 설

렁탕을 사 줄 수도 있다. 앓는 어미 곁에서 배고파 보채는 개똥이(세 살
먹이)에게 죽을 사 줄 수도 있다. ― 팔십 전을 손에 쥔 김 첨지의 마음
은 푼푼하였다.

▶ 아내에게 설렁탕을 사 줄 수 있어 기뻐하는 김 첨지
발단 김 첨지는 오랜만에 행운을 맞음.

그러나 그의 행운은 그걸로 그치지 않았다. 땀과 빗물이 섞여 흐르는
목덜미를 기름 주머니가 다 된 광목 수건으로 닦으며, 그 학교 문을 돌
아 나올 때였다. 뒤에서 "인력거!" 하고 부르는 소리가 났다. 자기를 불
러 멈춘 사람이 그 학교 학생인 줄 김 첨지는 한 번 보고 짐작할 수 있었
다. 그 학생은 다짜고짜로,

"남대문 정거장까지 얼마요?"

오늘날의 서울역

라고 물었다. 아마도 그 학교 기숙사에 있는 이로 동기 방학을 이용하여

겨울

귀향하려 함이로다. 오늘 가기로 작정은 하였건만, 비는 오고 짐은 있고
해서 어찌할 줄 모르다가 마침 김 첨지를 보고 뛰어나왔음이리라. 그러
지 않다면 왜 구두를 채 신지 못해서 질질 끌고, 비록 '고꾸라' 양복일
망정 노박이로 비를 맞으며 김 첨지를 뒤쫓아 나왔으랴.

줄곧 계속적으로

"남대문 정거장까지 말씀입니까?"

하고 김 첨지는 잠깐 주저하였다. 그는 이 우중에 우장도 없이 그 먼 곳

비를 맞지 아니하기 위해 차려 입음. 또는 그런 복장. 우산, 도롱이 따위

을 철벅거리고 가기가 싫었음일까? 처음 것, 둘째 것으로 고만 만족하
였음일까? 아니다. 결코 아니다. 이상하게도 꼬리를 맞물고 덤비는 이
행운 앞에 조금 겁이 났음이다.

그리고 집을 나올 제, 아내의 부탁이 마음에 켕기었다. 앞집 마마한
테서 부르러 왔을 제 병인은 그 뼈만 남은 얼굴에 유일의 생물 같은 유

42 나라 잃은 사람들의 삶을 엿보다

달리 크고 움푹한 눈에다 애걸하는 빛을 띠며,

> 『"오늘은 나가지 말아요. 제발 덕분에 집에 붙어 있어요. 내가 이렇게
> 『 』: 아내의 부탁, 비극적 결말 암시
> 아픈데……."』

라고 모깃소리같이 중얼거리며 숨을 걸그렁걸그렁하였다. 그때에 김

첨지는 대수롭지 않은 듯이,

"압다, 젠장맞을. 빌어먹을 소리를 다 하네. 맞붙들고 앉았으면 누가

먹여 살릴 줄 알아?"

하고 훌쩍 뛰어나오려니까, 환자는 붙잡을 듯이 팔을 내저으며

"나가지 말라도 그래. 그러면 일찍이 들어와요."

하고 목멘 소리가 뒤를 따랐다.

정거장까지 가잔 말을 들은 순간에 경련적으로 떠는 손, 유달리 큼직

한 눈, 울 듯한 아내의 얼굴이 김 첨지의 눈앞에 어른어른하였다.

▶ 병든 아내에 대한 걱정으로 새로운 손님을 주저하는 김 첨지

"그래, 남대문 정거장까지 얼마란 말이오?"

하고 학생은 초조한 듯이 인력거꾼의 얼굴을 바라보며 혼잣말같이,

"인천 차가 열한 점에 있고, 그다음에는 새로 두 점이던가?"

라고 중얼거린다.

"일 원 오십 전만 줍시오."

이 말이 저도 모를 사이에 불쑥 김 첨지의 입에서 떨어졌다. 제 입으

로 부르고도 스스로 그 엄청난 돈 액수에 놀랐다. 한꺼번에 이런 금액을

불러라도 본 지가 그 얼마 만인가! 그러자 그 돈 벌 욕기가 병자에 대한
                                        욕심
염려를 사르고 말았다. 설마 오늘 안으로 어떠랴 싶었다. 무슨 일이 있

더라도 제일 제이의 행운을 곱친 것보다도 오히려 갑절이 많은 이 행운을 놓칠 수 없다 하였다.

"일 원 오십 전은 너무 과한데."

이런 말을 하며 학생은 고개를 기웃하였다.

"아니올시다. 이수로 치면 여기서 거기가 시오 리가 넘는답니다. 또, 이런 진날에는 좀 더 주셔야지요."

땅이 질척거릴 정도로 비나 눈이 오는 날

하고 빙글빙글 웃는 차부의 얼굴에는 숨길 수 없는 기쁨이 넘쳐흘렀다.

"그러면 달라는 대로 줄 터이니 빨리 가요."

관대한 어린 손님은 그런 말을 남기고 총총히 옷도 입고 짐도 챙기러

갈 데로 갔다.

『그 학생을 태우고 나선 김 첨지의 다리는 이상하게 거뿐하였다. 달
『 』: 돈을 버는 것에 대한 김 첨지의 기쁨
음질을 한다느니보다 거의 나는 듯하였다.』바퀴도 어떻게 속히 도는

지, 구른다느니보다 마치 얼음을 지쳐 나가는 스케이트 모양으로 미끄

러져 가는 듯하였다. 언 땅에 비가 내려 미끄럽기도 하였지만…….

『이윽고 끄는 이의 다리는 무거워졌다. 자기 집 가까이 다다른 까닭
『 』: 아내에 대한 김 첨지의 걱정
이다. 새삼스러운 염려가 그의 가슴을 눌렀다.』

"오늘은 나가지 말아요. 내가 이렇게 아픈데!"

이런 말이 잉잉 그의 귀에 울렸다. 그리고 병자의 움쑥 들어간 눈이

원망하는 듯이 자기를 노리는 듯하였다. 그러자 엉엉하고 우는 개똥이의 곡성을 들은 듯싶다. 딸국딸국하고 숨 모으는 소리도 나는 듯싶다.

"왜 이러우? 기차 놓치겠구먼."

하고, 탄 이의 초조한 부르짖음이 간신히 그의 귀에 들려왔다. 언뜻 깨달으니 김 첨지는 인력거 채를 쥔 채 길 한복판에 엉거주춤 멈춰 있지 않은가?

"예, 예."

하고 김 첨지는 또다시 달음질하였다. 집이 차차 멀어 갈수록 김 첨지의 걸음에는 다시금 신이 나기 시작하였다. 다리를 재게 놀려야만 쉴 새 없이 자기의 머리에 떠오르는 모든 근심과 걱정을 잊을 듯이.

▶ 계속되는 행운에 대한 기쁨과 아내에 대한 불안감

정거장까지 끌어다 주고 그 깜짝 놀란 일 원 오십 전을 정말 제 손에 쥠에 제 말마따나 십 리나 되는 길을 비를 맞아 가며 질퍽거리고 온 생각은 안 하고, 거저나 얻은 듯이 고마웠다. 졸부나 된 듯이 기뻤다. 제 자식뻘밖에 안 되는 어린 손님에게 몇 번 허리를 굽히며,

"안녕히 다녀옵시오."

라고 깍듯이 <u>재우쳤다.</u>
빨리 몰아치거나 재촉하다.

그러나 빈 인력거를 털털거리며 이 우중에 돌아갈 일이 꿈밖이었다. 노동으로 하여 흐른 땀이 식어지자, 굶주린 창자에서, 물 흐르는 옷에서 어슬어슬 한기가 솟아나기 비롯하매 『일 원 오십 전이란 돈이 얼마나 괜찮고 괴로운 것인 줄 절절히 느끼었다.』 정거장을 떠나가는 그의 발

『 』: 돈이 있으면 아내에게 설렁탕도 사 줄 수 있지만 돈을 벌기 위해 힘든 생활을 해야 함.

길은 힘 하나 없었다. 온몸이 옹송그려지며 당장 그 자리에 엎어져 못
몸이 궁상맞게 옹그려지며

일어날 것 같았다.

"젠장맞을 것! 이 비를 맞으며 빈 인력거를 털털거리고 돌아를 간담.
이런 빌어먹을, 이놈의 비가 왜 남의 상판을 딱딱 때려!"

그는 몹시 화증을 내며 누구에게 반항이나 하는 듯이 게걸거렸다. 그
럴 즈음에 그의 머리엔 또 새로운 광명이 비쳤나니, 그것은 '이러구 갈
게 아니라 이 근처를 빙빙 돌며 차 오기를 기다리면 또 손님을 태우게
될는지도 몰라.' 란 생각이었다. 오늘 운수가 괴상하게도 좋으니까 그런
요행이 또 한 번 없으리라고 누가 보증하랴. 꼬리를 굴리는 행운이 꼭
자기를 기다리고 있다는 내기를 해도 좋을 만한 믿음을 얻게 되었다. 그
렇지만 정거장 인력거꾼의 등쌀이 무서워 정거장 앞에 섰을 수는 없었
                        텃세가 두려워
다. 그래 그는 이전에도 여러 번 해 본 일이라 바로 정거장 앞 전차 정류
장에서 조금 떨어지게, 사람 다니는 길과 전찻길 틈에 인력거를 세워 놓
고, 자기는 그 근처를 빙빙 돌며 형세를 관망하기로 하였다. 얼마 만에
                 한발 물러나서 어떤 일이 되어 가는 형편을 바라보기로
기차는 왔다. 수십 명이나 되는 손이 정류장으로 쏟아져 나왔다. 그중에
서 손님을 물색하던 김 첨지의 눈엔 양머리에 뒤축 높은 구두를 신고 망
                          서양식으로 단장한 머리
토까지 두른 기생퇴물인듯, 난봉 여학생인 듯한 여편네의 모양이 띄었
다. 그는 슬근슬근 그 여자의 곁으로 다가들었다.

"아씨, 인력거 아니 타시랍시요?"

그 여학생인지 뭔지가 한참은 매우 때깔을 빼며 입술을 꼭 다문 채 김
첨지를 거들떠보지도 않았다. 김 첨지를 구경하는 거지나 무엇같이 연
해연방 그의 기색을 살피며,

"아씨, 정거장 애들보담 아주 싸게 모셔다 드리겠습니다. 댁이 어디신가요?"

하고 추근추근하게도 그 여자의 들고 있는 일본식 버들고리짝에 제 손을 대었다.

"왜 이래? 남 귀치않게."
_{귀찮게}

소리를 벽력같이 지르고는 획 돌아선다. 김 첨지는 어럽쇼 하고 물러섰다.
_{벼락}

전차가 왔다. 김 첨지는 원망스럽게 전차 타는 이를 노리고 있었다. 그러나 그의 예감은 틀리지 않았다. 전차가 빡빡하게 사람을 싣고 움직이기 시작하였을 제, 타고 남은 손 하나가 있었다. 굉장하게 큰 가방을 들고 있는 걸 보면 아마 붐비는 차 안에 짐이 크다 하여 차장에게 밀려 내려온 눈치였다. 김 첨지는 대어 섰다.

"인력거를 타시랍시요?"

한동안 값으로 승강이를 하다가 육십 전에 인사동까지 태워다 주기로 하였다. 인력거가 무거워지매 그의 몸은 이상하게도 가벼워졌다. 그리고 또, 인력거가 가벼워지니 몸은 다시금 무거워졌건만, 이번에는 마음조차 초조해 온다. 집의 광경이 자꾸 눈앞에 어른거리어 이젠 요행을 바랄 여유도 없었다. 나뭇등걸이나 무엇 같고 제 것 같지도 않은 다리를
_{나무를 베어 내고 남은 밑동}
연해 꾸짖으며 갈팡질팡 뛰는 수밖에 없었다. '저놈의 인력거꾼이 저렇
_{계속해서}
게 술이 취해 가지고 이 진 땅에 어찌 가노?'라고, 길 가는 사람이 걱정을 하리만큼 그의 걸음은 황급하였다. 흐리고 비 오는 하늘은 어둠침침

한 게 벌써 황혼에 가까운 듯하다. 창경원 앞까지 다다라서야 그는 턱에 닿는 숨을 돌리고 걸음도 늦추잡았다. 한 걸음 두 걸음 집이 가까워 올수록 그의 마음은 괴상하게 누그러졌다. 그런데 이 누그러짐은 안심에서 오는 게 아니요, 『자기를 덮친 무서운 불행을 빈틈없이 알게 될 때가

「 」: 불행을 예감한 김 첨지

박두한 것을 두려워하는 마음에서 오는 것이다.』

기일이나 시기가 가까이 닥쳐온   ▶ 집이 가까워지자 두려워진 김 첨지

그는 불행이 닥치기 전 시간을 얼마쯤이라도 늘리려고 버르적거렸다. 기적에 가까운 벌이를 하였다는 기쁨을 할 수 있으면 오래 지니고 싶었다. 그는 두리번두리번 사면을 살피었다. 그 모양은 마치 자기 집, — 곧 불행을 향하고 달려가는 제 다리를 제힘으로는 도저히 어찌할 수 없으니 누구든지 나를 좀 잡아 다고, 구해 다고 하는 듯하였다.

▶ 귀가를 늦추고 싶은 김 첨지

전개   김 첨지는 거듭되는 행운과 그에 따른 불안감으로 귀가를 늦춤.

그럴 즈음에 마침 길가 선술집에서 『그의 친구 치삼이가 나온다. 그

간단하게 술을 마실 수 있는 집   「 」: 치삼이의 외양 묘사

의 우글우글 살찐 얼굴에 주홍이 돋는 듯, 온 턱과 뺨을 시커멓게 구레나룻이 덮었거든,』『노르탱탱한 얼굴이 바짝 말라서 여기저기 고랑이

「 」: 김 첨지의 외양 묘사

파이고 수염도 있대야 턱 밑에만 마치 솔잎 송이를 거꾸로 붙여놓은 듯한 김 첨지의 풍채』하고는 기이한 대상을 짓고 있었다.

대립되는 모양   ▶ 선술집 앞에서 치삼이를 만난 김 첨지

"여보게, 김 첨지. 자네 문안 들어갔다 오는 모양일세그려. 돈 많이 벌었을 테니 한잔 빨리게."

뚱뚱보는 말라깽이를 보던 맡에 부르짖었다. 그 목소리는 몸집과 딴판으로 연하고 싹싹하였다. 김 첨지는 이 친구를 만난 게 어떻게 반가운지 몰랐다. 자기를 살려 준 은인이나 무엇같이 고맙기도 하였다.

"자네는 벌써 한잔한 모양일세그려. 자네도 재미가 좋아 보이."

하고 김 첨지는 얼굴을 펴서 웃었다.

"아따, 재미 안 좋다고 술 못 먹을 낸가? 그런데 여보게, 자네 온몸이 어째 물독에 빠진 새앙쥐 같은가? 어서 이리 들어와 말리게."

선술집은 훈훈하고 뜨뜻하였다. 추어탕을 끓이는 솥뚜껑을 열 적마다 뭉게뭉게 떠오르는 흰 김, 석쇠에서 빠지지빠지지 구워지는 너비아니며, 굴이며, 제육이며, 간이며, 콩팥이며, 북어며, 빈대떡……. 이 너저분하게 늘어놓은 안주 탁자, 김 첨지는 갑자기 속이 쓰려서 견딜 수 없었다. 마음대로 할 양이면 거기 있는 모든 먹음먹이를 모조리 깡그리 집어삼켜도 시원치 않았다. 하되, 배고픈 이는 우선 분량 많은 빈대떡

<small>먹음직한 음식들</small>

두 개를 쪼이기로 하고 추어탕을 한 그릇 청하였다. 주린 창자는 음식 맛을 보더니 더욱더욱 비어지며 자꾸자꾸 들이라 들이라 하였다. 순식간에 두부와 미꾸리 든 국 한 그릇을 그냥 물같이 들이켜고 말았다. 셋

<small>'미꾸라지'의 방언</small>

째 그릇을 받아 들었을 제, 데우던 막걸리 곱빼기 두 잔이 더웠다. 치삼이와 같이 마시자, 원원이 비었던 속이라 찌르르하고 창자에 퍼지며 얼

<small>어떤 사물이 전하여 내려온 그 처음부터. 또는 본디부터</small>

굴이 화끈하였다. 눌러 곱빼기 한 잔을 또 마셨다. ▶ 술과 음식을 먹어 대는 김 첨지

김 첨지의 눈은 벌써 개개풀리기 시작하였다. 석쇠에 얹힌 떡 두 개

<small>졸리거나 술에 취해서 눈에 정기가 흐려지기</small>

를 숭덩숭덩 썰어서 볼을 불룩거리며 또 곱빼기 두 잔을 부어라 하였다.

치삼은 의아한 듯이 김 첨지를 보며,

"여보게, 또 붓다니? 벌써 우리가 넉 잔씩 먹었네. 돈이 사십 전 일세."

라고 주의시켰다.

"아따 이놈아, 사십 전이 그리 끔찍하냐? 오늘 내가 돈을 막 벌었어.

참 오늘 운수가 좋았느니."

"그래 얼마를 벌었단 말인가?"

『"삼십 원을 벌었어, 삼십 원을! 이런 젠장맞을 술을 왜 안 부어…….

「 」: 김 첨지의 과장된 행동 – 평소에 돈이 없다는 것에 한이 맺혔음을 알 수 있음.

괜찮다, 괜찮아. 막 먹어도 상관이 없어. 오늘 돈 산더미 같이 벌었

는데."』

"어, 이 사람 취했군, 그만두세!"

"이놈아, 그걸 먹고 취할 내냐? 어서 더 먹어!"

하고는 치삼의 귀를 잡아채며 취한 이는 부르짖었다. 그리고 술을 붓는

열다섯 살 됨 직한 중대가리에게로 달려들어

"이놈, 왜 술을 붓지 않아?"

라고 야단을 쳤다. 중대가리는 희희 웃고 치삼이를 보며 문의하는 듯이

눈짓을 하였다. 주정꾼이 이 눈치를 알아보자 화를 버럭 내며,

"이 오라질 놈들 같으니, 이놈, 내가 돈이 없을 줄 알고……."

하자마자 허리춤을 훔척훔척하더니 일 원짜리 한 장을 꺼내어 중대가리

앞에 펄쩍 집어던졌다. 그 사품에 몇 푼 은전이 잘그랑하며 떨어진다.

▶ 운수가 좋았다고 술주정을 하는 김 첨지

"여보게, 돈 떨어졌네, 왜 돈을 막 끼얹나."

이런 말을 하며 치삼은 일변 돈을 줍는다. 김 첨지는 취한 중에도 돈

의 거처를 살피려는 듯이 눈을 크게 떠서 땅을 내려다보다가 불시에 제

어느 한편

하는 짓이 너무 더럽다는 듯이 고개를 소스라치자 더욱 성을 내며,

『"봐라, 봐! 이 더러운 놈들아! 내가 돈이 없나, 다리 **뼉다구**를 꺾어

「 」: 궁핍한 삶에 대한 원망의 표현 　　　'뼈다귀'의 방언

놓을 놈들 같으니.”』

하고 치삼이 주워 주는 돈을 받아,

“이 원수엣돈! 이 육시를 할 돈!”

아픈 아내를 돌보지 못하고 나와 돈을 벌어야 하는 현실에 대한 원망

하면서 팔매질을 친다. 벽에 맞아 떨어진 돈은 다시 술 끓이는 양푼에

떨어지며 정당한 매를 맞는다는 듯이 쨍하고 울었다.

▶ 술에 취해 돈에 대한 원망을 드러내는 김 첨지

곱빼기 두 잔은 또 부어질 겨를도 없이 말려 가고 말았다. 김 첨지는

입술과 수염에 붙은 술을 빨아들이고 나서 매우 만족한 듯이 그 솔잎 송

이 수염을 쓰다듬으며,

“또 부어, 또 부어.”

라고 외쳤다.

또 한 잔 먹고 나서 김 첨지는 치삼의 어깨를 치며 갑자기 깔깔 웃는

다. 그 웃음소리가 어떻게 컸던지 술집에 있는 이의 눈은 모두 김 첨지

불안감을 떨치기 위한 행동

에게로 몰리었다. 웃는 이는 더욱 웃으며

“여보게 치삼이, 내 우스운 이야기 하나 할까? 오늘 손을 태우고 정거

장에 가지 않았겠나?”

“그래서?”

“갔다가 그저 오기가 안됐데그려. 그래 전차 정류장에서 어름어름하

말이나 행동을 똑똑히 하지 않고 우물쭈물하는 모양

며 손님 하나를 태울 궁리를 하지 않았나? 거기 마침 마마님이 신지

여학생이신지 — 요새야 어디 논다니와 아가씨를 구별할 수가 있던

가? — 망토를 잡수시고 비를 맞고 서 있겠지. 슬근슬근 가까이 가서

'입으시고'의 비꼬는 표현

인력거를 타시랍시요 하고 손가방을 받으랴니까 내 손을 탁 뿌리치

고 핵 돌아서더니만 '왜 남을 이렇게 귀찮게 굴어!' 그 소리야말로 꾀

꼬리 소리지, 허허!" ▶ 웃으며 낮에 있었던 일을 이야기하는 김 첨지

김 첨지는 교묘하게도 정말 꾀꼬리 같은 소리를 내었다. 모든 사람은
　　　　　　희극적 분위기로 작품의 비극성 고조
일시에 웃었다.

"빌어먹을 깍쟁이 같은 년, 누가 저를 어쩌나? '왜 남을 귀찮게 굴

어!' 어이구, 소리가 채신도 없지, 허허."

웃음소리들은 높아졌다. 그런 그 웃음소리들이 사라지기도 전에 김

첨지는 훌쩍훌쩍 울기 시작하였다. 치삼은 어이없이 주정뱅이를 바라

보며,

"금방 웃고 지랄을 하더니 우는 건 무슨 일인가?"

김 첨지는 연해 코를 들이마시며,

"우리 마누라가 죽었다네."
　　　불길한 상황을 예감함.
"뭐, 마누라가 죽다니, 언제?"

"이놈아, 언제는? 오늘이지."

"예끼 미친놈, 거짓말 마라."

『"거짓말은 왜, 참말로 죽었어, 참말로……. 마누라 시체를 집에 빼
　『 』: 병든 아내를 두고 술을 마시는 것에 대한 자책감과 아내의 죽음을 예감한 불안감
들쳐 놓고 내가 술을 먹다니, 내가 죽일 놈이야, 죽일 놈이야."』

하고 김 첨지는 엉엉 소리를 내어 운다. ▶ 마누라가 죽었다며 우는 김 첨지

치삼은 흥이 조금 깨어지는 얼굴로,

"원, 이 사람아, 참말을 하나, 거짓말을 하나? 그러면 집으로 가

세, 가."

하고 우는 이의 팔을 잡아당기었다.

치삼의 잡는 손을 뿌리치더니, 김 첨지는 눈물이 글썽글썽한 눈으로 싱그레 웃는다.

"죽기는 누가 죽어."

하고 득의양양······.

"죽기는 왜 죽어, 생때같이 살아만 있단다. 그년이 밥을 죽이지. 인제 나한테 속았다, 인제 나한테 속았다."

하고 어린애 모양으로 손뼉을 치며 웃는다.

"이 사람이 정말 미쳤단 말인가? 나도 아주먼네가 앓는단 말은 들었는데."

하고 치삼이도 어떤 불안을 느끼는 듯이 김 첨지에게 또 돌아가라고 권하였다.

"안 죽었어, 안 죽었대도 그래."

김 첨지는 화증을 내며 확신 있게 소리를 질렀으되, 그 소리엔 안 죽은 것을 믿으려고 애쓰는 가락이 있었다. 기어이 일 원어치를 채워서 곱빼기를 한 잔씩 더 먹고 나왔다. 궂은비는 의연히 추적추적 내린다.

▶ 아내의 죽음에 대해 횡설수설하는 김 첨지 **위기** 김 첨지는 선술집에서 술을 마시며 아내에 대한 불안감을 떨치려 함.

김 첨지는 취중에도 설렁탕을 사 가지고 집에 다다랐다. 집이라 해도 물론 셋집이요, 또 집 전체를 세든 게 아니라 안과 뚝 떨어진 행랑방 한 칸을 빌려 든 것인데, 물을 길어 대고 한 달에 일 원씩 내는 터이다. 『만일, 김 첨지가 주기를 띠지 않았던들 한 발을 대문 안에 들여놓았을 제

『 ♪: 청각적 심상을 이용한 비극적 분위기의 형상화

그곳을 지배하는 무시무시한 정적 — 폭풍우가 지나간 뒤의 바다 같은

아내의 죽음 암시

정적에 다리가 떨렸으리라. 쿨룩거리는 기침 소리도 들을 수 없다. 그르렁거리는 숨소리조차 들을 수 없다. 다만, 이 무덤 같은 침묵을 깨뜨리는 — 깨뜨린다느니보담 한층 더 침묵을 깊게 하고 불길하게 하는 빡빡하는 그윽한 소리 — 어린애의 젖 빠는 소리가 날 뿐이다. 만일, 청각이 예민한 이 같으면, 그 빡빡 소리는 빨 따름이요, 꿀떡꿀떡하고 젖 넘어가는 소리가 없으니, 빈 젖을 빤다는 것도 짐작할는지 모르리라.』

혹은, 김 첨지도 이 불길한 침묵을 짐작했는지도 모른다. 그러지 않으면 대문에 들어서자마자 전에 없이,

"남편이 들어오는데 나와 보지도 않아, 이년."

이라고 고함을 친 게 수상하다. 이 고함이야말로 제 몸을 엄습해 오는 무시무시한 증을 쫓아 버리려는 허장성세인 까닭이다.

▶ 불길한 침묵에 허장성세를 부리는 김 첨지

하여간, 김 첨지는 방문을 왈칵 열었다. 구역을 나게 하는 추기 — 떨어진 삿자리 밑에서 나온 먼지내, 빨지 않은 기저귀에서 나는 똥내와 오줌내, 가지각색 때가 켜켜이 앉은 옷 내, 병인의 땀 썩은 내가 섞인 추기가, 무딘 김 첨지의 코를 찔렀다.

방 안에 들어서며 설렁탕을 한구석에 놓을 사이도 없이 주정꾼은 목청을 있는 대로 다 내어 호통을 쳤다.

"이년, 주야장천 누워만 있으면 제일이야! 남편이 와도 일어나지를 못해?"

라는 소리와 함께 발길로 누운 이의 다리를 몹시 찼다. 그러나 발길에 차이는 건 사람의 살이 아니고 나뭇등걸과 같은 느낌이 있었다. 이때에

빽빽 소리가 응아 소리로 변하였다. 개똥이가 물었던 젖을 빼어 놓고 운다. 운대도 온 얼굴을 찡그려 붙여서 운다는 표정을 할 뿐이라, 응아 소리도 입에서 나는 게 아니고, 마치 배 속에서 나는 듯하였다. 울다가 울다가 목도 잠겼고, 또 울 기운조차 시진한 것 같다.

_{기운이 빠져 없어진}

▶ 아내의 죽음

절정 김 첨지는 불길한 침묵 속에서 죽은 듯이 꼼짝 않는 아내를 흔들어 깨우려 함.

발로 차도 그 보람이 없는 걸 보자, 남편은 아내의 머리맡으로 달려

_{움직이는 않는 걸}

들어 그야말로 까치집 같은 환자의 머리를 껴들어 흔들며,

"이년아, 말을 해, 말을! 입이 붙었어?" / "……."

"으응, 이것 봐, 아무 말이 없네." / "……."

"이년아, 죽었단 말이냐, 왜 말이 없어?" / "……."

"응으, 또 대답이 없네, 정말 죽었나 보이."

▶ 아내의 죽음을 실감하지 못하는 김 첨지

이러다가 누운 이의 흰창이 검은창을 덮은, 위로 치뜬 눈을 알아보자

_{아내의 죽음을 확인}

마자,

"이 눈깔! 이 눈깔! 왜 나를 바루 보지 못하고 천정만 바라보느냐, 응?"

하는 말끝엔 목이 메었다. 그러자 산 사람의 눈에서 떨어진 닭똥 같은 눈물이 죽은 이의 뻣뻣한 얼굴을 어룽어룽 적시었다. 문득 김 첨지는 미친 듯이 제 얼굴을 죽은 이의 얼굴에 비비대며 중얼거렸다.

"설렁탕을 사다 놓았는데 왜 먹지를 못하니? 왜 먹지를 못하니……? 괴상하게도 오늘은 운수가 좋더니만……."

_{상황적 반어}

▶ 김 첨지의 심정

결말 김 첨지는 아내의 죽음을 확인하고 통곡함.

● 작가 만나기

현진건(1900~1943) 대구에서 태어나 일본과 중국에서 수학했다. "개벽"에 '희생화'를 발표함으로써 문단에 등단하여 '빈처'를 비롯해 '운수 좋은 날', '술 권하는 사회', 'B사감과 러브레터', '무영탑' 등의 작품을 남겼다. 그는 염상섭과 함께 사실주의를 개척했으며 한국 근대 단편 소설의 대표 작가이다.

● 작품 만나기

'운수 좋은 날'은 1924년 "개벽"에 발표된 작품으로 1920년대 도시 하층민의 삶을 날카로운 관찰로 생생하게 그린 현진건의 대표작이다. 김 첨지의 하루를 통해 일제 강점기 하층민의 생활상과 인간의 행복과 불행이 결코 동떨어져 있지 않음을 드러내고 있다.

'운수 좋은 날'이라는 소설의 제목은 김 첨지가 돈을 많이 번 운수 좋은 날이기도 하지만, 병든 아내가 죽은 운수 나쁜 날이기도 하다. 지은이는 김 첨지에게 운수 좋은 날이 가장 운수 나쁜 날임을 말하려고 한다. 이렇게 지은이가 전하려고 하는 생각과 반대되는 말을 써서 모순되는 효과를 보이려는 것을 '반어적 표현'이라고 한다. 결국 이 작품은 행운 뒤에 비극적 결말이 준비되어 있다는 모순을 보여 주고 있다.

● 핵심 만나기

갈래	현대 소설, 사실주의 소설, 단편 소설
성격	사실적, 반어적, 현실 고발적, 비극적
배경	• 시간적: 일제 강점기의 어느 날(1920년대 겨울) • 공간적: 비오는 날의 서울
시점	전지적 작가 시점(3인칭 관찰자 시점 혼용)
제재	가난한 인력거꾼 김 첨지의 하루
주제	일제 강점기 하층민의 궁핍하고 비참한 삶
특징	• 상황적 반어를 통해 작품의 비극성을 극대화시킴. • 일제 강점기의 고통받는 하층민의 삶을 사실적으로 드러냄. • '비 오는 날'을 통해 작품 전체의 분위기와 비극적 결말을 드러냄.

● 등장인물

김 첨지	1920년대의 도시 하층민으로 아내에게 겉으로는 몰인정해 보이지만 속정이 깊은 인물임.
아내	설렁탕 한 그릇을 먹는 것이 소원이지만, 그 작은 소원 하나 이루지 못하고 죽는 비극적인 인물임.
치삼	아내의 죽음에 대해 불안해하는 김 첨지를 위로하는 인물임.

● 반어적 구조

'반어'란 표현의 효과를 높이기 위하여 실제와 반대되는 뜻의 말을 하는 것을 말한다. 즉, 못난 사람을 보고 '잘났어.'라고 하는 것 따위이다. 이 소설은 다음과 같은 반어적 구조로 이루어져 있다.

상황적 반어	김 첨지의 행운과 불행의 상황이 교차되는 것을 보여 주면서 행운 뒤에 감추어진 불행을 드러내고 있음.
언어적 반어	김 첨지가 아내에게 상스러운 욕설을 하는 것을 보여 주면서 그 뒤에 감추어진 아내를 생각하는 그의 순박한 애정을 드러내고 있음.

● 일제 강점기 하층민의 삶

김 첨지는 인력거꾼으로 1920년대 도시 빈민층에 해당한다. 이러한 계층은 1920년대 일제의 토지 조사 사업으로 인해 농촌이 황폐해지자 농촌을 버리고 도시로 이주한 사람들로 대부분 이루어졌다. 즉, 농촌이라는 삶의 기반을 잃고 도시 빈민층으로 전락한 민중들의 모습이라고 할 수 있다.

❶ '추적추적 비가 내리는' 배경의 효과를 생각해 보자.

❷ 소설의 제목인 '운수 좋은 날'의 의미를 정리해 보자.

● 책 이름(출판사)　　　　　　　　　　● 지은이

● 줄거리 요약

　　김 첨지는 아침부터 앞집 마나님에 이어서 양복쟁이를 태우는 행운을 맞는다. 김

　첨지는 인력거를 끌면서도

● 인상 깊은 내용과 그 이유

● 읽고 난 후의 생각이나 느낌

✎ 이 소설을 읽고 난 후의 생각이나 느낌을 그림으로 표현해 보자.

1. 김 첨지가 앞집 마나님을 모셔다 드린 곳을 쓰시오.

2. 김 첨지 아내의 병이 심해진 이유를 쓰시오.

3. 김 첨지가 계속해서 술을 마신 이유를 모두 고르시오.

① 불안감을 떨쳐버리기 위해서

② 돈을 많이 벌어 기분이 좋아서

③ 많이 번 돈을 치삼에게 자랑하기 위해서

④ 하루 종일 수고한 자신을 위로하기 위해서

⑤ 집에 들어가기 위한 시간을 늦추기 위해서

4. 다음은 김 첨지의 모습을 묘사한 부분이다. 빈칸에 들어갈 말을 쓰시오.

> 노르탱탱한 얼굴이 바짝 말라서 여기저기 고랑이 파이고 수염도 있대야 턱 밑에만 마치 ○○ ○○을/를 거꾸로 붙여놓은 듯한 김 첨지의 풍채하고는 기이한 대상을 짓고 있었다.

5. 아내에 대한 김 첨지의 사랑을 의미하는 소재로 집으로 돌아오는 길에 사 온 것을 쓰시오.

● 다음 뜻에 해당하는 단어를 〈보기〉에서 찾아 빈칸에 그 기호를 써 보자.

<table>
<tr><td>보기</td><td>㉠ 관망　㉡ 천방지축　㉢ 푼푼하다　㉣ 시진하다　㉤ 달포　㉥ 생때같다</td></tr>
</table>

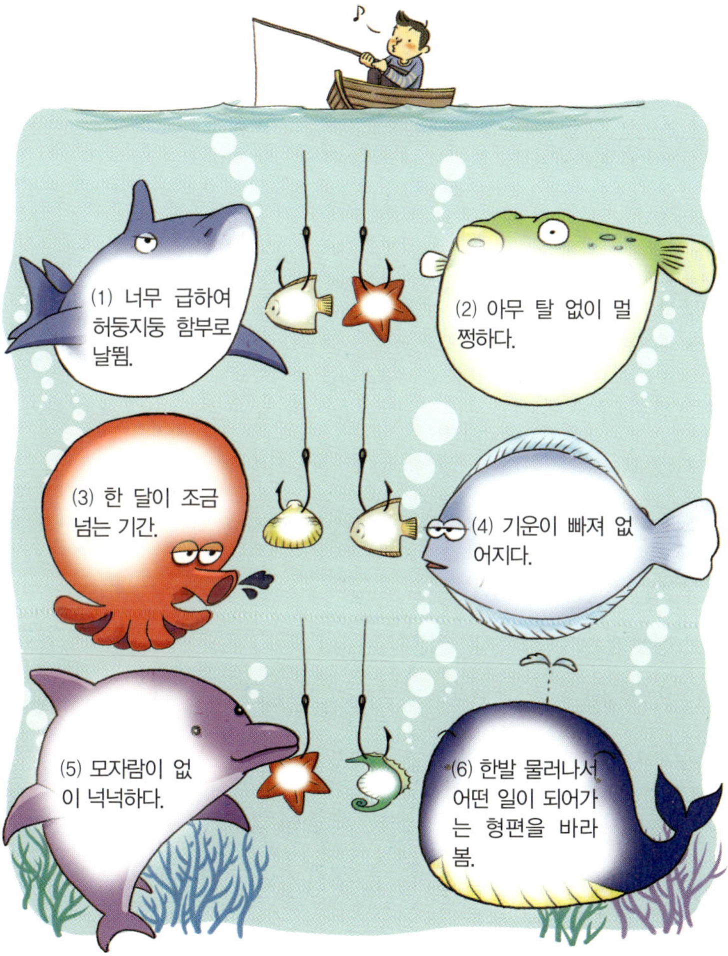

(1) 너무 급하여 허둥지둥 함부로 날뜀.

(2) 아무 탈 없이 멀쩡하다.

(3) 한 달이 조금 넘는 기간.

(4) 기운이 빠져 없어지다.

(5) 모자람이 없이 넉넉하다.

(6) 한발 물러나서 어떤 일이 되어가는 형편을 바라봄.

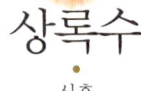

상록수

심훈

앞부분 줄거리 채영신과 박동혁은 신문사가 주최한 농촌 계몽 운동에 참여했다가, 주최 측이 연 다과회에서 만나 사랑하게 된다. (발단)

학업을 마친 후 동혁은 한곡리의 청년들로 농우회를 만들어 회관 건립과 마을 개량 사업을 추진한다. 영신도 청석골로 내려가 예배당을 빌려 가난한 농촌 아이들에게 한글 강습을 한다.

글을 배우러 오는 아이들은 거의 날마다 늘었다. 『양철 지붕에 송판

『 ,: 강습소의 열악한 실정

으로 엉성하게 지은 조그만 예배당은 수리를 못해서 벽이 떨어지고, 비

공간적 배경 - 임시 강습소

만 오면 천장이 새는데, 선머슴 아이들이 뛰고 구르고 하여서 마루청까

지 서너 군데나 빠졌다.』 그것을 볼 때마다 늙은 장로는,

"흥, 경비는 날 곳이 없는데 너희들이 예배당을 아주 헐어 내는구나.

강습이구 뭐구 인젠 넌덜머리가 난다."

지긋지긋하게 몹시 싫은 생각

하고 허옇게 센 머리를 내둘렀다.

더구나 새로 글을 깨친 아이들이 어느 틈에 분필과 연필로 예배당 안

팎에다가 괴발개발 글씨도 쓰고 지저분하게 환도 친다.

글씨를 되는대로 아무렇게나 써 놓은 모양   ▶ 임시 강습소의 어려운 실정

"신통이 개자식이라.", "갓난이는 오줌을 쌌다더라." 하고 제 동무의

욕을 쓰기도 하고, 심지어 십자가를 새긴 강당 정면에다가 나쁜 그림까

지 몰래 그려 놓기도 하여서, 그런 낙서를 볼 때마다 장로와 전도사는 상을 찌푸린다.

영신은 여간 미안하지가 않아서 하루에도 몇 번씩 그런 짓을 하지 말라고 입이 닳도록 타일렀다. 『그러나 속으로는 제가 피땀을 흘리며 가르친 아이들이, 하나 둘씩 글눈을 떠 가는 것이 여간 대견치 않았다. 비록 나쁜 그림을 그리고 욕을 쓸망정 그것이 여간 신통하지가 않아서,』

> 영신의 심리 ①
> 『 』: 전지적 작가 시점
> 영신의 심리 ②
> 영신의 심리 ③

"장로님, 저희두 따로 집을 짓구 나갈 테니 올 가을꺼정만 참아 줍시오."

하고 몇 번이나 용서를 빌었다. 그러면 변덕스러운 장로는 대머리를 어루만지며,

"원, 채 선생, 별 말씀을 다 하는구려. 다 하나님의 뜻대로 되겠지요. 그게 좀 거룩한 사업이오."

> 교육 사업(아이들을 가르치는 일)

하고 얼더듬는다. 그럴수록 영신은 사글셋집에 들어 있는 것만큼이나 불안스러워서 하루바삐 집을 짓고 나가려고 안 해 보는 궁리가 없었다.

> 영신의 심리 ④
> ▶ 새 교실 마련의 궁리

그러나 원체 가난한 동리인데다가, 그나마 돈이 한창 마른 때라, 기부금은 적어 놓은 액수의 십분의 일도 걷히지를 않고, 친목계원들이 춘잠(春蠶)을 쳐서 한 장 치에 열서너 말씩이나 땄건만, 고치 금이 사뭇 떨어져서 예산한 금액까지 되려면 어림도 없다. 닭도 집집마다 개량식으로 쳤지만, 모이를 사서 먹인 것과 레그혼 같은 서양 종자의 어미 닭 값을 따지고 보면 계란 값과 비겨 떨어진다.

> 봄에 치는 누에   누에 씨를 세는 단위   명주실을 뽑아내는 원료가 되는 누에고치의 가격

그러니 줄잡아도 오륙백 원이나 들여야 할 학원을 지을 엄두가 나지

> 집을 지을 정도의 돈 – 당시의 돈의 가치를 알 수 있음.

를 않았다. 영신이가 하도 집을 짓지 못해서 성화를 하니까 다른 회원들은,

"급히 먹는 밥이 체한다우. 우리 선생님두 성미가 퍽 급하셔."

하고 위로하듯 하기도 한두 번이 아니었다.

그럴수록 아이들은 한꺼번에 대여섯 명, 어떤 때는 여남은 명씩 부쩍부쩍 는다. 고등학교가 시오 리 밖이나 되는 곳에 있고, 간이(簡易) 학교

_{일제 강점기 때의 2년제 속성 초등학교}

라고 새로 생긴 것도 장터까지 가서야 있으니, 배움에 목마른 아이들은 등잔불로 날아드는 나비처럼 청석골로만 모여들 수밖에 없는 형세다. 요새 들어온 아이들까지 합하면 거의 일백 삼십여 명이나 된다.

▶ 어려움 속에서도 늘어나는 아이들

그러나 장소가 좁다는 이유로 한 아이도 더 수용할 수 없다고 오는 아이를 쫓을 수는 없다.

영신은, "아무나 오게, 아무나 오게." 하는 찬송가 구절을 입속으로 부르며 『"오냐, 예배당이 터지도록 모여 오너라. 여름만 되면 나무 그늘

_{『 』: 영신의 교육에 대한 의지}

도 좋고, 달밤이면 등불도 일없다."』하고 들어오는 대로 받아서 그곳 보통학교를 졸업한 젊은 사람의 응원을 얻어, 남자와 여자와 초급과 상

_{일제 강점기 때의 초등학교}

급으로 반을 나누어 가르치기 시작하였다.

▶ 계속 아이들을 수용하여 가르침.

영신을 숭배하고 일을 도와주는 순진한 청년이 서너 명이 되지만, 그 중에도 주인집의 외아들인 원재는 영신의 말이라면 절대로 복종을 하는 심복이었다. 같은 집에 살기도 하지만 상급 학교에는 가지 못하는 처

_{마음 놓고 부리거나 일을 맡길 수 있는 사람}

지라 틈틈이 영신에게서 중등 학과를 배우는 진실한 청년이다.

가뜩이나 후락한 예배당 안은 콩나물을 기르는 것처럼 아이들도 빽

_{낡고 썩어서 못 쓰게 됨.}

빽하다. 선생이 비비고 드나들 틈이 없을 만큼 꼭꼭 찼다. 아랫반에서,

"'가' 자에 ㄱ 하면 '각' 하고"

"'나' 자에 ㄴ 하면 '난' 하고"

하면서 다리도 못 뻗고 들어앉은 아이들은, 고개를 번쩍 들고 칠판을 쳐다보면서 제비 주둥이 같은 입을 일제히 벌렸다 오므렸다 한다. 그러면 윗반에서는 '농민독본'을 펴 놓고,

잠자는 자 잠을 깨고

눈먼 자 눈을 떠라.
글을 모르는 자(문맹자)
부지런히 일을 하여

살 길을 닦아 보세.

하며 목청이 찢어져라고 선생의 입내를 낸다. 그 소리를 가까이 들으면
소리나 말로써 내는 흉내
귀가 따갑도록 시끄럽지만 멀리 축동 밖에서 들을 때, '아아, 너희들이
물을 막기 위해 크게 둑을 쌓음. 또는 그 둑
인제야 눈을 떠 가는구나!' 하며 영신은 어깨춤이 저절로 났다.

▶ 열심히 배우는 아이들에게서 보람을 느낌.

그러다가 어느 날 저녁때였다. 영신의 신변을 노상 주목하고 다니던 순사가 나와서 다짜고짜,
시대적 배경을 나타내는 어휘

"주임이 당신을 보자는데, 내일 아침까지 주재소로 출두를 하시오."
시대적 배경을 나타내는 어휘
하고 한마디를 이르고는 말대답을 들을 사이도 없이 자전거를 되집어 타고 가 버렸다.

'무슨 일로 호출을 할까? 강습소 기부금은 오백 원까지 모집을 해도

좋다고 허가를 해 주지 않았는가.'

영신은 일이 손에 잡히지 않았다. 웬만한 일 같으면 출장 나온 순사에게 통지만 해도 그만일 텐데, 일부러 몇 십 리 밖에서 호출까지 하는 것은 무슨 까닭이 붙은 일인지 도무지 알 수가 없었다.

영신이가 처음 내려오던 해부터 이 일 저 일에 줄곧 간섭을 받아 왔었지만, 강습소 일이나 부인 친목계며 그 밖에 하는 일을 잘 양해를 시켜 오던 터라, 더욱 의심이 나지 않을 수 없었다.

별별 생각이 다 나서 영신은 그날 밤 잠을 잘 자지 못하고, 이튿날 새벽밥을 지어 달래서 먹고는 길을 떠났다. 이십 리는 평탄한 신작로지만 나머지는 가파른 고개를 넘느라고 발이 부르트고 속옷이 땀에 젖었다.

『…… 영신과 주재소 주임 사이에 주고받은 대화나 그 밖의 이야기는

『 』: 서술자(작가)의 설명 = 작가의 개입 = 전지적 작가 시점

기록하지 않는다.』 그러나 호출한 요령만 따서 말하면, 『"첫째는 예배

『 』: 강습소 운영 통제

당이 좁고 후락해서 위험하니 아동을 팔십 명 이외에는 한 사람도 더 받지 말라는 것과, 둘째는 기부금을 내라고 돌아다니며, 너무 강제 비슷이 청하면 법률에 저촉이 된다."』는 것을 단단히 주의시키는 것이었다. 영신은 여러 가지로 변명도 하고 오는 아이들을 안 받을 수가 없다고 사정사정하였으나, "상부의 명령이니까 말을 듣지 않으면 강습소를 폐쇄시

일제의 경고(탄압)

키겠다."고 을러메어서 영신은 하는 수 없이 입술을 깨물고 주재소 밖을 나왔다.

▶ 영신의 한글 강습을 탄압하는 일제

그는 아픈 다리를 간신히 끌고 돌아와서 저녁도 안 먹고, 그날 밤을 꼬박이 새우다시피 하였다.

영신의 내적 갈등

'참자! 이보다 더한 것도 참아 왔는데, 이만한 일이야 참지 못하랴.' 하면서도 좀 더 시원하게 들이대지를 못하고 온 것이 종시 분하였다. 그러나 혈기를 참지 못하고 떠들었다가는 제한받은 수효의 아이들마저 가르치지 못하게 될 것을 생각하고 꿀꺽 참았던 것이다. 아무튼 어길 수 없는 명령이매, 내일부터 일백 삼십여 명 중에서 팔십 명만 남기고 오십 명은 쫓아내야 한다.

'난 못 하겠다! 차라리 예배당 문에 못질을 하는 한이 있더래도 내 손으로 차마 그 노릇은 못 하겠다!' 하고 영신은 부르짖으며 방바닥에 가 쓰러져 버렸다. 한참 동안이나 엎치락뒤치락하며 홀로 고민을 하였다.

그는 불을 끄고 이불을 뒤집어쓰고 누웠다. 그러나 이제까지 갖은 고생과 온갖 곤욕을 당해 오면서 공들여 쌓은 탑을 그 밑동부터 제 손으로 허물어뜨릴 수는 없다. 청석골 와서 몇 가지 시작한 사업 중에 가장 의미 깊고 성적이 좋은 한글 학습을 중도에서 뗄 수는 도저히 없다.

『 '어떡하면 나머지 오십 명을 돌려보낼꼬? 이제까지 두말없이 가르
『 』: 영신의 내적 갈등
쳐 오다가 별안간 무슨 핑계로 가르칠 수가 없다고 한단 말인가?' 』

거짓말을 하기는 죽어라고 싫건만 무어라고 꾸며 대지 않을 수 없는 형세다. 아무리 곰곰 생각해 보아도 묘책이 나서지 않아서 그는 하룻밤
일이 되어가는 형편   매우 교묘한 꾀
을 하얗게 밝혔다.

창밖에 새벽별이 차차 빛을 잃어 갈 때, 영신은 세수를 하고 나와서 예배당으로 올라갔다. 땅 위의 모든 것이 아직도 단꿈에서 깨지 않아 천지는 함께 괴괴하다. 영신은 이슬이 축축이 내린 예배당 층계에 엎드려
쓸쓸한 느낌이 들 정도로 아주 고요하다.

경건한 마음으로 기도를 올렸다.

"주여, 당신의 뜻으로 이곳에 모여든 귀엽고 사랑스러운 어린양들이 오늘은 그 삼분의 일이나 목자를 잃게 되었습니다. 다시 어둠 속에서 헤맬 수밖에 없이 되었습니다.

주여, 그 가엾은 무리가 낙심하지 말게 하여 주시고 하나도 버리지 마시고 다시금 새로운 광명을 받을 기회를 내려 주시옵소서, 오오 주여, 저의 가슴은 지금 메어질 듯합니다!"

<u>광명</u>: 글을 배움.

영신은 햇발이 등 뒤를 비추며 떠오를 때까지, 그대로 엎드린 채 소리 없이 <u>흐느껴</u> 울었다.   ▶ **주재소의 지시 사항에 고민하는 영신**

<u>흐느껴</u>: 몹시 서럽거나 감격에 겨워 흑흑 소리를 내며 울다.

<u>월사금</u> 육십 전을 못 내고 몇 달씩 밀려오다가 보통학교에서 쫓겨난

<u>월사금</u>: 다달이 내던 수업료

아이들이, 그날도 두 명이나 식전에 <u>책보</u>를 들고 그 학교의 모자표를 붙

<u>책보</u>: 책을 싸는 보자기

인 채 왔다.

"얘들아, 참 정말 안됐지만, 인젠 앉을 데가 없어서 받을 수가 없으니, 가을부터 오너라. 얼마 있으면 새집을 커다랗게 지을 텐데 그때 꼭 불러 주마 응."

하고, 영신은 그 아이들의 이름을 적고는 등을 어루만져 주며 간신히 돌려보냈다. 그리고는 다른 아이들이 오기 전에 예배당으로 들어갔다.

    ▶ **새로 온 아이들을 돌려보냄.**

『잠 한숨 자지를 못해서 머리가 무겁고 눈이 빡빡한데, 교실 한복판

『 』: 정신적, 육체적 피로에 지친 영신

에 가서 한참 동안이나 실신한 사람처럼 우두커니 섰자니 어찔어찔하고 현기증이 나서 이마를 짚고 있다가, 다리를 <u>허청</u> 떼어 놓으며 칠판

<u>허청</u>: 다리에 힘이 없어 잘 걷지 못하고 비틀거리는 모양

앞으로 갔다.』

그는 분필을 집어 가지고 교단 앞에서 삼분의 일 가량 되는 데까지 와
서는 동쪽 끝에서부터 서쪽 창밑까지 한일자로 금을 쭉 그었다. 그리고
<u>영신과 아이들 사이의 외적 갈등을 일으키는 소재</u>
아이들이 오는 것을 기다렸다가 예배당 문을 반쪽만 열었다. 아이들은
여느 때와 조금도 다름이 없이 재잘거리며 앞을 다투어 우르르 몰려들
어 온다.

영신은 잠자코 맨 먼저 온 아이부터 하나씩 둘씩 차례차례로 분필
로 그어 놓은 금 안으로 앉혔다. 어느덧 금 안에는 제한받은 팔십 명
이 찼다.

"나중에 온 아이들은 이 금 밖으로 나가 앉아요. 떠들지 말구."

선생의 명령에 늦게 온 아이들은 영문도 모르고, '오늘은 왜 이럴까'
하는 표정으로 선생의 눈치를 힐끔힐끔 보며 금 밖에 가서 쭈그리고 앉
는다.

아이들에게 제비를 뽑힐 수도 없고 하급생이라고 마구 몰아내는 것
은 공평하지가 못할 듯해서, 영신은 생각다 못해 나중에 오는 아이들을
돌려보내려는 것이다. 나중에 왔다고 해도 시간으로 보면 불과 십 분 내
외의 차이밖에 나지 않지만 그렇게 하는 도리 이외에 아무 상책이 없었
<u>가장 좋은 대책</u>
던 것이다.

『영신은 아이들을 다 들여앉힌 뒤에, 원재와 다른 청년들에게 그제야
『 』: 영신의 신중한 성격
그 사정을 귀띔해 주었다. 그런 소문이 미리 나면 일이 더 복잡해질 것
을 염려하였기 때문이었다.』 그 말을 듣는 청년들의 얼굴빛은 금세 <u>흑
빛으로 변하였다.</u>
놀람, 절망

"암말두 말구 나 하라는 대루만 장내를 잘 정돈해 줘요. 자세한 얘긴 이따가 할게."

▶ 교실에 금을 그어 아이들을 제한함.

청년들은 영신을 제대로 신임하는 터라 입술을 지그시 깨물고 침통한 표정을 지을 뿐이다. 영신은 찬찬히 교단 위에 올라섰다. 그 얼굴빛은 현기증이 나서 금방 쓰러지려는 사람처럼 해쓱해졌다. 아이들은 '선생님이 무슨 말을 하시려고 저러나?' 하고 저희들 깐에도 보통 때와는 그 기색이 다른 것을 살피고는, 기침 하나 안 하고 영신을 쳐다본다.

영신은 입술만 떨며 얼른 말을 꺼내지 못하고 섰다. 사제 간의 정을 한칼로 베어 내는 것 같은, 마룻바닥에 그어 놓은 금을 내려다보고 그 금 밖에 오십여 명 아동이 옹기종기 모여 앉아서 무슨 무서운 선고나 내리기를 기다리는 듯한, 그 천진한 얼굴들을 바라볼 때, 영신은 눈두덩이 뜨끈해지며, 목이 막혀서 말을 꺼낼 수가 없다. 한참만에야 그는 용기를 내었다. 그러다가 풀이 죽은 목소리로,

"여러 학생들 조용히 들어요. 오늘은 선생님이 차마 하기 어려운 섭섭한 말을 할 텐데……."

하고 나서 다시 주저주저하다가,

"저…… 금 밖에 앉은 아이들은 오늘부터 공부를…… 시킬 수가 없게 됐어요!"

마른하늘에 날벼락: 뜻밖에 일어난 큰 변고나 사건을 비유적으로 일컫는 말

하였다. 청천의 벽력은 무심한 어린이들의 머리 위에 떨어졌다. 깜박깜박하고 선생을 쳐다보던 수없는 눈들은 모두가 꽈리처럼 동그래졌다.

아이들이 놀람.

▶ 금 밖의 아이들을 공부시킬 수 없다고 통보함.

"왜요? 선생님, 왜 글을 안 가르쳐 주신대유?"

그중에 머리가 좀 굵은 아이가 발딱 일어나며 질문을 한다.
_{나이가 든}

영신은 순순히 타이르듯이 집이 좁아서 팔십 명밖에는 더 가르칠 수

가 없게 되었다는 것과, 올가을에 새집을 지으면 꼭 잊어버리지 않고,

한 사람도 빼어 놓지 않고 불러 주마고 빌다시피 하였다.

"그럼 입때꺼정은 좁은 데서 어떻게 가르쳐 주셨이유?"
_{지금까지는}

이번엔 제법 목소리가 팬 남학생의 질문이 들어왔다. 영신은 화살이
_{사내아이의 목소리가 변성기를 지나 깊고 굵게 됨.}

나 맞은 듯이 가슴 한복판이 뜨끔하였다. 말대답을 못 하고 머리가 핑

내둘려서 이마를 짚고 섰는데, 금 밖에 앉았던 아이들은 하나둘, 앉은
_{쫓겨날}

채 엉금엉금 기어서, 혹은 살금살금 뭉치면서 금 안으로 밀려들어 오다

가,

"선생님! 선생님!"

하고 연거푸 부르더니 와르르 교단 위까지 뛰어오른다.

영신은 오십여 명이나 되는 아이들에게 에워싸였다.

『"선생님!"
_{『 』: 아이들의 간절한 호소}

"선생님!"

"전 벌써 왔에요."

"뒷간에 갔다가 쪼끔 늦게 왔는데요."
_{화장실}

"선생님, 난 막둥이버덤두 먼첨 온 걸, 저 차순이두 봤어요."

"선생님, 내일버텀 일찍 오께요. 선생님버덤 일찍 오께요."

"선생님, 저 좀 보세요. 절 좀 보세요! 인전 아침두 안 먹구 오께 가라

구 그러지 마세요. 네! 네!"』

아이들은 엎드러지며 고꾸라지며 앞을 다투어 교단 위로 올라와서, 등을 밀려 넘어지는 아이에, 발등을 밟히고 우는 아이에, 가뜩이나 머리가 띵한 영신은 정신이 아찔아찔 해서 강도상 모서리를 잡고 간신히 서

교회에서 설교를 하는 대

있다. 제 몸뚱이로 버티고 선 것이 아니라, 아이들에게 포위를 당해서 쓰러지려는 몸이 억지로 떠받들려 있는 것이다.

"선생님!"

"선생님!"

아이들의 안타까운 부르짖음은 귀가 따갑도록 그치지 않는다. 그래도 영신은 눈을 내리감고 아랫입술을 지그시 깨물 뿐……

안타까운 영신의 심리   ▶ 쫓겨나지 않으려는 아이들

"내려들 가!"

"어서 내려들 가거라!"

"말 안 들으면 모두 내쫓을 테다."

하면서 영신을 도와주는 청년들이 아이들을 끌어내리고 교편을 들고 을러메건만, 그래도 아이들은 울며불며 영신의 몸에 가 찰거머리처럼 달라붙어서 죽기로 기를 쓰고 떨어지지를 않는다.

영신의 저고리는 수세미가 되고, 치맛주름까지 주르르 뜯어졌다. 어떤 계집애는 다리에다 깍지를 끼고 엎드려서 꼼짝을 못 하게 한다.

영신은 뜯어진 치마폭을 휩싸 쥐고 그제야,

"놔라, 놔! 얘들아, 저리들 좀 가 있어. 원 숨이 막혀서 죽겠구나!"

하고 몸을 뒤틀며 손과 팔에 매달린 아이들을 가만히 뿌리쳤다. 아이들은 한번 떨어졌다가도 혹시나 제가 빠질까 하고 다시 극성스레 달라붙

는다. 이 광경을 본 교회의 직원들이 들어와서 강제로 금 밖에 앉았던 아이들을 예배당 밖으로 내몰았다. 사내아이 계집아이 할 것 없이 어머니의 젖을 억지로 뗀 것처럼 눈이 빨개지도록 훌쩍훌쩍 울면서, 또는 흑흑 느끼면서 쫓겨 나갔다.

장로는 대머리를 번득이며 쫓아 나가서 예배당 바깥문을 걸고 빗장까지 질렀다. 아이들이 소동을 해서 시끄러워 골치도 아프거니와, 경찰의 명령을 듣지 않았다가는 교회의 책임자인 자기의 발등에 불똥이 튈까 보아 적지 아니 겁이 났던 것이다.

문을 닫고 가로질러 잠그는 쇠장대

▶ 강제로 쫓겨나는 아이들

아이들의 등 뒤에서 이 정경을 바라보던 영신은 깨물었던 눈물이 주르르 흘러내렸다. 영신은 그 눈물을 아이들에게 보이지 않으려고 소매로 얼굴을 가리며 돌아섰다. 한참이나 진정을 하고 나서는, 저희들 깐에도 동무들을 내쫓고 공부를 하게 된 것이 미안쩍은 듯이 머리를 떨어뜨리고 앉은 나머지 여든 명을 정돈시켜 놓고 차마 내키지 않는 걸음걸이로 칠판 앞으로 갔다.

영신의 심리 – 슬픔, 고통, 괴로움

그는 새로운 과정을 가르칠 경황이 없어서,

정신적, 시간적인 여유나 형편

"오늘은 우리 복습이나 하지."

하고, 교과서로 쓰는 '농민독본'을 펴 들었다. 아이들은 독본에 있는 대로,

농민 교육과 계몽을 위한 교재

"누구든지 학교로 오너라."

"배우고야 무슨 일이든지 한다."

하고, 풀이 죽은 목소리로 외기를 시작한다.

영신은 그 생기 없는 아이들의 목소리가 듣기 싫은데, 든 사람은 몰라도 난 사람은 안다고 이가 빠진 듯이 띄엄띄엄 벌려 앉은 교실 한 귀퉁이가 훤한 것을 보지 않으려고 유리창 밖으로 눈을 돌렸다.

▶ 교실에 남은 아이들과 수업함.

창밖을 내다보던 영신은 다시금 콧마루가 시큰해졌다. 『예배당을 두른 야트막한 담에는 쫓겨 나간 아이들이 머리만 내밀고 주욱 매달려서

감동을 느낌.

『 』: 배움에 대한 아이들의 열의

담 안을 넘겨다보고 있지 않은가. 고목이 된 뽕나무 가지에 닥지닥지 열

말라서 죽어 버린 나무

린 것은 틀림없는 사람의 열매다.』 그중에도 키가 작은 계집애들은 나무에도 기어오르지 못하고 땅바닥에 가 주저앉아서 훌쩍거리고 울기만 한다.

영신은 창문을 말끔히 열어젖혔다. 그리고 청년들과 함께 칠판을 떼

담 밖에 있는 아이들도 볼 수 있도록 하기 위해

어 담 밖에서도 볼 수 있는 창 앞턱에다가 버티어 놓고 아래와 같이 커다랗게 썼다.

"누구든지 학교로 오너라."

"배우고야 무슨 일이든지 한다."

나무에 오르고 담장에 달린 아이들은 일제히 입을 열어 목구멍이 찢어져라고 그 독본의 구절을 바라다보고 읽는다. 바락바락 지르는 그 소리는 글을 외는 것이 아니라, 어찌 들으면 <u>누구</u>에게 <u>발악</u>을 하는 것 같다.

일제 온갖 짓을 다 하여 마구 악을 씀.

▶ 밖의 아이들과도 함께 공부함.

전개 일제의 탄압으로 학생들을 내쫓지만 아이들의 열의에 감동한 영신은 누구든지 학교로 와서 배우라고 말함.

뒷부분 줄거리 영신은 아이들을 가르칠 교실을 만들려고 기부금을 구하러 다니다가 기부금 강요 혐의로 주재소 신세를 지게 된다. 출소한 영신은 과로로 쓰러진다. (위기)

동혁은 쓰러진 영신이 맹장염에 걸린 사실을 알고 영신을 입원시킨다. 그 사이 강기천은 한곡리 농우회의 회장이 되고 이에 불만을 품은 동화의 방화 사건에 연루되어 동혁이 구속된다. 영신은 형무소로 동혁을 면회하러 간다. 다시 만난 두 사람은 농촌 운동을 하는 일에 전념하기로 굳게 약속하지만 영신은 죽고 만다. (절정)

동혁은 영신의 장례를 지내고 상록수를 보며 농촌을 위해 평생 몸 바칠 것을 다짐한다. (결말)

작가 만나기

심훈(1901~1936) 서울에서 태어나 제일고보 재학 중 3·1운동에 참가했다가 일본 경찰에 체포되어 감옥살이를 했다. 감옥에서 풀려난 뒤에 잠시 신문 기자 생활을 하다가 충남 당진에 '필경사'라는 초가집을 짓고 "상록수"등 농촌 계몽 소설들을 집필하였다. 그 후 시인, 시나리오 작가, 영화감독으로도 활약했다. 그의 작품에는 '상록수'와 같은 계몽적 작품과, '그 날이 오면'과 같은 애국심을 주제로 하는 시가 있다.

작품 만나기

1935년 "동아일보"에 당선된 '상록수'는 작가 심훈이 고향인 충남 당진에서 농촌 운동을 벌이던 큰조카 심재영과 경기도 안산에서 농촌 운동을 하다 숨진 최용신을 모델로 하여 쓴 작품으로 애향심과 민족의식을 보여주는 계몽 소설이다.

일제 강점기 아래 우리나라 농촌 현실을 배경으로 한 소설로, 농촌 운동을 하다 만나게 된 채영신과 박동혁의 사랑 이야기와 당시 시대 상황과 일제의 강압 등이 잘 나타나 있다. 특히 본문에 수록된 부분은 영신이 청석골의 예배당을 빌려서 아이들에게 한글 강습을 하는데 일제의 통제로 아이들 수를 줄여야 하는 영신의 갈등이 나타나있다. 또한 배움을 통해서 민족의 현실을 극복해야한다는 당시의 브나로드 운동의 모습을 볼 수 있다.

핵심 만나기

갈래	농촌 소설, 계몽 소설
성격	계몽적, 의지적
배경	• 시간적 배경: 1930년대 일제 강점기 • 공간적 배경: 가난한 농촌 청석골
시점	전지적 작가 시점
제재	농촌 계몽 운동(한글 강습)
주제	농촌 계몽 운동을 위한 헌신적 의지
특징	일제 강점기 농촌 계몽 운동에 나선 지식인들과 농촌의 실상을 사실적으로 그린, 농민 문학을 대표하는 작품임.

● 등장인물

영신	• 일제의 수탈에 의해 황폐해진 농촌을 살리기 위해서 농촌 계몽 운동에 적극적으로 뛰어드는 인물임. • 아이들을 가르치는 것을 가치 있게 여김.
주재소 순사	• 교육 사업을 통해 황폐한 농촌을 계몽하려는 영신을 의심하며 끈질기게 방해하는 인물임.
장로	영신이 글을 가르치는 것을 찬성하면서도 순사의 눈치를 보고 예배당이 무너질까 전전긍긍함.

● '상록수'의 의미

어떤 상황에서도 자신의 신념과 의지를 굽히지 않는 푸른 기상이 주인공 영신을 의미한다.

● '영신'의 갈등

외적 갈등 (영신 ↔ 일제)		내적 갈등		외적 갈등 (영신 ↔ 아이들)		갈등의 해소
강습소의 인원을 줄이고, 기부금 모집에 제약을 준 주재소 주임과의 대화	⇒	강습소가 폐쇄되도록 할 수 없고, 정원을 줄이기 위해 아이들을 쫓아낼 수 없는 영신	⇒	영신은 아이들을 내쫓지만, 뽕나무에 매달려 공부를 하려고 하는 아이들을 봄.	⇒	창문을 열어젖히고 일제의 탄압에 맞서 한글 강습을 계속하기로 한 영신

●이 소설의 제목을 '상록수'라고 지은 이유를 생각해 보자.

● 책 이름(출판사)　　　　　　　　● 지은이

● 줄거리 요약

　　　영신은 청석골 예배당을 빌려서 아이들에게 한글 강습을 한다. 어려운 여건에도

　불구하고 학생들은 계속 늘어나고.

● 인상 깊은 내용과 그 이유

● 읽고 난 후의 생각이나 느낌

　　　이 소설을 읽고 난 후의 생각이나 느낌을 표어로 표현해 보자.

1. 이 소설에서 시대적 배경을 드러내는 소재로 알맞은 것은?

   ① 한글　　　　　　② 강습소　　　　　　③ 예배당

   ④ 기부금　　　　　　⑤ 간이 학교

2. 이 소설의 내용으로 알맞지 <u>않은</u> 것은?

   ① 영신은 교육에 대한 열의가 있다.

   ② 예배당 크기에 비해서 많은 학생이 공부를 한다.

   ③ 영신은 가르치는 아이들 인원수를 줄이기로 결심하였다.

   ④ 아이들은 고등학교나 간이 학교가 멀리 있어서 다니기 불편하다.

   ⑤ 일본인 순사는 영신의 강습소에 적극적인 지원을 아끼지 않는다.

3. 다음 빈칸에 들어갈 알맞은 말을 쓰시오.

   그는 분필을 집어 가지고 교단 앞에서 삼분의 일 가량 되는 데까지 와서는 동쪽 끝에 서부터 서쪽 창밑까지 한일자로 (　　　　)을/를 쭉 그었다. 그리고 아이들이 오는 것을 기다렸다가 예배당 문을 반쪽만 열었다.

4. 다음 글에 나타난 영신의 심리로 알맞은 것은?

   아이들의 안타까운 부르짖음은 귀가 따갑도록 그치지 않는다. 그래도 영신은 눈을 내 리감고 아랫입술을 지그시 깨물 뿐…….

   ① 외로움　　　　　　② 불안함　　　　　　③ 괴로움

   ④ 섭섭함　　　　　　⑤ 홀가분함

5. 아이들이 예배당에 오는 이유로 가장 알맞은 것은?

① 글자를 배우기 위해서　　　　② 끼니를 때우기 위해서

③ 찬송가를 부르기 위해서　　　④ 여러 가지 놀이 기구들이 있어서

⑤ 예배를 드리고 축복을 받기 위해서

6. ㉠에 해당하는 알맞은 것은?

> '어떡하면 나머지 오십 명을 돌려보낼꼬? 이제까지 두말없이 가르쳐 오다가 별안간 무슨 핑계로 가르칠 수가 없다고 한단 말인가?
>
> 거짓말을 하기는 죽어라고 싫건만 무어라고 꾸며 대지 않을 수 없는 형세다. 아무리 곰곰 생각해 보아도 ㉠ 묘책이 나서지 않아서 그는 하룻밤을 하얗게 밝혔다.

① 아이들을 돌려보낼 방법　　　② 한글 강습을 그만 둘 핑계

③ 잠을 편히 잘 수 있는 방법　　④ 일본 순사를 설득할 수 있는 방법

⑤ 아이들을 더 많이 가르칠 수 있는 방법

7. 다음의 내용을 통해서 알 수 있는 이 소설의 시점을 쓰시오.

> 영신과 주재소 주임 사이에 주고받은 대화나 그 밖의 이야기는 기록하지 않는다.

8. 다음 중 영신의 성격으로 알맞지 않은 것은?

① 소신이 있다.　　　　　② 참을성이 많다.

③ 신앙심이 깊다.　　　　④ 성격이 급하다.

⑤ 남의 말에 순종한다.

● 다음 뜻에 해당하는 단어를 〈보기〉에서 찾아 써 보자.

주재소, 상책, 괴발개발, 입내, 넌덜머리, 형세

(1) 소리나 말로써 내는 흉내.

(2) 고양이의 발과 개의 발이라는 뜻으로, 글씨를 되는대로
    아무렇게나 써 놓은 모양을 이르는 말.

(3) 일제 강점기에, 순사가 머무르면서 사무를 맡아보던 경찰
    의 말단 기관.

(4) 일이 되어가는 형편.

(5) '넌더리'를 속되게 이르는 말로, 지긋지긋하게 몹시 싫은
    생각.

(6) 가장 좋은 대책이나 방책.

치숙

채만식

우리 아저씨 말이지요? 아따 저 거시키, 한참 당년에 무엇이냐 그놈
의 것, 사회주의라더냐 먹걸리라더냐, 그걸 하다, 징역 살고 나와서 폐
병으로 시방 앓고 누웠는 우리 오촌 고모부 그 양반…….

사회주의 운동을 하다 감옥살이를 한 지식인
사회주의에 대해 잘 모르는 '나'

머, 말두 마시오. 대체 사람이 어쩌면 글쎄……내 원!

신세 간 데 없지요.

자, 십 년 적공, 대학교까지 공부한 것 풀어먹지도 못했지요, 좋은 청
많은 힘을 들여 애를 씀.
춘 어영부영 다 보냈지요, 신분에는 전과자라는 붉은 도장이 찍혔지요.
몸에는 몹쓸 병까지 들었지요. 이 신세를 해 가지굴랑은 굴속 같은 오두
막집 단칸 셋방 구석에서 사시장철 밤이나 낮이나 눈 따악 감고 드러누
웠군요.

재산이 어디 집 터전인들 있을 턱이 있나요. 서 발 막대 내저어야 짚
검불 하나 걸리는 것 없는 철빈인데.
더할 수 없이 가난함.

▶ 사회주의 운동을 하다가 감옥살이를 한 아저씨

우리 아주머니가, 그래도 그 아주머니가, 어질고 얌전해서 그 알량한
남편 양반 받드느라 삯바느질이야, 남의 집 풀 빨래야, 화장품 장사야,
그 칙살스런 벌이를 해다가 겨우겨우 목구멍에 풀칠을 하지요.
하는 짓이나 말 따위가 잘고 더러운 데가 있는
어디루 대나 그 양반은 죽는 게 두루 좋은 일인데 죽지도 아니해요.

우리 아주머니가 불쌍해요. 아, 진작 한 나이라도 젊어서 팔자를 고

치는 게 아니라, 무슨 놈의 수난 후분을 바라고 있다가 고생을 하는지.
　　　　　　　　　　　늙은 뒤의 운수나 처지

근 이십 년 소박을 당했지요.
　　　처나 첩을 박대함.

이십 년을 젊은 청춘 한숨으로 보내고서 다아 늦게야 송장 여대치게

생긴 그 양반을 그래도 남편이라고 모셔다가는 병 수종 들으랴, 먹고 살
　　　　　　　　　　　　　　　　　　　시중

랴, 애자진하고 다니는 걸 보면 참말 가엾어요.

그게 무슨 죄다짐이람? 팔자, 팔자 하지만 왜 팔자를 고치지를 못하

고서 그래요. 죄선 구식 부인네들은 다아 문명을 못하고 깨지를 못해서

그러지.
　　　　　　　　　　　　　　　　　　▶ 아저씨를 돌보는 아주머니

『그 양반이 한시바삐 죽거나 했으면 우리 아주머니는 차라리 신세 편
　『 』: 아저씨에 대한 '나'의 비판적인 태도

하리다.』

심덕 좋겠다, 솜씨 얌전하겠다 하니 어디 가선들 제가 일신 몸 가누
　마음을 쓰는 데서 나타나는 덕

고 편안히 못 지내요?

가만 있자, 열여섯 살에 아저씨네 집으로 시집을 갔다니깐 그게 내가

세살 적이니 꼬박 열여덟 해로군. 열여덟 해면 이십 년 아니오.

『그때 우리 아저씨 양반은 나이 어리기도 했지만 공부를 한답시고 서
　『 』: 이지씨에 대한 비난, 지식인에 대한 반감

울로, 동경으로 십여 년이나 돌아다녔고 조금 자라서 색시 재미를 알 만

하니까는 누가 예쁘달까 봐 이혼하자고 아주머니를 친정으로 쫓고는

통히 불고를 하고…….』
　돌보지 아니함.

공부를 다 마치고 오더니만, 그 담에는 그놈의 짓에 들입다 발광해
　　　　　　　　　　　　　　　　　　　사회주의

다니면서 명색 학생 출신이라는 딴 여편네를 얻어 살았지요. 그 여편네
　　　　　　신여성

는 나도 몇 번 보았지만 상판때기라고 별반 출 수도 없이 생겼습디다.
<u>얼굴을 속되게 이르는 말</u>
그 인물로 남의 첩이야? 일색 소박은 있어도 박색 소박은 없다더니, 사
<u>예쁜 여자가 소박을 맞기는 해도 못난 여자가 소박을 맞는 일은 없음.</u>
실 소박맞은 우리 아주머니가 그 여편네에다 대면 월등 예뻤다우.

그래 그 뒤에, 그 양반은 필경 붙들려 가서 오 년이나 전중이를 살았
<u>징역살이하는 사람을 속되게 이르는 말</u>
지요. 그동안에 아주머니는 시집이고 친정이고 모두 폭 망해서 의지가
<u>의지할 만한 대상이 없이</u>
지없이 됐지요.

그러니 어떻게 해요? 자칫하면 굶어 죽을 판인데.

할 수 없이 얻어먹고 살기도 해야 하려니와, 또 아저씨 나오는 것도

기다려야 한다고 나를 발련삼아 서울로 올라왔더군요. 그게 그러니까
<u>반연. 무엇에 이르기 위한 연줄로 삼음.</u>
아저씨가 나오던 그 전해로군.

그때, 내가 나이는 어려도 두루 날뛴 보람이 있어서 이내 구라다 상
네 식모로 들어갔지요.　　　　　　▶ 아저씨의 삶과 불쌍한 아주머니의 삶

그 무렵에 참 내가 아주머니더러 여러 번 권면을 했지요. 그러지 말
<u>알아듣도록 권하고 격려하여 힘쓰게 함.</u>
고 개가를 가라고. 글쎄 어린 소견에도 보기에 퍽 딱하고 민망합디다.
<u>재혼</u>
계제에 마침 또 좋은 자리가 있었고요. 미네 상이라고 미쓰꼬시 앞에
<u>어떤 일을 할 수 있게 된 형편이나 기회</u>
서 바나나 다다키우리를 하는 사람인데 사람이 퍽 좋아요.
<u>물건을 싸구려로 파는 일</u>
우리 집 다이쇼도 잘 알고 허는데, 그이가 늘 나더러 죄선 오깜상하
<u>주인</u>　　　　　　　　　　　　　　<u>조선인 아내</u>
고 살았으면 좋겠다고, 중매 서달라고 그래 쌓어요.

『돈을 모아 둔 게 없어도 다아 벌어먹고 살 만하니까 그런 사람 만나
「」: 물질적인 것을 최고로 여기는 '나'
서 살면 아주머니도 신세 편할 게 아니냐구요?』

그런 걸 글쎄, 몇 번 말해도 숭헌 소리 말라고 듣덜 않는 걸 어떡허나요.
<u>흉한</u>　　　　　　　　▶ 개가를 권유하는 '나'와 거절하는 아주머니
　　　　　　　　　　　　발단 아주머니는 사회주의 운동가인 아저씨와 힘들게 삶.

중략 부분 줄거리 아주머니는 어려서 부모를 잃은 '나'를 데려다 길러 주었다. 또한 남편이 옥살이를 하는 동안 성실하게 여러 가지 일을 하여 돈을 모으고, 그 돈으로 집도 구했다. 그리고 남편이 감옥에서 나오자 정성을 다해 남편을 돌본다.

자, 그러니 말이지요. 우리 아저씨라는 양반이 작히나 양심이 있고 다아 그럴 양이면, 어어허, 내가 어서 바삐 몸이 충실해져서, 어서 바삐 돈을 벌어다가 저 아내를 편안히 거느리고 이 은공과 전날의 죄를 갚아야 하겠구나…… 이런 맘을 먹어야 할 게 아니냐구요?

<small>어찌 조금만큼만</small>

아주머니의 은공을 갚자면 발에 흙이 묻을세라 업고 다녀도 참 못다 갚지요.

그러고 저러고 간에 자기도 이제는 속 차려야지요. 하기야 속을 차려서 무얼 하재도 전과자니까 관리나, 또 회사 같은 제는 들어가지 못하겠지만, 그야 자기가 저지른 일인 걸 누구를 원망할 일도 아니고, 그러니 막 벗어 부치고 노동이라도 해야지요.

대학교 출신이 막벌이 노동이라니께 꼴 가관이지만 그래도 할 수 없지 뭐.

<small>사회주의 운동을 한 지식인</small>

그런 걸 보고 가만히 나를 생각하면, 만약 우리 증조할아버지네 집안이 그렇게 치패를 안 해서 나도 전문학교나 대학교를 졸업을 했으면,

<small>현실에 순응하여 살아가는 인물</small>

<small>살림이 아주 결딴남</small>

『혹시 우리 아저씨 모양이 됐을지도 모를 테니 차라리 공부 많이 않고서 이 길로 들어선 게 다행이다…… 이런 생각이 들어요.』

<small>『 』: 물질적인 것을 최고로 여기고, 일제의 통치를 긍정적으로 생각함.</small>

『사실 우리 아저씨 양반은 대학교까지 졸업하고도 인제는 기껏 해먹을 거란 막벌이 노동밖에 없는데, 요 보통학교 사 년 겨우 다니고서도

<small>『 』: 칭찬해야 할 사람을 비난하고, 비난해야 할 사람을 칭찬함. → 칭찬과 비난의 역전</small>

시방 앞길이 환히 트인 내게다 대면 고즈카이^{심부름하는 사람}만도 못하지요.』

▶ '나'는 아저씨보다 자신의 처지가 훨씬 낫다고 생각함.

아, 그런데 글세 막벌이 노동을 하고 어쩌고 하기는커녕 조금 바시시 살아날 만하니까 이 주책꾸러기 양반이 무슨 맘보를 먹는고 하니, 내 참 기가 막혀! 아니, 그놈의 것하고는 무슨 대천지원수가 졌단 말인지, 어쨌다고 그걸 끝끝내 하지 못해서 그 발광인고?

그러나마 그게 밥이 생기는 노릇이란 말인지? 명예를 얻는 노릇이란 말인지? 필경은 붙잡혀 가서 징역 사는 놀음?

『아마 그놈의 것이 아편하구 꼭 같은가 봐요. 그렇길래 한번 맛을 들이면 끊지를 못하지요.』

『 』: 사회주의 운동을 계속하려는 아저씨를 비난하는 '나'

그렇지만 실상 알고 보면 그게 그다지 재미가 난다거나 맛이 있다거나 그런 것도 아니더군 그래요. 불한당패던데요. 하릴없이 불한당팹디다.

사회주의자들에 대한 '나'의 평가(적대감) ▶ 아저씨의 행동을 이해할 수 없는 '나'

중략된 부분 줄거리 일본인 주인은 '나'에게 사회주의는 서양 어딘가에서 일하기 싫어하는 게으름뱅이 몇 놈이 모여 앉아 놀고먹는 궁리를 한 것이라고 알려준다. 이 세상에 부자와 가난한 사람이 있는데 이는 불공평한 것이므로 부자가 가진 것을 다 같이 고르게 나눠야 한다는 것이다. 사람이 태어날 때 타고나는 복이 있다고 생각하는 '나'는 그러한 사회주의가 세상을 망쳐 놓는다고 여긴다.

아, 그런데, 그 못된 놈의 풍습이 삽시간에 동서양 각국 안 간 데 없이 퍼져 가지굴랑 한동안 내지에도 마구 굉장히 드세게 돌아다녔고, 내지가 그러니까 멋도 모르는 죠선 영감 상들도 덩달아서 그 숭내를 냈다나요.

_{일본}

그렇지만 시방은 그 새 나라에서 엄하게 밝히고 금하고 한 덕에 많이 머츰해졌고 그런 마음 먹는 사람은 별반 없다나 봐요.

_{잠시 잦아들어 멎는 듯하고}

그럴 게지 글쎄, 『아, 해서 좋은 양이면 나라에선들 왜 금하며 무슨

『 』: 일본 정부의 정책을 무조건 긍정적으로 바라보는 '나'

원수가 졌다고 붙잡아다가 징역을 살리나요.』

좋고 유익한 것이면 나라에서 도리어 장려하고 잘 할라 치면 상급도

주고 그러잖아요.

『활동 사진이며 스모며 만자이며 또 왓쇼이왓쇼이랄지 세이레이나

『 』: 일본 정부에서 힘쓰는 것들을 나열함.

가시랄지 라디오 체조랄지 이런 건 다아 유익한 일이니깐 나라에서 설

도도 하고 그러잖아요.』

도리를 설명함.

나라라는게 무언데? 그런 걸 다아 잘 분간해서 이럴 건 이러고 저럴

건 저러라고 지시하고, 그 덕에 백성들을 제가끔 제 분수대로 편안히 살

도록 애써 주는 게 나라 아니오?

그놈의 것 사회주의만 하더라도 나라에서 금하들 않고 저희가 하는

대로 두어 두었어 보아? 시방쯤 세상이 무엇이 됐을지……

다른 사람들도 낭패 본 사람이 많았겠지만 위선 나만 하더라도 글쎄 어

계획한 일이 실패로 돌아가거나 기대에 어긋나 매우 딱하게 됨.

쩔 뻔했어! 아무 일도 다 틀리고 뒤죽박죽이지.　▶ 일제 강점기를 긍정적으로 보는 '나'

전개　아저씨를 이해하지 못하는 나는 일제 치하를 긍정적으로 봄.

내 이상과 계획은 이렇거든요.

『우리 집 다이쇼가 나를 자별히 귀여워하고 신용을 하니깐 인제 흔

주인　　　　남보다 특별한 친분으로

십 년만 더 있으면 한밑천 들여서 따로 장사를 시켜 줄 그런 눈치거

든요.』　『 』: 일본인 주인에 대한 '나'의 신뢰

그러거들랑 그것을 언덕 삼아 가지고 나는 삼십 년 동안 예순 살 환갑

까지만 장사를 해서 꼭 십만 원을 모을 작정이지요. 십만 원이면 죄선

부자로 쳐도 천석꾼이니 머, 떵떵거리고 살 게 아니라고요?
곡식 천 석을 거두어들일 만큼 땅과 재산을 많이 가진 부자를 비유적으로 이르는 말

그리고 우리 다이쇼도 한 말이 있고 하니까 나는 내지인 규수한테로 장가를 들래요. 다이쇼가 다 알아서 얌전한 자리를 골라 중매까지 서 준다고 그랬어요.

내지 여자가 참 좋지요.

나는 죄선 여자는 거저 주어도 싫어요.

구식 여자는 얌전은 해도 무식해서 내지인하고 교제하는 데 안 됐고, 신식 여자는 식자나 들었다는 게 건방져서 못 쓰고, 도무지 그래서 죄선 여자는 신식이고 구식이고 다 제바리여요.
막일꾼들이 자기의 불만을 나타낼 때 하는 말

『내지 여자가 참 좋지 뭐. 인물이 개개 일자로 예쁘겠다, 얌전하겠다,
『 』: 조선 여자보다 일본 여자를 선호하는 이유
상냥하겠다, 지식이 있어도 건방지지 않겠다, 좀이나 좋아!』

그리고 내지 여자한테 장가만 드는 게 아니라 성명도 내지인 성명으로 갈고 집도 내지인 집에서 살고 옷도 내지 옷을 입고 밥도 내지 식으
일본식 성명 강요 → 조선어 사용을 금지한 일제 강점기 정책
로 먹고 아이들도 내지인 이름을 지어서 내지인 학교에 보내고…….

내지인 학교라야지 죄선 학교는 너절해서 아이를 버려 놓기나 꼭 알맞지요. 그리고 나도 죄선말은 싹 걷어치우고 국어만 쓰고요.

이렇게 다 생활 법식부터도 내지인처럼 해야만 돈도 내지인처럼 잘 모으게 되거든요. ▶ '나'의 이상과 계획

내 이상이며 계획은 이래서, 그 십만 원짜리 큰 부자가 바로 내다뵈고 그리로 난 길이 환하게 트이고 해서 나는 시방 열심으로 길을 가고 있는데, 글쎄 그 미쳐살미 든 놈들이 세상 망쳐 버릴 사회주의를 하려
미쳐 삶. 미친 상태로 사는 일

드니, 내가 소름이 끼칠 게 아니라고요? 말만 들어도 끔찍하지!

세상이 망해서 뒤집히면 그래 나는 어쩌란 말인고? 아무것도 다 허사가 될테니 그런 억울할 데가 있더람?

머 참, 우리 집 다이쇼 말이 일일이 지당해요.

여느 절도나 강도나 사기나 그런 죄는 도적이면 도적을 해 가는 그 당장, 그 돈만 축을 내니까 오히려 죄가 가볍지만, 『그놈의 것 사회주의인지 지랄인지는 온 세상을 뒤죽박죽을 만들어 놓고 나라를 통째로 소란

『 』: '나'와 일본인 주인이 사회주의를 싫어하는 이유

하게 하니까 도저히 용서할 수가 없대요.』

▶ '나'의 이상과 계획에 방해가 되는 사회주의

용서라니! 나 같으면 그런 놈들은 모조리 쓸어다가 마구 그저 그냥…….

그런 일을 생각하면 털어놓고 말이지 우리 아저씨인가 그 양반도 여간 불측스러 뵈질 안 해요. 사실 아주머니만 아니면 내가 무슨 천주학이

생각이나 행동 따위가 괘씸하고 엉큼한 데가 있다.

라고, 나쁜 병까지 앓는 그 양반을 찾아다니나요. 죽는대도 코도 안 풀어 붙일걸.

그러나마 전자의 죄상을 다 회개를 하고 못된 마음을 씻어 버렸을 새 말이지, 머 흰 개 꼬리 삼년이라더냐, 종시 그 모양일걸요.

아무리 달라지게 하려고 해도 가지고 있는 본질은 변하지 않음.

그러니깐 그가 밉살머리스러워서, 더러 들렀다가 혹시 마주 앉아도 위정 뼈끝 저린 소리나 내쏘아 주고, 말을 따잡아 가지굴랑 꼼짝 못하게

'일부러'의 방언(함경)   따져서 엄하게 다잡아

시리 몰아세워 주곤 하지요.

저번에도 한 번 혼을 단단히 내 주었지요. 아, 그랬더니 아주머니더러 한다는 소리가 그 녀석 사람 버렸더라고, 아무짝에도 못 쓰게 길이

들었더라고 그러더라나요.

내 원, 그 소리를 듣고 하도 어처구니가 없어서!

대체 사람도 유만부동이지, 그 아저씨가 나더러 사람 버렸느니 아무
<small>정도에 넘침. 또는 분수에 맞지 아니함.</small>
짝에도 못 쓰게 길이 들었느니 하더라니, 원 입이 몇 개나 되면 그런 소

리가 나오는 구멍도 있누?　　　　　　▶ 무능력한 아저씨를 비난하는 '나'

죄선 벙어리가 다 말을 해도 나 같으면 할 말 없겠더구먼서도, 하면

다 말인 줄 아나 봐?

『이를테면 그게 명색 훈계 비슷한 거렷다? 내게다가 맞대 놓고 그런
<small>「」: 자신만의 생각에 빠져 상황을 사실과 다르게 해석하는 '나'</small>
소리를 하다가는 되잡혀서 혼이 날 테니까 슬며시 아주머니더러 이르

란 요량이던 게지?』

기가 막혀서…… 하느님이 사람의 콧구멍 두 개로 마련하기 참 다행

이야.

글쎄 아무려면 내가 자기처럼 다 공부는 못하고 남의 집 고조 노릇으
<small>'심부름'을 뜻하는 일어</small>
로, 반토 노릇으로, 이렇게 굴러먹을 값에 이래 보여도 『표창을 두 번이
<small>'지배인'을 뜻하는 일어</small>　　　　　　　　　　　　<small>「」: 자신에 대한 '나'의 평가</small>
나 받은 모범 점원이요, 남들이 똑똑하고 재주 있고 얌전하다고 칭찬이

놀랍고 앞길이 환히 트인 유망한 청년』인데, 그래 자기 눈에는 내가 버

린 놈이고 아무짝에도 못 쓰게 길이 든 놈으로 보였단 말이지?

하하, 오옳지! 거 참 그렇겠군. 자기는 자기 하는 짓이 옳으니까, 남이

하는 짓은 다 글렀단 말이렷다.

그러니까 나도 자기처럼 그놈의 것 사회주의인지 급살 맞을 것인지
<small>갑자기 닥쳐오는 재액</small>
나 하다가 징역이나 살고 전과자나 되고 폐병이나 앓고 다 그랬더라면

사람 버리지도 않고 아무짝에도 못 쓰게 길든 놈도 아니고 그럴 **뻔했군** 그래!

▶ 자신만의 기준으로 현실을 해석하고 있는 '나'
위기 나는 사회주의를 비판하며 일본인으로 살아가겠다고 다짐함.

중략 부분 줄거리 만화, 사진이 많은 책, 일본 작가의 연애 소설, 사무라이 소설을 주로 읽는 '나'는 아저씨 방에서 살펴본 책의 내용을 이해할 수 없다. 그때 '나'는 책에서 아저씨가 쓴 글을 발견한다.

'나'는 아저씨의 글을 대충 살펴보았지만 그 내용을 알 수 없어 아저씨에게 따져 묻기 시작한다. 하지만 아저씨는 '나'의 황당한 질문에 선뜻 대답을 하지 못한다.

『"아저씨……, 경제란 것은 돈 모아서 부자 되라는 것 아니요? 그런
「♪: 경제와 사회주의에 대한 '나'만의 해석(지나치게 단순화)
데, 사회주의란 것은 모아 둔 부자 사람의 돈을 **뺏어** 쓰는 거 아니요?"』

"이 애가 시방!"

"아아니, 들어 보세요."

"너, 그런 경제학, 그런 사회주의 어디서 배웠니?"

"배우나마나, 경제란 건 돈 많이 벌어서 아껴 쓰고, 나머지 모아 두는 게 경제 아니요?"

"그건 보통, 경제한다는 뜻으로 쓰는 경제고, 경제학이니 경제적이니 하는 건 또 다르다."

"다른 게 무어요? 경제는 돈 모으는 것이고, 그러니까 경제학이면 돈 모으는 학문이지요."

"아니란다. 혹시 이재학이라면 돈 모으는 학문이라고 해도 근리할지
이치에 거의 맞을지

모르지만 경제학은 그런 게 아니란다."

『"아니, 그렇다면 아저씨 대학교 잘못 다녔소. 경제 못 하는 경제학

『 』: 경제학을 잘못 해석하며, 지식인 아저씨를 비난하는 '나'

공부를 오 년이나 했으니 그게 무어란 말이요? 아저씨가 대학교까지

다니면서 경제 공부를 하고도 왜 돈을 못 모으나 했더니, 인제 보니

깐 공부를 잘못해서 그랬군요!"』

"공부를 잘못했다? 허허. 그랬을는지도 모르겠다. 옳다, 네 말이 옳

아!"   ▶ 경제학과 사회주의를 잘못 이해하고 있는 '나'

이거 봐요 글쎄, 단박 꼼짝 못하잖아. 암만 대학교를 다니고, 속에는

육조를 배포했어도 그렇다니깐 글쎄…….

"아저씨?"

"왜 그러니?"

"그러면 아저씨는 대학교를 다니면서 돈 모아 부자 되는 경제 공부를

한 게 아니라 모아 둔 부자 사람의 돈 뺏어 쓰는 사회주의 공부를 했

으니 말이지요……."

"너는 사회주의가 무얼로 알고서 그러니?"

"내가 그까짓 걸 몰라요?"

한바탕 죽 설명을 했지요.

내 얼굴만 물끄러미 올려다보고 누웠더니 피쓱 한 번 웃어요. 그러고

는 그 양반이 하는 소리겠다요.

"그게 사회주의냐? 불한당이지."

때를 지어 돌아다니며 재물을 마구 빼앗는 사람들의 무리

"아니, 그럼 아저씨도 사회주의가 불한당인 줄은 아시는구려?"

"내가 언제 사회주의가 불한당이랬니?"

"방금 그리잖었어요?"

"글쎄, 그건 사회주의가 아니라 불한당이란 그 말이다."

'나'가 설명한 사회주의를 의미함.

"거 보시오! 사회주의란 것은 그렇게 날불한당이어요. 아저씨도 그렇

다고 하면서 아니래시요?"

"이 애가 시방 입심 겨룸을 하자나!"

이거 봐요. 또 꼼짝 못하지요? 다아 이래요 글쎄…….

▶ 사회주의에 대한 자신의 해석을 아저씨에게 들려주는 '나'

"아저씨?"

"왜 그러니?"

"아저씨두 맘 달리 잡수시오."

"건 어떻게 하는 말이냐?"

"걱정 안 되시우?"

"날 같은 사람이 무슨 걱정이냐? 나는 네가 걱정이더라."

"나는 머 버젓하게 요량이 있는 걸요."

일인에게 아첨하여 돈을 모으고 일본인 여자와 결혼하는 것

"어떻게?"

"이만저만한가요!"

또 한바탕 주욱 설명을 했지요. 이 얘기를 다아 듣더니 그 양반 한다

는 소리 좀 보아요.

"너도 딱한 사람이다!"

'나'가 식민지 현실을 바로 보지 못하고 현실에 안주하려 하기 때문

"왜요?"

"……."

"아아니, 어째서 딱하다구 그러시우?"

"……."

"네? 아저씨."

"……."

"아저씨?"

"왜 그래?"

"내가 딱하다구 그러셨지요?"

"아니다. 나 혼자 한 말이다."   ▶ '나'를 딱히 여기는 아저씨

"그래두……."

"이 애!"

"네?"

"사람이란 것은 누구를 물론허구 말이다, 아첨하는 것같이 더러운 게

없느니라."

"아첨이오?"

"『저…… 위로는 제왕, 밑으로는 걸인, 그 모든 사람이 위선 시방 이

『 』: 조카인 '나'의 계획에 대한 충고(일제에 아첨하는 사람들에 대한 충고)

제도의 이 세상에서 말이다, 제가끔 제 분수대루 살아가는 데 있어서

말이다, 제 개성을 속여 가면서꺼정 생활에다가 아첨하는 것같이 더

러운 것이 없고, 그런 사람같이 가련한 사람은 없느니라.』 사람이라

껀 밥 두 그릇이 하필 밥 한 그릇보다 더 배가 부른 건 아니니까."

"그건 무슨 뜻인데요?"

"네가 일본인 여자와 결혼을 해서 성명까지 갈고 모든 생활 법도를

'나'가 가진 버젓한 요량

일본화하겠다는 것이 말이다."

"네, 그게 좋잖어요?"

"그것이 말이다, 진실로 깊은 교양이나 어진 지혜의 판단에서 우러나온 것이라면 그도 모를 노릇이겠지. 그렇지만 나는 보매 네가 그런다는 것은 다른 뜻으로 그러는 것 같다."

"다른 뜻이라니요?"

"네 주인의 비위를 맞추고, 이웃의 비위를 맞추려고……."

"그야 물론이지요! 다이쇼의 신용을 받아야 하고, 이웃 내지인들하구 두 좋게 지내야지요. 그래야 할 게 아니겠어요?"

"……."

▶ 일본의 비위를 맞춰 성공하려는 '나'에게 충고해 주는 아저씨

"아저씨는 아직두 세상 물정을 모르시오. 나이는 나보담 많구 대학교 공부까지 했어도 일찌감치 고생살이를 한 나만큼 세상 물정은 모릅니다. 시방이 어느 세상인데 그러시우?"

"이 애!"

"네?"

"네가 방금 세상 물정이랬지?"

"네."

"앞길이 환하니 트였다고 그랬지?"

"네."

"환갑까지 십만 원 모은다구 그랬지?"

"네."

"네가 말하려는 세상 물정하구 내가 말하려는 세상 물정하구 내용

주인의 비위를 맞춰 돈을 많이 버는 것   식민지 현실의 지배와 수탈

이 다르기도 하지만, 세상 물정이란 건 그야말로 그리 만만한 게 아

니다."

"네?"

"사람이라 껀 제아무리 날구뛰어도 이 세상에 형적 없이 그러나 세차

사물의 형상과 자취를 아울러 이르는 말. 또는 남은 흔적

게 주욱 흘러가는 힘 ― 그게 말하자면 세상 물정이겠는데 ― 결국 그

것의 지배하에서 그것을 따러가지, 별수가 없는 거다."

"네?"

"쉽게 말하면 계획이나 기회를 아무리 억지루 만들어 놓아도 결과가

뜻대루는 안 된단 말이다."

"젠장, 아저씨두……. 요전 "킹구"라는 잡지에두 보니까, 나뽈레옹이

라는 서양 영웅이 그랬답디다. 기회는 제가 만든다구. 그리고 불가능

이란 말은 바보의 사전에서나 찾을 글자라구요. 아 자꾸자꾸 계획하

고 기회를 만들구 해서 분투 노력해 나가면 이 세상 일 안 되는 일이

있는 힘을 다해 싸우거나 노력함.

어디 있나요? 한 번 실패하거든 갑절 용기를 내 가지구 다시 일어서

지요. 칠전팔기 모르시오?"

일곱 번 넘어지고 여덟 번 일어난다는 뜻으로 실패에도 굴하지 않고 꾸준히 노력함.

"나뽈레옹도 세상 물정에 순응할 때는 성공했어도 그것에 거슬리다

가 실패를 했더란다. 너는 칠전팔기해서 성공한 몇 사람만 보았지.

여덟 번 일어섰다가 아홉 번째 가서 영영 쓰러지구는 다시 일지 못한

숱한 사람이 있는 건 모르는구나?"

"그래두 이제 두구 보시우. 나는 천하 없어두 성공하구 말 테니…….

아저씨는 그래서 더구나 못써요. 일해 보기두 전에 안 될 줄로 낙심 먼저 하구…….”

“하늘은 꼭 올라가 보구래야만 높은 줄 아니?”

원 마지막 가서는 할 소리가 없으니깐 동에도 닿지 않는 비유를 가져다 둘러대는 걸 보아요. 그게 어디 당한 말인구? 안 올라가 보면 머 하늘 높은 줄 모를 천하 멍텅구리도 있을까? ▶ 시대를 파악하지 못하고 자신의 성공만을 생각하는 '나'

절정 '나' 는 아저씨와 논쟁함.

그만해 두려다가 심심하길래 또 말을 시켰지요.

“아저씨?”

“왜 그래?”

“아저씨는 인제 몸 다아 충실해지면 어떡하실려우?”

“무얼?”

“장차…….”

“장차?”

“어떡하실 작정이세요?”

“작정이 새삼스럽게 무슨 작정이냐?”

“그럼 아저씨는 아무 작정 없이 살어가시우?”

“없기는?”

“있어요?”

“있잖구.”

“무언데요?”

“그새 지내오던 대루…….”

"그러면 저 거시키, 무엇이냐 도루 또 그걸……?"

사회주의 운동

"그렇겠지."

"아저씨?"

"……."

"아저씨?"

"왜 그래?"

"인제 그만두시우."

"그만두라구?"

"네"

"누가 심심풀이 소일루 그러는 줄 아느냐?"

어떤 것에 재미를 붙여 심심하지 아니하게 세월을 보냄.

"그러잖구요?"

"……."

"아저씨?"

"……."

"아저씨?"

"왜 그래?"

"아저씨 올에 몇이지요?"

"서른셋."

"그러니 인제 그만큼 해 두고 맘 잡어서 집안일 할 나이두 아니오?"

▶ 아저씨에게 사회주의를 그만두고 집안을 돌보라고 충고하는 '나'

"집안일은 해서 무얼 하나?"

"그러기루 들면 그 짓은 해서 또 무얼 하나요?"

"무얼 하려구 하는 게 아니란다."

"그럼, 아무 희망이나 목적이 없으면서 그래요?"

"목적? 희망?"

"네."

"개인의 목적이나 희망은 문제가 다르니까……, 문제가 안 되니
까……."

민족과 국가의 문제 앞에 개인의 삶은 작은 일임.

"원, 그런 법도 있나요?"

"법?"

"그럼요!"

"법이라……."

"아저씨?"

"……."

"아저씨?"

"왜 그래?"

"아주머니가 고맙잖습디까?"

"고맙지."

"불쌍하지요?"

경제력 없는 아저씨를 위해 돈을 벌기 때문에

"불쌍? 그렇지 불쌍하다면 불쌍한 사람이지!"

"그런 줄은 아시느만?"

"알지."

"알면서 그러시오?"

"고생을 낙으로, 그놈 쓰라린 맛을 씹고 씹고 하면서 그것에서 단맛을 알아내는 사람도 있느니라. 사람도 있는 게 아니라. 사람마다 무슨 일에고 진정과 정신을 꼬박 거기다가만 쓰면 그렇게 되는 법이니라. 그러니까 그쯤 되면 그때는 고생이 낙이지. 너의 아주머니만 두고 보더래도 고생이 고생이면서 고생이 아니고 고생하는 게 낙이란다."

"그렇다고 아저씨는 그걸 다행히만 여기시오?"

"아니."

『"그러거들랑 아저씨도 아주머니한테 그 은공을 더러는 갚아야 옳을
<u>은혜와 공로를 아울러 이르는 말</u>
게 아니요?"』『』: '나'는 아저씨가 아주머니를 고생시킨다고 생각하기 때문임.

"글세, 은공을 모르는 건 아니지만……."

"그러니 인제 병이나 확실히 다아 나신 뒤엘라컨……."

"바빠서 원……."

『글쎄 이 한다는 소리 좀 보지요? 시치미 뚝 따고 누워서 바쁘다는군
『』: 자신만의 세계에 빠져있는 '나'와 대화가 통하지 않는다고 생각하는 아저씨
요!』

사람 속 차릴 여망 없어요. 그저 어디로 대나 손톱만치도 쓸모는 없
<u>앞으로의 희망</u>
고 남한테 사폐만 끼치고, 세상에 해독만 끼칠 사람이니, 머 하루바삐
<u>일의 폐단</u>
죽어야 해요. 죽어야 하고 또 죽어서 마땅해요. 그런데 글쎄 죽지를 않
고 꼼지락꼼지락, 도로 살아나니 성화라고는, 내…….
<u>일 따위가 뜻대로 되지 아니하여 답답하고 애가 탐.</u>
▶ 사회주의를 계속하겠다는 아저씨를 비난하는 '나'
결말 '나'는 아저씨에 대해 실망을 하고 비난함.

● 작가 만나기

채만식(1904~1950) 소설가이자 극작가이다. 전라북도 옥구 출생으로 호는 백릉(白菱)·채옹(采翁)이다. 1924년 "조선 문단"에 단편 '세 길로'가 추천되어 문단에 등단하였다. 그 후 290여 편에 이르는 장편·단편 소설과 희곡, 평론, 수필을 썼다. 그의 작품은 주로 풍자의 수법을 사용하고 있으며, 당시의 현실을 비판하는 내용이 대부분이다. 주요 작품으로 소설 '태평천하', '탁류', '레디메이드 인생', '미스터 방', 희곡 '제향날', '당랑의 전설' 등이 있다.

● 작품 만나기

'치숙'은 1938년 3월 7일부터 14일까지 "동아일보"에 연재된 단편 소설이다. 이 소설은 사회주의 운동을 하다가 감옥에서 나온 '아저씨'의 삶을 조카인 '나'의 눈을 통해 관찰한 내용이다. 제목인 '치숙'은 '어리석은 아저씨'라는 뜻으로 사회주의 운동가인 아저씨를 비판하는 '나'의 태도를 분명하게 나타내 준다. 하지만 '나'는 일제의 통치에 만족하는 인물로, 어리석고 무지한 사람이다. 독자는 이러한 '나'가 '아저씨'를 비판하는 것을 보면서 오히려 '나'를 비판하게 되고, 아저씨를 긍정적으로 바라보게 된다.

● 핵심 만나기

갈래	단편 소설, 현대 소설, 풍자 소설
성격	풍자적, 비판적
배경	• 시간적: 1930년대 일제 강점기 • 공간적: 서울
시점	1인칭 관찰자 시점
제재	일제 강점기 현실에서 삶의 방식이 다른 '나'와 아저씨
주제	일제 강점기의 현실에 순응하는 '나'와 사회주의 운동가인 아저씨의 삶의 방식의 차이
특징	• 신뢰성 없는 화자를 내세워 풍자의 효과를 거두고 있음. • 칭찬과 비난을 역전시키는 표현 방법을 사용함.

● 등장인물

나 (서술자)	• 일제 강점기를 긍정적으로 생각하고 잘 적응함. • 물질적인 것을 최우선으로 여김.
아저씨	• '나'가 비웃고 비난하는 대상임. • 대학을 나온 뒤, 사회주의 운동을 하다가 감옥살이를 함. • 감옥살이로 인해 몸은 병들고 무능력한 인물임.
아주머니	• 전형적인 조선의 여성상 • 감옥살이를 하고 나온 아저씨를 불평 없이 보살핌.

● 등장인물인 '아저씨'와 '나'의 비교

아저씨		나
대학을 졸업함.	학벌	보통학교도 제대로 마치지 못함.
어려운 한자가 섞인 책	독서 취향	만화, 일본 작가의 사무라이 소설, 연애 소설, 사진이 많은 책
빈둥거리고 일을 하지 않음.	삶의 방식	열심히 일함.
경제학을 전공하고 사회주의자가 됨.	가치관	사회주의자를 불한당과 동일시함.
'나'를 철없는 속물로 여김.	서로에 대한 생각	'아저씨'를 사회에서 쓸모없는 인간으로 여김.

❶ 이 소설의 '나'가 비판하는 '아저씨'의 모습은 어떤 것인지 써 보자.

❷ 지은이가 말하는 이를 '나'로 설정한 이유는 무엇인지 써 보자.

● 책 이름(출판사)　　　　　　　　　● 지은이

● 줄거리 요약

'나'의 아저씨는 오촌 고모부로 대학까지 졸업한 지식인이다. 하지만 사회주의 운

동을 하다가 감옥살이를 하였고,

● 인상 깊은 내용과 그 이유

● 읽고 난 후의 생각이나 느낌

✏ 이 소설의 서술자인 '나'에게 하고 싶은 말이나 물어보고 싶은 내용 등을 편지
형식에 맞추어서 써 보자.

1. 이 글에 대한 설명으로 알맞지 않은 것은?

① '나'가 '아저씨'의 삶을 관찰한 내용이다.

② '나'는 사회 현실에 대해 매우 부정적이다.

③ 칭찬과 비난을 역전시키는 기법을 사용하였다.

④ 말하는 이가 '나'인 1인칭 관찰자 시점의 소설이다.

⑤ 사회주의인 '아저씨'를 무조건 부정적으로 바라본다.

2. 이 소설의 등장인물인 '나'에 대한 설명으로 알맞은 것은?

① '아저씨'를 존경한다.

② 현실에 대해 불만이 많다.

③ 신분 상승에는 관심이 없다.

④ '아주머니'를 이해하지 못한다.

⑤ 일제 강점기 현실에 잘 적응하여 살아간다.

3. 이 소설의 제목인 '치숙'이 의미하는 것은 무엇인지 쓰시오.

4. 다음 빈칸에 알맞은 말을 쓰시오.

'풍자'는 현실의 부정적인 모습이나 모순 따위를 빗대어 비웃으며 쓰는 것을 의미한다. '치숙'에서 지은이가 풍자하고 있는 것은 □□ □□□ 현실에 적응하고 살아가는 것을 당연하다고 여기고 있는 '□'의 모습이다.

5. 이 소설의 지은이가 풍자의 대상을 두드러지게 하기 위하여 사용한 표현 방법은 무엇인지 쓰시오.

어휘력 팡팡

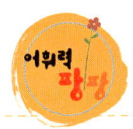

● '사다리 타기'를 하며, '치숙'에 나오는 다음 단어들의 뜻을 확인해 보자.

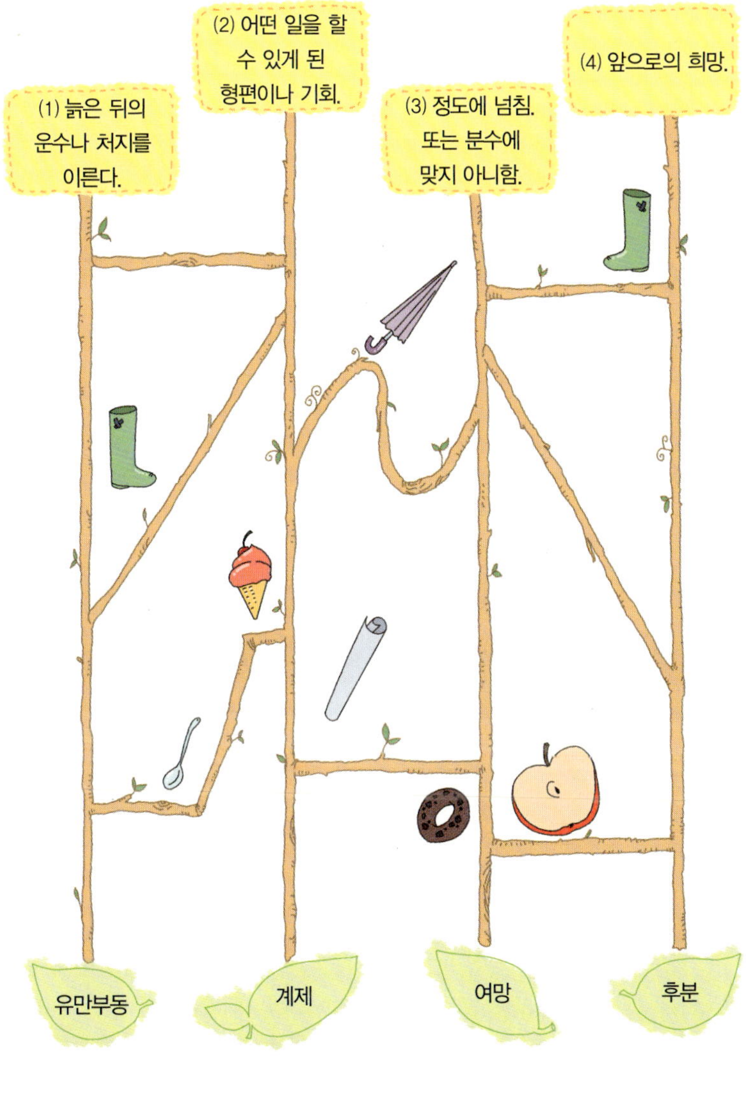

(1) 늙은 뒤의 운수나 처지를 이른다.
(2) 어떤 일을 할 수 있게 된 형편이나 기회.
(3) 정도에 넘침. 또는 분수에 맞지 아니함.
(4) 앞으로의 희망.
유만부동
계제
여망
후분

잃어버린 이름

김은국

앞부분 줄거리 넉넉한 형편인 '나'는 동무들에게 미안한 마음으로 쌀밥 도시락을 싸가려 하지도 않고, 갖고 있는 좋은 스케이트 대신 다른 스케이트를 만들어야겠다고 생각한다. 그날 아침 젊은 일본인 담임 선생님은 개명 등록을 하지 않은 학생들을 강제로 귀가시킨다. '나'는 창씨개명을 하지 않았다는 이유로 학교 수업 도중 집으로 돌아오게 된다.

"애는 집에 있으라지. 감기 걸릴라."

할머니가 걱정한다.

"아닙니다, 어머님. 같이 데리고 가겠어요. 제 눈으로 똑똑히 보고 기억하게 말입니다."

<u>아들에게 민족의 비극적 현실을 가르치려는 아버지</u>

아버지가 말한다. 아버지는 한복을 차려입고 있다. 흰 바지에 대님까지 하고, 소매가 긴 저고리에 하늘색 조끼, 그 위에 회색 두루마기를 입었다. 누구의 결혼식이나 장례식이 아니곤 그렇게 한복을 입는 일이 거의 없다. 아버지는 또 회색 두루마기의 왼쪽 소매에 검은 완장을 두른

<u>창씨개명을 우리의 민족성이 죽은 날이라고 생각하여, 부모나 조부모가 세상을 떠났을 때 상주가 차는 검은 완장을 참.</u>

다. 모자는 쓰지 않는다.

▶ 검은 완장을 두르고 외출 준비를 하는 아버지

"더운 국이라도 좀 마시고 가렴."

할머니의 말이다.

"괜찮아요, 어머니."

아버지가 내 손을 잡으며 대답한다.

"아버지랑 함께 가서, 어떡하나 잘 봐 둬라."

할머니가 고개를 흔든다.

"세상이 말세야, 말세."
외부의 압력으로 인해 조상들이 지어 준 이름을 바꾸어야 하는 세태
노한 목소리이다.

"우라질 놈들 같으니!"

"자, 가자."

아버지가 내게 말한다. 서쪽 대문 밖에 아버지 친구 네 분이 기다리고 있다. 모두 아버지처럼 한복 차림이고, 회색 두루마기의 왼쪽 소매에는 똑같이 검은 완장을 둘렀다. 내가 절을 하지만 아무도 내게 말을 거는 사람이 없다. 자기네끼리도 말이 없다. 문밖 조그만 돌다리 위에까지
침통하고 무거운 분위기
오자 잠깐 걸음들을 멈추고 귓속말을 주고받는다. 개천은 얼어붙고 그 위에 눈이 두껍게 덮여 있다. 지나가던 사람들이 인사한다. 『아버지 친구인 그분들은 서점 주인, 우리 교회의 장로, 의사 한 분, 그리고 그 사
『 』: 아버지와 친구들은 지역 사회의 유지임.
과밭 주인, 그렇게 넷이다.』   ▶ 창씨개명을 위해 아버지와 집을 나서는 '나'

눈이 막 퍼붓고 있어서 털 귀걸이를 했는데도 귓바퀴가 시려 온다. 눈송이가 목덜미 사이로 날아들 때마다 몸이 오싹오싹한다. 일행은 길을 내려간다. 내 손을 잡은 아버지는 일행의 중간쯤에서 걷고 있다. 내가 얼음 조각을 잘못 디뎌 미끄러지자 서점 주인이 부축해 일으키며 손을 잡아 준다. 겨울 동안 내내 장이 서지 않는 그 노천 장터에까지 오자 전주며 전신줄 사이로 불어 대는 바람 소리가 더 억세고 극성맞다. 눈발
전봇대

이 하도 세어서 나는 얼굴을 옆으로 돌리고 걷고 있지만, 어른들은 똑바로 고개를 들고 걷다가 이따금 누가 인사를 하면 말없이 고개를 숙여 답례하곤 한다.

우리는 읍사무소를 지나고 일본인 백화점과 상점을 지나고 대부분의 상점이 몰려 있는 큰길을 지나간다. 큰길가에는 빵집, 이발소, 시계포, 음식점, 포목점, 자전거포, 쌀가게, 약국, 병원, 치과, 옹기점, 은행, 잡화상 따위가 몰려 있는데 읍민들이 상점이며 사무실에서 밖을 기웃거리며 더러 우리를 보고 절을 하기도 하고 손을 흔들기도 한다.

<u>아버지와 아버지의 친구들이 사람들에게 존경을 받고 있음.</u>

큰길을 그렇게 걸어 내려가는 동안 딴 사람들이 한둘 우리 뒤를 따르기 시작하더니 큰길 끝에 다가갈 때쯤 해서는 꽤 많은 사람이 뒤따르고 있다. 아버지와 서점 주인은 여전히 내 손을 잡고 있다. 그들이 천천히 걷고 있는데도 나는 걸음을 맞추느라고 한참 고생이다.

큰길 끝은 교차로인데, 우리는 거기서 오른쪽으로 꺾는다.

거기서부터는 오르막길이고, 눈보라를 실은 바람이 언덕 꼭대기에서 불어닥쳐서 나는 금방이라도 날아가 버릴 것 같다. 두 어른의 손이 내 손을 더 꼭 쥐어 주는 걸 느낄 수 있다.

▶ **경찰서로 가는 길의 풍경**

언덕 위에는 자그마한 감리 교회가 있고, 그 맞은편이 경찰서이다. 우리는 경찰서의 기다란 돌담을 끼고 눈 덮인 언덕을 가까스로 올라가 경찰서 정문으로 들어간다. 경찰서 마당에는 쌓일 만큼 쌓인 눈 위로 사람들이 기다랗게 줄을 짓고 말없이 서 있다. 우리는 눈 위를 걸어 행렬의 끝에 가서 선다. 서 있는 사람들과 인사들을 나눈다.

『누구 하나 말을 꺼내는 사람이 없다. 나도, 아버지도, 서점 주인이나
『 』: 무거운 분위기
의사도, 사과밭 주인도, 장로도, 우리보다 먼저 와 있는 사람이나 우리

뒤를 따라온 사람도, 모두 말이 없다.』

나는 추워서 온몸이 동태가 되는 것 같다. 땅 위의 차가운 눈 더미를

밟아 다지면서 나는 발을 동동 구른다. 서점 주인이 잠자코 자기 두루마

기 앞자락을 헤치고 나를 그 속에 끌어넣어 준다. 나는 아버지 바로 등

뒤에서, 얼굴만 쏙 내밀고 서 있게 된다. 아버지가 돌아보더니 내 털 귀

걸이를 고쳐 준다. 여전히 아무 말이 없고 웃어 보이지도 않는다. 나는

잠자코 있어야겠다고 생각한다.

행렬은 조금도 앞으로 나가는 것 같지 않고 자꾸 뒤쪽만 길어진다.

사람들이 꾸역꾸역 몰려들어, 행렬은 어느새 경찰서 밖에까지 뻗는다.

누군가가 우리 쪽으로 온다.『그는 아버지를 보고 절을 하더니 말한다.
　　　　　　　　　　　　　　『 』: 아버지가 존경받는 인물임을 알 수 있음.
"선생님, 저 앞 제 자리에 가 서십시오."』

아버지가 고개를 흔든다.

"그냥 여기서 차례를 기다리겠소, 고맙긴 하오만."

그 사람은 한참을 잠자코 서 있다.

"난 괜찮으니, 어서 돌아가 서 계시오."

아버지가 말한다.

그는 또 한 번 절을 하고 자기 자리로 돌아가면서

"정말 이 굴욕을 어떡합니까, 선생님."
남에게 억눌리어 업신여김을 받음.
하는데, 그다음 말은 눈보라 소리에 묻혀 거의 들리지 않는다.

"어떡해야 할지 모르겠군요."

▶ 경찰서 앞마당에 줄 서 있는 아버지와 '나'

조금 있자니까 일본인 순사 하나가 이쪽으로 온다. 가까이 오는 걸
보니 경부이다. 그는 검은 망토를 입고 있다. 길쭉한 군도가 망토 아랫
자락 밖으로 쑥 내밀어져 있다. 그 군도가 검은색 가죽 승마 구두에 부
딪쳐서 쨍그렁거린다. 경부가 아버지를 보더니 경례를 붙인다. 그는 끝
이 길게 말려 올라간 콧수염을 달고 있다.

시대적 배경을 드러내는 말 / 대한 제국 때 경찰관의 하나

"이렇게 직접 나와 주시니 영광입니다. 누구 사람을 보내셔도 될 텐
데……."

아버지를 대하는 경부의 태도로 아버지의 사회적 지위가 높음을 알 수 있음.

아버지는 말이 없다.

"저랑 같이 가십시다."

경부가 말한다.

"여기 이렇게 딴 사람과 같이 줄 서 계시게 할 순 없으니, 같이 가시죠."

"여기서 기다리겠소, 이 사람들과 같이."

아버지가 말한다.

"이 사람들은 나보다 먼저 온 사람들이오."

원칙을 지키려는 아버지의 강직한 성격

"그러지 말고 가십시다."

경부가 우긴다.

겁이 나고, 그리고 부끄럽기도 하여 벌벌 떨면서 나는 아버지를 올려
다본다. 아버지는 경부와 주위의 친구들을 한 번씩 둘러본다.

경부의 배려를 무시할 수 없는 아버지

사람들이 우릴 지켜보고 있다. 나는 서점 주인의 손이 내 어깨를 꽉
움켜쥐는 걸 느낀다.

"정 그렇다면."

아버지가 말한다. 경부가 나를 내려다본다.

"너 참 춥겠구나."

흰 장갑을 낀 경부의 손이 눈 덮인 내 머리에 와 닿으려 한다. 나는 서점 주인의 두루마기 속에 머리를 쑥 집어넣는다.

경부의 행동에 거부감을 느낀 '나'

"아드님도 함께 데리고 가시죠."

경부가 말한다.

아버지의 구두가 눈을 밟는 소리. 나는 서점 주인의 손에서 벗어나 와락 아버지의 등 뒤로 부딪칠 듯 달려간다. 아버지가 내 손을 쥔다.

나를 안심시키려는 아버지

"같이 가자."

경부는 아버지와 나란히 걷는다. 경부의 검은 망토가 바람과 눈에 풀썩풀썩 날리고 군도가 쟁그렁거린다. 우리는 경찰서 정문을 향해 걷는다. 사람들이 말없이 아버지에게 인사를 한다. 아버지는 그들을 보지 않은 채 고개를 숙여 답례하면서 내 손을 잡고 천천히 걷는다.

경부가 앞문을 열고 기다린다. 안에 있던 조선인 형사가 아버지를 보더니 허리를 굽실거린다.

"이렇게 몸소 오실 것까지는 없는데……."

조선인 형사가 조선말로 그렇게 말한다.

"직접 나오실 줄 알았더라면 얼른 개명 등록을 해 드렸죠, 이 추위에."

이름을 고침.

▶ 경부의 안내로 줄을 서지 않고 경찰서 안으로 들어가는 아버지와 '나'

경찰서 안이다. 줄을 선 사람들은 한 번에 한 명씩 들어오게 되어 있

공간적 배경

다. 방 안 공기는 훈훈하고 따뜻하다. 복도에는 칼을 찬 검은 제복의 순
<u>경찰서 밖의 상황과 대조적임.</u>   <u>경찰서의 무겁고 억압적인 분위기</u>
사들이 꽉 들어차 있다. 마룻바닥은 눈 녹은 물로 질퍽거린다.

경부는 문 옆 복도 바로 다음에 있는 넓은 방으로 우리를 안내한다.
                                    <u>창씨개명이 이루어지고 있는 방</u>
큰 책상 두 개가 놓여 있고 그 뒤에 순사가 한 명씩 앉아 있다. 각 책상에

는 일본인 순사 옆에 조선인 형사가 하나씩 의자를 놓고 앉아 있는데,

일본 말을 모르는 사람들을 통역하고 있는 게 분명하다.

아까 만난 그 <u>조선인 형사가 방 뒤편에서 의자를 들고 와 아버지에게</u>
                        <u>아버지에 대한 배려 ①</u>
권한다. <u>아버지는 앉지 않는다.</u> 일본인 경부가 <u>조선인 형사에게 차를 가</u>
        <u>배려를 거부하는 아버지</u>   <u>아버지에 대한 배려 ②</u>
져오라고 명령한다.

한쪽 책상에서 일본인 순사와 마주 앉은 조선인 하나는 일본 말을 전

혀 몰라 한마디 한마디 통역을 해 받고 있다. 그 조선인은 늙은 노인으

로 장날이면 장터에서 이것저것 잡일을 해서 살아가는 사람이다.

책상에 앉아 잉크를 똑똑 찍고 있던 일본인 순사는 앞에 놓인 큼지막한 장부에 고개를 처박고는 옆의 조선인 형사더러 말한다.

"저 영감태기, 자기가 이름을 짓지 못했으면 아무 이름이나 우리가 만들어 놓은 것 중에서 하나 고르라고 해!"

조선인 형사가 종이쪽을 들어 노인에게 보여 주며 통역한다.

노인은 여러 가지 이름이 적혀 있는 종이쪽을 한 번 거들떠보고는 고개를 내저으며 중얼거린다.

"아무거면 어때. 아무거나 좋다고 하시오."

그러나 조선인 형사는 그 말을 통역하지 않고, 이름 하나를 손가락으로 짚어 보이며 말한다.

"이게 어떻겠소, 노인?"

"상관없다니까. 어차피 그 이름으로 날 불러 줄 사람은 없을 테니. 내

이름을 부를 사람이 누가 있겠소."

"그럼 이걸 노인의 창씨명으로 등록합니다."

그러면서 조선인 형사는 노인의 '창씨명' – 일본 이름 – 을 순사한테
불러 준다.

"됐어."

순사는 그 이름을 장부에 적는다.

"가족들 이름은?"　　　　　　　　　　　▶ 창씨개명을 하는 경찰서 안의 풍경

경부가 일본 경찰관 하나를 앞세우고 방에 들어선다. 나도 그를 안
다. 경찰서장이다.

아버지가 경찰서장과 인사를 나눈다. 서장이 입을 연다.
　　　　　아버지의 사회적 지위를 알 수 있음.
"궂은 날씨인데도 이렇게 직접 와 주시니 영광입니다. 애가 아드님인

가요?"

나는 아버지 곁으로 바짝 다가선다.

작은 키, 짙은 눈썹에 큰 눈, 거기다 암갈색 별갑 테 안경을 쓴 일본
　　　　　　　　　경찰서장의 외양 묘사
서장은 경부를 돌아보며 말한다.

"여기 이 경부가 용건을 신속히 처리해 드릴 겁니다. 제 도움이 필요
　　　　　　　　할 일
하다면 언제, 무엇이건 도와 드릴 테니 찾아 주십시오. 정말 몸소 와

주셔서 대단한 영광입니다."

아버지와 서장이 다시 인사를 나눈다. 서장이 나간다.

서장의 검은 가죽 승마 구두가 덜거덕거리고, 젖은 마룻바닥에 박차

끌리는 소리가 난다.　　　　　　　　　　　▶ 서장이 아버지에게 인사함.

아버지는 조끼 주머니에서 종이 한 장을 꺼내어 경부에게 넘겨준다.

"이게 바로……."

하고 아버지가 말한다.

"당신들이 원하던 것이오. 맘에 들는지 모르지만."

강압적이고 타율적인 개명임을 알 수 있음.

경부가 종이를 들여다보며 "네, 네." 한다.

"이와모토……. 야아, 참 좋은 성명입니다. 선생, 선생께 딱 어울리는
군요. 그리고 보니 산 아래 선생님 댁이라든지, 과수원, 과수원 주위
의 바위산들이 생각나는군요. 그럼 곧 등록을 끝내 놓겠습니다. 새
신분증은 뭐 기다리실 것 없어요. 제가 나중에 사람을 시켜 보내 드
리죠."

'이와모토'…… '이와모토'. 나는 그 이름을 입에 담아 본다. 우리의
새 이름. 나의 새 성이다. '이와'는 바위란 뜻이고 '모토'는 뿌리, 근
거, 밑바탕이다. '바위 바탕'이라……. 그게 이제부터 우리의 일본식
성명이다.

"가자."

아버지가 나를 보고 말한다.

조선인 형사가 앞장서고, 일본인 경부가 내 곁에 서서 우릴 인도한다.
형사가 문을 열고, 거기까지 따라 나온 일본인 경부가 경례를 붙인다.

"먼 길을 몸소 와 주셔서 대단히 감사합니다."

▶ '이와모토'로 성명을 바꿈.

우리는 밖으로 나선다. 눈은 어느새 눈보라로 바뀌고 있다. 사람들의
긴 행렬은 아직 밖에 서서, 더러는 구부리고, 더러는 옹기종기 떼를 지

어, 귓바퀴며 얼굴을 문지르기도 하고, 눈 위에 발을 구르기도 한다. 아
버지가 계단을 내려오다 말고 내 어깨에 팔을 두르며 말한다.

"잘 봐 둬."
창씨개명을 하고 있는 우리 민족의 초라하고 비참한 현실을 잊지 말라는 아버지의 당부

나는 겁도 나고 춥기도 하고 해서 얼떨떨한 눈으로 아버지를 올려다
보니, 그 눈에 눈물이 고여 있다.

『"이 모든 걸 잘 봐 둬. 그리고 잘 기억해. 오늘 이날을 잊어버리면 안
「 」: 비참하고 굴욕적인 창씨개명의 날을 잊지 말라는 의미
된다."』

나는 층계에서부터 정문까지, 아니 그 너머에까지 줄을 지어 선 사람
들을 바라본다. 아버지가 내 손을 덥석 잡는다. 나는 아버지를 따라 계
단을 내려선다. 사람들 곁을 지나면서 아버진 여전히 말이 없다. 사람들
이 더러 모자를 벗고 인사를 한다. 아버지도 인사를 하면서 같이 왔던
친구들 쪽으로 간다. 아직 모두 거기 서 있다. 그들은 묵묵히 악수를 나
눈다.

그런 다음, 우리는 눈 위에 서 있는 사람들의 행렬을 따라 걷기 시작
한다. 아버지와 악수를 나누는 사람도 있지만 대개는 말없이 인사만 한
다. 우리는 정문 밖으로 나선다. 정문 밖에도 행렬이 뻗쳐 있고 그 행렬
강제적인 창씨개명으로 인한 슬픔
은 계속 불어나서 회색 흙벽의 감리 교회를 지나 언덕 아래까지 뻗고 있
다. 나는 생각한다.

『'우린 이제 이름을 잃었어. 나도 내 이름을 잃었고, 그리고 이 사람
「 」: 이름을 잃고 정체성의 혼란을 겪게 된 '나'
들도 ……. 경찰서 안으로 들어가 반쯤 빈 그 큰 방에서 자기들의 새
이름, 일본 이름을 암청색 잉크로 장부에 기록할 때면 본이름은 없어

지게 될 테지.'』

"우리의 새 이름은 무슨 뜻인가요, 아버지?"

이와모토 – 창씨명

언덕을 내려와 큰길에 들어서자 내가 묻는다.

『"바위의 반석이지."』 「」: 이와모토의 뜻

넓고 평평한 큰 돌. 사물, 사상, 기틀 따위가 아주 견고함을 비유적으로 이르는 말

아버지는 손으로 매서운 눈발을 막아 주며 말한다.

"그 반석 위에 나의 교회를 세우리라……"

성경 구절을 인용하여 나라의 독립을 위해 반석이 되고자 하는 의지를 드러냄.

나는 무슨 뜻인지 이해하지 못한다.

"성경에 있는 말씀이야."

아버지가 일러 준다.   ▶ 경찰서에서 집으로 돌아옴.

『정오가 될 때쯤 해서, 우리 반 아이들은 하나도 빠지지 않고 모두 새

「」: 창씨개명 후 신사 참배를 강요받는 아이들

이름을 가졌다. 전교의 각 반은 바로 새 이름으로 된 완전한 명단을 교

장에게 제출하고, 그 길로 곧장 일본 신사로 가서 일본 제국의 신들에게

참배하고, 천황에게도 우리가 이제 전원 일본 이름을 갖게 되었다는 보

신이나 부처에게 절함.

고를 하게 된다. 일주일에 적어도 한 번씩은 반별로 신사를 참배하고 제

국의 승리와 번영을 비는 묵념 겸 기도를 한 시간씩 해야 한다. 엊그제

가 바로 우리 반 차례였고 우리는 독일 공군 '루프트바페' 조종사들이

시대적 배경 – 제2차 세계 대전

영국 폭격에서 무사히 승리를 거두고 돌아오기를 빌고 왔다.』

읍내는 물론이고 이젠 마을마다 그 신사란 것이 만들어져 있는데, 그

것들은 말하자면 일본 어디엔가 있을 대신사의 분당인 셈이다. 그 대신

사에는 예컨대 죽은 병정들의 영혼 같은 것이 가서 쉬는 곳이라고 한다.

우리 읍의 신사는 박공지붕의 조그만 목조 건물로, 몇 개 돌계단이

건물 모서리에 추녀가 없고, 측면 벽이 삼각형으로 된 지붕

만들어져 있는데, 우리 집 바로 뒷산 중턱에 있다. 신사는, 머리가 벗겨지고 키가 작달막한, 중년의 일본 신도 승려인 – 신주가 보살피고 있다.

_{일본 고유의 민족 종교}

신주의 아내는 뚱뚱한 여자로 바로 우리 옆집에 살고 있지만, 대나무 울타리가 두 집 사이를 조심스레 갈라놓고 있다.

▶ 신사 참배에 대한 설명

『아이들이 좁은 빙판길을 뒤뚱거리며 줄지어 올라가고 있는 동안에

「」: 신사로 올라가는 길 묘사

도 눈발은 억세게 퍼붓는다. 강풍이 한 번씩 불 때마다 무겁게 눈을 이고 있던 소나무 가지들이 난데없는 얼음 조각이며 눈을 우리 머리 위에 퍼붓곤 한다. 『맨손이 얼어 빠지는 것 같고 귀는 얼얼하고, 신발 속으로

「」: 신사로 올라가는 길의 혹독한 추위와 고통을 묘사하여 당시 시대적 고통과 아픔을 간접적으로 표현함.

스며든 눈 때문에 발도 축축하고 시리다. 찬바람을 맞아 아이들의 뺨이 모두 빨갛게 얼고 쓰리다.』 우리는 헐떡거리며 산을 오른다. 돌계단 밑에 조그만 공터가 있는데, 거기 올라서자 바람은 더욱 견딜 수 없을 정도다. 살을 에는 바람이 쌩쌩거리며 아이들을 휘몰아친다. 산 아래 읍내는 눈보라에 가리고 폭설에 묻혀 온데간데없다.』

▶ 개명 보고를 하기 위해 신사로 감.

담임 선생님의 지시로 나는 아이들을 타일러 줄을 서게 한다. 그런 다음 모두 고개를 숙이고 눈 위에 무릎을 꿇는다. 담임 선생님은 위쪽 신사에서 내려온 신주더러 우리가 일본의 호국 신들과 천황께 우리의

_{신사 참배의 대상}

새 이름을 보고하러 왔다고 알린다. 신주는 자주색과 흰색 승복을 입고, 머리에는 작은 모자를 썼다. 담임 선생님이 그에게 우리의 새 이름이 적힌 명단을 넘겨준다. 신주는 이름을 하나하나 천천히 낭독하기 시작하는데, 이름 하나를 불러 놓고는 신사를 향해 절을 한 번씩 한다. 그러고는 뭔가를 흥얼흥얼 읊조린다. 그가 다 읊고 나자 이번엔 모두가 선 채

로 절을 한다. 눈송이가 마구 바짓가랑이에 와서 묻고, 손도 눈을 맞아

축축하다. 꼭 한 떼의 눈사람이 서 있는 꼴이다. 이윽고 신주는 우리를

<u>신사 참배가 강압적으로 이루어졌음을 알 수 있음.</u>

<u>풀어 주고 나서</u> 돌계단을 걸어 신사로, 그의 신들과 천황의 혼이 살고

있다는 성소로 올라간다. ▶ 개명 보고를 함.

그 후 여러 해가 지나 마침내 해방이 됐을 때, 우리는 이미 읍민들이

불을 질러 폐허가 된 그 신사를 습격한다. 신사 안엘 들어가 보니 조그

만 나무 상자에 창호지로 싼 나무토막 두 개가 들어 있다. 바로 그 나무

절을 하고 기도의 대상이 된 나무토막

토막을 향해 우리는 몇 해씩이나 절을 하고 기도를 드려 왔던 것인데,

그 나무토막으로 말하면 일본 대신사의 '신성한' 마당에 서 있는 나무

에서 잘라 온 것이라고 한다.

담임 선생님이 우리를 해산한다. 아이들은 아무렇게나 흩어져서 산

을 내려간다. <u>모두 말이 없고, 소리를 지르는 아이도 없다.</u> 선생님은 나

신사 참배 후의 무거운 분위기

더러 함께 가자고 한다. 나는 선생님을 따라 묵묵히 산길을 내려간다.

나는 발이 한 번 쭉 미끄러지면서 떼굴떼굴 굴러 저만큼 쌓인 눈 더미에

가서 부딪친다. 선생님이 나를 잡아 일으켜 세운다. <u>선생님의 맨손이 나</u>

담임 선생님의 '나'에 대한 미안한 마음의 표현

<u>의 맨손을 꼬옥 움켜잡는다.</u> 선생님은 내 손을 잡은 채 산 아래까지 내

려오는데, 거기서부터는 길이 갈라져 하나는 학교 쪽으로, 하나는 도중

에 우리 집을 지나 읍내로 빠지게 되어 있다. 선생님은 우리 집으로 가

는 쪽 길로 들어선다. 선생님한테서 내 손을 빼내야겠는데 어떻게 해야

할지 막막하다. 선생님이 내 손을 잡고 가는 걸 아무한테도 보이고 싶진

않은데, 그런데 선생님은 내 손을 꽉 쥐고 곧장 우리 집 쪽으로 걷고 있

다. 우리는 신도 승려의 일본식 목조 가옥 앞을 지나간다.

▶ 담임 선생님과 함께 우리 집에 감.

마침내 우리 집 대문에 이른다. 아버지가 벌써 문 앞에 나와 기다리고 서 있는 걸 보니, 우리가 내려오는 걸 벌써 누가 보고 전해 준 모양이다. 아버지는 아직도 한복을 갈아입지 않고 있다.

아버지와 담임 선생님이 인사한다.

나는 담임 선생님의 손에서 빠져나와 아버지 곁에 선다.

"오후 수업은?"

아버지가 특별히 어느 쪽을 보고 묻는 게 아닌, 그런 질문을 한다.

내가 고개를 흔든다.

담임 선생님이 일본 말로 말한다.

『"이미 오전에 한 일만으로도 애들에겐 과한 일이었어요. 그래서 오
늘은 일찍 돌려보냈습니다."』

창씨개명   정신적, 육체적 고통

『 』: 담임 선생님의 성격 – 학생들의 대한 사랑과 배려심이 많음.

아버지는 알겠다는 듯이 고개를 끄덕인다.

"이렇게 집에까지 데리고 와서 뭣합니다만……."

담임 선생님이 슬쩍 한 번 나를 쳐다보며 말한다.

"별말씀이십니다."

그리곤 잠시 침묵. 우리는 모두 쏟아지는 눈을 맞으며 문 옆에 서 있다. 아버지가 선생님더러 안으로 들어가잔 말을 할까, 안 할까. 그러나

마음의 작용으로 얼굴에 드러나는 빛

아버지는 종내 묵묵히 서서 그럴 기색을 보이지 않는다.

▶ 담임 선생님과 아버지가 만남.

담임 선생님이 마침내, 내 얼굴을 쓰다듬을 듯이 불쑥 어색한 손짓을
해 보이며 말한다.

“참 죄송합니다.”

담임 선생님이 우리 집에 온 이유 - 아버지를 만나 사과하기 위해

아버지는 또 고개만 약간 숙여 보인다.

“영국인들도 인도에서 이런 야만적인 행위만은 저지르지 않았습니다.”

영국의 인도에 대한 식민 지배   창씨개명

선생님이 말한다.

내가 선생님의 말뜻을 이해해 보려고 하나 잠시 얼떨떨해진다.

“이런 굴욕을 가하다니…….”

일본이 우리 민족에게 행한 일에 대한 부끄러움.

선생님은 계속 말한다.

“같은 아시아 민족끼리 할 짓은 아닙니다. 특히 조상을 숭상하는 아

높여 소중히 여김.

시아 인들로선.”

“전 세계가 이성을 잃고 있죠.”

아버지가 차분히 가라앉은 음성으로 말한다.

“다시 암흑시대로 들어가고 있는 겁니다. 일본도 예외는 아니죠.”

제2차 세계 대전 시기

선생님이 수긍한다.

“아시아 인의 한 사람으로서 참으로 부끄럽기 짝이 없습니다.”

창씨개명을 강요한 일본인으로서의 부끄러움.

“부끄럽기야 저도 마찬가지죠.”

일본의 외압에 굴복하고 창씨개명을 한 것에 대한 부끄러움.

아버지가 말을 받는다.

“이유는 조금 다를 테지만 말입니다.”

선생님은 아무 말도 않고 아버지에게 인사하고는 돌아서서, 퍼붓는

눈 속으로 사라진다.   ▶ 담임 선생님이 아버지에게 사과함.

“조그만 시작이야.”

사회와 세상에 대한 변화의 필요성을 절감하고 사회 문제를 인식하는 것에서부터 변화가 시작됨을 의미함.

아버지는 언젠가 우리 조선인 담임 선생님 ― 그는 지금 만주 어디엔

가에 가 있다고 한다. ― 에게 했던 것과 똑같은 말을 또 한다. 그러고는

나를 감싸 안으며,

"네 눈을 대하기가 부끄럽구나."

<small>이름을 지키지 못한 것에 부끄러움.</small>

노상 그러듯이 여전히 알 듯 말 듯한 소리를 한다.

<small>언제나 변함없이　　아버지의 말뜻을 정확하게 이해하지 못했던 어린 '나'</small>

"장차 너희의 세대가 되면 우릴 용서해 줘야 할 거야."

나는 그게 또 무슨 소린지 모르지만 그 순간의 아버지 얼굴과 분위기

와, 울부짖는 바람과 미친 듯 내리는 눈발 때문에 흡사 연극 속의 주인

공 같은 느낌이 들었다.

"용서해 드릴 거예요, 아버지."

<small>아버지의 말을 이해하지 못하고 대답하는 어린 '나'</small>

나는 아량 있는 대답을 한다. 아버지의 팔이 내 어깨를 꼬옥 조인다.

<small>▶ '나' 에게 용서를 구하는 아버지</small>

"자, 들어가자. 또 한 군데 가야 할 곳이 있어. 할아버지를 모시고 산

소엘 가야해. 너도 가겠니?"

나는 고개만 끄덕한다. 어린애로선 이해하기 힘든 어떤 크고 놀라운

수수께끼에 문득 압도되었음일까, 미처 말이 나오질 않는 것이다.

"우리 선조들도 너처럼 그렇게 용서를 해 주실지 모르겠구나."

아버지가 말한다.

"지금은 모두가 상중인 셈이다."

<small>검은 완장의 의미</small>

그러나 그제야 나는 불현듯, 아까 아버지와 아버지의 친구들이 왜 소

매에 검은 완장을 두르고 있었는지 이해하기 시작한다.

<small>▶ 검은 완장의 의미를 이해하기 시작한 '나'</small>

뒷부분 줄거리 할아버지, 아버지, '나' 가 조상들의 묘를 찾고 머리를 조아리며 용

서를 빈다. '나' 는 이름까지 빼앗겨 버린 현실에 대한 분노와 좌절감을 느끼고

집으로 돌아온다.

김은국(1932~2009) 재미 교포 작가이다. 함경북도 함흥에서 태어나 어린 시절 대부분을 황해도에서 보냈다. 그의 작품은 일제 강점기와 6·25 전쟁 등 한국의 불행한 역사를 배경으로 하여, 절박한 현실 속에서 드러나는 인간적 고뇌를 깊이 있게 다루는 것이 특징이다. 대표 작품으로는 '순교자', '잃어버린 이름' 등이 있다.

● 작품 만나기

'잃어버린 이름'은 일제 강점기에 한 소년이 겪은 '창씨개명'이라는 역사적 사건을 다루고 있다. 성(姓)을 바꾼다는 것은 우리의 유교 문화에서는 매우 중요한 일이다. 그런데 개인의 의지가 아닌 일제에 의해 강요된 창씨개명은 개인을 넘어 민족의 본질을 흔드는 일인 것이다. 지은이는 이러한 행위를 야만적이라고 평가하면서, '나'의 가족이 '검은 완장'을 차는 모습을 보여 주며 상(喪) 중이라고 표현하고 있다. 조상들이 물려준 이름을 잃어버렸다는 것은 우리 민족의 본질을 잃어버렸다는 것을 의미하기 때문이다.

● 핵심 만나기

갈래	현대 소설
성격	자전적, 사실적, 역사적
배경	• 시간적: 일제 강점기 • 계절적: 겨울
시점	1인칭 주인공 시점
제재	일본에게 강요받은 창씨개명
주제	창씨개명을 당한 슬픔과 부끄러움을 잊지 말자.
특징	• 어린 주인공 '나'의 눈으로 역사적 사건(창씨개명)의 과정을 객관적으로 보여 줌. • 추운 겨울이라는 계절적 배경을 통해 암울했던 시대 상황과 고통받았던 우리 민족의 현실을 간접적으로 보여 줌.

● 등장인물

나	• 소학교에 다니는 학생으로 아버지와 담임 선생님의 행동을 잘 이해하지 못함. • 창씨개명의 과정을 겪으면서 정신적으로 성장을 하게 됨.
아버지	• 일제 강점기의 지식인으로서 일본의 강압적 창씨개명에 대한 분노를 검은 완장으로 표현함. • 자신의 선택에 부끄러움을 느끼고 아들과 조상들에게 그 마음을 용서받고자 함.
담임 선생님	• 조선인들에게 행하는 창씨개명을 부끄러워하는 일본인 • '나'의 아버지와의 대화를 통해 일본인으로서 부끄러운 자신의 마음을 드러내고 있음.

● '아버지'가 검은 완장을 두른 이유

유교 사상이 뿌리 깊게 자리 잡고 있는 우리나라에서 선조 때부터 내려온 성(姓)을 잃는 것은 조상을 잃어버린 것과 같다. 따라서 이 소설에 등장하는 아버지는 '창씨개명'을 하러 가는 날, 사람이 죽었을 때 차는 검은 완장을 찬 것이다. 이로 미루어 보아 '검은 완장'은 나라를 빼앗긴 우리 민족의 아픔과 창씨개명의 치욕을 상징한다고 할 수 있다.

❶ 아버지가 한복을 입고 검은 완장을 두른 이유를 생각해 보자.

❷ 아버지가 생각하는 창씨명 '이와모토'에 담긴 의미를 생각해 보자.

● 책 이름(출판사)   ● 지은이

● 줄거리 요약

　　젊은 일본인이 담임 선생님으로 부임하게 되고, '나'는 창씨개명을 하지 않았다는

이유로 학교 수업 도중

● 인상 깊은 내용과 그 이유

● 읽고 난 후의 생각이나 느낌

✎ 이 소설의 '나'에게 하고 싶은 말을 편지 형식에 맞추어 써 보자.

1. 이 소설에서 시대적 배경을 드러내는 소재로 알맞은 것은?

① 경부   ② 경례   ③ 군도

④ 통역   ⑤ 두루마기

2. 이 글에 나타난 일본인 순사가 아버지를 대하는 태도로 알맞은 것은?

① 무시한다.   ② 강압적이다.

③ 불쌍하게 여기고 있다.   ④ 조롱하며 놀리고 있다.

⑤ 친절하게 배려하려고 한다.

3. 이 소설의 내용을 알맞지 않은 것은?

① 창씨개명을 하기 위해 경찰서로 갔다.

② 읍민들은 아버지를 향해 인사를 했다.

③ 사람들은 창씨개명을 굴욕적인 일로 생각한다.

④ 신사 참배에서 신주가 학생들의 창씨명을 낭독하였다.

⑤ 담임 선생님들은 창씨개명을 한 학생들을 자랑스럽게 여긴다.

4. 독립의 반석이 되라는 의미를 가진 창씨명을 쓰시오.

5. 다음 빈칸에 들어갈 알맞은 말을 쓰시오.

> 아버지는 '창씨개명'을 강요받아 조상으로부터 받은 (   )이/가 없어지는 것은
> 조상을 잃은 것이나 마찬가지라는 생각으로 두루마기 왼쪽 소매에 검은 완장을 둘렀다.

6. 경찰서 안의 분위기로 알맞은 것은?

　① 활기차고 힘찬 분위기

　② 무섭고 살벌한 분위기

　③ 조용하고 편안한 분위기

　④ 평화롭고 아늑한 분위기

　⑤ 친절하고 따뜻한 분위기

7. 이 소설에서 알 수 있는 사회·문화적 특징으로 알맞지 <u>않은</u> 것은?

　① 일본인은 학생들에게 신사 참배를 강요하였다.

　② 아버지의 눈물은 민족 전체의 기쁨을 의미한다.

　③ 우리나라와 일본은 조상을 숭배하는 문화를 지녔다.

　④ 일제 강점기 시절의 경찰들은 권위적이고 위협적이었다.

　⑤ 우리 민족이 창씨개명을 강요받았다는 것을 알 수 있다.

8. 다음 글에서 일제가 우리 민족을 다루는 태도로 알맞은 것은?

> "저 영감태기, 자기가 이름을 짓지 못했으면 아무 이름이나 우리가 만들어 놓은 것 중에서 하나 고르라고 해!"

　① 존중　　　② 배려　　　③ 친절　　　④ 위로　　　⑤ 멸시

9. 다음 보기의 ㉠이 가리키는 대상을 쓰시오.

> "㉠ <u>당신들</u>이 원하던 것이오. 맘에 들는지 모르지만."

10. 다음 빈칸에 들어갈 알맞은 말을 쓰시오.

> "장차 너희의 세대가 되면 우릴 (　　　　)해 줘야 할 거야."
> 　나는 그게 또 무슨 소린지 모르지만 그 순간의 아버지 얼굴과 분위기와, 울부짖는 바람과 미친 듯 내리는 눈발 때문에 흡사 연극 속의 주인공 같은 느낌이 들었다.

● 다음 뜻풀이에 해당하는 단어를 찾아 선으로 연결해 보자.

(1) 대한 제국 때 경찰관의 하나.　·

·　참배

(2) 마음의 작용으로 얼굴에 드러나는 빛.　·

·　경부

(3) 높여 소중히 여김.　·

·　반석

(4) 신이나 부처에게 절함.　·

·　숭상

(5) 너그럽고 속이 깊은 마음씨.　·

·　아량

(6) 넓고 평평한 큰 돌. 사물, 사상, 기틀 따위가 아주 견고함을 비유적으로 이르는 말.　·

·　기색

2

전쟁의 아픔을
넘어서다

송아지

황순원

이 이야기는 6·25 동란을 겪은 어느 시골 초등학교 어린이가 피란

6·25 전쟁   난리를 피하여 옮겨 감.
때 자기 동무의 당한 일을 쓴 작문에 기초를 두고 있다.

《돌이네가 송아지를 사 온 것은 삼 학년 봄 방학 때였습니다.》

어느 초등학생이 쓴 작문의 한 부분(이 소설의 내용이 허구임에도 불구하고 마치 실화인 것처럼 보이게 하려는 장치)

아주 볼품없는 송아지였다. 왕방울처럼 큰 눈에는 눈곱이 끼고, 엉덩

이뼈가 앙상하게 드러난 볼기짝에는 똥 딱지가 다닥다닥 붙어 있었다. 어

디 이따위 송아지가 있어. 돌이는 아버지가 몇 해를 두고 푼돈을 아껴 모

아 사 온 송아지가 기껏 이런 것이었나 싶어 적잖이 실망과 짜증이 났다.

▶ 볼품없는 송아지를 보고 실망한 돌이

그래도 한 달 남짓 콩깍지와 사초를 잘게 썬 여물에 콩도 한 줌씩

가축의 사료로 쓰는 풀
넣어 먹였더니 좀 송아지 꼴이 돼 갔다.

그동안 돌이는 아침마다 송아지를 마당비로 쓸어 주었다. 어머니가

송아지에게 정성을 쏟는 돌이
외양간이나 안뜰에서 쓸면 털이 장독에 날아든다고 하여 집 뒤 도토리

나무 밑으로 가 쓸어 주곤 했다. 처음에는 나무에 고삐를 매고 쓰는데도

이리저리 날뛰던 것이 차차 익어져서 이제는 제법 의젓하게 가만히 서

있다. 아마 비로 쓸어 줄 때의 시원한 맛을 아는 모양이었다. 이따금 큰

귀를 쫑긋거리면서 눈을 가느스름하게 뜨고 있는 것이다. 똥 딱지가 깨

끗이 떨어져 나간 볼기짝을 꼬리로 슬슬 치면서.

어느 날 송아지의 코뚜레를 꿰 주었다. 코뚜렛감은 벌써 아버지가 장
_{소의 두 콧구멍 사이를 꿰뚫어 끼는 나무 고리}
만해 둔 게 있었다. 노가주나뭇가지를 잘라다 불에 고리처럼 휘어가지
_{노간주나무의 가지. 이 나무는 사철 푸르며 잎 모양이 가늘고 뾰족함.}
고 지붕 위에 올려 말려서는 칼로 껍질을 벗기고 옹이를 다듬고 하여 아

주 매끈하게 만들어 두었던 것이다.

『아버지가 앞집 아저씨와 함께 송아지를 데리고 방앗간으로 갔다. 거
_{『 』: 소의 코에 코뚜레를 꿰는 과정}
기서 뒤허리와 목을 방앗간 도리에다 잡아매고는 앞집 아저씨가 엄지
_{기둥과 기둥 위를 건너지르게 올려놓은 나무. 그 위에 이 나무와 직각이 되게 서까래를 놓음.}
손가락과 둘째 손가락으로 송아지의 코를 그러쥐었다. 송아지는 큰 눈

을 희번덕거릴 뿐 고갯짓도 못했다. 아버지가 신꼬챙이를 송아지 코로
_{단풍나뭇과의 작은 나무인 신나무의 가지로 만든 꼬챙이}
가져갔다. 코를 뚫을 참인 것이다.』

돌이는 여기까지 보다가 그만 돌아서고 말았다. 매애매애애 하는 송
_{송아지가 아파하는 모습을 보지 못하는 돌이}
아지의 코멘소리가 들렸다. 조금 후 코뚜레 꿰는 일이 끝난 듯하여 돌아

다보니, 송아지 코에서 피가 흐르고 눈에는 눈물이 괴어 있었다. 저것두

사람처럼 눈물을 다 흘린다!

집으로 돌아온 돌이는 떡갈잎으로 코피를 닦아 주려 했다. 송아지가

겁을 먹고 눈 흰자위를 드러내며 고개를 내둘렀다. 임마, 널 좋게 해 줄

려구 그러는데 왜 이래.

저녁때 여물은 어른들 몰래 콩을 몇 줌 더 갖다 넣었다.

『뜯어 먹을 만한 풀이 돋자   <sub>『 』: 들판에 풀이 돋아나면 소가 풀을 먹을 수 있도록 소를 데리
고 들판으로 다님.</sub>
_{봄이 왔음을 알 수 있음.}

《돌이는 학교에서 돌아오는 대로 송아지를 데리고 방죽으로 나갔다가

<u>물이 밀려들어 오는 것을 막기 위하여 쌓은 둑</u>

저녁때가 되어야 돌아오곤 했어요.》』

돌아오는 길에 언제나 방죽 밑으로 내려가 강물을 먹였다. 한번은 물

을 먹여 가지고 다시 방죽 위로 올라오니까 『고삐가 팽팽해졌는데도 송

「 」: 송아지를 생각하는 돌이의 마음이 나타남.

아지가 자꾸만 앞서 가기에 코뚜레 꿴 코가 아플 것 같아 고삐를 놓아

준 일이 있었다.』 그랬더니 막 달려서 혼자 집을 찾아가는 게 아닌가.

송아지를 대견하게 생각하는 돌이

그로부터 돌이는 강물을 먹여 가지고 방죽 위에 올라서는 고삐를

놓아주고 집까지 달음박질 경주를 하곤 했다. 언제나 이 경주에서 돌이

가 졌다. 동네치고 제일 높은 곳에 있는 집까지의 언덕배기를 송아지는

언덕의 꼭대기

단숨에 껑충거리며 달려 올라가는 것이다. 이럴 때 송아지 꼬리가 약간

뻗쳐지는 것을 재미있다고 생각하며 돌이는 경주에서 지고서도 만족해

했다.   ▶ 송아지가 풀을 뜯어 먹게 송아지를 데리고 다니며 즐거운 시간을 보내는 돌이

방죽 안쪽은 논밭이었다. 그 낟알 잎을 송아지가 뜯어 먹는 수가 있

껍질을 벗기지 않은 곡식의 알

었다. 그러면 돌이는 고삐를 바투 쥐고 송아지의 따귀를 때린다. 『힘껏

시간이나 길이가 아주 짧게

때리는 시늉을 하지만 실제는 가볍게 툭 소리가 날 뿐이다.』 임마, 그건

「 」: 송아지를 아끼는 돌이의 마음이 나타남.

먹음 못써, 다시 그런 짓 했다간 알지? 『이렇게 몇 번 따귀를 맞고 타이

「 」: 돌이와 송아지가 소통하게 되면서 더 친밀해짐.

름을 받고 나서도 송아지는 어쩌다 돌이가 한눈파는 틈을 타서는 슬쩍

혀끝으로 낟알 잎을 감아 들이는 수가 있었다. 돌이는 여전히 시늉만인

센 따귀를 때리면서 뇌까리는 것이다. 임마, 그건 먹음 못쓴대두, 다시

또 그럴 테야 정말?

그런 지 얼마 후부터는 낟알 잎을 안 먹게 됐다.』

《고삐를 놓고 돌이는 밭둑에 앉아 숙제를 하는 일도 있었습니다.》

그러다가 때로는 누워 잠이 들기도 했다. 잠결에 목이 선뜩거려 눈을

<u>갑자기 서늘한 느낌이 자꾸 들다.</u>

뜨면 저녁 그늘이 내린 속에 송아지가 혀로 목을 핥고 있는 것이다. 이

제는 집에 가자는 듯. 밭둑에 내려가 물을 먹이고는 언제나처럼 집까지

달음박질 경주. ▶ 송아지를 아끼는 돌이와 돌이를 좋아하는 송아지

전개 돌이와 송아지는 함께 많은 시간을 보내며 마음을 주고받으면서 정이 듦.

《그 무시무시한 6 · 25가 일어났습니다.》

시대적 배경

군대가 한차례 밀려 내려왔다가 밀려 올라갔다.『그동안에 동네에서

북한군의 갑작스러운 공격으로 남한의 국군이 낙동강까지 밀렸으나, 인천 상륙 작전으로 다시 북쪽으로 밀고 올라간 상황

는 한 집이 비행기 폭격을 맞아 홀랑 날아가는 바람에 일가가 몰살을 당

『 』: 전쟁의 피해

하고, 동네 사람 하나는 포탄 파편에 맞아 다리 하나를 못 쓰게 됐다. 그

리고 군대들이 동네에 들를 적마다 곡식을 모아 가고, 닭과 개와 돼지를

잡아가고, 소를 끌어갔다.』

돌이네 집에 와서 송아지를 끌어가려 했다. 돌이가 송아지 목을 그러

안고 놔 주지 않았다. 송아지와 함께 얼마를 질질 끌려갔다.『군인이 총

부리를 들이댔다. 그래도 돌이는 송아지의 목을 꼭 안은 채 떨어져 나가

『 』: 목숨을 걸고 송아지를 지키는 돌이의 모습

지를 않았다.』 지독한 놈이라고 하면서 군인이 그냥 가 버렸다.

▶ 6 · 25 전쟁이 일어나서 군인이 송아지를 끌어가려고 했지만 목숨을 걸고 이를 막은 돌이

겨울철에 들어서자 북으로 올라갔던 군대가 도로 밀려 내려왔다. 그

1 · 4 후퇴의 상황. 즉 헤아릴 수 없이 많은 중공군이 북한군을 도와주려고 남쪽으로 내려오자 남한의 국군들이 다시 남쪽으로 <u>후퇴하는 상황</u>

뒤로 중공군이 구름처럼 몰려 내려온다는 풍문이 돌았다. 사실 북쪽에

서 먼 천둥 같은 폿소리가 들려왔다.

《온 동네가 피란을 떠나기 시작했습니다.》

곡식을 거둬 가고, 짐승을 끌어가는 것도 둘째로 하고 저번에 집과 사람이 한꺼번에 날아가 버린 일과 다리 하나를 못 쓰게 된 사람의 일이 남의 일 같지가 않은 것이다. ▶ 중공군이 내려온다는 소문에 피란을 떠나는 동네 사람들

《돌이네도 피란 가야 했습니다.》

떠나는 날 새벽 돌이는 아버지에게,

"송아지두 데리구 가지?"

했다.

아버지는 그냥 짐만 꾸릴 뿐 대답이 없었다.

돌이가 재우쳐 물었다. 그제야 아버지는 손만을 잠깐 멈추고 돌이는
재촉하며
돌아보지도 않고,

"안 된다, 강 얼음이 아직 엷어서……. 사람이나 겨우 밟구 건널까 말
까 한데 소야 되나."

하고 한숨을 짓는 것이다.

어제 누구넨가도 소가 미끄러지지 않게끔 얼음 위에 흙과 재를 깔아
놓고 나서도 종내 얼음이 엷어 사람만 피란 간 일이 있는 걸 돌이도 알
    끝내
고 있었다.

할 수 없었다. 돌이는 콩을 담뿍 넣어 쑨 여물을 송아지에게 잔뜩 먹
여 가지고 예전과 같이 집 뒤 도토리나무 밑으로 가 마당비로 쓸어 주고
는 도로 외양간에 들여다 매었다. 그리고 콩깍지를 몇 아름이고 안아다
주고, 구유에다는 물을 가득 부어 놓았다.
소나 말 따위의 가축들에게 먹이를 담아 주는 그릇

이걸 보고 있던 어머니가,

"그렇게 해 놔두 소용없다. 콩깍진 이제 밟게 되면 못 먹게 되구, 물 두 얼면 못 먹을걸."

문득 돌이는 무엇을 생각했는지 방으로 들어가 공책 뚜껑을 뜯더니 그 뒷면 한복판에다 연필에 침을 묻혀 가며 큼직한 글씨로 이렇게 썼다.

'이 송아지에게 콩깍지와 물을 좀 주세요.'
돌이의 천진난만한 성격을 엿볼 수 있음.

떠날 채비를 다 하고 난 아버지가 곰방대에 담배를 담으며,
잘게 썬 담배를 넣고 피울 수 있게 한 짧은 담뱃대

"이제 군대가 들어오면 대번 잡아먹구 말 텐데……."

돌이는 다시 연필에 침을 묻혀 가지고 좀 더 큰 글씨로 한옆에 썼다.

'군인 아저씨 꼭 부탁합니다.'
돌이의 천진난만한 성격을 엿볼 수 있음.

그리고 칡에 꿰어 송아지 목에 매달았다.

간단히 꾸린 짐을 아버지는 지고, 어머니는 이고, 돌이는 조그만 보따리를 하나 지고 집을 나섰다. 나서기 전에 돌이는 송아지를 향해 말했다. 내 곧 데리러 올게, 응. **위기.** 돌이네 가족은 송아지를 집에 두고 피란을 떠나고, 돌이는 송아지를 잘 보살펴 달라는 쪽지를 군인 아저씨께 남김.

방죽을 내려 강에 들어서며 돌이는 발로 얼음을 굴러 보았다. 딱딱했다.

앞섰던 아버지가 돌아보며,

"살살 걸어, 가운데루 갈수록 살얼음이니까."

강 한가운데는 어른의 한 길이 넘는다. 어서 거기까지 꽝꽝 얼어 도로 와서 송아지를 데려갈 수 있게 됐으면 오죽 좋을까 하고 돌이는 생각했다.
사람 키 정도의 길이

▶ 얼음 위를 걸으며 송아지와 함께 오지 못한 것을 아쉬워하는 돌이

강을 반 남아 건넜을 즈음 돌이는 무심코 집 쪽을 돌아다보았다. 『뜻

밖에도 송아지가 외양간에서 나와 싸리 울타리 너머로 이쪽을 바라보

『 』: 돌이와 함께 있고 싶어 하는 송아지의 간절함이 보임.

고 있는 게 아닌가. 그리고 별안간 송아지가 버둥거리는 것 같더니 싸리

울타리를 뚫고 달려 나오는 게 아닌가. 고삐를 끊은 것이다.』

　송아지는 쏜살같이 언덕배기를 내려 이리 달려오는 것이었다. 먼발

치로도 꼬리가 뻗쳐져 있는 걸 알 수 있었다. 야, 빠르다, 빠르다. 방죽

을 지나 얼음판에 들어섰다. 요행 흙과 재를 깔아 놓은 데로 달려오긴

뜻밖에 얻은 행운

하지만 저러다 미끄러져 넘어지기라도 하면 어쩌나. 돌이는 송아지가

달려오는 쪽으로 마주 걸어 나갔다.

　『뒤에서 어머니와 아버지의, 돌이야, 돌이야, 하는 째진 목소리가 연

『 』: 송아지 때문에 얼음이 깨져서 돌이가 강에 빠질까 봐, 송아지 쪽으로 가지 못하게 하려는 부모님의 간

달아 들렸다.』 그러나 그 소리가 귀에 들어오지 않는 듯 그냥 마주 걸어

절한 마음이 나타남.

나가는 돌이의 얼굴은 환히 웃고 있었다. 이제 조금만 더, 이제 조금

만 더.　　　　　▶ 고삐를 끊고 돌이에게 달려오는 송아지와 송아지가 오는 쪽으로 걸어가는 돌이

　절정 돌이는 고삐를 끊고 자기를 향해 얼음 위로 달려오는 송아지를 보며 위험을 무릅쓰고 송아지에게 다가감.

　송아지와 돌이가 서로 만났는가 하는 순간이었다. 『우저적 얼음장이

꺼져 들어갔다.』 『 』: 송아지의 무게 때문에 얼음이 깨짐.

　한동안 송아지는 허우적거리며 헤엄을 치려고 안간힘을 썼으나 얼음

물 속에서 사지가 말을 안 듣는 듯 그대로 얼음장 밑으로 가라앉기 시작

했다. 그러한 송아지의 목을 돌이가 그러안고 있었다.

　돌이와 송아지가 함께 얼음장 밑으로 가라앉는 모습(전쟁의 비극성을 드러냄.)

　결말 강 위에 언 얼음이 깨지면서 돌이와 송아지가 강물에 빠져 가라앉음.

작가 만나기

황순원(1915~2000) 평안남도 대동군에서 태어났다. 1931년 평양 숭실 중학교에 다닐 때 "동광"에 시 '나의 꿈'을 발표하였다. 그 후 와세다 대학교 영문과를 졸업하고 귀국하여 교사 생활을 하면서부터 본격적으로 소설을 쓰기 시작했다. 그는 한국인의 전통적인 삶과 아픈 역사적 사건을 배경으로 펼쳐지는 인간의 내면세계를 간결하고 세련된 문체로 담아낸 소설을 주로 썼다. 특히 그의 많은 소설에는 서정적인 아름다움이 담겨 있다. 주요 작품으로는 '별', '목넘이 마을의 개', '카인의 후예' 등이 있다.

작품 만나기

'송아지'는 6·25전쟁을 배경으로 하여 송아지와 소년의 우정을 비극적으로 그려낸 소설이다. 소년이 볼품없는 송아지를 정성 들여 키우며 송아지와 친구가 되는 모습을 아름답게 그리고 있다. 이런 아름다운 모습과 피란길에서 소년과 송아지가 함께 죽는 모습이 대비되면서 전쟁의 비극성을 느끼게 한다. 특히 송아지를 구하기 위해 목숨을 거는 소년의 행위와 전쟁으로 인해 서로가 서로를 죽이는 행위를 대조시킴으로써 인간의 존엄성을 해치고 있는 전쟁의 비도덕성을 강조하고 있다.

핵심 만나기

갈래	단편 소설, 현대 소설
성격	서정적, 향토적, 비극적
배경	•시간적: 6·25 전쟁 / •공간적: 어느 농촌 마을
시점	전지적 작가 시점
제재	소년과 송아지 사이에 싹튼 우정
주제	돌이와 송아지의 아름다운 우정
특징	소설의 내용이 사실인 것처럼 하기 위하여 서술자가 어느 초등학생의 작문을 바탕으로 하고 있는 것처럼 꾸밈.

⚙ 등장인물

돌이	• 순박한 소년으로 송아지를 친구처럼 대하며 정성껏 돌봄. • 자신이 아끼는 송아지를 위해서 자기의 목숨까지 내놓는 순수하고 용감한 인물임.
송아지	말 못하는 짐승이지만 자신을 정성스럽게 돌봐 주고 아끼는 돌이의 마음을 알고, 돌이를 좋아하며 따름.

⚙ 이 소설의 배경이 된 6·25 전쟁의 과정

1950년 6월 25일, 북한군이 남한을 공격하여 서울을 점령함. → 남한 정부의 요청으로 미군과 유엔군이 전쟁에 참전하기로 결정함. → 북한군이 남쪽의 낙동강까지 밀고 내려옴. → 미군이 인천 상륙 작전에 성공하여 서울을 되찾음.(1950. 9.) → 남한군과 미군, 유엔군이 북진하여 평양을 점령하고 압록강에 이름.(1950. 10.) → 북한 정부가 중국에 도움을 청하여 중국군이 전쟁에 참전함. → 북한군과 중국군이 평양을 되찾고 서울을 다시 점령함. (1951. 1.) → 38도선을 중심으로 치열한 전투가 계속됨.(1951. 3.) → 1953년 7월 27일, 휴전 협정이 맺어짐.

⚙ 이 소설이 사실을 바탕으로 한 것처럼 꾸민 장치

• '이 이야기는 6·25 동란을 겪은 어느 시골 초등학교 어린이가 피란 때 자기 동무의 당한 일을 쓴 작문에 기초를 두고 있다.'라고 발단 부분에서 밝힘.

• 작문의 한 부분을 여러 번 제시함.
(예) 돌이네가 송아지를 사 온 것은 삼 학년 봄 방학 때였습니다. / 고삐를 놓고 돌이는 방죽에 앉아 숙제를 하는 일도 있었습니다.

→ 이 소설의 내용이 허구임에도 불구하고 마치 실화를 바탕으로 한 것처럼 보이게 함.

● 돌이는 송아지를 어떻게 대하고 있는지 생각해 보자.

● 책 이름(출판사)　　　　　　　　　　　● 지은이

● 줄거리 요약

　　돌이는 아버지가 사 온 볼품없는 송아지를 보고 실망한다.

● 인상 깊은 내용과 그 이유

● 읽고 난 후의 생각이나 느낌

✎ 이 소설을 읽고 가장 인상 깊은 장면을 그림으로 그려 보자.

1. 돌이는 처음에 아버지가 사 온 송아지를 보고 어떤 심정이었나?

　① 슬펐다. 　　　　　　② 미안했다. 　　　　　　③ 즐거웠다.

　④ 실망스러웠다. 　　　⑤ 신바람이 났다.

2. 이 소설에서 다음 내용은 어떤 장치인가?

　《돌이네가 송아지를 사 온 것은 삼 학년 봄 방학 때였습니다.》
　《고삐를 놓고 돌이는 방죽에 앉아 숙제를 하는 일도 있었습니다.》

　① 이 소설의 주제를 강조하는 장치

　② 이 소설의 내용이 허구임을 강조하는 장치

　③ 이 소설의 서술자가 초등학생임을 강조하는 장치

　④ 이 소설이 천진난만한 초등학생이 겪은 일임을 강조하는 장치

　⑤ 이 소설의 내용이 허구임에도 불구하고 마치 실화인 것처럼 보이게 하는 장치

3. 다음 돌이의 행동을 통해 돌이의 어떤 마음을 알 수 있는지 쓰시오.

　• 송아지가 자꾸 앞서가기에 코뚜레 꿴 코가 아플 것 같아 고삐를 놓아 주었다.

　• 송아지의 따귀를 힘껏 때리는 시늉을 하지만 실제는 가볍게 툭 소리가 날 뿐이다.

　• 군인이 총부리를 들이댔지만 돌이는 송아지의 목을 꼭 안은 채 떨어져 나가지 않았다.

4. 고삐를 끊고 달려온 송아지와 송아지를 향해 마주 걸어간 돌이는 결국 어찌되었는지 쓰시오.

어휘력 팡팡

• 다음 뜻에 해당하는 단어를 〈보기〉에서 찾아, 그 기호를 빈칸에 적어 보자.

보기 ㉠ 구유 ㉡ 바투 ㉢ 피란 ㉣ 요행 ㉤ 코뚜레 ㉥ 재우치다

(1) 난리를 피하여 옮겨 감.
(2) 소의 두 콧구멍 사이를 꿰뚫어 끼는 나무 고리.
(3) 시간이나 길이가 아주 짧게.
(4) 소나 말 따위의 가축들에게 먹이를 담아 주는 그릇.
(5) 뜻밖에 얻는 행운.
(6) 빨리 몰아치거나 재촉하다.

수난이대

하근찬

진수가 돌아온다. 진수가 살아서 돌아온다. 아무개는 전사했다는 통

<u>한국 전쟁 후 아들의 귀환. 첫 부분에 아들이 살아서 돌아온다는 것을 반복적으로 강조하여 독자의 호기심</u>

지가 왔고, 아무개 아무개는 죽었는지 살았는지 통 소식이 없는데, 우리

<u>자극</u>

진수는 살아서 오늘 돌아오는 것이다. 생각할수록 어깻바람이 날 일이

<u>신이 나서 어깨를 으쓱거리며 활발히 움직이는 기운</u>

다. 그래 그런지 몰라도 박만도는 여느 때 같으면 아무래도 한두 군데

<u>화자가 소설 밖의 인물인 작가임을 알 수 있음.</u>

앉아 쉬어야 넘어설 수 있는 용머리재를 단숨에 올라채고 만 것이다. 가

슴이 펄럭거리고, 허벅지가 뻐근했다.

그러나 그는 고갯마루에서도 쉴 생각을 하지 않았다. 들 건너 멀리

<u>기쁨과 기대감으로 절로 힘이 나는 만도의 모습</u>

바라보이는 정거장에서 연기가 몰씬몰씬 피어오르며 삐익 기적 소리가

들려왔기 때문이다. 아들이 타고 내려올 기차는 점심때가 가까워야 도

착한다는 것을 모르는 바 아니다. 해가 이제 겨우 산등성이 위로 한 뼘

가량 떠올랐으니, 오정이 되려면 아직 차례 먼 것이다. 그러나 그는 공

<u>정오. 낮 12시</u>   <u>시간이 많이 남아 있음.</u>

연히 마음이 바빴다. 까짓 것, 잠시 앉아 쉬면 뭐할꼬, 싶었다.

<u>아들을 보고 싶은 마음 때문</u>   ▶ 전쟁에 참전한 아들이 돌아온다는 소식에 들뜬 만도

만도는 손가락으로 한쪽 콧구멍을 찍 누르면서 팽! 마른 코를 풀어

<u>만도의 소탈하고 꾸밈없는 성격</u>

던졌다. 그리고 휘청휘청 고갯길을 내려가는 것이다.

내리막은 오르막에 비하면 아무것도 아니었다. 대고 팔을 흔들라치

면 절로 굴러 내려가는 것이다. 『만도는 오른쪽 팔만을 앞뒤로 흔들고

『 』: 만도의 왼쪽 팔이 없음을 외양 묘사를 통해 간접 제시

있었다. 왼쪽 팔은 조끼 주머니에 아무렇게나 쑤셔 넣고』 있는 것이다.

삼대독자가 죽다니 말이 되나, 살아서 돌아와야 일이 옳고말고, 그런데

병원에서 나온다 하니 어디를 좀 다치기는 다친 모양이지만, 설마 <u>나같</u>
복선(진수의 상태를 암시)

이 이렇게사 되진 않았겠지.
— 1인칭과 3인칭 시점의 혼용

<u>만도</u>는 왼쪽 조끼 주머니에 꽂힌 소맷자락을 내려다보았다. 그 소맷

자락 속에는 아무것도 든 것이 없었다. 그저 소맷자락만이 어깨 밑으로

덜렁 처져 있는 것이다. 그래서 노상 그쪽은 조끼 주머니 속에 꽂혀 있
언제나 변함없이 한 모양으로 줄곧

는 것이다. 볼기짝이나 장딴지 같은 데를 총알이 약간 스쳐 갔을 따름이

겠지, 나처럼 팔뚝 하나가 몽땅 달아날 지경이었다면 엄살스러운 놈이
아들에 대한 불안감을 평소 아들의 성격에 빗대어 풀어 보려는 심리. 만도의 소박하고 낙천적인 성격 암시

견뎌 냈을 턱이 없고말고, 슬며시 걱정이 되기도 하는 듯 그는 속으로

이런 소리를 주워섬겼다.   ▶ 아들이 다쳤다는 소식에 자신처럼은 되지 않았을 것이라며
애써 불안함을 감추는 만도

내리막길은 빨랐다. 벌써 고갯마루가 저만큼 높이 쳐다보이는 것이

다. 산모퉁이를 돌아서면 이제 들판이다. 내리막길을 쏘아 내려온 기운

그대로, 만도는 들길을 <u>잰걸음</u> 쳐 나가다가 개천 둑에 이르러서야 걸음
보폭이 짧고 빠른 걸음

을 멈추었다. 외나무다리가 놓여 있는 조그마한 시냇물이었다. 한여름

장마철에 들어설라치면 배꼽이 묻히는 수도 있었지마는, 요즈음엔 무

릎이 잠길 듯 말 듯한 물인 것이다. 가을이 깊어지면서부터 물은 밑바닥
계절적 배경: 가을

이 환히 들여다보일 만큼 맑아져 갔다. 소리도 없이 미끄러져 내려가는

물을 가만히 내려다보고 있으면 절로 이뿌리가 시려 온다.

만도는 물기슭에 내려가서 쭈그리고 앉아 한 손으로 <u>고의춤</u>을 풀어
고의나 바지의 허리를 접어서 여민 사이

헤쳤다. 오줌을 찌익 갈기는 것이다. 거울 면처럼 맑은 물 위에 오줌이

가서 부글부글 끓어오르며 뿌우연 거품을 이루니 여기저기서 물고기 떼가 모여든다. 제법 엄지손가락만씩 한 피라미도 여러 마리다. 한 바가지 잡아서 회 쳐 놓고 한잔 쭈욱 들이켰으면……. 군침이 목구멍에서 꿀꺽했다. 고기 떼를 향해서 마른 코를 팽팽 풀어 던지고, 그는 외나무다

<u>극복해야 할 어려움, 살아가야 할 인생행로</u>
▶ 아들을 마중 가는 길에 외나무다리를 건너는 만도

리를 조심히 디뎠다.

길이가 얼마 되지 않는 다리였으나, 아래로 물을 내려다보면 제법 아찔했다. 그는 이 외나무다리를 퍽 조심했다.

<u>몸이 불편하기도 하고, 과거의 추락 경험이 연상되기 때문</u>

언젠가 한번, 읍에서 술이 꽤 되어 가지고 흥청거리며 돌아오다가 물

<u>흥에 겨워서 마음껏 거드럭거리며</u>

에 굴러떨어진 일이 있었던 것이다. 지나치는 사람이 없었기에 망정이지, 누가 보았더라면 큰 웃음거리가 될 뻔했었다. 발목 하나를 약간 접질렸을 뿐 크게 다친 데는 없었다. 이른 가을철이었기 때문에 옷을 벗어 둑에 널어놓고 말릴 수는 있었으나, 여간 창피스러운 것이 아니었다. 옷이 말짱 젖었다거나 옷이 마를 때까지 발가벗고 기다려야 한다거나 해서가 아니었다. 팔뚝 하나가 몽땅 잘려져 나간 흉측한 몸뚱어리를 하늘 앞에 드러내 놓고 있어야 했기 때문이었다. 지나치는 사람이 있을라치면 하는 수 없이 물속으로 뛰어들어 가서 얼굴만 내놓고 앉아 있었다. 물이 선득해서 아래턱이 덜덜거렸으나, 오그라 붙는 사타구니께를 한

<u>갑자기 서늘한 느낌이 있음.</u>

손으로 꽉 움켜쥐고 버티는 수밖에 없었다.

"ㅎㅎㅎ……."

그때 일을 생각하면 지금도 웃음이 터져 나오는 것이다. 하늘로 쳐들

<u>한 팔이 없는 모습을 남에게 보이기 싫어서 차가운 개울물에 몸을 담그고 있던 기억을 웃어넘김. → 낙천적</u>

린 콧구멍이 연방 벌름거렸다.

<u>인 성격</u>

▶ 과거에 외나무다리에서 떨어졌던 기억을 회상하는 만도

개천을 건너서 논두렁길을 한참 부지런히 걸어가노라면 읍으로 들어가는 한길이 나선다. 도로변에 먼지를 부옇게 덮어쓰고 도사리고 앉아 있는 초가집은 주막이다. 만도가 읍내에 나올 때마다 꼭 한 번씩 들르곤

_{시골 길가에서 술과 밥을 팔고, 돈을 받고 나그네를 묵게 하는 집. 인물의 심리적 긴장감이 해소되고 심리를 전환시키는 공간}

하는 단골집인 것이다. 이 집 눈썹이 짙은 여편네와는 예사로 농을 주고받는 사이다.

술방 문턱을 들어서며 만도가,

"서방님 들어가신다."

하면, 여편네는,

"아이 문둥아, 어서 오느라."

_{원래 나병 환자를 뜻하는 말로, 경상도 지역에서 친근한 사람을 부를 때 상투적으로 사용함.}

하는 것이 인사처럼 되어 있었다. 만도는 여간 언짢은 일이 있어도 이 여편네의 궁둥이 곁에 가서 앉으면 속이 절로 쑥 내려가는 것이었다.

주막 앞을 지나치면서 만도는 술방 문을 열어 볼까 했으나, 방문 앞에 신이 여러 켤레 널려 있고, 방 안에서 웃음소리가 요란하기 때문에 돌아오는 길에 들르기로 했다.

신작로에 나서면 금세 읍이었다. 만도는 읍 들머리에서 잠시 망설이

_{새로 만든 길이라는 뜻으로, 자동차가 다닐 수 있을 정도로 넓게 새로 낸 길을 이르는 말}

다가, 정거장 쪽과는 반대되는 방향으로 걸음을 옮겼다. 장거리를 찾아

_{한 손에 잡을 만한 분량을 세는 단위}

가는 것이었다. 진수가 돌아오는데 고등어나 한 손 사 가지고 가야 될

_{아들에 대한 아버지의 애정을 보여 주는 소재}

게 아닌가 싶어서였다. 장날은 아니었으나, 고기 전에는 없는 고기가 없었다. 이것을 살까 하면 저것이 좋아 보이고, 그것을 사러 가면 또 그 옆의 것이 먹음직해 보였다. 한참 이리저리 서성거리다가 결국은 고등어 한 손이었다. 그것을 달랑달랑 들고 정거장을 향해 가는데, 겨드랑 밑이

간질간질해 왔다. 그러나 한쪽밖에 없는 손에 고등어를 들었으니 참 딱

했다. 어깻죽지를 연방 아래위로 움직거리는 수밖에 없었다.

▶ 주막을 지나 고등어를 사 들고 마중 가는 만도

정거장 대합실에 들어선 만도는 먼저 벽에 걸린 시계부터 바라보았

공공시설에서 손님이 기다리며 머물 수 있도록 마련한 곳

다. 두 시 이십 분이었다. 벌써 두 시 이십 분이라니, 내가 잘못 보았나?

아무리 두 눈을 씻고 보아도 시계는 틀림없는 두 시 이십 분이었다. 한

쪽 걸상에 가서 궁둥이를 붙이면서도 곧장 미심쩍어했다. 두 시 이십 분

분명하지 못하여 마음이 놓이지 않아

이라니, 그럼 벌써 점심때가 지났단 말인가. 말도 아닌 것이다. 자세히

보니 시계는 유리가 깨어졌고, 먼지가 꺼멓게 앉아 있었다. 그러면 그렇

지, 엉터리였다. 벌써 그렇게 되었을 리가 없는 것이다.

"여보이소, 지금 몇 싱교?"

맞은편에 앉은 양복쟁이한테 물어보았다.

아직까지 한복을 생활 의복으로 입던 시기에 양복 입은 사람을 낮잡아 일컫던 말

"열 시 사십 분이오."

"예, 그렁교."

만도는 고개를 굽실하고는 두 눈을 연방 껌벅거렸다. 열 시 사십 분

이라, 보자, 그럼 아직도 한 시간이나 남았구나. 그는 안심이 되는 듯 후

담뱃불로 인해 다이너마이트에 붙였던 성냥불이 연상되어 과거를 떠올리게 됨.

유 숨을 내쉬었다. 궐련을 한 개 빼어 물고 불을 댕겼다. ▶ 대합실에서 시계를 보며

아들을 기다리는 만도

발단 아버지 만도는 한국 전쟁 직후 아들 진수가 살아 돌아온다는 소식을 듣고 아들을 마중 나감.

정거장 대합실에 와서 이렇게 도사리고 앉아 있노라면, 만도는 곧잘

과거 회상의 매개체. 십 삼사 년 전 만도가 징용에 끌려갈 때 정거장 대합실에서 기차를 기다리던, 일제 강점기의 과거를 회상

생각나는 일이 한 가지 있었다. 그 일이 머리에 떠오르면 등골을 찬 기

운이 좍 스쳐 내려가는 것이었다. 손가락이 시퍼렇게 굳어진, 이끼 낀

나무토막 같은 팔뚝이 지금도 저만큼 눈앞에 보이는 듯했다.

바로 이 정거장 마당에 백 명 남짓한 사람들이 모여 웅성거리고 있었

다. 그중에는 만도도 섞여 있었다. 기차를 기다리고 있는 것이었으나, 그들은 모두 자기네들이 어디로 가는 것인지 알지를 못했다.

그저 차를 타라면 탈 사람들이었다. 징용에 끌려 나가는 사람들이었

<small>비상사태에 국가의 권력으로 국민을 강제적으로 일정한 업무에 종사시키는 일</small>

다. 그러니까 지금으로부터 십 삼사 년 옛날의 이야기인 것이다.

▶ 정거장에서 과거를 회상하기 시작하는 만도

북해도 탄광으로 갈 것이라는 사람도 있었고, 틀림없이 남양 군도로

<small>당시의 사회·문화적 상황: 일제 강점기에 많은 사람들이 어디로 가는지도 모른 채 징용에 끌려가 고달픈 생</small>

간다는 사람도 있었다. 더러는 만주로 가면 좋겠다고 하기도 했다. 『만

<small>활을 해야 했음.</small>

도는 북해도가 아니면 남양 군도일 것이고, 거기도 아니면 만주겠지, 설

<small>『 』: 만도의 낙천적 성격이 드러남.</small>

마 저희들이 하늘 밖으로사 끌고 가겠느냐고, 아무렇지도 않은 듯이 그들창코로 담배 연기를 푹푹 내뿜고 있었다.』 그러나 마음이 좀 덜 좋은 것은 마누라가 저쪽 변소 모퉁이 벚나무 밑에 우두커니 서서 한눈도 안 팔고 이쪽만을 바라보고 있기 때문이었다. 그래서 그는 주머니 속에 성냥을 두고도 옆 사람에게 불을 빌리자고 하며 슬며시 돌아서 버리곤 했다. 플랫폼으로 나가면서 뒤를 돌아보니, 마누라가 울 밖에 서서 수건으로 코를 눌러 대고 있는 것이었다. 만도는 코허리가 찡했다.

기차가 꽥꽥 소리를 지르면서 덜커덩! 하고 움직이기 시작했을 때는 정말 덜 좋았다. 눈앞이 뿌옇게 흐려지는 것을 어쩌지 못했다. 그러나 정거장이 까맣게 멀어져 가고, 차창 밖으로 새로운 풍경이 휙휙날아들자, 그제야 아무렇지도 않아지는 것이었다. 오히려 기분이 유쾌해지는

<small>만도의 낙천적이고 단순한 성격(직접적 제시). 변화한 현실에 대한 적응력이 빠르고, 시대에 순응하는 인물</small>

것 같기도 했다.

▶ 징용되어 기차를 탄 과거의 만도

바다를 본 것도 처음이었고, 그처럼 큰 배에 몸을 실어 본 것은 더구나 처음이었다. 배 밑창에 엎드려서 꽥꽥 게워 내는 사람들이 많았으나,

만도는 그저 골이 좀 띵했을 뿐 아무렇지도 않았다. 더러는 하루에 두 개씩 주는 주먹밥을 남기기도 했으나, 그는 한꺼번에 하루 것을 뚝딱해^{다 먹어도}도 시원찮았다.

모두들 내릴 준비를 하라는 명령이 떨어진 것은 사흘째 되는 날 황혼 때였다. 제각기 봇짐을 챙기기에 바빴다. 만도도 호박덩이만 한 보따리^{등에 지기 위하여 물건을 보자기에 싸서 꾸린 짐}를 옆구리에 덜렁 찼다. 갑판 위에 올라가 보니 하늘은 활활 타오르고 있고, 바닷물은 불에 녹은 쇠처럼 벌겋게 출렁거리고 있었다. 지금 막 태양이 물 위로 뚝 떨어져 가는 것이었다. 햇덩어리가 어쩌면 그렇게 크고 붉은지 정말 처음이었다. 그리고 바다 위에 주황빛으로 번쩍거리는 커다란 산이 둥둥 떠 있는 것이었다. 무시무시하도록 황홀한 광경에 모두들 딱 벌어진 입을 다물 줄 몰랐다. 만도는 어깨를 버쩍 들어 올리면서 히야, 고함을 질러 댔다. 그러나 섬에서 그들을 기다리고 있는 것은 숨 막히는 더위와 강제 노동과 그리고 잠자리만큼씩이나 한 모기 떼······. 그런 것뿐이었다.

▶ 배를 타고 노역장에 도착한 만도

섬에다가 비행장을 닦는 것이었다. 모기에게 물려 혹이 된 자리를 벅^{만도가 끌려 간 곳에서 한 일}벅 긁으며, 비 오듯 쏟아지는 땀을 무릅쓰고 아침부터 해가 떨어질 때까지 산을 허물어 내고, 흙을 나르고 하기란 고향에서 농사일에 뼈가 굳어진 몸에도 이만저만한 고역이 아니었다. 물도 입에 맞지 않았고, 음식도^{몹시 힘들고 고되어 견디기 어려운 일}이내 변하곤 해서 도저히 견디어 낼 것 같지가 않았다. 게다가 병까지^{상하곤}돌았다. 일을 하다가도 벌떡 자빠지기가 예사였다. 그러나 만도는 아침 저녁으로 약간씩 설사를 했을 뿐 넘어지지는 않았다. 물도 차츰 입에 맞아 갔고, 고된 일도 날이 감에 따라 몸에 배어드는 것이었다. 밤에 날개를 치며 몰려드는 모기떼만 아니면 그냥저냥 배겨 내겠는데, 정말 그놈의 모기들만은 질색이었다.

사람의 힘이란 무서운 것이었다. 그처럼 험난하던 산과 산 틈바구니에 비행장을 닦아 내고야 말았던 것이다. 그러나 일은 그것으로 끝나는 것이 아니고, 오히려 더 벅찬 일이 닥치는 것이었다. 연합군의 비행기가
_{제2차 세계 대전에서 독일, 일본, 이탈리아 등 파시즘 세력에 대항한 영국, 프랑스, 중국, 소련, 미국 등의 연합}
날아들면서부터 일은 밤중까지 계속되었다. 산허리에 굴을 파 들어가는 작업이었다. 비행기를 집어넣을 굴이었다. 그리고 모든 시설을 다 굴
속으로 옮겨야 했다.　　　　　　　▶ 섬에서 비행장을 닦는 일을 하게 된 만도

여기저기서 다이너마이트 튀는 소리가 산을 흔들어 댔다. 앵앵앵 하고 공습경보가 나면 일을 하던 손을 놓고 모두 굴 바닥에 납작납작 엎드
_{적의 항공기가 공습하여 왔을 때 위험을 알리는 경보}
려 있어야 했다. 비행기가 돌아갈 때까지 그러고 있는 것이었다. 어떤 때는 근 한 시간 가까이나 엎드려 있어야 하는 때도 있었는데, 차라리 그것이 얼마나 편한지 몰랐다. 그래서 더러는 공습이 있기를 은근히 기다리기도 했다. 때로는 공습경보의 사이렌을 듣지 못하고 그냥 일을 계속하는 수도 있었다.

그럴 때는 모두 큰 손해를 보았다고 야단들이었다. 이렇게 된 셈인지 사이렌이 미처 불기 전에 비행기가 산등성이를 넘어 달려드는 수도 있었다. 그럴 때는 정말 질겁을 했다. 가장 많은 피해를 낸 것도 그런 경우
_{뜻밖의 일에 자지러질 정도로 깜짝 놀람.}
였다. 만도가 한쪽 팔뚝을 잃어버린 것도 바로 그런 때의 일이었다.
_{공습경보도 울리기 전에 비행기가 들이닥치는 때}
여느 날과 다름없이 굴속에서 바위를 허물어 내고 있었다. 바위 틈서

리에 구멍을 뚫어서 다이너마이트 장치를 하는 것이었다. 장치가 다 되

면 모두 바깥으로 나가고, 한 사람만 남아서 불을 댕기는 것이다. 그리

고 그것이 터지기 전에 얼른 밖으로 뛰어나와야 한다.
_{불이 옮아 붙게 하는}

▶ 공습경보의 위험 속에서 다이너마이트 작업을 하던 만도

만도가 불을 댕기는 차례였다. 모두 바깥으로 나가 버린 다음, 그는

성냥을 꺼냈다. 『그런데 웬 영문인지 기분이 꺼림칙했다. 모기에 물린
_{『 』: 평상시와는 다른 상황. 불길한 일이 생길 거라는 전개 방향을 암시하는 복선의 기능}

자리가 자꾸 쑥쑥 쑤시는 것이었다. 긁적긁적 긁어 댔으나 도무지 시원

한 맛이 없었다. 그는 이맛살을 찌푸리면서 성냥을 득! 그었다. 그래 그

런지 몰라도 불은 이내 픽 하고 꺼져 버렸다. 성냥 알맹이 네 개째에사

겨우 심지에 불이 댕겨졌다.』 심지에 불이 붙는 것을 보자, 그는 얼른 몸
_{남포, 폭탄 따위를 터뜨리기 위하여 불을 붙이게 되어 있는 줄}

을 굴 밖으로 날렸다. 바깥으로 막 나서려는 때였다. 산이 무너지는 듯

한 소리와 함께 사나운 바람이 귓전을 후려갈기는 것이었다. 만도는 정

신이 아찔했다. 공습이었던 것이다. 산등성이를 넘어 달려든 비행기가

머리 위로 아슬아슬하게 지나가는 것이었다. 미처 정신을 차리기도 전

에 또 한 대가 뒤따라 날아드는 것이 아닌가. 만도는 그만 넋을 잃고 굴
_{공습 때문에 무의식적으로 굴 안으로 들어감.}

안으로 도로 달려 들어갔다. 달려 들어가서 굴 바닥에 엎드리고 말았다.

그 순간이었다. 쾅! 굴 안이 미어지는 듯하면서 다이너마이트가 터졌
_{만도가 팔을 잃게 된 이유}

다. 만도의 두 눈에서 불이 번쩍했다.

『만도가 어렴풋이 눈을 떠 보니, 바로 거기 눈앞에 누구의 것인지 모
_{만도의 잘려진 팔뚝}

를 팔뚝이 하나 아무렇게나 던져져 있었다. 손가락이 시퍼렇게 굳어져

서 마치 이끼 낀 나무토막처럼 보이는 팔뚝이었다.』 만도는 그것이 자
_{『 』: 팔을 잃은 상황을 감정을 배제하고 담담하게 객관적으로 묘사함으로써 비극을 심화시킴.}

기의 어깨에 붙어 있던 것인 줄을 알자, 그만 으악! 정신을 잃어버렸다.

재차 눈을 떴을 때는 그는 푹신한 담요 속에 누워 있었고, 한쪽 어깻죽
_{시간의 경과}
지가 못 견디게 쿡쿡 쑤셔 댔다. 절단 수술은 이미 끝난 뒤였다.

▶ 다이너마이트 사고로 한쪽 팔을 잃게 된 만도   [전개] 만도가 강제 징용에 끌려가 한쪽 팔을 잃게 된 자신의 과거를 회상함.

꽤애액— 기적 소리였다. 멀리 산모퉁이를 돌아오는가 보다. 만도는
증기 기관차 소리. 현재 장소가 정거장 대합실이라는 분위기를 환기시켜, 과거 회상에서 현실로 돌아오게 함.
자리를 털고 벌떡 일어서며 옆에 놓아둔 고등어를 집어 들었다. 기적 소
진수에게 먹이려고 준비한 것, 아버지의 사랑을 상징함.
리가 가까워질수록 가슴이 울렁거렸다. 대합실 밖으로 뛰어나가 플랫

폼이 잘 보이는 울타리 쪽으로 가서 발돋움을 했다.
아들을 기다리는 초조함. 노심초사(勞心焦思), 학수고대(鶴首苦待)

땡땡땡— 종이 울리자, 잠시 후 차는 소리를 지르면서 달려들었다.

기관차의 옆구리에서는 김이 픽픽 풍겨 나왔다. 만도의 얼굴은 바짝 긴
아들을 기다리는 만도의 심정: 기대되고 설레면서도, 혹시 많이 다치지는 않았을까 걱정되는 마음
장되었다. 시꺼먼 열차 속에서 꾸역꾸역 사람들이 밀려 나왔다. 꽤 많은

손님이 쏟아져 내리는 것이었다. 만도의 두 눈은 곧장 이리저리 굴렀다.

그러나 아들의 모습은 쉽사리 눈에 띄지 않았다. 저쪽 출입구로 밀려가

는 사람들의 물결 속에 두 개의 지팡이를 짚고 절룩거리면서 걸어 나가
아들이 부상당했을 것이라는 생각을 하지 않음.
는 상이군인이 있었으나, 만도는 그 사람에게 주의가 가지는 않았다.
전투나 군사상 공무 중에 몸을 다친 군인   ▶ 기관차에서 내린 사람들 속에서 아들을 찾는 만도
   기차에서 내릴 사람은 모두 내렸는가 보다. 이제 미처 오르지 못한

사람들이 플랫폼을 이리저리 서성거리고 있을 뿐인 것이다. 그놈이 거

짓으로 편지를 띄웠을 리는 없을 건데……. 만도는 자꾸 가슴이 떨렸다.
불길한 예감
이상한 일이다, 하고 있을 때였다. 분명히 뒤에서,

   "아부지!"

   부르는 소리가 들렸다. 만도는 깜짝 놀라며 얼른 뒤를 돌아보았다.

그 순간 만도의 두 눈은 무섭도록 크게 떠지고, 입은 딱 벌어졌다. 틀림
다리를 잃은 아들의 모습을 보고 매우 놀람.(간접적 제시)
없는 아들이었으나, 옛날과 같은 진수는 아니었다. 양쪽 겨드랑이에 지

팡이를 끼고 서 있는데, 스쳐 가는 바람결에 한쪽 바짓가랑이가 펄럭거

다리가 없는 모습을 묘사

리는 것이 아닌가.

만도는 눈앞이 노오래지는 것을 어쩌지 못했다. 한참 동안 그저 멍멍

하기만 하다가 코허리가 찡해지면서 두 눈에 뜨거운 것이 핑 도는 것이

얼이 빠진 듯 어리둥절하기만   눈물

었다.
　　　　　　　　　　　　　　　　　▶ 상이군인이 된 아들을 발견하고 충격을 받은 만도

"에라이 이놈아!"

아들 진수가 불구가 되어 돌아온 것이 속상해서 화를 냄. 슬픔과 안타까운 마음의 역설적 표현

만도의 입에서 모지게 튀어나온 첫마디였다. 떨리는 목소리였다. 고

등어를 든 손이 불끈 주먹을 쥐고 있었다.

"이기 무슨 꼴이고, 이기."

"아부지!"

"이놈아, 이놈아……."

만도의 들창코가 크게 벌름거리다가 훌쩍 물코를 들이마셨다. 진수

의 두 눈에서는 어느 결에 눈물이 꾀죄죄하게 흘러내리고 있었다. 만도

　　　　　　　　　　　더럽고 궁상스럽게

는 모든 게 진수의 잘못이기나 한 듯 험한 얼굴로,

"가자, 어서!"

무뚝뚝한 한마디를 던지고는 성큼성큼 앞장을 서 가는 것이었다.

진수는 입술에 내려와 묻는 짭짤한 것을 혀끝으로 날름 핥아 버리면

　　　　　　　　　　　　　　　눈물

서 절름절름 아버지의 뒤를 따랐다.

앞장서 가는 만도는 뒤따라오는 진수를 한 번도 돌아보지 않았다. 한

　　　　　　　슬픔과 안타까움으로 아들을 바로 보지 못하는 만도

눈을 파는 법도 없었다. 무겁디무거운 짐을 진 사람처럼 땅바닥만을 내

　　　　　다리를 잃은 아들을 보며 느끼는 만도의 심리적 무게감

려다보며 이따금 끙끙거리면서 부지런히 걸어만 가는 것이다. 지팡이

에 몸을 의지하고 걷는 진수가 성한 사람의, 게다가 부지런히 걷는 걸음

을 당해 낼 수는 도저히 없었다. 한 걸음 두 걸음씩 뒤지기 시작한 것이

그만 작은 소리로 불러서는 들리지 않을 만큼 떨어져 버리고 말았다. 진

수는 목구멍에서 왈칵 넘어오려는 뜨거운 기운을 참느라고 어금니를

야물게 깨물어 보기도 했다. 그리고 두 개의 지팡이와 한 개의 다리를

> 다리를 잃은 슬픔과 안타까움. 아버지에 대한 미안함.

열심히 움직여 대는 것이었다.　　　　▶ 아들이 한쪽 다리를 잃은 사실을 외면하고 싶은 만도

위기 만도가 다리 한쪽을 잃은 아들을 만남.

　　앞서 간 만도는 주막집 앞에 이르자, 비로소 한 번 뒤를 돌아보았다.

> 슬픔을 극복하고 의지를 다짐할 수 있는 계기가 되는 공간

진수는 오다가 나무 밑에 서서 오줌을 누고 있었다. 지팡이는 땅바닥에

던져 놓고, 한쪽 손으로는 볼일을 보고, 한쪽 손으로는 나무둥치를 안고

> 사람이 지닌 모습, 꼴, 짓을 낮잡아 하는 말

있는 꼬락서니가 을씨년스럽기 이를 데 없었다. 만도는 눈살을 찌푸리

> 보기에 날씨나 분위기 따위가 몹시 스산하고 쓸쓸한 데가 있음.

며 으음! 신음 소리 비슷한 무거운 소리를 토했다. 그리고 술방 앞으로

가서 방문을 왈칵 잡아당겼다.

　　기역 자 판 안에 도사리고 앉아서 속옷을 뒤집어 이를 잡고 있던 여

> 술을 마시기 위해 설치된 기역 자 모양의 평상

편네가 킥! 웃으며 후닥닥 옷섶을 여몄다. 그러나 『만도는 웃지를 않았

다. 방문턱을 넘어서면서도 서방님 들어가신다는 소리를 지르지 않았

> 『 』: 평상시 같으면 서방님 들어가신다며 허세를 부릴 만도가 오늘만은 그렇지 못함. 만도의 슬픈 심정을 간접적으로 제시

다. 이처럼 뚝뚝한 얼굴을 하고 이 술방에 들어서기란 아마 처음 일일

것이다.』

　　여편네가 멋도 모르고,

> 아무 것도 모르고, 아무 눈치도 채지 못하고

　　"오늘은 서방님 아닌가 배."

하고 킬룩 웃었으나, 만도는 으음 – 또 무거운 신음 소리를 토하고는,

기역 자 판 앞에 가서 쭈그리고 앉기가 바쁘게,

"빨리빨리."

재촉이었다.

"핫다나, 어지간히도 바쁜가 배."

"빨리 곱빼기로 한 사발 달라니까구마."

"오늘은 와 이카노?"

여편네가 건네주는 술 사발을 받아 들며, 만도는 후유 한숨을 크게 내쉬었다. 그리고 입을 얼른 사발로 가져갔다. 꿀꿀꿀 잘도 넘어간다. 그 큰 사발을 단숨에 비워 버리고는 도로 여편네 앞으로 불쑥 내민다.

그렇게 거들빼기로 석 잔을 해치우고서야 으으윽! 게트림을 했다.
<u>연거푸</u>   <u>거침없이 내뱉는 트림</u>
여편네가 눈을 휘둥그레 가지고 혀를 내둘렀다. 빈속에 술을 그처럼 때려 마시고 보니 금세 눈두덩이 확확 달아오르고, 귀뿌리가 발갛게 익어 갔다.   ▶ 화난 기분으로 주막에 들어가 술을 마시는 만도

술기가 얼근하게 돌자, 이제 좀 속이 풀리는 것 같아 방문을 열고 바깥을 내다보았다. 진수는 이마에 땀을 척척 흘리면서 다 와 가고 있었다.

"진수야!"

버럭 소리를 질렀다.

"좀 쉬었다 가자."

"……."

진수는 아무런 대꾸도 없이 어기적어기적 다가왔다.
            <u>팔다리를 부자연스럽고 크게 움직이며 천천히 걷는 모양</u>
다가와서 방문턱에 걸터앉으니까 여편네가 보고,

"방으로 좀 들어오이소."

한다.

"여기 좋심더."

그는 수세미 같은 손수건으로 이마와 코언저리를 아무렇게나 훔

친다.
물기나 때 따위가 묻은 것을 닦아 말끔하게 함.
"마, 아무 데서나 묵어라. 저 국수 한 그릇 말아 주소."
아들을 사랑하는 아버지의 따뜻한 마음
"야."

"곱빼기로 잘 좀……. 참기름도 치소, 잉?"
아들에 대한 사랑과 배려
"야아."

여편네는 코로 히죽 웃으면서 만도의 옆구리를 살짝 꼬집고는, 소쿠
둥근 대나무 그릇
리에서 삶은 국수 두 뭉텅이를 집어 든다.

진수가 국수를 훌훌 끌어넣고 있을 때, 여편네는 만도의 귓전으로 얼

굴을 살짝 갖다 댔다.

"아들이가?"

만도는 고개를 약간 끄덕거렸을 뿐 좋은 기색을 하지 않았다.

진수가 국물을 훌쩍 들이마시고 나자, 만도는,

"한 그릇 더 묵을래?"
부성애를 회복한 만도
한다.

"아니예."

"한 그릇 더 묵지, 와?"

"고만 묵을랍니더."

진수는 입술을 썩 닦으며 부스스 자리에서 일어났다.

▶ 아들과 주막에서 국수를 먹으며 부성애를 회복하는 만도

주막을 나선 그들 부자는 논두렁길로 접어들었다. 아까와 같이 만도

가 앞장을 서는 것이 아니라, 이번에는 진수를 앞세웠다. 지팡이를 짚고
<u>만도의 심리가 변화했음을 보여 주는 행동</u>

기우뚱기우뚱 앞서 가는 아들의 뒷모습을 바라보며, 팔뚝이 하나밖에

없는 아버지가 느릿느릿 따라가는 것이다. 손에 매달린 고등어가 곧장

달랑달랑 춤을 춘다. 너무 급하게 들이부어서 그런지 만도의 배 속에서

는 우글우글 술이 끓고, 다리가 휘청거린다. 콧구멍으로 더운 숨을 훅훅
<u>조금 전의 슬픔은 온데간데없이 사라짐. 적응력과 생명력이 강한 만도</u>

내뿜어 정신이 아른하다. 좋다.

"진수야."

"예."

"니 우짜다가 그래 됐노?"

"전쟁하다가 이래 안 됐심니꺼. 수류탄 쪼가리에 맞았심더."

"수류탄 쪼가리에?"

"예."

"음……."

"얼른 낫지 않고 막 썩어 들어가기 땜에 군의관이 짤라 버립띠더. 병

원에서예."

"……."

"아부지."

"와?"

"이래 가지고 나 우째 살까 싶습니더."
<u>좌절감을 느끼는 진수의 비관적 인식</u>

"우째 살긴 뭘 우째 살아. 목숨만 붙어 있으면 다 사는 기다. 그런 소

의지적인 태도를 보이는 만도. 생명의 강인함에 대한 믿음. 만도의 긍정적이고 낙천적인 성격이 드러남.

리 하지 마라."

"……."

"나 봐라, 팔뚝이 하나 없어도 잘만 안 사나. 남 봄에 좀 덜 좋아서 그

보기에

렇지, 살기사 와 못 살아."

"차라리 아부지같이 팔이 하나 없는 편이 낫겠어예. 다리가 없어노니

첫째 걸어 댕기기가 불편해서 똑 죽겠심더."

"야아, 안 그렇다. 걸어 댕기기만 하면 뭐하노. 손을 제대로 놀려야

손의 중요성을 말함으로써 진수를 위로함.

일이 뜻대로 되지."

"그럴까예?"

만도의 의견에 동조하기 시작하는 진수

"그렇다니까. 그러니까 집에 앉아서 할 일은 니가 하고, 나댕기메 할

상부상조(相扶相助)의 극복 의지를 보여 줌. 개인 간의 협동, 협력, 화합

일은 내가 하고, 그라면 안 되겠나, 그제?"

을 통한 수난 극복 방법

"예."

진수는 가벼운 한숨을 내쉬며 아버지를 돌아보았다. 만도는 돌아보

는 아들의 얼굴을 향해서 지그시 웃어 주었다. ▶ 사고 경위를 듣고 좌절하는
아들을 위로하는 만도
절정 만도는 주막에서 괴로운 마음을 달래고 아들을 위로함.

술을 마시고 나면 이내 오줌이 마려워진다. 만도는 길가에 아무렇게

나 쭈그리고 앉아서 고기 묶음을 입에 물려고 한다. 그것을 본 진수는,

"아부지, 그 고등어 이리 주이소."

아버지의 불편함을 덜어 주는 진수. 서로의 모자란 부분을 채워 가며 난관을 극복하겠다는 의미

한다.

팔이 하나밖에 없는 몸으로 물건을 손에 든 채 소변을 볼 순 없는 것

이다. 아버지가 볼일을 마칠 때까지 진수는 저만큼 떨어져 서서 지팡이

를 한쪽 손에 모아 쥐고, 다른 손으로 고등어를 들고 있었다.

볼일을 다 본 만도는 얼른 가서 아들의 손에서 고등어를 다시 받아

든다.　　　　　　　　　　　　　▶ 아들의 도움을 받아 어려움을 해결한 만도

개천 둑에 이르렀다. 외나무다리가 놓여 있는 그 시냇물이다. 『진수
　　　　　　　두 부자가 극복해야 할 고난과 시련, 우리 민족이 극복해야 할 시련을 상징

는 슬그머니 걱정이 되었다. 물은 그렇게 깊은 것 같지 않지만, 밑바닥
『 』: 외나무다리를 건너는 것을 걱정하는 부분을 통해 볼 때, 진수는 행동이 조심스럽고 소심한 성격임을 알 수 있음.

이 모래흙이어서 지팡이를 짚고 건너가기가 만만할 것 같지 않기 때문

이다. 외나무다리는 도저히 건너갈 재주가 없고……. 진수는 하는 수 없

이 둑에 퍼지고 앉아서 바짓가랑이를 걷어 올리기 시작했다.』

만도는 잠시 멀뚱히 서서 아들의 하는 양을 내려다보고 있다가,

“진수야, 그만두고 자아, 업자.”
　시련을 극복하려는 의지적 태도. 극적 감동의 효과

하는 것이었다.

"업고 건너면 일이 다 되는 거 아니가. 자아, 이거 받아라."

<u>다리를 건너기 위한 부자의 방법</u>

고등어 묶음을 진수 앞으로 내민다.

"……."

진수는 퍽 난처해 하면서 못 이기는 듯이 그것을 받아 들었다. 만도
는 등허리를 아들 앞에 갖다 대고 하나밖에 없는 팔을 뒤로 버쩍 내밀며
말했다.

"자아, 어서!"

진수는 지팡이와 고등어를 각각 한 손에 쥐고, 아버지의 등허리로 가
서 슬그머니 업혔다. 만도는 팔뚝을 뒤로 돌리면서 아들의 하나뿐인 다

리를 꼭 안았다. 그리고,

"팔로 내 목을 감아야 될 끼다."

했다.

진수는 무척 황송한 듯 한쪽 눈을 찍 감으면서 고등어와 지팡이를 든

두 팔로 아버지의 굵은 목줄기를 부둥켜안았다.

_{만도의 강한 생명력을 상징}

만도는 아랫배에 힘을 주며 끙! 하고 일어났다. 아랫도리가 약간 후

들거렸으나 걸어갈 만은 했다. 외나무다리 위로 조심조심 발을 내디디

_{고난 극복의 가능성을 암시}

며 만도는 속으로, 이제 새파랗게 젊은 놈이 벌써 이게 무슨 꼴이고. 세

상을 잘못 만나서 진수 니 신세도 참 똥이다, 똥. 이런 소리를 주워섬겼

_{진수의 상황을 안타까워하는 만도. 비극적 상황을 오히려 해학적으로 표현함으로써 수난 극복의 가능성을 드러냄.}

고, 아버지의 등에 업힌 진수는 곧장 미안스러운 얼굴을 하며, "나꺼정

이렇게 되다니 아부지도 참 복도 더럽게 없지, 차라리 내가 죽어 버렸더

라면 나았을 낀데……"하고 중얼거렸다.

만도는 아직 술기가 약간 있었으나, 용케 몸을 가누며 아들을 업고

_{비극을 극복하는 의지적인 행위. 주제 의식이 드러남.}

외나무다리를 조심조심 건너가는 것이었다. 『눈앞에 우뚝 솟은 용머리

재가 이 광경을 가만히 내려다보고 있었다.』

『 』: 서술 시점의 전환(인간 → 자연), 시선의 이동(근경 → 원경)
으로 객관화. 개인적 고난 극복이 민족적 차원으로 확대될 가능
성을 상징적으로 제시.

▶ 아들을 도와 몸의 불편함을 극복하는 만도
결말 만도가 아들을 업고 외나무다리를 건넘.

● 작가 만나기

하근찬(1931~2007) 경북 영천에서 태어났고 수년간 교사 생활과 잡지사 기자를 하였다. 1957년 "한국일보" 신춘문예에 단편 소설 '수난이대'가 당선되어 문단에 나온 후 70여 편의 작품을 발표하였다. 그가 쓴 대부분의 작품은 서민들의 애환과 민족적 비극을 다루고 있다. 소설집으로는 "수난이대", "흰 종이 수염", "월례소전", "화가 남궁 씨의 수염", "내 마음의 풍금" 등이 있다.

● 작품 만나기

'수난이대'는 과거와 현재를 교차하면서, 일제에 의해 한쪽 팔을 잃은 아버지 만도와 한국 전쟁으로 인해 한쪽 다리를 잃은 아들 진수의 이야기를 보여 주고 있다. 이들 부자(父子)의 불행은 우리 민족 전체의 수난과 시련으로 확대 해석할 수 있다.

지은이는 이러한 역사적 비극을 치유할 수 있는 방법으로 만도와 진수가 협력하여 외나무다리를 건너는 장면을 제시한다. 이 장면을 통해 지은이는 화합과 협동으로 민족의 수난을 극복하고 새로운 삶을 향해 걸어가려는 의지를 보여 준다.

● 핵심 만나기

갈래	단편 소설, 전후 소설, 가족사 소설
성격	토속적, 사실적, 의지적, 상징적
배경	• 시간적: 일제 강점기, 한국 전쟁 직후 • 공간적: 경상도의 시골 마을
시점	전지적 작가 시점 (부분적으로 3인칭 관찰자 시점 혼용)
제재	일제 말기 징용과 6·25 전쟁으로 인한 상흔
주제	민족적 비극에 대한 극복 의지
특징	• 방언의 사용으로 토속적, 민중적 정서를 드러냄. • 인물의 외양 묘사, 행동, 대화를 통해 구체적인 상황을 보여 줌.

등장인물

만도	• 진수의 아버지. 일제 강점기 때 징용에 끌려가 한쪽 팔을 잃었음. • 특유의 강인함과 생명력으로 고난을 극복하는 우리 민중을 상징하는 인물
진수	• 만도의 아들. 한국 전쟁 중 한쪽 다리를 잃었음. • 처음에는 자신의 처지에 낙담하지만 만도의 적극적인 의지에 영향을 받아 긍정적으로 변하는 인물

'수난이대'의 서술 방식

• 현재 → 과거 → 현재의 역순행적 구성 방식을 통해 일제 강점기와 한국 전쟁의 비극을 연결시키고 있다. 이를 통해 아버지의 수난과 아들의 수난을 나란히 보여 주어 우리 민족의 수난을 총체적으로 부각시키고 있다.

• 여러 가지 시점이 혼용되고 있다.

    ㉠ 전지적 작가 시점: 인물의 심리를 직접 표현하거나 과거를 요약적으로 제시할 때 사용함.

    ㉡ 관찰자 시점: 인물의 모습을 그대로 묘사할 때나 현재 진행 중인 사건의 장면을 그대로 제시할 때 사용함.

❶ '외나무다리'는 무엇을 상징하는지 생각해 보자.

❷ 만도와 진수가 외나무다리를 건너는 장면의 의미를 생각해 보자.

● 책 이름(출판사)   ● 지은이

● 줄거리 요약

　　만도는 아들 진수가 돌아온다는 소식에 기쁜 마음으로 고등어를 사 들고 역 대합

　실로 갔다.

● 인상 깊은 내용과 그 이유

● 읃고 난 후의 생각이나 느낌

✎ 주인공에게 하고 싶은 말이나 물어보고 싶은 내용 등을 편지 형식에 맞추어서
써 보자.

1. 다음 중 이 작품에 대한 설명으로 바른 것은?

① 시간적 순서에 따라 내용이 구성되어 있다.

② 부자(父子) 2대에 걸친 이야기를 담고 있다.

③ 역사적 사실과 무관한 개인적 소재를 다루고 있다.

④ 아버지와 아들의 갈등이 이야기의 중심을 이루고 있다.

⑤ 작가 관찰자 시점을 사용하여 객관적인 시각을 유지하고 있다.

2. 만도가 전쟁터에서 살아 돌아온 진수에게 먹이려고 산 것은 무엇인지 쓰시오.

3. 이 소설에서 작가가 전달하고자 한 의도를 가장 잘 파악한 사람은?

① 지현: 전쟁 직후의 혼란한 삶의 현실을 객관적 시선으로 사실적으로 보여 주고 있어.

② 민석: 아버지와 아들의 가족애로 농촌 생활의 어려움을 극복할 수 있음을 보여 주고 있어.

③ 시안: 일제 치하와 한국 전쟁을 배경으로 우리 민족의 나약함과 분열상을 부각시키고 있어.

④ 준기: 인간의 기본권마저 포기해야 하는 전후의 억압적인 사회 현실을 고발하며 이에 대해 작가는 강력한 비판을 제기하고 있어.

⑤ 미나: 우리 민족이 겪어온 역사적 비극을 부자(父子)의 사랑으로 이겨나가는 모습을 제시해 민족 수난을 극복하려는 노력이 중요함을 말하고 있어.

4. 민족의 수난 속에서 장애를 입게 된 만도와 진수가 서로의 힘을 모을 수밖에 없도록 사건 전개에 필연성을 부여하는 공간적 배경은 무엇인지 5음절로 쓰시오.

어휘력 팡팡

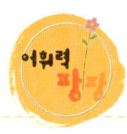

• 다음 뜻에 해당하는 말을 〈보기〉에서 찾아 그 기호를 빈칸에 써 보자.

보기 ㉠ 손 ㉡ 선득하다 ㉢ 훔치다 ㉣ 노상 ㉤ 고의춤 ㉥ 어깻바람

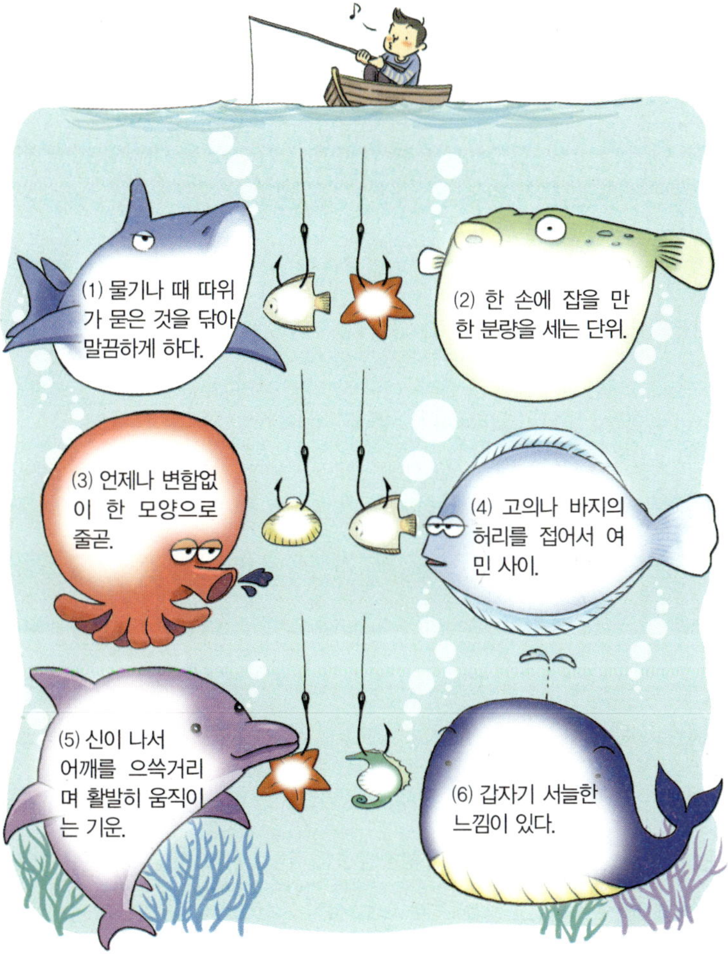

(1) 물기나 때 따위가 묻은 것을 닦아 말끔하게 하다.
(2) 한 손에 잡을 만한 분량을 세는 단위.
(3) 언제나 변함없이 한 모양으로 줄곧.
(4) 고의나 바지의 허리를 접어서 여민 사이.
(5) 신이 나서 어깨를 으쓱거리며 활발히 움직이는 기운.
(6) 갑자기 서늘한 느낌이 있다.

학

황순원

삼팔 접경의 이 북쪽 마을은 드높이 갠 가을 하늘 아래 한껏 고즈넉
삼팔선의 경계와 맞닿아 있는 마을(공간적 배경)
했다.

쪼개지 아니한 통째로의 박
주인 없는 집 봉당(封堂)에 흰 박통만이 흰 박통을 의지하고 굴러 있
안방과 건넌방 사이의 마루를 놓을 자리에 마루를 놓지 아니하고 흙바닥 그대로 둔 곳
었다.

어쩌다 만나는 늙은이는 담뱃대부터 뒤로 돌렸다. 아이들은 또 아이

들대로 멀찌감치서 미리 길을 비켰다. 모두 겁에 질린 얼굴들이었다.
— 6·25 전쟁(시대적 배경)
동네 전체로는 이번 동란에 깨어진 자국이라곤 별로 없었다. 그러나
폭동, 반란, 전쟁 따위가 일어나 사회가 질서를 잃고 소란해지는 일
어쩐지 자기가 어려서 자란 옛 마을은 아닌 성싶었다.

뒷산 밤나무 기슭에서 성삼이는 발걸음을 멈추었다. 거기 한 나무에

기어올랐다. 귓속 멀리서, '요놈의 자식들이 또 남의 밤나무에 올라가

는구나.' 하는 혹부리 할아버지의 고함 소리가 들려왔다. 그 혹부리 할

아버지도 그새 세상을 떠났는가, 몇 사람 만난 동네 늙은이 가운데 뵈지

않았다.   ▶ 성삼은 다시 돌아온 고향이 낯설게 느껴짐.

성삼이는 밤나무를 안은 채 잠시 푸른 가을 하늘을 쳐다보았다. 흔들
전쟁의 상황과 대비됨.
지도 않은 밤나무 가지에서 남은 밤송이가 저 혼자 아람이 벌어 떨어져
밤이나 상수리 따위가 충분히 익어 저절로 떨어질 정도가 된 상태. 또는 그런 열매
내렸다. 임시 치안대 사무소로 쓰고 있는 집 앞에 이르니, 웬 청년 하나

가 포승에 꽁꽁 묶이어 있다.

죄인을 잡아 묶는 노끈

이 마을에서 처음 보다시피 하는 젊은이라, 가까이 가 얼굴을 들여다

민족의 비극을 보여주기 위한 의도적인 설정

보았다. 깜짝 놀랐다. 바로, 어려서 단짝 동무였던 덕재가 아니냐.

▶ 성삼은 포승에 묶여 있는 덕재를 보고 매우 놀람.

천태에서 같이 온 치안 대원에게 어찌 된 일이냐고 물었다. 농민 동

맹 부위원장을 지낸 놈인데, 지금 자기 집에 잠복해 있는 걸 붙들어 왔

다는 것이다.

성삼이는 거기 봉당 위에 앉아 담배를 피워 물었다.

덕재는 청단까지 호송하기로 되었다. 치안 대원 청년 하나가 데리고

목적지까지 보호하여 운반함.

가기로 됐다.

성삼이는 다 탄 담배꽁초에서 새로 담뱃불을 댕겨 가지고 일어섰다.

"이 자식은 내가 데리고 가지요."

덕재는 한결같이 외면한 채 성삼이 쪽은 보려고도 하지 않았다.

▶ 성삼이 덕재를 호송하기로 함.

동구 밖을 벗어났다.   **절단** 성삼은 치안대 앞에서 포승줄에 묶인 덕재를 만남.

성삼이는 연거푸 담배만 피웠다. 담배 맛을 몰랐다. 그저 연기만 기

친구(덕재)를 호송해야 하는 성삼의 괴로움의 표현

껏 빨았다 내뿜곤 했다. 그러다가 문득, 이 덕재 녀석도 담배 생각이 나

려니 하는 생각이 들었다. 어려서 어른들 몰래 담 모퉁이에서 호박잎 담

배를 나눠 피우던 생각이 났다. 그러나 오늘 이깟 놈에게 담배를 권하다

니 될 말이냐?   ▶ 덕재를 호송하는 성삼의 괴로움.

한번은 어려서 덕재와 같이 혹부리 할아버지네 밤을 훔치러 간 일이

있었다. 성삼이가 나무에 올라갈 차례였다. 별안간 혹부리 할아버지의

고함 소리가 들려왔다. 나무에서 미끄러져 떨어졌다. 엉덩이가 밤송이

에 찔렸다. 그러나 그냥 달렸다. 혹부리 할아버지가 못 따라올 만큼 멀리 가서야 덕재에게 엉덩이를 돌려댔다. 밤 가시 빼내는 게 더 따끔거리고 아팠다. 절로 눈물이 찔끔거려졌다. 덕재가 불쑥 자기 밤을 한줌 꺼내어 성삼이 호주머니에 넣어 주었다.

성삼이는 새로 불을 댕겨 문 담배를 집어 내던졌다. 그러고는 이 덕재 자식을 데리고 가는 동안 다시 담배를 붙여 물지 않으리라 마음먹는다.

▶ 어린 시절을 회상하며 마음이 복잡한 성삼   전개   성삼은 덕재와의 어린 시절을 떠올리며 심리적으로 갈등함.

고갯길에 다다랐다. 이 고개는 광복 전전해, 성삼이가 삼팔 이남 천태 부근으로 이사 가기까지 덕재와 더불어 늘 꼴 베러 넘나들던 고개다.

말이나 소에게 먹이는 풀

성삼이는 와락 저도 모를 화가 치밀어, 고함을 질렀다.

"이 자식아, 그동안 사람을 몇이나 죽였냐?"

그제야 덕재가 힐끗 이쪽을 쳐다보더니, 다시 고개를 거둔다.

"이 자식아, 사람 몇이나 죽였어?"

덕재가 다시 이리로 고개를 돌린다. 그러고는 성삼이를 쏘아본다.

그 눈이 점점 빛을 더해 가며, 제법 수염발 잡힌 입언저리가 실룩거리더니,

"그래, 너는 사람을 그렇게 죽여 봤니?"   ▶ 덕재에게 따져 묻는 성삼

덕재가 사람을 죽이지 않았음을 드러내는 말

이 자식이! 그러면서도 성삼이의 가슴 한복판이 환해짐을 느낀다. 막

덕재의 말을 듣고 안도감을 느끼는 성삼

혔던 무엇이 풀려 내리는 것만 같은. 그러나

"농민 동맹 부위원장쯤 지낸 놈이 왜 피하지 않고 있었어? 필시 무슨 사명을 띠구 잠복해 있었던 거지?"

덕재는 말이 없다.

"바른대루 말해라. 무슨 사명을 띠구 숨어 있었나?"

덕재는 그냥 잠잠히 걷기만 한다. 역시 이 자식 속이 꿀리는 모양이구나. 이런 때 한번 낯짝을 봤으면 좋겠는데, 외면한 채 다시는 고개를 돌리지 않는다.

성삼이는 허리에 찬 권총을 잡으며,

갈등을 고조시키는 소재

"발명은 소용없다, 영락없이 넌 총살감이니까. 그저 여기 바른대로

죄나 잘못이 없음을 말하여 밝힘. 또는 그런 말

말이나 해 봐라."

덕재는 그냥 외면한 채,

"발명은 하려구도 않는다. 내가 제일 빈농의 자식인 데다가 근농군이

농사를 부지런히 지음. 또는 그런 농민

라구 해서 농민 동맹 부위원장이 됐던 게 죽을죄라면 하는 수 없는 거구, 나는 예나 이제나 땅 파먹는 재주밖에 없는 사람이다."

그리고 잠시 사이를 두어,

"지금 집에 아버지가 앓아누웠다. 벌써 한 반 년 된다."

덕재 아버지는 홀아비로 덕재 하나만 데리고 늙어 오는 빈농군이었

주로 노인의 살갗에 생기는 거무스름한 얼룩

다. 칠 년 전에 벌써 허리가 굽고 검버섯이 돋은 얼굴이었다.

▶ 덕재가 농민 동맹 부위원장이 된 이유

"장가 안 들었냐?"

덕재에게 사적인 질문을 하는 성삼(성삼에 대한 오해가 풀리고 있는 덕재)

잠시 후에,

"들었다."

"누구와?"

"꼬맹이와."

아니, 꼬맹이와? 거 재미있다. 하늘 높은 줄은 모르고 땅 넓은 줄만

알아, 키가 작고 뚱뚱하기만 한 꼬맹이, 무던히 새침데기였다. 그것이
알미워서 덕재와 자기가 번번이 놀려서 울려 주곤 했다. 그 꼬맹이한테
덕재가 장가를 들었다는 것이다.

"그래, 애가 몇이나 되나?"

"이 가을에 첫애를 낳는대나."   ▶ 덕재가 꼬맹이에게 장가들었다고 말함.

성삼이는 그만 저도 모르게 터져 나오려는 웃음을 겨우 참았다. 제입
으로 애가 몇이나 되느냐 묻고서도, 이 가을에 첫애를 낳게 됐다는 말을
듣고는 우스워 못 견디겠는 것이다. 그러지 않아도 작은 몸에 큰 배를
한 아름 안고 있을 꼬맹이, 그러나 이런 때 그런 일로 웃거나 농담을 할
처지가 아니라는 걸 깨달으며,

"하여튼 네가 피하지 않구 남아 있는 건 수상하지 않아?

"나두 피하려구 했었어. 이번에 이남서 쳐들어오믄 사내란 사낸 모조
리 잡아 죽인다구, 열일곱에서 마흔 살까지의 남자는 강제루 북으루
<u>전쟁 당시의 급박한 상황</u>
이동하게 됐었어. 할 수 없이 나두 아버질 업구라두 피란 갈까 했지.
그랬더니 아버지가 안 된다는 거야. 농사꾼이, 다 지어 놓은 농살 내
버려 두구 어딜 간단 말이냐구. 그래,『나만 믿구 농사일루 늙으신 아
              「 」: 덕재가 피란을 가지 못한 이유(순박한 농부인 덕재)
버지의 마지막 눈이나마 내 손으로 감겨 드려야겠구, 사실 우리같이
땅이나 파먹는 것이 피란 간댔자 별수 있는 것두 아니구……."』
                ▶ 덕재가 피란을 가지 않은 이유를 알게 된 성삼
지난 유월달에는 성삼이 편에서 피란을 갔었다. 밤에 몰래 아버지더
러 피란 갈 이야기를 했다. 그때 성삼이 아버지도 같은 말을 했다. 농사
꾼이 농사일을 늘어놓구 어디루 피란 간단 말이냐. 성삼이 혼자서 피란

을 갔다. 남쪽 어느 낯선 거리와 촌락을 헤매 다니면서 언제나 머리에서 떠나지 않는 건 늙은 부모와 어린 처자에게 맡기고 나온 농사일이었다. 다행히 그때나 이제나 자기네 식구들은 몸 성히들 있다.

▶ 피란 갔던 때를 떠올리는 성삼 [위기] 성삼은 덕재를 추궁하면서 덕재에 대한 오해를 풀게 됨.

고갯마루를 넘었다. 어느새 이번에는 성삼이 편에서 외면을 하고 걷고 있었다. 가을 햇볕이 자꾸 이마에 따가웠다. 참, 오늘 같은 날은 타작하기에 꼭 알맞은 날이라고 생각했다.

고개를 다 내려온 곳에서 성삼이는 주춤 발걸음을 멈추었다.

저쪽 벌 한가운데 흰옷을 입은 사람들이 허리를 굽히고 섰는 것 같은 것은 틀림없는 학 떼였다. 소위 삼팔선 완충 지대가 되었던 이곳, 사람이
대립하는 나라들 사이의 충돌을 완화하기 위하여 설치한 중립 지대
살고 있지 않은 그동안에도 이들 학들만은 전대로 살고 있는 것이다.

▶ 벌판에 있는 학 떼를 발견하는 성삼

지난날, 성삼이와 덕재가 아직 열두어 살쯤 났을 때 일이었다. 어른
학과 관련된 어린 시절의 추억을 회상함.
들 몰래 둘이서 올가미를 놓아 여기 학 한 마리를 잡은 일이 있었다. 단
정학이었다. 새끼로 날개까지 얽어매 놓고는 매일같이 둘이서 나와 학
붉은 볏을 가진 학   짚으로 꼬아 줄처럼 만든 것
의 목을 쓸어안는다, 등에 올라탄다, 야단을 했다. 그러한 어느 날이었
다. 동네 어른들이 수군거리는 소리를 들었다. 서울서 누가 학을 쏘러
식민지를 다스리기 위하여 설치하는 최고 행정 기관
왔다는 것이다. 무슨 표본인가를 만들기 위해서 총독부의 허가까지 맡
생물의 몸 전체나 그 일부에 적당한 처리를 가하여 보존할 수 있게 한 것
아 가지고 왔다는 것이다. 그길로 둘이는 벌로 내달렸다. 이제는 어른들
한테 들켜 꾸지람 듣는 것 같은 건 문제가 아니었다. 그저 자기네의 학
이 죽어서는 안 된다는 생각뿐이었다. 숨 돌릴 겨를도 없이 잡풀 새를
기어 학 발목의 올가미를 풀고 날개의 새끼를 끌렀다. 그런데 학은 잘
새끼나 노 따위로 옭아서 고를 내어 짐승을 잡는 장치
걷지도 못하는 것이다. 그동안 얽매여 시달린 탓이리라. 둘이서 학을 마

주 안아 공중에 후쳤다. 별안간 총소리가 들렸다. 학이 두서너 번 날갯짓을 하다가 그대로 내려왔다. 맞았구나. 그러나 다음 순간, 바로 옆 풀숲에서 펄럭 단정학 한 마리가 날개를 펴자, 땅에 내려앉았던 자기네 학도 긴 목을 뽑아 한번 울음을 울더니 그대로 공중에 날아올라, 두 소년의 머리 위에 둥그러미를 그리며 저쪽 멀리로 날아가 버리는 것이었다. 두 소년은 언제까지나 자기네 학이 사라진 푸른 하늘에서 눈을 뗄 줄을 몰랐다.

▶ 학과 관련된 어린 시절의 추억을 떠올리는 성삼
정정 성삼은 단정학을 풀어 주었던 어린 시절의 추억을 떠올림.

"애, 우리 학 사냥이나 한번 하구 가자."

덕재를 풀어 주려는 성삼

성삼이가 불쑥 이런 말을 했다.

덕재는 무슨 영문인지 몰라 어리둥절해 있는데,

"내 이걸루 올가미를 만들어 놀게, 너 학을 몰아오너라."

포승줄을 풀어 쥐더니, 어느새 성삼이는 잡풀 새로 기는 걸음을 쳤다.

대번 덕재의 얼굴에서 핏기가 걷혔다. 좀 전에, 너는 총살감이라던

성삼의 의도를 파악하지 못한 덕재

말이 퍼뜩 머리를 스치고 지나갔다. 이제 성삼이가 기어가는 쪽 어디서 총알이 날아오리라.

저만치서 성삼이가 홱 고개를 돌렸다.

"어이, 왜 멍추같이 섰는 거야? 어서 학이나 몰아오너라."

기억력이 부족하고 매우 흐리멍덩한 사람을 낮잡아 이르는 말

그제서야 덕재도 무엇을 깨달은 듯, 잡풀 새를 기기 시작했다.

『때마침 단정학 두세 마리가 높푸른 가을 하늘에 큰 날개를 펴고 유유히 날고 있었다.』

결말 성삼은 학 사냥을 하자고 하며, 덕재를 풀어 줌.

『 』: ① 자유로운 몸이 된 덕재, ② 두 사람의 우정의 회복, ③ 이념의 대립으로 인한 우리 민족의 상처가 치유될 것임을 암시

● 작가 만나기

황순원(1915~2000) 평안남도 대동군에서 태어났다. 1931년 평양 숭실 중학교에 다닐 때 "동광"에 시 '나의 꿈'을 발표하였다. 그 후 와세다 대학교 영문과를 졸업하고 귀국하여 교사 생활을 하면서부터 본격적으로 소설을 쓰기 시작했다. 그는 한국인의 전통적인 삶과 아픈 역사적 사건을 배경으로 펼쳐지는 인간의 내면세계를 간결하고 세련된 문체로 담아낸 소설을 주로 썼다. 특히 그의 많은 소설에는 서정적인 아름다움이 담겨 있다. 주요 작품으로는 '별', '목넘이 마을의 개', '카인의 후예' 등이 있다.

● 작품 만나기

'학'은 1953년 5월 "신천지"에 발표된 황순원의 단편 소설이다. 1950년대 전후 소설로 6·25 전쟁을 배경으로 하고 있다. 다른 이념 때문에 적이 되었던 두 친구가 어린 시절의 추억을 통해 서로를 이해하고, 화해하는 과정을 보여 준다.

이 작품은 공간적 배경의 변화와 주인공들의 갈등 해결 과정이 긴밀하게 연결되어 있다. 또한 간결한 대화를 통해 인물들의 성격을 제시하며, 설명보다는 상징을 통해 주제를 전달하는 특징을 가지고 있다. 중심 소재인 '학'을 통해 이념의 대립으로 인한 인간의 갈등도 사랑으로 극복할 수 있다는 주제를 잘 드러내고 있다.

● 핵심 만나기

갈래	단편 소설, 현대 소설, 전후 소설
성격	서정적, 인간주의적
배경	• 시간적: 1950년 6·25 전쟁 당시 • 공간적: 삼팔선 부근 북쪽 마을
시점	작가 관찰자 시점(부분적으로 전지적 작가 시점)
제재	6·25 전쟁, 학
주제	이념의 대립을 극복한 순수한 우정
특징	• 공간의 이동에 따라 갈등이 해결되는 과정을 보여줌. • 상징적인 소재를 통해 주제를 잘 드러냄.

● 등장인물

성삼	• 전쟁 후에 치안 대원이 됨.
	• 덕재와의 우정을 회복하고, 덕재를 풀어 줌.
덕재	• 순박한 농민이며, 따뜻하고 착한 마음씨를 지닌 인물임.
	• 얼떨결에 농민 동맹 부위원장이 되어 치안 대원에게 붙잡힘.

● '학'의 구성상의 특징

• 역순행적 구성

　이 소설은 현재의 이야기가 진행되다가 중간에 성삼의 과거 기억이 제시되는 역순행적 구성을 취하고 있다. 성삼이 떠올리는 과거 기억들은 덕재와의 어린 시절 추억으로, 이것은 앞으로 성삼과 덕재가 화해할 것임을 암시해 준다.

• 공간적 배경의 변화에 따른 갈등 해결

　이 소설에서는 고개를 오를 때는 갈등이 깊어지고, 고개를 내려오면서 갈등이 해결되는 구조를 보인다. 고개를 오르면서 이야기를 나누고, 성삼은 덕재를 이해하게 된다. 성삼은 덕재를 풀어 줄 결심을 하고, 둘의 우정이 회복되는 모습을 보여 준다.

● '단정학'의 의미

• 자유로운 몸이 된 '덕재'를 의미한다.

• 깨끗하고 순수한 이미지를 가지고 있으며, 우리 민족을 상징한다.

• 이념의 대립으로 갈등했던 '성삼'과 '덕재'가 우정을 회복하는 매개체이다.

❶ 이 소설의 중심 소재인 '학'이 의미하는 것을 써 보자.

❷ '성삼'과 '덕재'가 갈등을 겪게 된 이유는 무엇인지 생각해 보자.

● 책 이름(출판사)　　　　　　　　　　● 지은이

● 줄거리 요약

　　6 · 25 전쟁이 일어나고 마을에 국군이 들어온다. 성삼은 고향에 돌아왔지만 예전

과는 다른 고향의 모습이 낯설게 느껴진다. 이때 치안대 앞에서 포승줄에 묶인 어린

시절의 친구 덕재를 만나게 된다.

● 인상 깊은 내용과 그 이유

● 읽고 난 후의 생각이나 느낌

🖊 이 소설을 읽고 친구들과 토론하고 싶은 내용을 두 가지 이상 써 보자.

1. 이 소설의 시간적 배경은 (   ) 당시이다.

2. 이 소설의 중심 소재로 '우리 민족'을 상징하기도 하는 것은 무엇인지 쓰시오.

3. 성삼이 덕재를 데려가기로 한 이유는 무엇인가?

　① 친구를 오래간만에 만났기 때문이다.

　② 덕재의 아버지가 부탁했기 때문이다.

　③ 잡혀 오게 된 이유를 알고 싶어서이다.

　④ 어린 시절의 이야기를 나누고 싶어서이다.

　⑤ 덕재가 혼자서 움직일 수 없었기 때문이다.

4. 성삼과 덕재의 갈등 해결 과정에서 중요한 역할을 하는 공간적 배경은 어디인지 쓰시오.

5. 이 소설의 '결말' 부분에서 성삼이 덕재를 풀어 준 이유는 무엇인지 쓰시오.

어휘력 팡팡

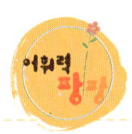

• '사다리 타기'를 하며, '학'에 나오는 다음 단어들의 뜻을 확인해 보자.

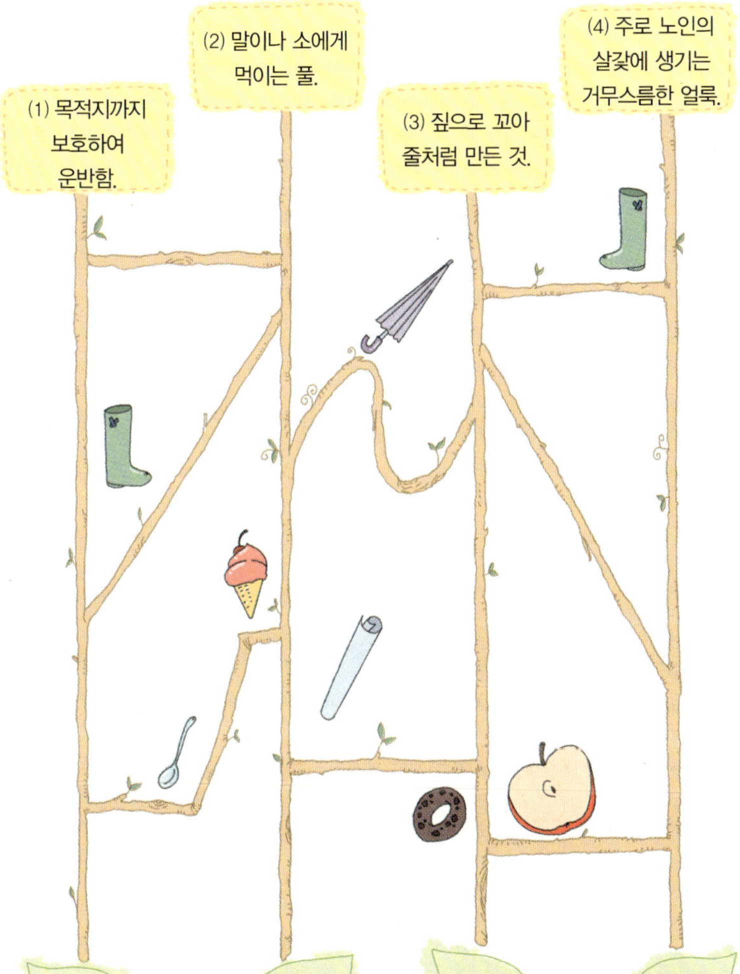
(1) 목적지까지 보호하여 운반함.
(2) 말이나 소에게 먹이는 풀.
(3) 짚으로 꼬아 줄처럼 만든 것.
(4) 주로 노인의 살갗에 생기는 거무스름한 얼룩.
새끼
꼴
검버섯
호송

기억 속의 들꽃

윤흥길

한 떼거리의 피란민들이 머물다 떠난 자리에 소녀는 마치 처치하기
곤란한 짐짝처럼 되똑하니 남겨져 있었다. 정갈한 청소부가 어쩌다가
실수로 흘린 쓰레기 같기도 했다. 『하얀 수염에 붉은 털옷을 입고 주로
굴뚝으로 드나든다는 서양의 어느 뚱뚱보 할아버지』가 간밤에 도둑처
럼 살그머니 남기고 간 선물 같기도 했다.

아무튼 소녀는 우리 마을 우리 또래의 아이들에게 어느 날 아침 갑자
기 발견되었다. 선물치고는 무척이나 지저분하고 망측스러웠다. 미처
세수도 하지 못한 때꼽재기, 우리 눈에 비친 그 애의 모습은 거의 거지
나 다름없을 정도였다. 우리 역시 그다지 깨끗한 편이 못 되는데도 그
랬다.

먼저, 쫓기는 사람들의 무리가 드문드문 마을에 나타나기 시작했다.
그리고 곧이어 포성이 울렸다. 돌산을 뚫느라고 멀리서 터뜨리는 남포
의 소리처럼 은은한 포성이 울릴 때마다 집안의 기둥이나 서까래가 울
고 흙벽이 떨었다. 포성과 포성의 사이사이를 뚫고 피란민의 행렬이 줄
지어 밀어닥쳤고, 『마을에서 잠시 머물며 노독을 푸는 동안에 그들은
옷가지나 금붙이 따위의 물건을 식량하고 바꾸었다.』 바꿀 만한 물건이

(annotations)
- 시대적 배경을 나타냄. → 6·25 전쟁
- 주인공
- □: 소녀를 비유한 말
- 코 따위가 오똑 솟다.
- 깨끗하고 깔끔한
- 『 』: 산타클로스
- ▶ 마을에 혼자 남겨진 소녀
- 더럽게 엉기어 붙은 때의 조각이나 부스러기
- ▶ 소녀의 지저분한 겉모습
- 피란민들
- 대포를 쏠 때에 나는 소리
- 도화선 장치를 하여 폭발시킬 수 있게 만든 다이너마이트
- 한옥에서 지붕의 비탈진 면을 받치고 추녀를 이루는 긴 나무
- 먼 길에 지치고 시달려서 생긴 피로나 병
- 『 』: 전쟁으로 식량이 매우 귀한 상황이 되었음.

없는 사람들은 동냥을 하거나 훔치기도 했다. 그러다가 전보다 더 많은 사람이 꽁무니에 포성을 매단 채 새롭게 밀어닥치면, 먼저 왔던 사람들은 들어올 당시와 마찬가지로 몇 가지 살림살이를 이고 지고 다시 홀연히 길을 떠났다.

어느 마을이나 다 사정이 비슷했지만, 특히 우리 마을로 유난히 피란
전쟁을 피해 많은 피란민이 한반도 남쪽으로 몰려왔음.
민들이 많이 몰리는 것은 만경강 다리 때문이었다. 북쪽에서 다리를 건너 남쪽으로 내려오다 보면 자연 우리 마을을 통과하도록 되어 있었다. 우리가 알기로는 세상에서 제일 긴 그 다리가 폭격으로 아깝게 끊어진 뒤에도 피란민들은 거룻배를 이용하여 계속 내려왔다. 인민군한테 앞
돛이 없는 작은 배
지름을 당할 때까지 피란민들의 발길은 그치지 않고 있었다.

▶ 유난히 피란민이 많은 우리 마을

어른들은 피란민을 별로 달가워하지 않았다. 『난생처음 들어 보는 별의별 이상한 사투리를 쓰는 그들이 사랑방이나 헛간이나 혹은 마을 정
「 」: 어른들이 피란민을 달가워하지 않은 이유
자에서 묵다 떠나고 나면 으레 집 안에서 없어지는 물건이 생긴다는 것이었다. 굶주린 어린애를 앞세워 식량을 애원하는 그들 때문에 어른들
동정심을 자극하여 식량을 구걸함.
은 골머리를 앓곤 했다.』 언제 끝날지 모르는 전쟁 때문에 뒤주 속에 쌀
쌀 따위의 곡식을 담아 두는 세간의 하나
바가지를 넣었다 꺼내는 어머니의 인심이 날로 얄팍해져 갔다.

▶ 피란민을 달가워하지 않는 마을 어른들

그러나 우리 어린애들은 전혀 달랐다. 어른들 마음과는 아무 상관없이 누나와 나는 피란민들을 마냥 부러워하고 있었다. 『세상의 저쪽 끝
아이들의 천진난만함.
에서 와서 다른 저쪽 끝까지 가려는 사람들 같았다. 무거운 짐을 들고
「 」: 아이들이 피란민을 부러워하는 이유
불편한 몸을 이끌며 길을 떠나는 그들의 모습이 오히려 우리들 눈에는 새의 깃털만큼이나 가벼워 보였다.』 그들처럼 마음 내키는 대로 세상을

여기저기 떠돌아다니지 않고 우리는 왜 마을에 붙박여 살아야 하는지

도무지 이해할 수가 없었다. 그래서 우리도 피란을 떠나자고 아버지한

테 조르기로 작정했다. ▶ 피란민을 부러워하는 '나'와 누나

"밥을 굶어야 된다. 밥도 안 먹고 잠도 안 자고, 알었지야? 툇돌에서
　　　　　　　　　　　댓돌. 집채의 안쪽으로 돌려 가며 조금 높게 놓은 돌
오줌 누고 뜰팡에다 똥 싸고, 알었지야?"
　집 안의 평평한 땅. 뜰을 가리키는 말
삽짝 밖에서 누나가 내 귀에 대고 연방 끈끈한 목소리로 속삭였다. 집
'사립짝'의 준말. 나뭇가지를 엮어서 만든 문짝
안에서 내 청이라면 웬만한 것은 다 들어주는 아버지의 성미를 누나는

십분 이용할 셈이었다. 나는 누나가 시키는 대로 했다. 그러나 아무리 그

렇게 울고 떼를 써도 아버지 입에서는 좀처럼 허락이 내리지 않았다.

▶ 피란을 허락하지 않는 아버지

아버지한테서 마침내 피란을 가도 좋다는 말이 떨어진 것은 『만경강

다리가 무시무시한 폭격으로 허리를 잘리고』난 그 이튿날이었다. 『아
『 』: 아버지가 전쟁의 심각성을 깨닫게 된 계기
직은 제법 멀찌막이서 노는 줄만 알았던 전쟁이란 놈이 어느새 어깨동
『 』: '나'가 사는 마을까지 전쟁의 기미가 다가옴.
무라도 하려는 기세로 바투 다가와 있었으므로 우리 마을도 이젠 안심
　　　　　　　　　　바싹. 두 대상이나 물체의 사이가 썩 가깝게
할 수가 없게 되었다.』그래서 아버지는 할머니 편에 우리 오뉘를 묶어

마을에서 삼십여 리 떨어진 고모네 집에 잠시 피란시킬 작정이었다. 아
　　　　　　　　　　　　　　　　　　오누이, 남매
버지하고 어머니는 마을에 남아 집을 지키기로 이야기가 되었다.

▶ 전쟁의 심각성을 느낀 아버지가 피란을 보내기로 함.

간단한 옷 보따리를 챙겨 누나와 나는 할머니의 손을 잡고 피란길을

떠났다. 그토록 바라고 바라던 피란인지라 누나와 나는 『소풍이라도 떠
　　　　　　　　　　　　　　　　　『 』: 인민군을 만나기 전 '나'와 누나의 심리 상태
나는 즐거운 기분』이었다. 한길엔 한여름 햇볕만이 쨍쨍할 뿐 강아지
　　　　　　　사람이나 차가 많이 다니는 넓은 길
새끼 한 마리 얼씬하지 않았다. 소리개 한 마리가 멀리 보이는 길가 공
　　　　　　　　　　　　솔개
동묘지 위에 높이 떠 마치 하늘에다 못으로 고정시켜 놓은 박제의 표본

인 양 오랫동안 꼼짝도 하지 않았다. ▶ 할머니와 함께 피란을 떠나는 '나'와 누나

　다 늦게 피란을 떠나는 사람은 아무도 없었다. 더구나 여느 피란민의
　　　　　　　　　　　　　　　　　　남쪽을 향함.
물결을 거슬러 북쪽을 향해서 먼 길을 가는 사람은 우리들뿐이었다. 고
모네가 살고 있는 마을은 북쪽 산골이었다. 거기 말고는 달리 피란 갈

만한 데가 없었다. ▶ 고모네가 살고 있는 북쪽으로 피란을 떠남.

　적막에 싸인 공동묘지 옆을 지나면서도 나는 조금도 무서운 줄을 몰
랐다. 남들처럼 우리도 지금 피란을 가고 있다는 흥분에 사로잡혀 임자
없는 무덤에 뻥 뚫린 여우 구멍을 보면서도 아무렇지도 않았다. 누나는
　　　　적막하고 공포스러운 소재
오히려 한술 더 떴다. 길가에서 아카시아 잎을 따 손에 들고 한 개씩 똑
　　　　더 심한 짓을 하다.
똑 떼 내면서 『누나는 학교 운동장에서나 하는 노래를 입속으로 흥얼거
　　　　　　　『 』: 누나의 즐거운 심리
리고 있었다.』

　"여우야 여우야, 뭐 허어니? 밥 먹느은다. 무슨 반찬? 개구리 반

찬……. 이불 밑에 이 잡아먹고, 송장 밑에 피 빨어 먹고……."
　　　　　　　　　　　　　▶ 즐거운 마음으로 피란길에 나서는 '나'와 누나
　갑자기 누나가 노래를 뚝 그쳤다. 그때 한길 저쪽 멀리에서 뿌연 먼
　　　　　긴장감 조성, 분위기 전환
지구름을 끌면서 달려오는 오토바이를 나는 보았다. 눈 깜짝할 사이에
나뭇가지와 잡초로 뒤덮인 두 개의 작은 언덕이 우리들 바로 코앞으로
나뭇가지와 풀로 위장한 채 오토바이를 탄 인민군들을 은유적으로 나타냄.
확 다가들었다. 속력을 줄이는 척하다가 오토바이들은 양쪽 겨드랑이
를 스칠 듯이 무서운 기세로 우리를 그냥 지나쳐 갔다. 오토바이가 지나
갈 때 나는 초록 덤불로 그럴싸하게 잘 위장된 그 가짜 언덕 속에 숨어
서 우리를 뚫어지게 쏘아보는 날카로운 눈초리와 쇠붙이에 반사되는
햇빛의 파편들을 볼 수 있었다. 난생처음 인민군하고 맞닥뜨리는 순간

이었다. 몸채 옆구리에 행랑채까지 딸린 괴상한 모양의 오토바이들이
여러 채로 된 살림집에서 중심이 되는 곳
지나간 다음에도 우리는 한동안 손과 손을 맞잡은 채 부들부들 떨면서
인민군에 대한 두려움
한길 복판에 오도카니 서 있었다.

"이불 밑에 이 잡아먹고……."

누나의 입에서 간신히 이런 중얼거림이 흘러나왔다. 그것은 이미 노
래가 아니었다. 누나는 얼이 쑥 빠진 눈동자를 하고 있었다.
인민군에 대한 두려움
"송장 밑에 피 빨어 먹고……."

그러자 할머니의 손바닥이 냉큼 누나의 입을 틀어막았다. 잔뜩 부르
주먹을 힘을 들여 쥔
쥔 누나의 주먹이 스르르 풀리면서 형편없이 짓눌린 아카시아 잎이 땅
으로 떨어졌다.   ▶ 인민군을 보고 두려움을 느낀 '나'와 누나

누나와 나는 할머니에게 무섭게 지청구를 먹어 가며 그러잖아도 빠
꾸지람
른 걸음을 더욱 재우쳤다. 그러나 얼마 가지도 않아 우리는 다시 수많은
빨리 몰아치거나 재촉하다.
인민군과 마주쳤다. 그들은 두 줄로 서서 양쪽 길가로 내려오고, 우리는
그 사이를 뚫고 도무지 떨어지지 않는 다리를 간신히 움직여 복판을 걸
어갔다. 참으로 어처구니없는 피란길이었다. 북쪽을 향해서 피란을 가
는 우리를 인민군들은 아무도 시비하지 않았다. 『그들은 그저 까맣게
그을린 얼굴을 들어 퀭한 눈으로 우리를 흘낏흘낏 곁눈질하면서 말없
『 』: 오랜 전쟁으로 인해 지쳐 있는 인민군
이 행군해 가고 있었다.』

"죽어도 더는 못 가것다. 해 넘기 전에 어서 집으로 돌아가자."

인민군의 굴속을 겨우 빠져나왔을 때 할머니는 말했다. 우리는 한길
을 피해서 논두렁과 밭고랑을 멀리 돌아 깜깜해진 뒤에야 가까스로 마

을에 닿을 수 있었다.

▶ 인민군을 만난 후 피란을 포기하고 집으로 돌아옴.

발단 나와 누나는 피란을 떠났다가 인민군을 만나 되돌아옴.

내가 소녀를 맨 처음 발견한 것은 한나절로 끝나 버린 그 우스꽝스런 피란길에서 돌아온 바로 그 이튿날이었다.

아침이었다. 마을엔 벌써 낯선 깃발이 펄럭이고 있었다. 마을 사람들
                                              마을이 인민군에게 점령되었음.
이 재 너머 학교를 향해 몰려가고 있었다. 나는 삽짝을 젖히고 골목길로
나섰다.

"애."

생판 모르는 녀석이 간드러진 소리로 나를 부르고 있었다. 주제꼴은
         마음을 녹일 듯이 예쁘고 애교가 있으며, 보드랍고 가는   변변하지 못한 몰골이나 몸치장
꾀죄죄해도 곱살스런 얼굴에 꼭 계집애처럼 생긴 녀석이었다. 우선 생
김새에서 풍기는, 어딘지 모르게 도시 아이다운 냄새가 나를 당황하도
록 만들었다. 더구나 사람을 부르는 방식부터가 우리하고는 딴판이었
다. 그처럼 교과서에서나 보던 서울 말씨로 나를 부르는 아이는 아직껏
마을에 한 명도 없었던 것이다.

▶ 소녀와의 첫 만남

"왜 놀라니? 내가 무서워 보이니?"

조금도 무섭지는 않았다. 다만, 약간 얼떨떨한 기분일 뿐이었다. 피
란민이 줄을 잇는 동안 갖가지 귀에 선 말씨들을 들어 왔으나, 녀석처럼
                    익숙하지 못한
그렇게 착 감기는 목소리에 겁 없는 눈빛을 보내는 아이는 처음이었다.
 당돌하고 두려움이 없는 소녀의 성격을 암시함.
녀석은 토박이 아이들이 피란민 아이들한테 부리는 텃세가 조금도 두
                먼저 자리를 잡은 사람이 뒤에 들어오는 사람을 업신여기는 행동
렵지 않은 모양이었다.

"너희 엄마, 집에 계시지?"

내가 잠시 어물거리는 사이에 녀석은 계속해서 계집애같이 앵앵거리
  행동을 시원스럽게 하지 못하고 꾸물거리는

기억 속의 들꽃 **185**

면서 앞으로 다가왔다. 나는 얼김에 고개를 끄덕였다.

<u>어떤 일이 벌어지는 바람에 자기도 모르게 정신이 얼떨떨한 상태</u>

"엊저녁부터 굶었더니 배고파 죽겠다. 엄마한테 가서 밥 좀 달래자."

오히려 녀석이 앞장을 서고 내가 그 뒤를 따랐다. 『나는 녀석의 바지

<u>소녀의 적극적인 모습</u>

주머니가 불룩한 것을 보았다. 걸음을 옮길 적마다 불룩한 주머니가 연

「」: 주머니 속 물건에 대한 독자의 호기심 유발. 금반지가 들어 있음을 암시함.(복선)

방 덜렁거리고 있었다.』 틀림없이 간밤에 누구네 밭에서 서리를 한 설

익은 참외 아니면 감자가 그 속에 들어 있을 것이었다.

▶ 밥을 달라며 '나'의 집으로 향하는 소녀

"엄니! 엄니!"

'어머니'의 사투리 → 향토적·토속적 분위기 전달   그릇 따위를 씻어 깨끗하게 하던

마당에 들어서면서 어머니를 거푸 불렀다. 부엌에서 기명을 부시던

살림살이에 쓰는 그릇을 통틀어 이르는 말

어머니가 무심코 마당을 내다보다가 내 등 뒤에서 쏙 볼가져 나오는 녀

석을 발견하고는 대번에 질겁을 했다.

"아줌마, 안녕하세요?"

녀석은 천연스럽게 인사를 챙겼다.

"아아니, 요 작것이!"

'잡것'의 사투리

어머니가 소맷부리를 걷으며 단숨에 마당으로 내달아 나왔다. 참외

서리나 하고 다니는 피란민 아이한테 어머니가 이제 곧 본때 있게 손찌

검을 하려나 보다고 나는 지레짐작을 했다. 그런데 웬걸, 어머니는 녀석

대신 내 귀를 잡아끌고는 뒤란으로 향하는 것이었다.

집 뒤 울타리의 안

"요 웬수야, 지 발로 들어와도 냉큼 쫓아내야 힐 놈을 어쩌자고, 어쩌

자고……."

어머니는 내 머리통에 대고 거듭 군밤을 쥐어박았다. 도대체 어떻게

된 영문인지 전혀 깜깜이라서 울음보를 터뜨릴 수도 없는 노릇이었다.

"니가 상객으로 뫼셔 왔으니께 니가 멕여 살리거라!"

_{자기보다 지위가 높고 중요한 손님 → 골칫거리를 '손님'으로 표현함.(반어적 표현)}

어머니는 다시 군밤을 먹이려다가 뒤란까지 따라온 서울 아이를 발

견하고는 갑자기 손을 거두었다.   ▶ **소녀를 데리고 온 '나'를 혼내는 어머니**

"아침상 버얼써 다 치웠다. 따른 집에서 가 봐라."

_{전쟁으로 인해 인심이 메마름.}

어머니는 얼음처럼 차갑게 말했다.

"사나새끼가 똑 지집맹키로 야들야들허게 생긴 것이 영락없는 물빤

드기고만……."

_{물방개 따위의 물에 사는 곤충을 가리키는 말의 사투리로, 반들거리는 사람을 이름.}

혼잣말을 구시렁거리며 어머니는 한껏 야멸친 표정을 하고 도로 부

엌으로 들어가려 했다.

_{태도가 차고 야무진}

   ▶ **명선이를 야박하게 대하는 어머니**

"아줌마!"

이때 녀석이 또 예의 그 계집애처럼 간드러진 소리로 어머니를 불러

_{'나'를 만났을 때의}

세웠다.

"따른 집에나 가 보라니께!"

"아줌마한테 요걸 보여 주려구요."

녀석은 엄지와 인지를 붙여 동그라미를 만들어 보였다. 그 동그라미

_{집게손가락}

위에 다른 또 하나의 작은 동그라미가 노란 빛깔을 띠면서 날름 올라앉

아 있었다. 뒤란 그늘 속에서도 그것은 충분히 반짝이고 있었다. 그길

보더니 어머니의 눈에 환하게 불이 켜졌다.   ▶ **어머니에게 금반지를 보여 주는 소녀**

_{커다란 관심을 보임.}

"아이니, 너, 고거 금가락지 아니냐!"

말이 채 끝나기도 전에 금반지는 어느새 어머니의 손에 건너가 있었

다. 솔개가 병아리를 채듯이 서울 아이의 손에서 금반지를 낚아채어 어

_{원관념: 어머니 원관념: 금반지}

머니는 『한참을 칩떠보고 내립떠보는가 하면, 혓바닥으로 침을 묻혀 무
　　　　눈을 치뜨고 노려보고
명 저고리 앞섶에 싹싹 문질러 보다가, 나중에는 이빨로 깨물어 보기까
『 』: 진짜 금반지인지 확인하려는 어머니의 행동
지 했다.』 마침내 어머니의 얼굴에 만족스런 미소가 떠올랐다.
　　　　　　　　　　　　　　　　▶ 소녀가 내민 금반지를 보고 만족하는 어머니
　"아가, 너 요런 것 어디서 났냐?"
　　　호칭의 변화(놈, 사나새끼 → 아가)
　　옷고름의 실밥을 뜯어 그 속에 얼른 금반지를 넣고 웅숭깊은 저 밑바
　　　　　　　　　　　　　　　　　　사물이 되바라지지 아니하고 깊숙한
닥까지 확실히 닿도록 두어 번 흔들고 나서 어머니는 서울 아이한테 물

었다. 놀랍게도 어머니의 목소리는 서울 아이의 그것보다 훨씬 더 간드

러지게 들렸다.

　"땅바닥에서 주웠어요. 숙부네가 떠난 담에 그 자리에 가 봤더니 글

쎄 요게 떨어져 있잖아요?"
　　　금반지
　녀석이 이젠 아주 의기양양한 태도로 당당하게 대답했다. 그 말을 어
　　　　　　　　　　　　　　금반지를 대가로 제공했기 때문에
머니는 별로 귀담아듣는 기색이 아니었다. 어머니는 연방 벙글벙글 웃
　　　　금반지의 출처에는 관심이 없는 어머니
어 가며 녀석의 잔등을 요란스레 토닥거리고 쓰다듬어 주는 것이었다.

　"아가, 요담 번에 또 요런 것 생기거들랑 다른 누구 말고 꼬옥 이 아줌

니한테 가져와야 된다. 알았냐?"

　"네, 꼭 그렇게 하겠어요."

　다음에 다시 금반지를 줍기로 무슨 예정이라도 되어 있는 듯이 녀석
　　　　　　　　　소녀가 금반지를 더 가지고 있음을 암시하는 부분
의 입에서는 대답이 무척 시원스럽게 나왔다.
　　　　　　　　　　　　　명선이
　『"어서어서 방 안으로 들어가자. 에린것이 천 리 타관서 부모 잃고 식
　『 』: 소녀에게 금반지를 받고 달라진 어머니의 태도　　　고향이 아닌 곳, 타향
구 놓치고 얼매나 배고프고 속이 짜겠냐?"』
　　　　　　　　　　　　　▶ 금반지를 받고 소녀에 대한 태도가 달라진 어머니
　이런 곡절 끝에 명선이는 우리 집에서 살게 되었다. 마지막으로 마을
　순조롭지 아니하게 얽힌 이런저런 복잡한 사정이나 　까닭

에 남게 된 유일한 피란민이었다. 인민군한테 발뒤꿈치를 밟혀 가며 피

란을 내려왔던 명선네 친척들은 역시 인민군보다 한 걸음 앞서 부랴사
<small>급박하게 쫓기며</small>

<small>매우 부산하고 급하게 서두르는 모양</small>
랴 우리 마을을 떠나면서 명선이를 버리고 갔다. 그래서 명선이는 피란

민 일가가 묵다가 떠난 자리에서 동네 사람들에게 하나의 골치 아픈 뒤

퉁거리로 발견되었다. 누나하고 내가 할머니를 따라 피란을 떠나던 바
<small>미련하거나 찬찬하지 못하여 일을 잘 저지르는 사람</small>
로 그날 아침의 일이었다. <small>▶ 명선이가 우리 집에 살게 된 사연</small>

　명선이는 누나나 나하고 같은 방을 쓰기를 바라는 눈치였다. 그러나

어머니는 먼촌 일가로 어린 나이에 우리 집에 와서 말만 한 처녀가 되기
<small>촌수가 먼 한 집안</small>
까지 부엌데기 노릇 하는 정님이한테 명선이를 내맡겨 버렸다. 당분간
<small>부엌일을 맡아서 하는 여자를 낮잡아 이르는 말</small>
집에서 머슴처럼 부리면서 제 밥값이나 하도록 하자고 어머니와 아버

지가 공론하는 소리를 나는 밤중에 얼핏 들을 수 있었다.
<small>여럿이 의논하는</small> <small>▶ 명선이를 머슴으로 부리려던 어머니와 아버지</small>
　애당초 명선이를 머슴으로 부리려던 어른들의 생각은 크게 잘못이었

다. 『세상의 어떤 끈으로도 그 애를 한곳에 얌전히 붙들어 둘 수 없음이
<small>『 』: 활발한 성격의 명선이</small>
이내 밝혀졌다.』 쇠여물로 쓸 꼴이라도 베어 오라고 낫과 망태기를 쥐여
<small>말이나 소에게 먹이는 풀</small>
주면 그걸 그 애는 아무 데나 내버리고 누나와 내 뒤를 기를 쓰고 쫓아오

고는 했다. 한 번도 해 보지 않은 일이라서 죽어도 못 하겠다는 것이었
<small>명선이가 부유한 환경에서 자라 도시 아이임을 짐작할 수 있음.</small>
다. 그 애가 자신 있게 할 수 있는 일이란 그저 먹고 노는 것뿐이었다.
<small>▶ 어머니와 아버지의 계획과 달리 먹고 놀기만 하는 명선이</small>
　흔히 닭들이 그러듯이 혹은 개들이 그러듯이 동네 아이들의 텃세가

갈수록 우심해져서 아무도 명선이를 패거리에 넣어 주려 하지 않았다.
<small>더욱 심해져서</small>
어느 날, 명선이는 유독 가탈스럽게 구는 어떤 아이하고 대판거리로 싸
<small>억지로 트집을 잡아 까다롭게</small> <small>크게 차려지거나 벌어진 판</small>
움을 했다. 『싸움을 하는데 역시 생긴 모양에 어울리게 상대방의 얼굴
<small>『 』: 명선이의 특이한 행동 중 하나로 명선이가 여자아이임을 알려 주는 복선</small>

을 손톱으로 할퀴고 머리끄덩이를 잡는 바람에 우리 또래 사이에서 크

나큰 웃음거리가 되었다.』 ▶ 동네 아이들과 싸움을 하게 된 명선이

서울 아이들은 싸움도 가시내처럼 간사스럽게 하는 모양이었다. 상

대방이 딴죽을 걸어 넘어뜨리고 위에서 덮쳐누르자, 한창 열세에 몰려
'계집아이'의 방언   상대편보다 힘이나 세력이 약함.

맥을 못 추던 명선이가 별안간 날라리 소리 비슷한 괴상한 비명과 함께
                    태평소

엄청난 기운으로 상대방의 몸뚱이를 벌렁 떠둥그뜨려 버렸다. 첫 번째
            물체의 한 부분을 들고 밀어 엎어지게 하거나 기울여 쓰러뜨리다.

싸움에서 명선이는 승리자가 되었다. 그리고 그 후로 계속된 두 번째,

세 번째 싸움에서도 으레 상대방의 밑에 깔렸다가 무서운 힘으로 떨치

고 일어나서는 승리를 했다. ▶ 동네 아이들과의 싸움에서 특이한 행동을 보이는 명선이

어느 날, 명선이는 부모가 죽던 순간을 나에게 이야기했다. 피란길에

서 공습을 만나 가까운 곳에 폭탄이 떨어졌는데, 한참 정신을 잃었다가

깨어나 보니 『어머니의 커다란 몸뚱이가 숨도 못 쉴 정도로 전신을 무
               『 』: 싸울 때 상대방의 밑에 깔리면 무서운 힘으로 떨치고 일어나는 이유

겁게 덮어 누르고 있더라는 것이었다.』

"그래서 마구 소릴 지르면서 엄마를 떠밀었단다. 난 그때 엄마가 죽

은 줄도 몰랐어."

그리고 명선이는 숙부네가 저를 버리고 도망치던 때의 이야기도 들

려주었다.

"실은 말이지, 숙부가 날 몰래 내버리고 도망친 게 아니라 내가 숙부

한테서 도망친 거야. 숙부는 기회만 있으면 날 죽일라구 그랬거든."

숙부가 널 죽이려 한 이유가 뭐냐는 내 질문에 그 애는 무심코 대답하

려다 말고 갑자기 입을 꾹 다물더니만, 언제까지고 나를 경계하는 눈으

로 잔뜩 노려보고 있었다.　　　　　▶ '나'에게 부모와 숙부에 대해 이야기하는 명선이

　　같은 방을 쓰는 정님이가 어머니한테 불평을 늘어놓기 시작했다. 원

래 잠버릇이 험한 『정님이가 어쩌다 다리를 올려놓으면 명선이는 비명
　　　　　　　　　　『 』: 피란 도중 어머니의 시신 밑에 깔렸던 기억 때문

을 꽥꽥 지르며 벌떡 일어나 눈에다 불을 켜고 노려본다는 하소연이었

다.』오랫동안 옷을 갈아입지 않아 명선이 몸에서 지독한 냄새가 난다

고 정님이는 오만상을 찡그리기도 했다. 갈아입을 여벌의 옷이 없는 줄
　　　　　　　　　　　　입고 있는 옷 이외에 여유가 있는 남은 옷

번연히 알면서도 정님이가 그처럼 사사건건 트집을 잡는 까닭은 나이
뻔히

때문에 내외를 시작한 탓이라고 어머니가 말했다. 머슴애하고 어떻게
　　　　남녀 사이에 서로 얼굴을 마주 대하지 않고 피함.

한방을 쓰란 말이냐고 정님이는 처음부터 울상을 지었던 것이다. 가슴

이 얼른 알아보게 봉긋 솟고 엉덩이가 제법 펑퍼짐해서 정님이는 이제

처녀티가 완연해져 있었다.　　　　　▶ 명선이에 대한 정님이의 불평

　　오래지 않아 명선이를 머슴으로 부리려던 속셈을 어머니는 깨끗이
　　　　　　　　　부모님이 명선이를 우리 집에 살게 한 목적

포기했다. 괜히 여기저기에서 말썽이나 부리고 펀둥펀둥 놀면서 삼시
　　　　　　　　　　　　아무 일도 하지 않고 자꾸 뻔뻔스럽게 놀기만 하는 모양

세끼 밥이나 축내는 그 뒤퉁거리를 어떻게 하면 내쫓을 수 있을까 하고

궁리하는 게 어머니의 일과였다. 『아버지 앞에서 어머니는 그동안 먹여
　　　　　　　　　　　　　　　　『 』: 계산적이고 이해타산적인 어른들의 모습

주고 재워 준 값과 금반지 한 개의 값어치를 면밀히 따지기 시작했다.』

　　『"천지신명을 두고 허는 말이지만 갸한티 죄로 가지 않을 만침 헌다
　　　　천지의 조화를 주재하는 온갖 신령　　　　　『 』: 명선이를 쫓아내는 자신들의 행동을 합리화함.
　　고 혔구만요."』

　　"허기사 난리 때 금가락지 한 돈쭝은 똥 가락지여. 금 먹고 금 똥 싼다
　　　　　　　귀금속이나 한약재 따위의 무게를 잴 때 쓰는 무게의 단위

　　면 혹 몰라도……, 쌀 톨이 금쪽보담 귀헌 세상인디……."
　　　　　　　　　　　　　　자기 행동의 합리화
　　"그러니 저 작것을 어쩌지요?"

"밥을 굶겨 봐. 지가 배고프고 허기지면 더 있으래도 지 발로 나가겠지."

"갸가 나가겠소? 물빤드기마냥 빤들거림시로 무신 수를 써서라도 절
<u>별로 하는 일 없이 게으름을 피우며 얄밉고 빤빤스럽게 놀기만 하면서</u>
대 안 굶을 아요."

어머니의 판단이 전적으로 옳았다. 끼니때만 되면 눈알을 딱 부릅
뜨고 부엌 사정을 낱낱이 감시하다가 염치 불구하고 밥상머리를 안 떠
나는 명선이를 두고 우리는 차마 밥 덩이를 목구멍으로 넘길 수가 없
었다. ▶ 명선이를 내쫓을 궁리를 하는 어머니와 아버지

<u>전개</u> 명선이는 '나'의 어머니에게 금반지를 내밀고 밥 식구가 되지만 집안의 골칫거리가 됨.

갈수록 밥 얻어먹는 설움이 심해지자, 하루는 또 명선이가 금반지 하
나를 슬그머니 내밀어 왔다. 먼젓번 것보다 약간 굵어 보였다. 찬찬히
살피고 나더니 어머니는 한 돈하고도 반짜리라고 조심스럽게 감정을
내렸다.

"길에서 주웠다니까요."
<u>명선이의 거짓말</u>
어머니의 다그침에 명선이는 천연덕스럽게 대꾸했다.

"거참, 요상도 허다. 따른 사람은 눈을 까뒤집어도 안 뵈는 노다지가
<u>캐내려 하는 광물이 많이 묻혀 있는 광맥</u>
어째 니 눈에만 유독 들어온다냐?" ▶ 금반지 하나를 더 내놓은 명선이

어머니는 명선이가 지껄이는 말을 하나도 믿으려 하지 않았다. 명선
이가 처음 금반지를 주워 왔을 때처럼 흥분하거나 즐거워하는 기색도
아니었다. 명선이의 얼굴을 유심히 들여다보는 어머니의 눈엔 크고 작
은 의심들이 호박처럼 올망졸망 매달려 있었다. ▶ 명선이를 의심하는 어머니

그날 밤에 아버지는 명선이를 안방으로 불러 아랫목에 앉혀 놓고, 밤
늦도록 타일러도 보고 으름장을 놓아 보았다. 하지만, 명선이의 대답은
<u>말과 행동으로 위협하는 짓</u>

한결같았다.

"거짓말이 아니라구요. 참말이라구요. 길에서 놀다가……."

"너 이놈, 바른 대로 대지 못허까!"

아버지의 호통 소리에 명선이는 비죽비죽 울기 시작했다. 우는 명선
울려고 할 때 소리 없이 입을 내밀고 실룩거리는 모양
이를 아버지는 또 부드러운 말로 달래기 시작했다.

"말은 안 혔어도 너를 친자식 진배없이 생각혀 왔다. 너 같은 어린것
그보다 못하거나 다를 것이 없이
이 그런 물건을 갖고 있으면은 덜 좋은 법이다. 이 아저씨가 잘 맡아

놨다가 후제 크면 줄 테니께 얻다 숨겼는지 바른대로 대거라."
뒷날의 어느 때
아무리 달래고 타일러도 소용이 없자, 아버지는 마침내 화를 버럭 내

면서 명선이의 몸뚱이를 뒤지려 했다. 아버지의 손이 옷에 닿기 전에 명

선이는 미꾸라지같이 안방을 빠져나가 자취를 감추어 버렸다. 그리고

그날 밤 끝내 우리 집에 돌아오지 않았다.
▶ 금반지를 찾아내려는 아버지와 집을 나간 명선이
"틀림없다. 몇 개나 되는지는 몰라도 더 있을 게다. 어디다 감췄는지

니가 살살 알어봐라. 혼자서 어딜 가거든 눈치 안 채게 따러가 봐라."

입맛을 쩝쩝 다시던 아버지는 나한테 이렇게 분부했다.
아쉬움
"옷 속에다 누볐는지도 모른다."

어머니가 옆에서 거들었다. 어머니 역시 아버지 못잖게 아쉬운 표정

이었다. 『아버지의 이마에서는 땀방울이 찌걱찌걱 배어 나오고 있었다.
『 』: 아버지의 탐욕스러운 성격을 외양과 행동 묘사를 통해 나타냄.
아버지는 벌겋게 충혈된 눈을 등잔 불빛에 번들번들 빛내면서 숨을 씩

씩거렸다. 꼭 무슨 일을 저지르고야 말 것만 같은 모습이었다.』
▶ 금반지에 대한 아버지와 어머니의 욕심
그 이튿날 점심 무렵부터 명선이에 관한 소문이 마을에 파다하게 퍼
서울 아이가 금반지를 많이 가지고 있다는 것

졌다. 난리 통에 혈혈단신이 된 서울 아이가 금반지를 많이 가지고 있다
는 이야기였다. 어떤 사람들은 그 아이가 열 개도 넘는 금반지를 저만
아는 곳에 꽁꽁 감춰 두고 하나씩 꺼낸다더라고 쑤군거리기도 했다. 입
이 방정이라고 정님이가 어머니한테 호되게 꾸중을 들었다. 어머니의
지시에 따라 누나와 나는 돌아오지 않는 명선이를 찾아 마을 안팎을 온
통 헤매고 다녔다. ▶ 명선이에 관한 소문

　낮더위가 한풀 꺾이고 어둠살이 켜켜이 내려앉을 무렵에야 명선이는
당산 숲 속에서 발견되었다. 우리가 그 애를 찾아낸 것이 아니라, 그 애
가 돼지 멱따는 소리로 한바탕 비명을 질러 사람들을 불러 모은 결과였
다. 이 나무 저 나무 옮아 다니는 매미처럼 당산 숲 속을 팔모로 헤집고
다니며 거듭거듭 내지르는 비명 소리를 듣고서 맨 처음 달려간 사람들
축에 아버지도 끼어 있었다. ▶ 숲 속에서 발견된 명선이

　"너그 놈들이 누구누군지 내 다 안다아! 어디 사는 누군지 내 다 봐 뒀
　으니께 날만 샜다 허면 물고를 낼 것이다아!"

　해뜩해뜩 뒷모습을 보이며 당산 골짜기 『어둠 속으로 꽁지가 빠지게
달아나는 남자들』을 향해 아버지는 길길이 뛰며 입에 거품을 물었다.

　"아가, 이자 아모 염려 없다. 어서 내려오니라, 어서."

　한 걸음 뒤늦어 득달같이 달려온 어머니가 소나무 위를 까마득히 올
려다보며 한껏 보드라운 말씨로 달랬다. 소나무 둥치에 딱정벌레처럼
달라붙어 꼼짝도 않는 하얀 궁둥이가 보였다. 놀랍게도 명선이는 시원
스런 알몸뚱이로 있었다. 어느 겨를에 어떻게 거기까지 기어올라 갔는

지 명선이는 까마득한 높이에 매달려 홀랑 벌거벗은 채 흐느끼고 있었다. 아무리 내려오라고 타일러도 반응이 없자, 아버지가 팔소매를 걷어붙이고 올라가, 위험을 무릅쓰고 곡예라도 하듯이 그 애를 등에 업고 내려왔다.

▶ 명선이를 찾아서 업고 내려온 아버지

『"오매오매, 쟈가 지집애 아녀!"』
「 」: 명선이가 여자아이임이 알려지는 순간(극적인 부분)

『땅에 내려서기 무섭게 얼른 돌아서며 사타귀를 가리는 명선이』를
「 」: 자신이 여자아이임을 숨김. → 전쟁 중에 살아남기 위해서

보고 누군가 이렇게 고함을 질렀다. 나 또한 초저녁 어스름 속에 얼핏 스쳐 지나가는 눈길만으로도 그 애한테는 고추가 없다는 사실을 넉넉히 알아차릴 수 있었다.

"그러게 말이네. 머슴앤 줄만 알았더니 인제 보니 지집애구먼."

"참말로 재변이네, 재변이여!"
재앙으로 인하여 생긴 변고

모여 서 있던 마을 사람들이 저마다 탄성을 지르며 혀를 찼다. 어머니가 잽싸게 치마폭으로 명선이의 알몸을 감쌌다. 『모닥불이라도 뒤집어쓴 것같이 공연히 얼굴이 화끈거려서 나는 차마 명선이를 바로 볼 수가 없었다.』
「 」: 여자아이인 명선의 알몸을 보는 것이 부끄러워 얼굴이 빨개짐.

▶ 명선이가 여자아이인 것이 밝혀짐.

"요, 요것이, 개패같이 달린 요것이 뭣이다야!"
'이름표'를 이르는 은어

명선이의 하얀 가슴께를 들여다보며 어머니가 소리를 질렀다. 곁에 있던 아버지가 얼른 그것을 가리려는 명선이의 손을 뿌리치고 뚝 잡아
자신의 신분을 숨기려고 하는 명선이

챘다. 줄에 매달린 이름표 같은 것이었다. 아직도 한 줌의 빛살이 옹색하게 남아 있는 서쪽 하늘에 대고 거기에 적힌 글씨를 읽은 다음, 아버지는 마치 무슨 보물섬의 지도나 되듯 소중스레 바지춤에 찔러 넣었다.

그리고 마을 사람들을 향해 돌아서면서 눈을 딱 부릅떠 엄포를 놓는 것이었다.

『"나허고 원수 척질 생각 아니면 앞으로 야한티 터럭손 하나 건딜지
서로 원한을 품다.
마시오!"』「 』: 금반지를 독차지하려는 아버지의 이기적이고 탐욕스런 모습

『언젠가 가뭄 흉년 때 이웃 논의 임자하고 물꼬 싸움을 벌이면서 시
「 』: 욕심 많고 포악한 아버지의 성격
퍼렇게 삽날을 들이대던 그때의 그 표정보다 훨씬 더 포악해 보였다.』

우리 논에 떨어지는 빗물이나 마찬가지로 아버지는 우리 집안에 우
연히 굴러들어 온 명선이의 소유권을 마을 사람들 앞에서 우격다짐으
억지로 우겨서 남을 굴복시킴.
로 가리고 있었다.

『"우리가 친자식 이상으로 애끼고 기르는 아요. 만에 일이라도 야한
「 』: 명선이를 쫓아내려던 행동과 대비됨. → 명선이로 인한 이익을 염두에 둠.
티 해꼬지헐라거든 앙화가 무섭다는 걸 멩심허도록 허시오!"』
지은 죄의 앙갚음으로 받는 재앙
덩달아 어머니도 위협을 잊지 않았다. 명선이가 입은 손해는 바로 우
리 집안의 손해나 마찬가지라는 주장이었다. 물론 어머니는 명선이 때문
에 생기는 이익이 곧바로 우리 이익이란 말은 입 밖에 비치지도 않았다.
▶ 명선이에 대한 소유권을 주장하는 아버지와 어머니
사람들을 따돌리고 집 안에 들어서자마자, 어머니는 더 이상 참지를
못하고 아버지한테 다그쳤다.

"개패에 무신 사연이 적혔든가요?"

"갸네 부모가 쓴 편지여."
명선이네
"누구한티요?"

"누구긴 누구여, 나지."

"오매, 그 사람들이 어떻게 알고 당신한티 편지를……."

"이런 딱헌 사람 봤나? 아, 갸를 맡어서 기를 사람한티 쓴 편지니께 받는 사람이 나지 누구겄어?"

"뭐라고 썼습디여?"

"자기네가 혹 난리 바람에 무슨 일이라도 당허게 되면 무남독녀 혈육을 잘 부탁헌다고, 저승에 가서도 그 은혜는 잊지 않었다고, 서울 어디 사는 누네 딸이고, 본관이 어디고, 생일이 언제라고……."

아들이 없는 집안의 외동딸 → 명선이

결초보은(結草報恩)

"가락지 말은 안 썼어라우?"

"안 썼어."

아버지는 딱 잘라 대답했다. 그러나 다음 순간, 아버지는 득의연한 미소와 함께 어머니한테 나직이 속삭이고 있었다.

몹시 우쭐한

"금가락지 말은 없어도, 저 먹을 건 다소 딸려 났다고 써 있어. 사연이 복잡헌 부잣집인 것만은 틀림없다고."

명선이가 숨겨 놓은 금반지가 더 있을 것이라고 확신함.

▶ 개패에 적힌 사연을 알게 된 부모님

위기 명선이가 여자아이임이 밝혀지고, 명선이의 부모가 쓴 편지가 발견됨.

명선이를 달아나지 못하게 감시하는 새로운 임무가 나한테 주어졌다. 『우리 식구 모두는 상전을 모시듯이 명선이에게 한결같이 친절했

예전에, 종에 상대하여 그 주인을 이르던 말   『 』: 명선이에게 금반지를 얻기 위해서

다.』 동네 사람 어느 누구도 감히 넘볼 마음을 못 먹도록 뚝심 좋은 아버지는 그 애의 주위에 이중 삼중으로 보호의 울타리를 쳐 놓고도 언제나 안심하지 못했다. 나는 그 애의 그림자 노릇을 착실히 했다. 그러나 금반지를 어디다 감춰 뒀는지 그것만은 차마 묻지를 못했다. 『시간이 흐를수록 그 애는 내 사투리를 닮아 가고, 나는 반대로 그 애의 서울말을

『 』: '나'와 명선이가 더욱 친해짐.

어색하게 흉내 내기 시작했다.』

▶ 명선이를 감시하면서 명선이와 더욱 친해진 '나'

타고난 본래의 여자 모양을 되찾은 후에도 명선이는 갈 데 없는 머슴

사내아이 같이 행동했다.

애였다. 하는 짓거리마다 시골 아이들 뺨치는 개구쟁이였고, 토박이의

텃세를 계집애라는 이유로 쉽사리 물리칠 수 있게 되면서부터 온갖 망

나니짓에 오히려 우리의 앞장을 서곤 했다. 다람쥐처럼 나무도 뽀르르

잘 타고, 둠벙에서는 물오리나 다름없이 헤엄도 잘 쳤다. 수놈 날개에

'웅덩이'의 방언

노랗게 호박 꽃가루를 칠해서 암놈으로 위장하여 왕잠자리를 우리보다

솜씨 있게 낚는가 하면, 남의 집 울타리에 달린 호박에 말뚝도 박고, 여

름밤에 개똥벌레를 여러 마리 종이 봉지 안에 가두어 어른이 담뱃불 흔

드는 시늉을 하면서 다가와 술래를 따돌리는 재간도 부릴 줄 알았다. 인

공 치하에서 학교가 쉬는 동안을 우리는 마냥 키드득거리며 떼뭉쳐 어

'인민 공화국'의 준말(시대적 배경)

울려 다녔다.　　　　　　　▶ 여자아이임이 밝혀진 뒤에도 남자아이처럼 노는 명선이

　심심할 때마다 명선이는 나를 끌고 끊어진 만경강 다리로 놀러 가곤

공간적 배경의 전환

했다. 계집애답지 않게 배짱도 여간이 아니어서, 그 애는 아무도 흉내

보통이 아니어서

낼 수 없는 위험천만한 곡예를 부서진 다리 위에서 예사로 벌여 우리의

입을 딱 벌어지게 만드는 것이었다.

　"누가 제일 멀리 가는지 내기하는 거다."

　폭격으로 망가진 그대로 기나긴 다리는 방치되어 있었다. 『난간이 떨

내버려 둠.

어져 달아나고, 바닥에 커다란 구멍들이 뻥뻥 뚫린 채 쌀뜨물보다도 흐

『　』: 아슬아슬하고 위험한 다리의 모습 → '전쟁의 비극성＋명선이의 위태로운 처지'를 상징함.

린 싯누런 물결이 일렁이는 강심 쪽을 향해 곧장 뻗어 나가다 갑자기 앙

강의 한복판 또는 그 물속

상한 철근을 엿가락 모양으로 어지럽게 늘어뜨리면서 다리는 끊겨져

있었다.』얽히고설킨 철근의 거미줄이 간댕간댕 허공을 가로지르고 있

는 마지막 그 곳까지 기어가는 내기였다. 그리고 내기에서 승리자는 언

제나 명선이였다. 웬만한 배짱이라면 구멍이 숭숭 뚫린 콘크리트 바닥

을 기는 것은 누구나 할 수 있는 일이었다. 하지만 콘크리트가 끝나면서

강바닥이 까마득한 간격을 두고 저 아래에서 빙글빙글 맴을 도는 철골

근처에 다다르면 누구나 오금이 굳고 팔이 떨려 한 발짝도 더는 나갈 수

가 없었다. 오로지 명선이 혼자만이 얼키설키 허공을 건너지른 엿가락
　　　무릎의 구부러지는 오목한 안쪽 부분

같은 철근에 위태롭게 매달려, 세차게 불어 대는 강바람에 누나한테 얻

어 입은 치맛자락을 펄렁거리며 끝까지 다 건너가서 [지옥]의 저쪽 가장
　　　　　　　　　　[　] : 명선이의 비극적인 죽음을 암시　　　　철근 끝 → 위태로운 곳

자리에 날름 올라앉아 [귀신]인 양 이쪽을 보고 낄낄거리는 것이었다.

그렇게 낄낄거리며 우리 머슴애의 용기 없음을 놀릴 때 그 애의 몸뚱이

는 마치 널을 뛰듯이 위아래로 훌쩍훌쩍 까불리면서 구부러진 철근의

탄력에 한바탕씩 놀아나고 있었다.　　▶ 끊어진 만경강 다리 위에서 위험하게 노는 명선이

　어느 날, 나는 명선이하고 단둘이서만 다리에 간 일이 있었다. 그때

도 그 애는 나한테 내기를 걸어왔다. 나는 남자로서의 위신을 걸고 명선
　　　　　　　　　　　　　　　위엄과 신망을 아울러 이르는 말

이의 비아냥거림 앞에서 최선의 노력을 다해 봤으나, 결국 『강바닥에
　　　알밉게 빈정거리며 자꾸 놀림.

깔린 뽕나무밭이 갑자기 거대한 팽이가 되어 어찔어찔 맴도는 걸』 보고
『 』: 겁에 질려 눈앞이 핑핑 도는 것을 빗대어 표현함.

뒤로 물러서지 않을 수 없었다. 이제 명선이한테서 겁쟁이라고 꼼짝없

이 수모를 당할 차례였다.　　▶ 단둘이서 만경강 다리에 놀러간 '나'와 명선이

　"야아, 저게 무슨 꽃이지?"

　그런데 그 애는 놀림 대신 갑자기 뚱딴지같은 소리를 질렀다. 말 타듯
　　　　　　　　　　　　　엉뚱한 소리

이 철근 뭉치에 올라앉아서 그 애가 손가락으로 가리키는 곳을 내려다

보았다. 거대한 교각 바로 위, 무너져 내리다 만 콘크리트 더미에 이전에
　　　다리를 받치는 기둥

보이지 않던 꽃송이가 하나가 피어 있었다. 『바람을 타고 온 꽃씨 한 알이

『 』: 들꽃의 강한 생명력 → 전쟁 중 살아남은 명선이의 모습과 유사함.

교각 위에 두껍게 쌓인 먼지 속에 어느새 뿌리를 내린 모양이었다.』

"꽃 이름이 뭔지 아니?"

난생처음 보는 듯한, 해바라기를 축소해 놓은 모양의 동전만 한 들꽃

이었다.

"쥐바라숭꽃……."

나는 간신히 대답했다. 시골에서 볼 수 있는 거라면 명선이는 내가

꽃 이름을 지어서 대답하느라고

뭐든지 다 알고 있다고 믿는 눈치였다. 쥐바라숭이란 이 세상엔 없는 꽃

'나'가 지어 냈기 때문에

이름이었다. 엉겁결에 어떻게 그런 이름을 지어낼 수 있었는지 나 자신

도 어리벙벙할 지경이었다.

"쥐바라숭꽃……, 이름처럼 정말 이쁜 꽃이구나. 참 앙증맞게두 생

겼다."   ▶ 교각 위에서 들꽃을 발견하고 감탄하는 명선이

또 한바탕 위험한 곡예 끝에 그 애는 기어코 그 쥐바라숭꽃을 꺾어 올

려 손에 들고는 냄새를 맡아 보다가 손바닥 사이에 넣어 대궁을 비벼서

'식물의 줄기'를 뜻하는 '대'의 방언

양산처럼 팽글팽글 돌리다가 끝내는 머리에 꽂는 것이었다. 다시 이쪽

으로 건너오는데, 『이때 바람이 휙 불어 명선이의 치맛자락이 훌렁

『 』: 명선이의 죽음을 암시함.

들리면서 머리에서 꽃이 떨어졌다. 나는 해바라기 모양의 그 작고 노란

쥐바라숭꽃 한 송이가 바람에 날려, 싯누런 흙탕물이 도도히 흐르는

명선이를 상징함.

강심을 향해 바람개비처럼 맴돌며 떨어져 내리는 모양을 아찔한 현기

증을 느끼며 지켜보고 있었다.』   ▶ 명선이의 머리에 꽂은 들꽃이 강물로 떨어짐.

우리가 명선이한테서 순순히 얻어 낸 금반지는 두 번째 것으로 마지

막이었다. 아버지와 어머니가 온갖 지혜를 짜내어 백방으로 숨겨 둔
_{여러 가지 방법. 또는 온갖 수단과 방도}
장소를 알아내려 안간힘을 다해 보았으나, 금반지 근처에만 얘기가 닿
아도『명선이는 입을 굳게 다문 채 침묵 속의 도리질로 완강히 버티곤
『 』: 금반지를 지키려는 명선이의 모습
했다.』
▶ 금반지 이야기를 하지 않는 명선이

날이 가고 달이 갔다. 어느덧 초가을로 접어드는 날씨였다. 남쪽에서
_{시간의 경과}　　　　　　　　　　_{계절적 배경}
쳐 올라오는 국방군에 밀려 인민군이 북쪽으로 쫓겨 가기 시작한다는
소문이 돌았다. 생각보다 전쟁이 일찍 끝나, 남쪽으로 피란 갔던 명선이
네 숙부가 어느 날 불쑥 마을에 다시 나타날 경우를 생각하면서 어머니
는 딱할 정도로 조바심치기 시작했다. 내가 벌써 귀띔을 해 줘서 어른들
은 명선이가 숙부에게 버림받은 게 아니라 스스로 도망쳤다는 사실을
이미 알고 있었다.『전쟁이 끝나기 전에 어떻게 하든 명선이의 입을 열
『 』: 금반지에 대한 아버지의 조바심과 탐욕
게 하려고 아버지는 수단 방법을 안 가릴 기세였다.』
▶ 명선이의 금반지를 차지하기 위해 조바심이 난 어머니와 아버지
그날도 나는 명선이와 함께 부서진 다리에 가서 놀고 있었다. 예의
그 위험천만한 곡예 장난을 명선이는 한창 즐기는 중이었다. 콘크리트
_{나뭇가지의 갈라진 부분. 또는 그렇게 생긴 나뭇가지}
부위를 벗어나 그 애가 앙상한 철근을 타고 거미처럼『지옥의 가장귀』
『 』: 철근이 갈라져 있는 모습을 빗대어 표현(명선이의 죽음 암시)
를 향해 조마조마하게 건너갈 때였다. 그때 우리 머리 위의 하늘을 두
쪽으로 가르는 굉장한 폭음이 귀뺨을 갈기는 기세로 갑자기 울렸다. 푸
른 하늘 바탕을 질러 하얗게 호주기 편대가 떠가고 있었다. 비행기의 폭
음에 가려 나는 철근 사이에서 울리는 비명을 거의 듣지 못하였다. 다른
것은 도무지 무서워할 줄 모르면서도 유독 비행기만은 병적으로 겁을
_{비행기 공습으로 부모님을 잃었기 때문에}
내는 서울 아이한테 얼핏 생각이 미쳐, 눈길을 하늘에서 허리가 동강이

난 다리로 끌어내렸을 때, 『내가 본 것은 강심을 겨냥하고 빠른 속도로
『 』: 명선이의 죽음을 꽃이 떨어지는 것에 비유함.
멀어져가는 한 송이 쥐바라숭꽃이었다.』 ▶ 비행기 폭음에 놀라 다리에서 떨어진 명선이
절정 비행기 폭음에 놀란 명선이는 끊어진 만경강 다리 아래로 떨어져 죽음.
명선이가 들꽃이 되어 사라진 후, 어느 날 한적한 오후에 나는 그때
명선이가 죽은 후
까지 한 번도 성공한 적이 없는 모험을 혼자서 시도해 보았다. 겁쟁이라
끊어진 다리 끝의 철근에 가는 것   명선이
고 비웃는 사람이 아무도 없으니까 의외로 용기가 나고 마음이 차갑게
가라앉은 것이었다. 나는 눈에 띄는 그 즉시 거대한 팽이로 둔갑해 버리
는 까마득한 강바닥을 보지 않으려고 생땀을 흘렸다. 엿가락처럼 흘러
내리다가 그 밑을 가로지르는 다른 선 위에 얹혀 다시 오르막을 타는 녹
슨 철근의 우툴두툴한 표면만을 무섭게 응시하면서 한 뼘 한 뼘 신중히
건너갔다. 철근의 끝에 가까이 갈수록 강바람을 맞는 몸뚱이가 사정없
이 까불렸다. 그러나 나는 천신만고 끝에 마침내 그 일을 해내고 말았
온갖 어려운 고비를 다 겪으며 심하게 고생함.
다. 이젠 어느 누구도, 제아무리 쥐바라숭꽃일지라도 나를 비웃을 수는
명선이
없게 되었다.   ▶ 명선이가 죽은 후, 혼자서 다리 끝까지 간 '나'

　　지옥의 가장귀를 타고 앉아 잠시 숨을 고른 다음 바로 되돌아 나오려
　　　　　철근의 가장자리
는데, 그때 이상한 물건이 얼핏 시야에 들어왔다. 낚싯바늘 모양으로 꼬
부라진 철근의 끝자락에다 천으로 친친 동여맨 자그만 헝겊 주머니였
명선이가 금반지를 넣어 둔 곳
다. 명선이가 들꽃을 꺾던 때보다 더 위태로운 동작으로 나는 주머니를
어렵게 손에 넣었다. 가슴을 잡죄는 긴장 때문에 주머니를 열어 보는 내
아주 엄하게 다잡는
손이 무섭게 경풍을 일으키고 있었다. 그리고 그 주머니 속에서 말갛게
어린아이에게 나타나는 증상의 하나로 갑자기 의식을 잃고 경련하는 병증
빛을 발하는 동그라미 몇 개를 보는 순간, 나는 손에 든 물건을 송두리
금반지
째 강물에 떨어뜨리고 말았다.   ▶ 금반지가 든 헝겊 주머니를 발견하고 떨어뜨림.
결말 '나'는 명선이의 금반지 주머니를 발견하고 놀라서 강물에 떨어뜨림.

● 작가 만나기

윤흥길(1942~) 소설가로 전라북도 정읍 출생이다. 1968년 "한국일보" 신춘문예에 '회색 면류관의 계절'이 당선되면서 작가 생활을 시작했다. 1973년에 '장마'를 발표하면서 문단의 주목을 받기 시작했으며, '아홉 켤레의 구두로 남은 사내'로 제4회 한국 문학 작가상을 받기도 하였다. 그의 작품들은 독특하고 사실적인 표현으로 현실의 잘못된 모습을 비판적으로 그려 낸다. 주요 작품으로는 '완장', '창백한 중년', '직선과 곡선', 소설집으로 "황혼의 집", "장마" 등이 있다.

● 작품 만나기

'기억 속의 들꽃'은 윤흥길이 1980년에 발간한 "장마"에 실린 단편 소설로 어린 아이가 체험하고 관찰한 6·25 전쟁 이야기이다. 이 소설은 생존을 위해 수단과 방법을 가리지 않는 어른들의 이기적인 모습과 전쟁의 폭력으로 한 송이 들꽃처럼 죽어 간 한 소녀의 모습을 통해 전쟁의 비극성을 드러낸다. 또한 6·25 전쟁 당시 피란민의 모습과 가난과 고난에 찌들어 인간성을 상실한 어른들의 삶의 태도를 통해 당대의 삶이 문학 작품 속에서 어떻게 표현되고 있는지 파악할 수 있다.

● 핵심 만나기

갈래	현대 소설, 단편 소설
성격	회상적, 비극적
배경	• 시간적: 6·25전쟁 중 • 공간적: 만경강 근처의 어느 시골 마을
시점	1인칭 관찰자 시점
제재	어느 피란민 소녀의 죽음
주제	전쟁의 비극성과 인간성을 잃어버린 사람들
특징	• 과거 회상의 형식을 취함. • 어린 아이의 눈을 통해 전쟁의 비참한 모습을 비교적 객관적으로 보여 줌.

● 등장인물

나(서술자)	순진하고 철이 없으며 소극적인 성격임.
'나'의 부모	욕심이 많고, 자신들의 이익만을 생각함.
명선이	• 전쟁 중에 홀로 남겨졌지만 꿋꿋하게 살아감. • 당돌하고 적극적이며, 겁이 없음.
명선 숙부	비인간적이며 욕심이 많음.

● '금반지'로 인한 갈등

명선이		숙부, '나'의 부모, 마을 사람들
• 명선이에게 금반지는 생존 수단임. • 금반지를 하나씩 내어 놓으며 밥을 편하게 얻어먹음.	⇔	• 명선이의 금반지를 빼앗으려고 함. • 욕심 많은 어른들의 모습을 보여줌.

● 제목 '기억 속의 들꽃'의 의미

제목을 통해 이 이야기가 과거 회상의 이야기임을 짐작할 수 있다. '들꽃'은 들꽃처럼 열악한 환경 속에서도 강한 생명력을 지니고 살아가려 했던 명선을 의미한다. 전쟁 중에 살아남기 위해 애쓰던 명선이를 아직 잊지 못하는 모습을 통해 전쟁이 우리에게 가져다 준 비극성을 다시 한 번 생각하게 해 준다.

❶ 이 소설의 주요 소재인 '금반지'는 어떤 의미를 지니고 있는지 생각해 보자.

❷ 이 소설을 통해 지은이가 이야기하고자 하는 것은 무엇인지 써 보자.

● 책 이름(출판사)　　　　　　　　　　　● 지은이

● 줄거리 요약

　　전쟁이 나고 피란민들이 오가면서 마을의 인심이 각박해진다. 피란을 떠났던 '나'

와 누나는

● 인상 깊은 내용과 그 이유

● 을고 난 후의 생각이나 느낌

✏️ 이 소설을 읽고 난 후의 생각이나 느낌을 시로 표현해 보자.

1. 이 글에 대한 설명으로 알맞지 <u>않은</u> 것은?

① 6 · 25 전쟁을 배경으로 한다.

② 1인칭 관찰자 시점의 소설이다.

③ 시간의 흐름에 따라 이야기가 전개된다.

④ 과거 회상의 형식으로 이야기가 전개된다.

⑤ 어린아이의 눈을 통해 전쟁의 비극성을 드러낸다.

2. 이 소설의 내용으로 알맞은 것은?

① 명선이는 여자아이처럼 행동하며 지냈다.

② '나'의 마을은 만경강 다리 때문에 피란민이 많다.

③ 마을 사람들은 명선이의 금반지를 지켜 주려고 했다.

④ '나'는 명선이가 금반지를 숨겨 둔 곳을 알고 있었다.

⑤ '나'의 부모님은 아무 조건 없이 명선이를 돌봐 주었다.

3. '나'의 아버지가 명선이의 신분을 알게 되고, 명선이를 철저하게 보호하도록 만든 소재는 무엇인지 쓰시오.

4. 이 소설에서 '끊어진 만경강 다리'가 의미하는 것은 무엇인지 쓰시오.

5. 명선이가 남자아이처럼 행동한 이유는 무엇인지 쓰시오.

● 다음 순서대로 아래에서 단어를 찾아 연결하면 어떤 도형이 완성되는지
써 보자.

밤에는 쥐들도 잠을 잔다

볼프강 보르헤르트

황량한 벽에 움푹 뚫린 창문이 초저녁 햇빛을 가득 받아 불그죽죽한
황폐하여 거칠고 쓸쓸한
모습으로 하품을 하고 있었다. 구름은 가파르게 뻗어 있는 굴뚝들 사이
전쟁 후의 폐허 속에서 모든 삶의 의욕이 없어진 상황
에서 가물거리고, 폐허의 땅은 멍하니 졸고 있었다. 그는 눈을 감았다.

그때 홀연히 앞이 어두워졌다. 그는 누군가 다가와 자기 앞에 살며시 선
뜻하지 아니하게 갑자기
탓에 앞이 어두워진 것을 알아차렸다. 이제 그들이구나! 그는 생각했
다. 그러나 그가 눈을 깜짝여 보았을 때 거기엔 어딘가 초라해 보이는
바지를 입은 두 다리가 보였을 뿐이다. 그 다리는 구부정했다. 그는 구
부정한 다리 사이로 건너편을 내다볼 수가 있었다. 그는 눈을 살짝 뜨고
바지 입은 그 두 다리를 거슬러 올라갔다. 제법 나이가 든 사내였다. 그
는 손에 칼과 바구니를 들고 있었다. 손끝에는 흙도 약간 묻어 있었다.

발단 사내와 위르겐의 만남

너 여기서 잠자는구나? 그렇지? 그 사내는 이렇게 물으면서 덥수룩

한 머리털을 위에서부터 아래로 내려다보았다.
더부룩하게 많이 난 수염이나 머리털이 어수선하게 덮여 있다.

위르겐은 그 사내의 다리 사이로 햇빛을 훔쳐보면서 말했다. 아뇨,

난 자지 않았어요. 여기서 지켜보고 있는 거예요.
위르겐의 행동은 어떤 이유가 있음.

사내는 고개를 끄덕였다. 그래, 그래서 넌 커다란 막대기를 갖고

있니?

예. 위르겐은 씩씩하게 대답하면서 막대기를 힘주어 잡았다.

그런데 대관절 뭘 지켜보는 거지?
여러 말 할 것 없이 요점만 말하건대

말할 수 없어요. 그는 막대기를 단단히 잡아 쥐었다.

돈이구나, 그렇지? 사내는 바구니를 내려놓더니 자기 바지에다 칼을

이리저리 닦았다.

『아니에요, 돈 같은 건 아녜요. 위르겐은 경멸하듯 말했다. 아주 다른
『 』: 돈만 아는 어른들에 대한 실망   깔보아 업신여기다.

거예요.』

그래, 그게 무얼까?

말할 수 없다니까요.

내 여기 바구니 속에 뭐가 들었는지 나도 네게 가르쳐 주지 않겠다.

그러면서 사내는 발로 바구니를 툭 차면서 칼을 접어 버렸다.

흥, 난 그 바구니에 뭐가 들었는지 생각할 수 있어요. 위르겐은 대수

롭지 않게 말했다. 토끼풀이죠.

중요하게 여길 만하지 않다.

허, 맞았다! 그 사내는 놀란 얼굴로 말했다. 넌 대단한 아이구나. 도대

체 몇 살이냐?

아홉 살요.

오, 아홉 살이라고? 그렇다면 셋 곱하기 아홉이 얼마나 되는지도 알

위르겐과 대화를 계속 이어가기 위해 의도한 질문

겠구나, 얼마지?

뻔하죠. 위르겐은 말했다. 그리고 시간의 여유를 얻겠다는 듯 말했

다. 그거야 아주 쉬운 것이죠. 그러면서 그는 사내의 두 다리 사이로 내

다보았다. 셋 곱하기 아홉 말이죠? 그는 다시 한 번 물었다. 스물일곱이

죠. 그거야 금방 알았어요.
▶ 친해지기 위해 위르겐에게 말을 거는 사내
전개 사내가 위르겐에게 말을 걺.

그래. 그 사내는 말했다. 난 꼭 그 수만큼의 토끼를 갖고 있단다.

호기심을 유발하기 위한 화제를 제시함.

위르겐은 입을 딱 벌렸다. 스물일곱 마리나요?

네가 볼 수도 있지. 아직 몇 마리는 아주 어리단다. 보고 싶으냐?

그럴 수 없어요. 난 지켜봐야 할 게 있으니까요. 위르겐은 흐릿하게

위르겐이 한눈을 팔지 않으려는 의지를 피력함.

말했다.

그래, 밤에도? 사내가 물었다.

밤에도 그렇죠. 그럼요. 항상이죠. 위르겐은 굽어진 사내의 다리를 올

려다보았다. 벌써 토요일부터 이러고 있으니까요. 위르겐이 속삭였다.

그렇다면 집에도 아주 가지 않는단 말이냐? 밥은 먹어야 할 게 아니
위르겐을 걱정하는 사내의 마음이 느껴짐.
니?

위르겐은 돌멩이 하나를 들추었다. 그 자리엔 반 조각의 빵이 놓여

있었다. 양철로 만든 갑도 한 개 있었다.
물건을 담는 작은 상자
이런. 사내는 바구니를 향해 허리를 굽혔다. 어린 토끼 새끼들을 조

용히 구경할 수 있을 텐데. 넌 무엇보다 어린아이니 말이다. 어쩌면 한

마리쯤 골라 가질 수도 있을 텐데. 그런데 여기서 떠날 수가 없다니.

못 떠나요. 위르겐은 슬픈 목소리로 말했다. 못 떠나요, 안돼요.

사내는 바구니를 쳐들고 몸을 바로 세웠다. 여기 머물러 있어야만 한

다니, 안되었구나. 그는 몸을 돌렸다.
▶ 위르겐은 사내의 제안을 거절하고 자리를 떠나지 않음.
내 말을 남에게 하지 않는다면 말이에요. 그때 위르겐이 재빨리 말했
위르겐이 사내에게 마음을 털어놓음.
다. 쥐들 때문에 그러는 거예요.

구부정한 다리는 한 발짝 뒤로 물러섰다. 쥐들 때문이라고?

예, 쥐들이 죽은 사람들을 먹잖아요. 사람들을 말이에요. 그놈들은

그렇게 해서 사니까요.

누가 그러던?

우리 선생님이요.

그래서 넌 지금 쥐들을 지켜보는 거냐? 사내가 물었다.

쥐들을 지켜보는 건 아니죠! 아이는 나지막하게 말했다. 우리 동생이

저 아래 누워 있어요. 위르겐은 막대기로 허물어진 벽을 가리켰다. 우리
동생의 죽음. 전쟁의 참혹함을 드러냄.   쌓이거나 짜이거나 지어져 있는 것이 헐려서 무너진

집은 폭격을 당했어요. 갑자기 지하실의 불이 꺼졌죠. 그리고 동생도 없
비행기에서 폭탄을 떨어뜨려 적의 군대나 시설물, 또는 국토를 파괴하는 일
어졌어요. 우리는 그 아이를 불렀어요. 그 애는 나보다도 훨씬 어리죠.
아무 죄 없는 어린 생명의 죽음을 통해 전쟁의 참혹함을 강조함.
겨우 네 살이었으니까요. 틀림없이 여기 있을 거예요. 나보다도 훨씬 어

린 애거든요.　　　　　　　▶ 자신의 행동이 죽은 동생을 위한 것임을 이야기하는 위르겐
　　　　　　　　위기　위르겐은 죽은 동생을 쥐들로부터 보호하려고 함.

사내는 위르겐의 더벅머리를 위에서부터 내려다보았다. 그러다 갑자
더부룩하게 난 머리털
기 말했다. 그래, 너희 선생님은 쥐들이 밤에 잠잔다는 것을 전혀 말하

지 않으시던?

아뇨. 힘없이 말하는 위르겐이 갑자기 피곤해 보였다. 그런 말 하지
밤에도 잠을 자지 못한 사실을 알게 되었기 때문
않으셨어요.

응. 사내는 말했다. 선생님이 그걸 전혀 모르신다고 해도 선생님이긴

하지. 밤에는 쥐들도 잠을 잔다. 밤엔 조용히 집으로 돌아가도 좋단
위르겐이 밤에는 잘 수 있도록 하는 말
다. 놈들도 밤에는 언제나 자니까. 이제 어두워지기만 하면 말이다.
　　　　　　　　　　　　▶ 위르겐에게 쥐들도 밤에 잠을 잔다고 말하는 사내
위르겐은 막대기로 폐허 위에 자그만 구멍을 뚫었다. 이게 그놈들의
건물이나 성 따위가 파괴되어 황폐하게 된 터
작은 침대가 되는구나. 그는 생각했다. 구멍마다 모두 작은 침대지.

사내의 구부정한 다리가 아주 불안해 보였다. 사내가 말했다. 넌 그
사내가 다리가 불편하다는 것을 알 수 있음.
런 걸 아니? 이제 난 빨리 내 토끼들에게 풀을 주어야겠다. 날이 어두워
밤에는 꼭 위르겐
지면 너를 데리러 오마. 어쩌면 한 마리 갖고 올지도 몰라. 아주 작은 놈
을 쉬게 하려는 사내　　　　　　　위르겐에게 새로운 생명력을 느끼도록 배려하고자 함.
으로. 네 생각은 어떠냐?

위르겐은 폐허에 작은 구멍을 뚫었다. 작은 토끼라. 흰 놈, 회색 빛깔

나는 놈, 흰 회색빛. 난 쥐들이 정말 밤에 잠을 자는지 모르겠어요. 그는
밤에 동생 곁을 떠나도 될지 망설이는 위르겐
나지막하게 말하면서 사내의 구부정한 다리를 바라보았다.
　　　　　　　　　　　　　　　　▶ 사내의 이야기에 고민하는 위르겐

사내는 허물어진 벽을 넘어서 길가로 내려갔다. 물론이지. 그는 가면서 그렇게 말했다. 너희 선생님이 정말 그것도 모른다면 보따리 싸야지.

▶ 위르겐을 쉬게 하려는 사내 [절정] 사내가 위르겐에게 밤에는 쥐들도 잠을 잔다고 말함.

그러자 위르겐은 그 자리에서 일어나 사내에게 물어보았다. 내가 토끼 한 마리를 얻을 수 있다면 흰 놈으로 주시겠어요?

▶ 사내에게 토끼를 부탁하는 위르겐

그러도록 해 보자. 그 사내는 벌써 사라져 가면서 소리 질렀다. 하지만 그때까지 여기서 기다려야 한다. 그다음에 너와 함께 집으로 갈 테니까. 너도 알고 있지? 난 너희 아버지에게 토끼장을 어떻게 짓는지 알려 드려야겠다. 그런 건 알아야 하지.

▶ 위르겐과 다시 만나기로 약속하는 사내

그래요, 기다릴게요. 위르겐이 소리쳤다. 어두워질 때까지는 계속 지켜보겠어요. 꼭 기다리죠. 그러고 나서 또 이렇게 소리 질렀다. 우리 집에는 아직 판자가 있어요. 나무판자죠.

새로운 시작의 희망

▶ 사내를 기다리기로 마음먹은 위르겐

그러나 그 사내는 이제 더는 아무 말도 듣지 않았다. 사내는 그 구부정한 다리로 햇빛 쪽으로 뛰어갔다. 해는 벌써 붉은 저녁노을이 되어 있었고, 위르겐은 사내의 두 다리 사이로 햇빛이 비치는 것을 볼 수 있었다.

새로운 희망이 솟아남.

바구니가 이리저리 덜렁거리고 있는 것이 보였다. 토끼풀이 그 속에 담겨 있었다. 푸른 토끼풀, 그것은 폐허 때문에 조금 회색빛으로 보였다.

▶ 새로운 희망을 품은 위르겐

감상 위르겐은 사내에게 토끼를 얻고 새로운 희망을 품음.

볼프강 보르헤르트(Wolfgang Borchert, 1921~1947) 시인이자 극작가로 독일의 함부르크에서 태어났다. 제2차 세계 대전에 참전하여 부상을 입기도 했고 나치스를 비난하다가 감옥살이를 하는 등 많은 고초를 겪었다. 그는 1945년 고향으로 돌아가 전쟁의 참혹함과 절망 등을 담아낸 소설과 희곡을 주로 썼다. 대표 작품으로 희곡 "문 밖에서", 시집 "가로등과 밤과 별", 단편집 "민들레", "잃어버린 세계" 등이 있다.

● 작품 만나기

'밤에는 쥐들도 잠을 잔다'는 지은이가 제2차 세계 대전에 참전한 경험을 바탕으로 쓴 전후(戰後) 문학이다. 폭격으로 집이 무너져 죽은 네 살짜리 동생, 그런 동생을 쥐들이 먹지 못하게 하려고 잠도 자지 못하고 그 곁을 지키는 소년 위르겐의 모습을 통해 참혹한 전쟁의 모습을 고발하고 있다.

그러나 이 소설은 전쟁의 참혹함만을 고발하는 데 그치지 않고, 그 속에서 새로운 희망을 찾고자 한다. 위르겐에게 '밤에는 쥐들도 잠을 자니까 동생은 괜찮을 것이다.'라고 말하며 토끼를 선물하는 사내가 이를 잘 보여준다. 이렇게 이 소설은 전쟁으로 인한 고통을 딛고 다시 일어날 수 있는 용기와 희망을 담고 있다.

● 핵심 만나기

갈래	단편 소설, 현대 소설
성격	현실 고발
배경	• 시간적: 제2차 세계 대전 / • 공간적: 독일의 어느 마을
시점	3인칭 관찰자 시점
제재	죽은 동생을 지키는 소년
주제	전쟁의 슬픔을 극복하려는 의지
특징	• 어린아이를 주인공으로 내세워 전쟁의 참상을 고발함. • 전후 독일 사회의 새로운 희망을 제시함.

● 등장인물

위르겐	• 동생을 사랑하는 순수한 소년 • 사내의 친절함에 마음을 열게 됨.
사내	• 위르겐의 마음을 열기 위해 대화를 하고 밤에는 쉴 수 있도록 배려하며, 그에게 토끼를 선물해 새로운 희망을 주는 인물 • 배려심이 깊고 따뜻하며 인간적임.

● '밤에는 쥐들도 잠을 잔다'의 배경이 된 독일

• 1945년 5월 8일, 미국과 영국을 중심으로 이루어진 연합군에게 독일이 무조건 항복함으로써 제2차 세계 대전이 끝나게 되었다. 독일은 이 전쟁의 패배 이후 정치, 경제, 사회, 문화적으로 완전히 공백 상태에 빠졌다. 즉, 12년간 나치스가 지배했던 사회 체제가 무너지고 경제적으로도 궁핍했으며 독일 민족의 기반이라고 할 수 있는 게르만 족의 우월 의식도 허물어졌다.

• 이 시기의 독일 문학은 전쟁으로 인한 상실감과 절망감을 바탕으로 과거와는 다른 새로운 내용과 형식을 추구하게 되었다.

● 소재의 상징적 의미

이 소설은 다음과 같이 상반되는 이미지들을 나열함으로써 전쟁으로 인한 절망을 희망으로 바꾸어 가는 과정을 잔잔하게 그리고 있다.

절망		희망
밤	↔	햇빛
쥐	↔	토끼

❶ 사내가 '밤에는 쥐들도 잠을 잔다.'라고 말한 이유를 생각해 보자.

❷ 사내가 위르겐에게 토끼를 주겠다고 한 이유를 생각해 보자.

● 책 이름(출판사)　　　　　　　　● 지은이

● 줄거리 요약

　　폭격으로 폐허가 된 땅에서 막대기를 들고 있는 위르겐 앞에 칼과 바구니를 든 사

　　내가 나타났다.

● 인상 깊은 내용과 그 이유

● 읽고 난 후의 생각이나 느낌

✎ 주인공(위르겐)에게 하고 싶은 말이나 물어보고 싶은 내용 등을 편지 형식에 맞
추어서 써 보자.

1. '밤에는 쥐들도 잠을 잔다'에서 위르겐이 밤에도 무너진 집을 지키는 이유는 무엇인가?

    ① 폭격으로 무너진 집에 애착이 많아서

    ② 폭격으로 무너진 집에 돈을 감추어 놓아서

    ③ 폭격으로 무너진 집에서 가족들을 만나기로 해서

    ④ 폭격으로 무너진 집에서 나오는 쥐들을 잡기 위해서

    ⑤ 폭격으로 무너진 집에서 쥐들이 죽은 동생을 먹지 못하게 하기 위해서

2. 위르겐의 죽은 동생은 몇 살이었는지 쓰시오.

3. 위르겐이 밤에도 무너진 집을 지키며 꼭 쥐고 있던 것은 무엇인가?

    ① 막대기   ② 바구니   ③ 돈   ④ 칼   ⑤ 나무판자

4. 사내가 들고 있던 바구니 안에 들어 있는 것은 무엇이었는지 쓰시오.

5. 사내가 위르겐에게 토끼를 주겠다고 하자 위르겐은 무슨 색 토끼면 좋겠다고 말했는지 쓰시오.

6. 사내가 들고 있던 바구니 안에 있는 토끼는 무엇을 상징하는가?

    ① 희망   ② 절망   ③ 사랑   ④ 고향   ⑤ 포근함

● 삼돌이는 보물이 숨겨진 동굴 앞에 서 있다. 다음 뜻에 해당하는 단어를 아래의 구슬에서 찾아 그 기호를 모두 적어야 동굴 문이 열린다. 삼돌이가 동굴 문을 열 수 있도록 해 보자.

(1) 황폐하여 거칠고 쓸쓸하다.

(2) 건물이나 성 따위가 파괴되어 황폐하게 된 터.

(3) 깔보아 업신여기다.

(4) 비행기에서 폭탄을 떨어뜨려 적의 군대나 시설물, 또는 국토를 파괴하는 일.

(5) 여러 말 할 것 없이 요점만 말하건대.

(6) 뜻하지 아니하게 갑자기.

ㄹ 폐허

ㅂ 황량하다

ㄷ 홀연히

ㄴ 폭격

ㅁ 덥수룩하다

ㅇ 대관절

ㄱ 더벅머리

ㅅ 경멸하다

ㅈ 허물어지다

3

현실을 비판하는
길목에 서다

양반전

박지원

양반이란 선비를 높여서 부르는 말이다. 강원도 정선 고을에 한 양반
이 살고 있었다. 그는 성품이 어질고 글 읽기를 매우 좋아했다. 이 고을
에 새로 부임해 오는 군수는 으레 양반을 먼저 찾아보았고, 그에게 두터
운 경의를 표현하는 것이 관례로 되어 있었다. 그러나 『워낙 살림이 가
난해서 해마다 관가에서 곡식을 꾸어다 먹는 신세였는데, 여러 해가 쌓
이고 보니 꾸어 먹은 곡식이 천 석이나 되었다.』 관찰사가 여러 고을을
돌아다니다가 마침 정선에 이르러 관청의 곡식 장부를 살펴보고는 그
만 몹시 노하게 되었다.

"어떤 놈의 양반이 나라의 곡식을 이렇게 많이 축냈단 말이냐?"
관찰사는 즉시 그 양반을 잡아 옥에 가두라고 명하였다. 명령을 받은
군수는 양반을 잡아 가둔다 해도 그가 가난해서 도저히 빚을 갚을 방도
가 없다는 것을 알고 있었다. 그렇다고 상사의 명령에 복종하지 않을 수
도 없었기에, 군수는 이러지도 저러지도 못한 채 매우 난처하게 되었다.

이 사실을 전해 들은 양반은 밤낮으로 울기만 할 뿐, 아무런 대책도
세우지 못했다. 그의 아내가 남편에게 푸념을 했다.

"당신은 한평생 앉아서 글만 읽더니 관가에서 빌린 곡식을 한 톨도

갚지 못하는 무능력한 사람이 되었구려. 에이! 더럽소. 양반, 양반하

더니 그 양반이라는 것이 아무 쓸모가 없는것이구려." ▶ 양반을 꾸짖는 아내

발단 양반이 환곡을 갚지 못해 하옥될 처지에 놓임.

한편 그 마을에는 부자 한 사람이 살고 있었다. 양반이 곤경에 처하

게 된 사실을 들은 부자는 식구들을 모아 놓고 이런 말을 하였다.

『"양반은 아무리 가난해도 항상 높고 영화스럽건만, 우리는 아무리

『 』: 양반을 돈으로 사게 된 동기   귀하게 되어 이름이 세상에 빛날 만하지만

돈이 많아도 항상 낮고 천하단 말이야. 감히 말을 한 번 타 볼 수도 없

고, 양반만 보면 저절로 기가 죽어서 쩔쩔매고 굽실거리며 절을 해야

하지. 참으로 더러운 일이 아닐 수 없단 말이야.』 그런데 마침 저 양

반이 가난해서 관가에서 꾼 곡식을 갚지 못해 몹시 곤란해진 모양이

야. 양반 자리도 지닐 수 없는 형편이 되었다고 하니, 『이제 우리가

그 '양반'이라는 것을 돈으로 사서 행세하는 것이 어떻겠는가?"

『 』: 당시의 시대상 ① – 돈으로 양반을 사고팖.   ▶ 양반 신분을 사기로 한 부자

부자는 즉시 양반을 찾아가서 관가의 곡식을 자기가 대신 갚겠다고

자청하였다. 양반은 크게 기뻐하면서 허락하였다. 그래서 부자는 곧 곡

어떤 일에 나서기를 스스로 청함.

식을 관가에 보내어 모두 갚아 주었다. 군수는 영문을 모른 채 매우 놀

라 양반을 찾아가 그 까닭을 물었다. 그러자 양반은 초라한 옷차림을 한

채로 길바닥에 엎드려, 자신을 '쇤네'라고 칭하면서 감히 군수를 올려

'소인(小人)'을 조금 낮추어 이르는 말

다보지도 못하였다. 군수가 깜짝 놀라 그를 일으켜 세우며,

"이게 어찌 된 일이오? 저를 놀리시는 게요?"

라고 하였다. 양반은 더욱 황송하여 머리를 조아리고 엎드린 채 말하

분에 넘쳐 고맙고도 송구하여

였다.

"황송하옵니다. 쇤네가 감히 어떻게 군수님을 놀리겠습니까? 쇤네가

양반을 팔아서 관가의 곡식을 갚았으니, 이제 저는 양반이 아니라 평
민이옵고, 이제부터는 마을의 부자가 양반이옵니다. 쇤네가 어찌 다
시 뻔뻔스럽게 옛날처럼 양반 행세를 할 수 있겠습니까?"

당시 시대상 ② – 신분제 사회

▶ 부자에게 양반을 판 사실을 말하는 양반

군수가 감탄하며 이렇게 말하였다.

"군자로구나 부자여! 양반이로구나 부자여! 부자이면서도 인색하지

않으니 의로운 일이요, 남의 어려움을 다급하게 여기니 어진 일이요,

비천한 것을 싫어하고 존귀한 것을 사모하니 지혜로운 일이다. 이야

지위나 신분이 높고 귀한　우러러 받들고 마음속 깊이 따르니

말로 진짜 양반이로구나. 그런데 한 가지 걱정되는 것은, 양반 자리

를 두 사람이 사고팔고서 아무런 증서도 만들어 놓지 않으면 송사의

백성끼리 분쟁이 있을 때, 관부에 호소하여 판결을 구하는 일

꼬투리가 될 수 있을지 모르니 내가 고을 사람들을 모아 증인을 삼고

증서도 만들어 주리다. 군수인 내가 서명을 해 주겠소."

▶ 양반 매매 증서 작성을 제안하는 군수

전개 부자가 양반의 환곡을 갚아 주고 양반의 신분을 삼.

군수는 곧 관청으로 돌아와서 고을의 양반들과 농민, 공장, 장사치까지 모두 불러 모았다. 그리고 바로 증서를 작성하였는데, 증서의 내용은 다음과 같았다.

▶ 관청에 돌아와 증서를 작성한 군수

『어떤 양반이 자신의 양반 자리를 팔아서 관가의 곡식 천 석을 갚았

『 』: 양반의 다양한 이름과 의미

다. 원래 양반이란 것은 여러 가지가 있다. 글만 읽으면 '선비'라 하고, 정치에 종사하면 '대부'라 하며, 덕이 있으면 '군자'라고 한다. 무반은 서쪽에 서고, 문반은 동쪽에 선다. 그래서 이것을 '양반'이라고 하니 너 좋을 대로 따를 것이다.』

▶ 첫 번째 증서의 내용 ① - 양반의 의미

오늘부터는 지금까지 하던 저속한 일들을 깨끗이 끊어 버리고, 옛사

품위가 낮고 속된

람을 본받아 그 뜻을 숭상해야 할 것이다. 언제나 새벽 일찍이 일어나

높여 소중히 여김.

등불을 켜고, 정신을 똑바로 차리고 앉아서 눈으로는 코끝을 내려다보고 무릎을 꿇어 발꿈치가 엉덩이를 받치도록 한다. 그러고서 동서고금의 어려운 글을 큰 소리로 술술 외워야 한다. 배가 고픈 것을 참고 추운 것도 견디어 내며, 입으로 가난하다는 말을 하지 않아야 한다. 손을 씻을 때에는 주먹을 쥐고 문지르지 말고, 양치질을 해서 입 냄새가 나지 않게 한다. 종을 부를 때에는 긴 목소리로 부르고, 걸음을 걸을 때에는 느린 걸음으로 신 뒤축을 끌어야 한다. 옛날 책들을 깨알처럼 가늘게 베

신이나 버선 따위의 발뒤축이 닿는 부분

껴 쓰되, 한 줄에 백 자씩 써야 한다. 손으로 돈을 만지지 말고 쌀값을

양반의 비현실적 경제관념

묻지도 말아야 한다.

▶ 첫 번째 증서의 내용 ② - 양반의 의무

날씨가 아무리 더워도 버선을 벗지 말며, 밥을 먹을 때에도 맨상투

바람으로 먹지 말아야 한다. 밥을 먹을 때에는 국부터 먼저 마시지 말고, 마시더라도 훌쩍거리며 넘기는 소리를 내지 말아야 한다. 젓가락을 자주 놀리지 말고, 생파를 씹지 말아야 한다. 아무리 분하더라도 아내를 때리지 말며, 화가 나더라도 그릇을 던지지 말아야 한다. 주먹으로 아이들을 때리지 말고, 종놈을 '죽일 놈'이라고 꾸짖지 않는다. 말이나 소를 꾸짖을 때에도 그 주인은 욕하지 말아야 한다. 『병이 들어도 무당을 부르지 말고, 제사 지낼 때 중을 불러서 재를 올리지 않는다.』 아무리 추워

『 』: 미신과 같은 속된 것을 멀리함.

도 화로에 손을 쬐지 말며, 말할 때에 침이 튀지 않게 해야 한다. 소를

절에서 부처에게 드리는 공양

잡아먹지 말고, 돈 놓고 노름을 하지 말아야 한다.

▶ 첫 번째 증서의 내용 ③ - 양반의 자세

이러한 여러 가지 행동 가운데 한 가지라도 어기면 아니 되고, 만약에 어길 시에는 이 증서를 가지고 관청에 가서 고치게 할 것이다.

정선 군수가 서명하고, 좌수(座首)와 별감(別監)이 증인으로서 서명함.

▶ 첫 번째 증서의 효력

위기 군수가 첫 번째 양반 매매 증서를 작성함.

이에 관청의 하인이 탁탁 도장을 찍는데, 그 소리는 마치 북을 치는 듯하고 찍어 놓은 모양은 북두칠성과 삼성이 가로세로로 늘어선 것과 같았다. 호장이 증서 읽기를 마치자, 부자가 한참이나 멍하게 있다가 말했다.

"양반이 겨우 이것뿐이란 말씀입니까? 내가 듣기에 양반은 신선과 같다고 하던데 겨우 이것뿐이라면, 너무 재미가 없는걸요. 원하옵건대 제게 이익이 되도록 문서를 고쳐 주십시오."

▶ 첫 번째 증서의 내용에 실망해 항의하는 부자

그래서 군수는 증서를 다시 고쳐 썼다.

하늘이 백성을 낼 때에, 그 갈래를 넷으로 나누셨다. 이 네 갈래 백성
사농공상(선비, 농부, 공장, 상인)
들 가운데 가장 존귀한 이가 선비이고, 이 선비를 '양반'이라고 부른다.

양반의 이익은 막대하다. 농사를 짓지 않고 장사도 하지 않는다. 글

만 대충 읽어도 크게 되면 문과에 급제하고 작아도 진사가 된다.

　문과의 홍패는 팔뚝만 하지만, 여기에 온갖 물건이 갖추어져 있으니,
<small>과거에 급제한 사람에게 주던 증서</small>
그야말로 돈 자루이다. 서른에야 진사가 되어 첫 벼슬을 얻더라도 오히

려 이름난 음관이 되어 높은 벼슬자리에 오를 수 있다. 언제나 종들이
<small>과거를 거치지 않고 조상의 공덕에 의해 맡은 벼슬. 혹은 그런 벼슬아치</small>
양산을 받쳐 주므로 귀밑이 희어지고 배가 요령 소리에 커지며 방 안에
<small>하인을 부를 때 쓰는 방울</small>
는 기생을 앉혀 두고 뜰에는 남는 곡식으로 학을 기른다.

▶ **두 번째 증서의 내용 ① – 양반의 부정부패와 특권 의식**

　혹시 과거에 합격하지 못해서 가난한 선비로 시골에 살더라도, 자기

마음대로 할 수 있어 좋은 점이 한둘이 아니다. 이웃집 소를 몰아다가

내 밭을 먼저 갈게 하고, 마을 사람을 불러다가 내 밭을 먼저 김매게 하

더라도 어느 놈도 감히 양반을 욕할 수 없다. 만일 욕하는 놈이 있으면

잡아다가 코에 잿물을 들이붓고 머리끄덩이를 잡아 돌리고 수염을 다
<small>짚이나 나무를 태운 재를 우려낸 물</small>
뽑아도 감히 원망하지 못할 것이다.
▶ **두 번째 증서의 내용 ② – 양반의 횡포**
절정 군수가 두 번째 양반 매매 증서를 작성함.

　부자가 혀를 빼면서 말하였다.

　"증서 만들기를 그만 중지하시오. 제발 그만두시오. 참으로 황당하구

려. 당신네들은 나를 도둑놈으로 만들 작정이시오?"
<small>양반에 대한 신랄한 풍자(양반=도둑놈)</small>
이렇게 말하고 부자는 머리를 손으로 쥐어 싸고서 달아나 버렸다. 이

일이 있은 뒤로 부자는 죽을 때까지 다시는 '양반'이란 말을 입에 올리

지 않았다고 한다.
결말 부자가 양반되기를 포기함.

박지원(1737~1805) 조선 영조 13년에 한양에서 태어났고 호는 연암(燕巖)이
다. 22세 때부터 박제가, 유득공, 홍대용 등 실학(실생활을 유익하게 하는 것을 목표
로 한 새로운 학풍)을 공부하던 사람들과 친하게 지내면서 실학사상에 관심을 가지
게 되었다. 정조 4년(1780년)에 박명원의 수행원으로 청나라에 다녀와서 "열하일
기"를 저술하여 거침없는 문장과 진보적 사상으로 이름을 떨쳤다. 대표작으로는
'허생전', '호질', '마장전', '예덕선생전', '민옹전' 등이 있다.

● 작품 만나기

'양반전'은 조선 후기 사회를 신랄하게 풍자하고 있다. 풍자의 일차적인 대상은
무위도식(하는 일 없이 놀고먹음.)하며 평민들에게 횡포를 부리는 무능한 양반이다.
이와 더불어 양반의 허세와 횡포를 부러워하며 양반이 되고 싶어 하는 평민 계급까
지 풍자한다.

이러한 풍자는 지은이의 실학사상을 토대로 하고 있다. 실학은 조선 시대 후기
에 실천이 따르지 않는 헛된 이론이나 논의를 비판하면서 나온 학문이다. 박지원은
이러한 사상을 바탕으로 양반들의 허세와 무능력함을 꼬집고 있다.

● 핵심 만나기

갈래	풍자 소설, 고전 소설, 한문 소설
성격	풍자적, 비판적, 고발적
배경	• 시간적: 조선 시대 후기 • 공간적: 강원도 정선 마을
제재	양반의 신분 매매
주제	양반의 무능과 위선 풍자
특징	• 실학사상이 문학 작품 속에 반영됨. • 평민 부자로 대표되는 새로운 인간형을 제시함. • 몰락하는 양반들의 위선적인 생활 모습을 풍자함.

◉ 등장인물

양반	학식과 인품은 높으나 경제적으로 무능력한 인물
양반의 아내	무능력한 양반인 남편을 비판하는 인물
군수	신분 매매를 중계하지만 부자가 양반의 신분을 얻는 것을 방해하는 인물
부자	돈으로 양반의 신분을 사려고 하지만 양반의 형식적인 규범과 평민에 대한 횡포를 알고 달아나 버리는 인물

◉ 양반전의 풍자 대상

첫 번째 양반 매매 증서에 나타난 양반의 모습	공허한 관념과 겉치레에 얽매이며 비현실적인 경제관념을 가지고 있는 계층을 풍자함.
두 번째 양반 매매 증서에 나타난 양반의 모습	개인의 이익을 위해서 부당한 특권을 남용하여 부정부패를 일삼는 계층을 풍자함.
돈이 많은 평민의 태도	돈만 있으면 양반의 신분도 살 수 있다는 배금주의를 풍자함.

❶ 이 소설의 지은이는 양반의 어떤 면을 풍자하고 있는지 생각해 보자.

❷ 부도덕한 행위를 일삼는 양반의 모습을 도둑놈으로 비유한 문장을 본문에서 찾아 써 보자.

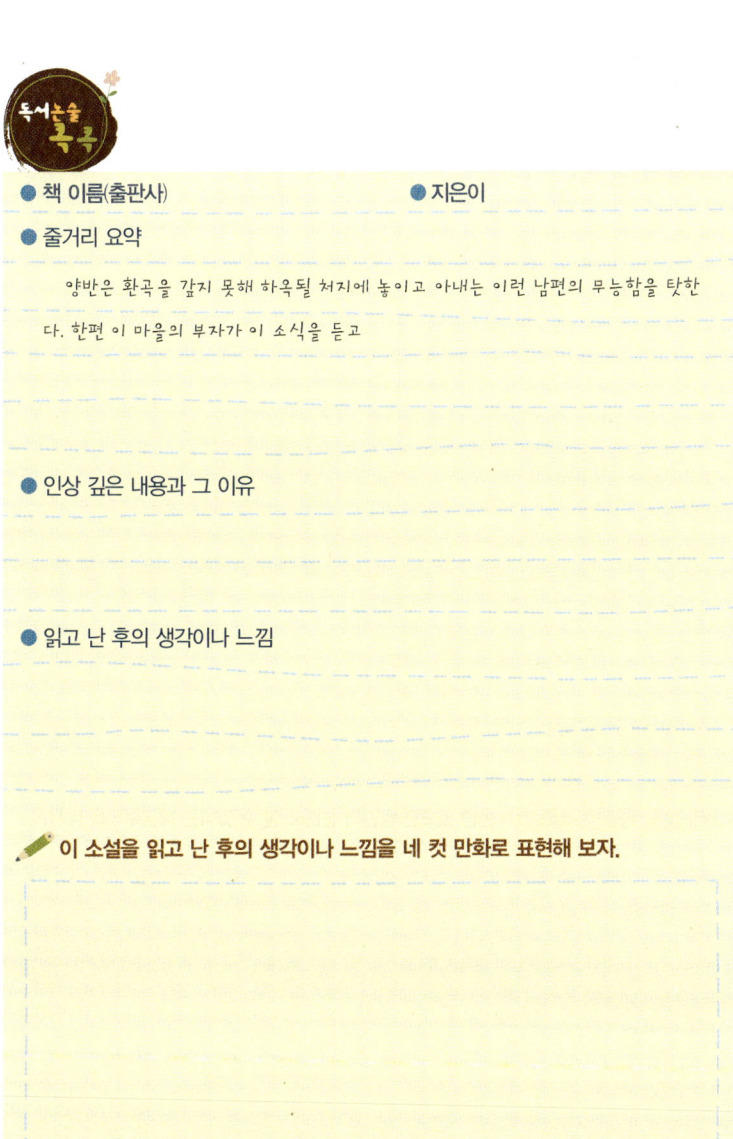

● 책 이름(출판사)　　　　　　　● 지은이

● 줄거리 요약

　　　양반은 환곡을 갚지 못해 하옥될 처지에 놓이고 아내는 이런 남편의 무능함을 탓한

　다. 한편 이 마을의 부자가 이 소식을 듣고

● 인상 깊은 내용과 그 이유

● 읖고 난 후의 생각이나 느낌

✎ 이 소설을 읽고 난 후의 생각이나 느낌을 네 컷 만화로 표현해 보자.

1. 이 작품의 시대적 배경은 언제인지 쓰시오.

2. 부자가 양반의 신분을 사는 것을 도와주는 듯하지만 정작 방해하는 인물은 누구인지 쓰시오.

3. 글만 읽는 양반을 '선비'라고 하고, 정치에 종사하면 '대부'라고 한다. 덕이 있는 양반 은 무엇이라고 부르는지 쓰시오.

4. 박지원이 바라던 진정한 사회의 모습은?

    ① 양반의 권리가 보호받는 사회

    ② 돈으로 무엇이든지 할 수 있는 사회

    ③ 국가가 양반의 특권을 권장하는 사회

    ④ 양반들이 평민의 생활 모습을 본받는 사회

    ⑤ 양반이 허례허식과 특권 의식을 버리는 사회

5. 부자가 양반이 되기를 포기하는 데 가장 큰 역할을 한 소재는 무엇인가?

    ① 고을의 군수   ② 양반의 아내

    ③ 양반 매매 증서   ④ 관청에 모인 사람들

    ⑤ 관가에서 빌린 곡식

● 다음 뜻풀이에 해당하는 단어를 찾아 선으로 연결해 보자.

(1) 어떤 일에 나서기를 스스로 청함. •

• 존귀하다

(2) 일정한 수나 양에서 모자람이 생기게 한다. •

• 저속

(3) 지위나 신분이 높고 귀하다. •

• 숭상

(4) 신이나 버선 따위의 발뒤축이 닿는 부분. •

• 축내다

(5) 품위가 낮고 속됨. •

• 뒤축

(6) 높여 소중히 여김. •

• 자청

꺼삐딴 리

전광용

수술실에서 나온 이인국 박사는 응접실 소파에 파묻히듯이 깊숙이 기대어 앉았다.

그는 백금 무테안경을 벗어 들고 이마의 땀을 닦았다. 등골에 축축이 밴 땀이 잦아들어 감에 따라 피로가 스며 왔다. 두 시간 이십 분의 집도. 위장 속의 균종 적출. 환자는 아직 혼수상태에서 깨지 못하고 있다.

끄집어내거나 솎아냄.   수술이나 해부를 하기 위하여 수술칼을 잡음.

세균이 침입하여 생기는 혹과 비슷한 종기

수술을 끝낸 찰나 스쳐 가는 육감, 그것은 성공 여부의 적중률을 암시하는 계시 같은 것이었다. 그러나 오늘은 웬일인지 뒷맛이 꺼림칙하다.

그는 항생질 의약품이 그다지 발달하지 않았던 일제 시대부터 개복 수술에 최단 시간의 기록을 세웠던 것을 회상해 본다.

수술을 하려고 배를 갈라서 엶.

맹장염이나 포경 수술, 그 정도의 것은 약과다. 젊은 의사들에게 맡겨 버리면 그만이다. 대수술의 경우에는 그렇게 방임할 수만은 없다. 환자 측에서도 대개 원장의 직접 집도를 조건부로 입원시킨다. 그는 그것을 자랑으로 삼아 왔고 스스로 집도하는 쾌감마저 느꼈었다.

돌보거나 간섭하지 않고 제멋대로 내버려 둘

▶ 수술 후 생각에 잠긴 이인국 박사

그의 병원 부근은 거의 한 집 건너 병원이랄 수 있을 정도로 밀집한 지대이다. 이름 없는 신설 병원 같은 것은 숫제 비 장날 시골 전방처럼

물건을 늘어놓고 파는 가게

한산한 속에 찾아오는 손님을 기다리고 있는 형편이다.

그러나 이인국 박사는 일류 대학 병원에서까지 손을 쓰지 못하여 밀려오는 급환자들 틈에 끼여 환자의 감별에는 각별한 신경을 쓰고 있다.

<small>보고 식별함.</small>

그것은 마치 여관 보이가 현관으로 들어서는 손님의 옷차림을 훑어보고 그 등급에 맞는 방을 순간적으로 결정하거나 즉석에서 서슴지 않고 거절하는 경우와 흡사한 것이라고나 할까.

이인국 박사의 병원은 두 가지의 전통적인 특징을 가지고 있다.

병원 안이 먼지 하나도 없이 정결하다는 것과, 치료비가 여느 병원의 갑절이나 비싸다는 점이다.

그는 새로운 환자의 초진에서는 병에 앞서 우선 그 부담 능력을 감정하는 데서부터 시작한다. 신통치 않다고 느껴지는 경우에는 무슨 핑계

<small>환자의 병보다 경제력을 중시하는 태도</small>

를 대든 그것도 자기가 직접 나서는 것이 아니라 간호원더러 따돌리게 하는 것이다.

▶ 이인국 박사 병원의 특징

그렇게 중환자가 아닌 한 대부분의 경우 예진은 젊은 의사들이 했다.

<small>환자의 병을 자세하게 진찰하기 전에 미리 간단하게 진찰하는 일</small>

원장은 다만 기록된 진찰 카드에 따라 환자의 증세에 아울러 경제 정도를 판정하는 최종 진단을 내리면 된다.

상대가 지기나 거물급이 아닌 한 외상이라는 명목은 붙을 수 없었다.

<small>자기의 속마음을 참되게 알아주는 친구</small>

설령 있다 해도 이 양면 진단은 한 푼의 미수나 결손도 없게 한 그의 반

<small>환자의 증세와 아울러 경제 정도를 판정함.</small>

생을 통한 의술 생활의 신조요 비결이었다.

<small>굳게 믿어 지키고 있는 생각</small>

『그러기에 그의 고객은 왜정 시대는 주로 일본인이었고 현재는 권력

<small>『 』: 경제적 이익을 중시하는 이인국 박사의 면모를 엿볼 수 있음.</small>

층이 아니면 재벌의 셈속에 드는 축들이어야만 했다.』

그의 일과는 아침에 진찰실에 나오자 손가락 끝으로 창틀이나 탁자 위를 훑어 무테안경 속 움푹한 눈으로 응시하는 일에서 출발한다.

이때 손가락 끝에 먼지만 묻으면 불호령이 터지고, 간호원은 하루종일 원장의 신경질에 부대껴야만 한다.
  사람이나 일에 시달려 괴로움을 겪어야만

아무튼 단골 고객들은 그의 정결한 결벽성에 감탄과 경의를 표해 마지않는다.

1·4 후퇴 시 청진기가 든 손가방 하나를 들고 월남한 이인국 박사다. 그는 수복되자 재빨리 셋방 하나를 얻어 병원을 차렸다. 그러나 이
  잃었던 땅이나 권리 따위가 되찾아지자
제는 평당 오십만 환을 호가하는 도심지에 타일을 바른 이 층 양옥을 소
  팔거나 사려는 물건의 값을 부르는
유하게 되었다. 그는 자기 전문의 외과 외에 내과, 소아과, 산부인과 등 개인 병원을 집결시켰다. 운영은 각자의 주머니 셈속이었지만 종합 병원의 원장 자리는 의젓이 자기가 차지하고 있다.
  ▶ 이인국 박사가 가진 의술 생활의 신조와 비결
이인국 박사는 양복 조끼 호주머니에서 십팔금 회중시계를 꺼내어
  과거 회상의 매개체, 이인국의 자존심을 상징함.
시간을 보았다.

두 시 사십 분!

미국 대사관 브라운 씨와의 약속 시간은 이십 분밖에 남지 않았다. 이 시계에도 몇 가닥의 유서 깊은 이야기가 숨어 있다. 이인국 박사는 시계를 볼 때마다 참말 '기적'임에 틀림없었던 사태를 연상하게 된다.

왕진 가방과 함께 삼팔선을 넘어온 피란 유물의 하나인 시계. 가방은
  의사가 병원 밖의 환자가 있는 곳으로 가서 진료함.
미군 의사에게서 얻은 새것으로 갈아 매어 흔적도 없게 된 지금, 시계는 목숨을 걸고 삶의 도피행을 같이한 유일품이요, 어찌 보면 인생의 반려
  짝이 되는 동무

이기도 한 것이다.

　밤에 잘 때에도 그는 시계를 머리맡에 풀어 놓거나 호주머니에 넣은 채로 버려두지 않는다. 반드시 풀어서 등기 서류, 저금통장 등이 들어 있는 비상용 캐비닛 속에 넣고야 잠자리에 드는 것이었다. 거기에는 또 그럴 만한 연유가 있었다. 이 시계는 제국 대학을 졸업할 때 받은 영예로운 수상품이다. 뒤쪽에는 자기 이름이 새겨져 있다.

　그 후 삼십여 년, 자기 주변의 모든 것은 변하여 갔지만 시계만은 옛 모습 그대로다. 주변뿐만 아니라 자기 자신은 얼마나 변한 것인가. 이십 대 홍안을 자랑하던 젊음은 어디로 사라진 것인지 머리카락 반백이 넘었고 이마의 주름은 깊어만 간다. 『일제 시대, 소련군 점령하의 감옥 생활, 6·25 사변, 삼팔선, 미국 부대, 그동안 몇 차례의 아슬아슬한 죽음의 고비를 넘긴 것인가.』

　'월삼 17석'

　우여곡절 많은 세월 속에서 아직도 제시간을 유지하는 것만도 신기하다. 시간을 보고는 습성처럼 째각째각 소리에 귀 기울이는 때의 그의 가느다란 눈매에는 흘러간 인생의 축도가 서리는 것이었다. 그 속에서도 각모와 쓰메에리 학생복을 벗어 버리고 신사복으로 갈아입던 그날의 감회를 더욱 새롭게 해 주는 충동을 금할 길 없는 것이었다.

▶ 회중시계의 의미

중략 부분 줄거리 미국 유학을 간 나미에게서 미국인과 국제결혼하겠다는 편지가 오고 박사는 못마땅하지만 앞날을 위해 해로울 것은 없다고 생각한다.

갑자기 밖이 와자지껄 떠들어 대었다. 머리에 깍지를 끼고 비스듬히 누워서 갈피를 잡을 수 없는 생각에 골똘하던 이인국 박사는 일어나 앉아 한길 쪽에 귀를 기울였다. 들끓는 소리는 더 커 갔다. 궁금증에 견디다 못해 그는 엉거주춤 꾸부린 자세로 밖을 내다보았다. 포도에 뒤끓는 사람들은 손에 손에 태극기와 적기를 들고 환성을 올리고 있었다.

> 포도(鋪道): 포장도로
> 적기(赤旗): 공산주의를 상징하는 기

'무엇일까?'

그는 고개를 갸웃하며 다시 자리에 주저앉았다.

계단을 구르며 급히 올라오는 발소리가 들려왔다.

혜숙이다.

"아마 소련군이 들어오나 봐요. 모두들 야단법석이에요……."

> 광복 후의 혼란한 상황

숨을 헐레벌떡이며 이야기하는 혜숙의 말에 이인국 박사는 아무 대꾸도 없이 눈만 껌뻑이며 도로 앉았다. 여러 날째 라디오에서 오늘 입성 예정이라고 했으니 인제 정말 오는가 보다 싶었다.

> 입성(入城): 적이 있던 도시를 함락하고 들어가 점령함.

혜숙이 내려간 뒤에도 이인국 박사는 한참 동안 아무 거동도 못하고 바깥쪽을 내다보고만 있었다.

무엇을 생각했던지 그는 움찔 자리에서 일어났다. 그러고는 벽장문을 열었다. 안쪽에 손을 뻗쳐 액자 틀을 끄집어내었다.

『 '국어 상용의 가(家)' 』

> 국어: 일본어
> 『 』: 일제 시대 친일파였음을 알 수 있음.

해방되던 날 떼어서 집어넣어 둔 것을 그동안 깜박 잊고 있었다.

『그는 액자 틀 뒤를 열어 음식점 면허장 같은 두터운 모조지를 빼내

『 』: 친일의 흔적을 지우려는 행동

어 글자 한 자도 제대로 남지 않게 손끝에 힘을 주어 꼼꼼히 찢었다.』

이 종잇장 하나만 해도 일본인과의 교제에 있어서 얼마나 떳떳한 구

실을 할 수 있었던 것인가. 야릇한 미련 같은 것이 섬광처럼 머릿속에

순간적으로 강렬히 번쩍이는 빛

스쳐 갔다.

『환자도 일본 말 모르는 축은 거의 오는 일이 없었지만 대외 관계는

『 』: 이인국 박사의 철저한 친일 행각

물론 집 안에서도 일체 일본 말만을 써 왔다. 해방 뒤 부득이 써 오는 제

나라 말이 오히려 의사 표현에 어색함을 느낄 만큼 그에게는 거리가 먼

것이었다.』

마누라의 솔선수범하는 내조지공도 컸지만 애들까지도 곧잘 지켜 주

아내가 남편을 도운 공로

었기에 이 종잇장을 탄 것이 아니던가. 그것을 탄 날은 온 집안이 무슨

경사나 난 것처럼 기뻐들 했었다.

"잠꼬대까지 국어로 할 정도가 아니면 이 영예로운 기회야 얻을 수

있겠소."

하던 국민 총력 연맹 지부장의 웃음 띤 치하 소리가 떠올랐다.

그 순간 자기 자신은 아이들을 소학교부터 일본 학교에 보낸 것을 얼

오늘날의 초등학교

마나 다행으로 여겼던 것인가.   ▶ 이인국 박사의 과거 친일 행각

그는 후 한숨을 내뿜었다. 그러고는 저금통장의 잔액을 깡그리 내주

던 은행 지점장의 호의에 새삼 고마움을 느끼는 것이었다.

그것마저 없었더라면……. 등골에 오싹하는 한기가 느껴 왔다.

무슨 정치가 오든 그것만 있으면 시내 사람의 절반 이상이 굶어 죽기

전에야 우리 집 차례는 아니겠지. 그는 손금고가 들어 있는 안방 단스를
_{서랍이나 문이 달린 장롱을 가리키는 일본어}
생각하면서 혼자 중얼거렸다.

이인국 박사는 무슨 일이 일어나도 꼭 자기만은 살아남을 것 같은 막
연한 기대를 곱씹고 있다.

주위가 어두워 왔다.

지축이 흔들리는 것 같은 동요와 소음이 가까워졌다. 군중들의 환호
_{대지의 중심}
성이 터져 나왔다. 만세 소리가 연방 계속되었다.

세상 형편을 알아보려고 거리에 나갔던 아내가 돌아왔다.

"여보, 당꾸 부대가 들어왔어요. 거리는 온통 사람들 사태가 났는데
_{'탱크'의 일본식 발음}
집 안에 처박혀 뭘 하구 있어요……."

"뭘 하기는?"

"나가 보아요. 마우재가 들어왔어요……."
_{'러시아 인'의 함경도 방언}
어둠 속에서 아내의 음성은 격했으나 감격인지 당황인지 알 길이 없
었다.

'계집이란 저렇게 우둔하고도 대담한 것일까……'
_{어리석고 둔하고도}
이인국 박사는 엷은 어둠 속에서 마누라 쪽을 주시하면서 입맛을 다
셨다.

"불두 여태 안 켜구."

마누라가 전등 스위치를 틀었다. 이인국 박사는 백 촉 전등의 너무
환한 것이 못마땅했다.

"불은 왜 켜는 거요?"

"그럼 켜지 않구, 캄캄한데……. 자, 어서 나가 봅시다."

마누라의 이끄는 데 따라 이인국 박사는 마지못하면서 시침을 떼고 따라나섰다.

▶ 아내를 따라 소련 탱크 부대를 구경감.

헤드라이트의 눈부신 광선. 탱크 부대의 진주는 끝을 알 수 없이 계속되고 있었다.

군대가 쳐들어가거나 파견되어 가서 주둔함.

이인국 박사는 부신 불빛을 피하면서 가로수에 기대어 섰다. 박수와 환호성, 만세 소리가 그칠 줄 모르는 양안을 끼고 탱크는 물밀 듯 서서히 흘러간다. 위 뚜껑을 열고 반신을 내민 중대가리의 병정은 간간이

강이나 하천 따위의 양쪽 기슭

"우라아."하면서 손을 내흔들고 있다.

러시아 어로 '만세' 라는 뜻임.

이인국 박사는 자기와는 아무 관련도 없는 이방 부대라는 환각을 느끼면서 박수도 환성도 안 나가는 멋쩍은 속에서 멍하니 쳐다보고만 있

풍속이나 습관 따위가 다른 지방

다. 그는 자기의 거동을 주시하지나 않나 해서 주위를 두리번거렸다.

과거 친일 행각이 드러날까 두려워함.

그러나 아무도 그에게는 관심을 두는 일 없이 탱크를 향하여 목청이 터지도록 거듭 만세만 부르고 있지 않은가.

'어떻게 되겠지…….'

그는 밑도 끝도 없는 한마디를 뇌면서 유유히 집으로 들어왔다.

▶ 세상이 바뀌자 자신의 과거가 문제 될까봐 두려워함.

민요 뒤에 계속되던 행진곡이 그치고 주둔군 사령관의 포고문이 방송되고 있다.

이인국 박사는 라디오 앞에 다가앉아 귀를 기울였다.

시민의 생명·재산은 절대 보장한다. 각자는 안심하고 자기의 직장을 수호하라, 총기·일본도 등 일체의 무기 소지는 금하니 즉시 반납하

라는 등의 요지였다.

그는 문득 단스 속에 넣어 둔 엽총에 생각이 미치었다. 그러면 저것
도 바쳐야 하는 것일까. 영국제 쌍발, 손때 묻은 애완물같이 느껴져 누
구에게 단 한 번 빌려 주지 않았던 최신형 특제품이다.

이인국 박사는 다이얼을 돌렸다. 대체 서울에서는 어떻게들 하고 있
는 것일까.

거기도 마찬가지다. 민요가 아니면 행진곡이 나오고 그러다가는 건
국 준비 위원회 누구인가의 연설이 계속된다.

대체 앞으로 어떻게 될 것인가 궁금증을 해결할 방법이 없다.

해방 직후 이삼일 동안은 자기도 태연하였지만 뻔질나게 드나들던
몇몇 친구들도 소련군 입성이 보도된 이후부터는 거의 나타나질 않는
다. 그렇다고 자기 자신이 뛰어다니며 물을 경황은 더욱 없다.

정신적·시간적인 여유나 형편   ▶ 해방 후의 혼란한 상황

밤이 이슥해서야 중학교와 국민학교를 다니는 아들딸이 굉장한 구경
이나 한 것처럼 탱크와 로스케의 이야기를 늘어놓으며 돌아왔다.

러시아 사람을 낮잡아 이르는 말

그들은 아버지의 심중은 아랑곳없다는 듯이 어머니, 혜숙이와 함께
저희들 이야기에만 꽃을 피우고 있었다.

이인국 박사는 슬그머니 일어나 이 층으로 올라와 다다미방에서 혼
자 뒹굴었다.

앞일은 대체 어떻게 전개될 것인지, 뛰어넘을 수가 없는 큰 바다가
가로놓인 것만 같았다. 풀어낼 수 있는 실마리가 전연 더듬어지지 않는
뒤헝클어진 상념 속에서 그래도 이인국 박사는 꺼지려는 짚불을 불어

마음속에 품고 있는 여러 가지 생각

일으키는 심정으로 막연한 한 가닥의 기대만을 끝내 포기하지 않은 채 천장을 멍청히 쳐다보고만 있었다.

지난 일에 대한 뉘우침이나 가책 같은 건 아예 있을 수 없었다.
자기나 남의 잘못에 대하여 꾸짖어 책망함.　　▶ 불안감을 느끼는 이인국 박사

자동차 속에서 이인국 박사는 들고 나온 석간을 펼쳤다.

1면의 제목을 대강 훑고 난 그는 신문을 뒤집어 꺾어 3면으로 눈을 옮겼다.

"북한 소련 유학생 서독으로 탈출."

바둑돌 같은 굵은 활자의 제목, 왼편 전단을 차지한 외신 기사. 손바닥만 한 사진까지 곁들여 있다.

그는 코허리에 내려온 안경을 올리면서 눈을 부릅떴다.

그의 시각은 활자 속을 헤치고, 머릿속에는 아들의 환상이 뒤엉켜 들이차 왔다. 아들을 모스크바로 유학시킨 것은 자기의 억지에서였던 것만 같았다.　　▶ 차 안에서 러시아에 유학 간 아들을 떠올림.

출신 계급, 성분, 어디 하나나 부합될 조건이 있었단 말인가. 고급 중학을 졸업하고 의과 대학에 입학된 바로 그해다.

이인국 박사는 그때나 지금이나 자기의 처세 방법에 대하여 절대적인 자신을 가지고 있다.

"얘, 너 그 노어 공부를 열심히 해라."
러시아 어

"왜요?"

아들은 갑자기 튀어나오는 아버지의 말에 의아를 느끼면서 반문했다.

"야, 원식아, 별수 없다. 『왜정 때는 그래도 일본 말이 출세를 하게 했

『 』: 아들에게 노어 공부를 열심히 하라는 이유 – 처세를 위해

고 이제는 노어가 또 판을 치지 않니.』 고기가 물을 떠나서 살 수 없는

바에야 그 물속에서 살 방도를 궁리해야지. 아무튼 그 노서아 말 꾸

러시아

준히 해라."

아들은 아버지 말에 새삼스러이 자극을 받는 것 같진 않았다.

"내 나이로도 이제 이만큼 뜨내기 회화쯤은 할 수 있는데, 새파란 너

희 나쎄로야 그걸 못하겠니?"

그만한 나이를 속되게 이르는 말

"염려 마세요, 아버지……."

아들의 대답이 그에게는 믿음직스럽게 여겨졌다.

이인국 박사는 심각한 표정으로 말을 이었다.

『"어디 코 큰 놈이라구 별것이었니, 말 잘해서 진정이 통하기만 하면

『 』: 외국어를 공부하는 이유 – 처세의 수단

그것들두 다 그렇지……."』

▶ 외국어를 처세의 수단으로 삼음.

이인국 박사는 끝내 스텐코프 소좌의 배경으로 요직에 있는 당 간부

소령   중요한 직책이나 직위

의 추천을 받아 아들의 소련 유학을 결정짓고야 말았다.

"여보, 보통으로 삽시다. 거저 표나지 않게 사는 것이 이런 세상에선

가장 편안할 것 같아요. 이제 겨우 죽을 고비를 면했는데 또 재까지

그 '높이 드는' 복판에 휘몰아 넣으면 어쩔라구……."

"가만있어요, 호랑이두 굴에 가야 잡는 법이요, 무슨 세상이 되던 할

대로 해 봅시다."

"그래도 저 어린 것을 어떻게 노서아까지 보낸단 말이오."

"아니, 중학교 애들도 가지 못해 골들을 싸매는데 대학생이 못 가 견

딜라구."

"그래도 어디 앞일을 알겠소⋯⋯."

"괜한 소리, 쟤가 소련 바람을 쏘이구 와야 내게 허튼소리 하는 놈들도 찍소리를 못할 거요. 어디 보란 듯이 다시 한 번 살아 봅시다."

아들의 출발을 앞두고 걱정하는 마누라를 우격다짐으로 무마시키고 그는 아들의 유학을 관철하였다.

'흥, 혁명 유가족두 가기 힘든 구멍을 친일파 이인국의 아들이 뚫었으니 어디 두구 보자⋯⋯.'
<small>어려움을 뚫고 목적을 기어이 이루었다.</small>
<small>러시아 유학</small>

그는 만장의 기염을 토하며 혼자 중얼거리고는 희망에 찬 미소를 풍겼다.
<small>아주 높거나 대단함.</small>

그다음 해에 사변이 터졌다.
<small>한국 전쟁</small>

잘 있노라는 서신이 계속하여 왔지만 동란 후 후퇴할 때까지 소식은 두절된 대로였다.
<small>교통이나 통신 따위가 막히거나 끊어진</small>

마누라의 죽음은 외아들을 사지로 보낸 것 같은 수심에도 그 원인이 있었다고 그는 생각하고 있다.
<small>죽을 지경의 매우 위험하고 위태로운 곳</small> <small>매우 근심함. 또는 그런 마음</small>
▶ 아내의 반대에도 아들을 러시아로 유학 보냄.

이인국 박사는 신문 타치키리 속에 채워진 글자를 하나도 빼지 않고 다 훑어 내려갔다.

그러나 아들의 이름에 연관되는 사연은 한마디도 없었다.

'이 자식은 무얼 꾸물꾸물하느라고 이런 축에도 끼지 못한담⋯⋯. 사태를 판별하고 임기응변의 선수를 쓸 줄 알아야지, 멍추같이⋯⋯.'

그는 신문을 포개어 되는대로 말아 쥐었다.

'개천에서 용마가 난다는데 이건 제 애비만도 못한 자식이야……'

그는 혀를 찍찍 갈겼다.

'어쩌면 가족이 월남한 것조차 모르고 주저하고 있는 것이나 아닐까.
아니, 이제는 그쪽에도 소식이 가서 제게도 무언중의 압력이 퍼져 갈 터
인데……. 역시 고지식한 놈이 아무래도 모자라……'
<small>말이 없는 가운데</small>

그는 자동차에서 내리자 건 가래침을 내뱉었다.

'독또오루 리, 내가 책임지고 보장하겠소. 아들을 우리 조국 소련에
<small>'닥터'의 러시아식 발음</small>
유학시키시오.'

스텐코프의 목소리가 고막에 와 부딪는 것만 같았다.
<small>▶ 월남 후 러시아에 있는 아들을 걱정함.</small>

자위대가 치안대로 바뀐 다음 날이다. 이인국 박사는 치안대에 연행
<small>일본에게서 해방된</small>
되었다.

시멘트 바닥에 무릎을 꿇고 앉은 그는 입술이 파랗게 질려 있었다.
하반신이 저려 오고 옆구리가 쑤신다. 이것만으로도 자기의 생애를 통
한 가장 큰 고역이라고 그는 생각하고 있다. 그러나 그것보다는 『앞으
<small>몹시 힘들고 고되어 견디기 어려운 일</small>
로 닥쳐올 예기할 수 없는 사태가 공포 속에 그를 휘몰았다.』
<small>『 』: 이인국 박사의 불투명한 미래</small>
지나가고 지나오는 구둣발 소리와 목덜미에 퍼부어지는 욕설을 들으
면서 꺾이듯이 축 늘어진 그의 머리는 들릴 줄을 몰랐다.

시간만이 흘러가고 있었다.

그의 머릿속에는 짓눌렸던 생각들이 하나씩 꼬리를 치켜들기 시작했
<small>다시 떠오르기 시작했다.</small>
다.

'이럴 줄 알았더면 어디든지 가 숨거나, 진작으로 남으로라도 도피했을걸……. 그러나 이 판국에 나를 감싸 줄 사람이 어디 있담. 의지할 만한 곳은 다 나와 같은 코스를 밟았거나 조만간에 밟을 사람들이 아닌가.
_{친일 행위를 했던 사람들}
일본인! 가장 믿었던 성벽이 다 무너지고 난 지금 누구를…….'
_{이인국 박사가 친일파였음을 알 수 있음.}

'그래도 어떻게 되겠지…….'

이 막연한 기대는 절박한 이 순간에도 그에게서 완전히 떠나 버리지는 않았다.

'다행이다. 인민재판의 첫코에 걸리지 않은 것만 해도. 끌려간 사람들의 행방은 전연 알 길이 없다. 즉결 처형을 당하였다는 소문도 떠돈
_{그 자리에서 곧 결정함.}
다, 사흘의 여유만 더 있었더라면 나는 이미 이곳을 떴을는지도 모른다. 다 운명이다. 아니, 그래도 무슨 수가 있겠지…….'
_{일본 사람을 낮잡아 이르는 말}   ▶ 친일 행위를 한 이인국 박사의 불투명한 미래

"쪽발이 끄나풀, 야 이 새끼야."
_{남의 앞잡이 노릇을 하는 사람을 낮잡아 이르는 말}
고함 소리에 놀라 이인국 박사는 흠칫 머리를 들었다.

때도 묻지 않는 일본 병사 군복에 완장을 찬 젊은이가 쏘아보고 있다. 춘석이다.
_{이인국 박사가 가난한 사상범이라서 치료해 주지 않았던 환자}
이인국 박사는 다시 쳐다볼 힘도 없었다. 모든 사태는 짐작되었다.

이제는 죽는구나, 그는 입속으로 뇌까렸다.
_{아무렇게나 되는대로 마구 지껄이다.}
"왜놈의 밑바시, 이 개새끼야."

일본 군용화가 그의 옆구리를 들이찬다.

"이 새끼, 어디 죽어 봐라."

구둣발은 앞뒤를 가리지 않고 전신을 내지른다.
_{온몸}

등골 척수에 다급한 충격을 받자 이인국 박사는 비명을 지르고 꼬꾸라졌다.

그는 현기증을 일으켰다. 어깻죽지를 끌어 바로 앉혀도 몸을 가누지 못하고 한쪽으로 쓰러졌다.

"민족과 조국을 팔아먹은 이 개돼지 같은 놈아, 너는 총살이야, 총
적극적으로 친일을 한 이인국 박사를 의미함.
살……."

어렴풋이 꿈속에서처럼 들려왔다. 그러나 그에게는 그 말도 아무런 반향을 일으키지 못했다.   ▶ 치안대에 연행된 후 춘석을 만난 이인국 박사
어떤 사건이나 발표 따위가 세상에 영향을 미치어 일어나는 반응
시간이 얼마나 흘렀을까, 자기 앞자락에서 부스럭거리는 감촉과 금속성의 부닥거리는 소리를 듣고 어렴풋이 정신을 차렸다.

노란 털이 엉성한 손목이 시곗줄을 끄르고 있다. 그는 반사적으로 앞자락의 시계 주머니를 부둥켜 쥐면서 손의 임자를 힐끔 쳐다보았다. 눈
회중시계를 지키려는 의지
동자가 파란 중대가리 소년 병사가 시곗줄을 거머쥔 채 이빨을 드러내고 히죽이 웃고 있다.

그는 두 손으로 있는 힘을 다해 양복 안주머니를 감싸 쥐었다.

"흥……. 야폰스키……."
'일본인'이라는 뜻의 러시아 어
병사의 눈동자는 점점 노기를 띠어 갔다.

"아니, 이것만은!"

그들의 대화는 서로 통하지 않는 대로 손아귀와 눈동자의 대결은 그대로 지속되고 있다.

병사는 됫박만 한 손으로 이인국 박사의 손을 뿌리치면서 시계를 채

어 냈다. 시곗줄은 끊어져 고리가 달린 끝머리가 이인국 박사의 손가락 끝에서 달랑거렸다.

병사는 밖으로 나가 버렸다.

'죽음과 시계……'

이인국 박사는 토막 난 푸념을 되풀이하고 있다.
마음속에 품은 불평을 늘어놓는 말

양쪽 팔목에 팔뚝시계를 둘씩이나 차고도 또 만족이 안 가 자기의 회중시계까지 앗아 가는 그 병정의 모습을 머릿속에 똑똑히 되새겨 갈 뿐이다.

▶ 회중시계를 빼앗긴 이인국 박사

전개 이인국 박사가 적극적인 친일 행위로 인해 광복 후 치안대에 연행됨.

중략 부분 줄거리 감옥에 갇힌 이인국 박사는 그 속에서 살아남기 위해 러시아어 공부를 하기 시작한다. 감옥에 급성 전염병이 돌기 시작하고 이인국 박사는 응급 치료실에서 환자를 치료하게 된다.

죽어 넘어진 송장이 개 치우듯 꾸려져 나가는 것을 보고 이인국 박사는 꼭 자기 일같이만 느껴졌다.
함부로 다뤄짐.

"의사, 이것은 나의 천직이다."
의사가 처세를 위한 최고의 직업이라고 생각함.

그는 몇 번이고 감격에 차 중얼거렸다. 그는 있는 힘을 다해 자기 담당의 환자를 치료했다. 이러한 일은 그의 실력이 혹부리 고문관의 유다른 관심을 끌게 한 계기를 만들어 주었다.
스텐코프

사상범을 옥사시킨 경우는 책임자에게 큰 문책이 온다는 것을 훨씬
감옥살이를 하다가 감옥에서 죽음.   잘못을 캐묻고 꾸짖음.

후에야 그가 안 일이다.

소련 군의관에게 기술이 인정된 이인국 박사는 계속 병원에 근무하

게 되었다. 그러나 죄상 처벌의 결말에 대하여는 알 길이 없었다.

그는 이 절호의 기회를 최대한으로 활용하고 싶었다. 이제는 죽어도 한이 없을 것만 같았다.

이렇게 하여 보이지 않는 구속에서까지 완전히 벗어날 수는 없을까.

그는 환자의 치료를 하면서도 늘 스텐코프의 왼쪽 뺨에 붙은 오리 알
<small>위기에서 벗어날 수 있는 기회</small>
만한 혹을 생각하고 있었다.

불구하면 불구로 볼 수 있는 그 혹은 가지고 고급 장교에까지 승진했
다는 것은 소위 말하는 당성이 강하거나 그렇지 않으면 전공이 특별했
<small>당원이 자신이 속한 당의 이익을 위하여 거의 무조건 가지는 충실한 마음과 행동   전투에서 세운 공로</small>
음에 틀림없다는 생각이 들었다.

그것 하나만 물고 늘어지면 무엇인가 완전히 살아날 틈새기가 생길
<small>틈의 아주 좁은 부분</small>
것만 같았다.

이인국 박사의 뜨내기 노어도 가끔 순시하는 스텐코프와 인사말을
<small>돌아다니며 사정을 보살피는</small>
주고받을 수 있을 정도로 진전되었다.

이 안에서의 모든 독서는 금지되었지만 노어 교본과 당사만은 허용
<small>교과서   정당의 역사</small>
되었다.

이인국 박사는 마치 생명의 열쇠나 되는 듯이 초보 노어책을 거의 암
송하다 시피 했다.   ▶ 감옥에서 나갈 기회를 잡기 위해 노력하는 이인국 박사

크리스마스를 전후하여 장교들의 주연이 베풀어지는 기회가 거듭되
<small>술잔치</small>
었다.

얼근히 주기를 띤 스텐코프가 순시를 돌았다.
<small>술기운</small>
이인국 박사는 오늘의 이 기회를 놓치지 않겠다고 마음먹었다.

수일 전 소군 장교 한 사람이 급성 맹장염이 터져 복막염으로 번졌다.

그 환자의 실을 뽑는 옆에 온 스텐코프에게 이인국 박사는 말 절반 손

짓을 절반으로 혹을 수술하겠다는 의사를 표명했다.

의사나 태도를 분명하게 드러내다.

스텐코프는 "하라쇼"를 연발했다.

'아주 좋다'라는 뜻의 러시아 어

그 후 몇 번 통역을 사이에 두고 수술 계획에 대한 자세한 의사를 진

술할 기회가 생겼다.

이인국 박사는 일본인 시장의 혹을 수술하던 일을 회상하면서 자신

있는 설복을 했다.

알아듣도록 말하여 수긍하게 함.

『'동경 경응 대학 병원에서도 못 하겠다는 것을 내가 거뜬히 해치우

『 』: 의술에 대한 이인국 박사의 자부심

지 않았던가.'』

그는 혼자 머릿속에서 자문자답하면서 이번 일에 도박 같은 심정으

로 생명을 걸었다. ▶ 스텐코프에게 혹 제거 수술 계획을 말하는 이인국 박사

소련 군의관을 입회시키고 몇 차례의 예비 진단이 치러졌다.

현장에 함께 참석하여 지켜보게 하고

수술일은 왔다.

이인국 박사는 손에 익은 자기 병원의 의료 기재를 전부 운반하여 오

기구와 재료를 아울러 이르는 말

게 했다.

군의관 세 사람이 보조하기로 했지만 집도는 이인국 박사 자신이 했

다. 야전 병원의 젊은 군의관들이란 그에게 있어선 한갓 풋내기로 밖에

보이지 않았다.

그는 수술을 진행하는 동안 그들 군의관들을 자기 집 조수 부리듯 했

다. 집도 이후의 수술대는 완전히 자기 전단하의 왕국이라고 생각되었다.

혼자 마음대로 결정하고 단행함.

그러나 아까 수술 직전에 사인한, 『실패되는 경우에는 총살에 처한다

<small>『 』: 위기감을 조성함.</small>

는 서약서가 통일된 정신을 순간순간 흐려 놓곤 했다.』

수술대에 누운 스텐코프의 침착하면서도 긴장에 찼던 얼굴, 그것도

전신 마취가 끝난 후 삼 분이 못 갔다.

간호부는 가제로 이인국 박사의 이마에 내맺힌 땀방울을 연방 찍어

<small>거즈</small>

내고 있다.

기구가 부딪는 금속성과 서로의 숨소리만이 고촉의 반사들이 내리비

치는 방 안의 질식할 것 같은 침묵을 헤살 짓고 있다.

<small>긴장된 분위기의 수술실　　　　　　물 따위를 젓거나 하여 흩뜨림. 또는 그런 짓</small>

수술은 예상 이상의 단시간으로 끝났다.

<small>수술이 성공했음을 암시함.</small>

위생복을 벗은 이인국 박사의 전신은 땀으로 흠뻑 젖었다.

▶ 긴장감 속에서 수술을 마친 이인국 박사

완치되어 퇴원하는 날 스텐코프는 이인국 박사의 손을 부서져라 쥐

면서 외쳤다.

<small>'고맙다.' 라는 뜻의 러시아 어</small>

"꺼삐딴 리, 스바씨보."

<small>'captain'에 해당하는 러시아 어</small>

이인국 박사는 입을 헤벌리고 웃기만 했다. 마음의 감옥에서 해방된

것만 같았다.

"아진, 아진……. 오첸 하라쇼."

<small>'하나' 라는 뜻의 러시아 어　　'참으로 좋다.' 라는 뜻의 러시아 어</small>

스텐코프는 엄지손가락을 높이 들면서 네가 첫째라는 듯이 이인국

박사의 어깨를 치며 찬양했다.

다음 날 스텐코프는 이인국 박사를 자기 방으로 불렀다.

『그가 이인국 박사에게 스스로 손을 내밀어 예절적인 악수를 청한 것

<small>『 』: 이인국 박사에 대한 스텐코프 장교의 태도 변화</small>

은 이것이 처음이다.』

　'적과 적이 맞부딪치면서 이렇게 백팔십도로 전환될 수가 있을까.

　『노랑대가리도 역시 본심에서는 하나의 인간임에는 틀림없는 것이
　　『 』: 사람은 자기에게 도움이나 이익이 되는 사람을 좋아함, 인지상정(人之常情)
아닌가.』

　"내일부터는 집에서 통근해도 좋소."
　　　　　　이인국 박사의 석방
　이인국 박사는 막혔던 둑이 터지는 것 같은 큰 숨을 삼켜 가면서 내쉬

었다.

　이번에는 이인국 박사가 스텐코프의 손을 잡았다.

　"스바씨보, 스바씨보."

　"혹 나한테 무슨 부탁이 없소?"

　이인국 박사는 문득 시계가 머리에 떠올랐다.
　　　　　　이인국 박사의 자존심인 회중시계
　그러면서도 곧이어 이 마당에 그런 이야기를 꺼낸다는 것은 오히려

꾀죄죄하게 보이지 않을까 하는 생각이 뒤따랐다. 그러나 아무래도 그

미련이 가셔지지 않았다.
시계를 되찾고 싶은 마음
　이인국 박사는 비록 찾지 못하는 경우가 있더라도 솔직히 심중을 털

어놓으리라고 마음먹었다.

　그는 통역의 보조를 받아 가며 시간과 장소를 정확히 회상하면서 시

계를 약탈당한 경위를 상세히 설명했다.

　스텐코프는 혹이 붙었던 뺨을 쓰다듬으면서 긴장된 모습으로 듣고

있었다.

　"염려 없소, 독또오루 리. 위대한 붉은 군대가 그럴 리가 없소. 만약

있었다 하더라도 그것은 무슨 착각이었을 것이오. 내가 책임지고 찾

도록 하겠소."

스텐코프의 얼굴에 결의를 띤 심각한 표정이 스쳐 가는 것을 이인국

박사는 똑바로 쳐다보았다.
　　뜻을 정하여 굳게 마음을 먹음.

'공연한 말을 끄집어내어 일껏 잘되어 가는 일에 부스럼을 만드는 것
　　　　　　　　　　　모처럼 애써서
은 아닐까.'

그는 솟구치는 불안과 후회를 짓눌렀다.

"안심하시오, 독또오루 리, 하하하."

스텐코프는 큰 웃음으로 넌지시 말끝을 막았다.

이인국 박사는 죽음의 직전에서 풀려나 집으로 향했다.
　　　　　　　　처세술에 성공한 이인국 박사
어느 사이에 저렇게 노어로 의사 표시를 할 수 있게 되었느냐고 스텐

코프가 감탄하더라는 통역의 말을 되뇌면서……
　　　　　　　　　　　▶ 스텐코프에게 회중시계를 찾고 싶다고 말하는 이인국 박사
　　　　　　　　위기 이인국 박사가 스텐코프의 혹 제거 수술을 성공하고 감옥에서 풀려남.

차가 브라운 씨의 관사 앞에 닿았다.
　　　　　　관청에서 관리에게 빌려 주어 살도록 지은 집
성조기를 보면서 이인국 박사는 그날의 적기와 돌려 온 시계를 생각
　미국의 국기
하고 있었다.

응접실에 안내된 이인국 박사는 주인이 나오기를 기다리면서 방안을

둘러보았다. 대사관으로는 여러 번 찾아갔지만 집으로 찾아온 것은 이

번이 처음이다.

삼 년 전 딸이 미국으로 갈 때부터 신세 진 사람이다.
　　　　　　　　　브라운 씨와 친분이 있음을 의미함.
벽 쪽 책꽂이에는 "이조실록", "대동야승" 등 한적이 빼곡히 차 있고
　　　　　　　　　　　　　　　　　　　　　한문으로 쓴 책

한쪽에는 고서의 질책이 가지런히 쌓여져 있다.
_{여러 권으로 한 벌을 이루는 책}

맞은편 책장 위에는 작은 금동 불상 곁에 몇 개의 골동품이 진열되어

있다. 십이 폭 예서 병풍 탁자 위에 놓인 재떨이도 세월의 때 묻은 백자

기다.

『저것들도 다 누군가가 가져다준 것이 아닐까 하는 데 생각이 미치자
_{「 」: 지배층이 자신의 이익을 위해 국보급 유물을 외국인에게 선물함.}
이인국 박사는 얼굴이 화끈해졌다.』

그는 자기가 들고 온 상감 진사 고려청자 화병에 눈길을 돌렸다. 사

실 그것을 내놓는 데는 얼마간의 아쉬움이 없지 않았다. 『국외로 내어

보낸다는 자책감 같은 것은 아예 생각해 본 일이 없는 그였다.』
_{「 」: 애국심 따위는 없는 이인국 박사}

차라리 이인국 박사에게는, 저렇게 많으니 무엇이 그리 소중하고 달

갑게 여겨지겠느냐는 망설임이 더 앞섰다.

브라운 씨가 나오자 이인국 박사는 웃으며 선물을 내어놓았다. 포장

을 풀고 난 브라운 씨는 『만면에 미소를 띠며 기쁨을 참지 못하는 듯
_{「 」: 선물에 대한 만족감}
"생큐"를 거듭 부르짖었다.』

"참 이거 귀중한 것입니다."

"뭐 대단한 것이 아닙니다만 그저 제 성의입니다."

이인국 박사는 안도감에 잇닿은 만족을 느끼면서 브라운 씨의 기쁨

에 맞장구를 쳤다. ▶ 브라운 씨에게 고려청자를 선물하는 이인국 박사

브라운 씨가 영어 반 한국말을 반으로 섞어 하는 이야기를 들으면서

이인국 박사는 흐뭇한 기분에 젖었다.

"닥터 리는 영어를 어디서 배웠습니까?"

"일제 시대에 일본 말 식으로 배웠지요. 예를 들면 '잣도 이즈 아캣도' 식으루."

『"그런데 지금 발음은 좋은데요. 문법이 아주 정확한 스탠더드 잉글리시입니다."』
「　」: 이인국 박사의 영어 발음에 대한 브라운 씨의 칭찬

그는 이 말을 들을 때 문득 스텐코프의 말이 연상됐다. 그러고 보면
노어로 의사 표현을 잘한다는 칭찬
영국에 조상을 가진다는 브라운 씨는 아르(R) 발음을 그렇게 나타내지 않는 것 같게 여겨졌다.

"얼마 전부터 개인 교수를 받고 있습니다."

"아, 그렇습니까?"

이인국 박사는 자기의 어학적 재질에 은근히 자긍을 느꼈다.
스스로에게 긍지를 가짐.　　　이인국 박사의 출세를 위한 수단
브라운 씨가 부엌 쪽으로 갔다 오더니 양주 몇 병이 놓인 쟁반이 따라 나왔다.

"아무거라도 마음에 드는 것으로 하십시오."

『이인국 박사는 보드카 한 잔을 신통한 안주도 없이 억지로라도 단숨
「　」: 과거 스텐코프처럼 브라운이 자신의 성공에 도움이 될 인물임.
에 들이켜야 속 시원해하던 스텐코프를 브라운 씨 얼굴에 겹쳐 보고 있
다.』
　　　　　　　　　　　　▶ 자신의 어학적 재질에 자긍을 느끼는 이인국 박사
　　　　　　　　　절정 이인국 박사가 월남한 후 영어를 배우고 친미파가 됨.
그는 혈압 때문에 술을 조절해야 하는 자기 체질에 알맞게 스카치 잔
을 핥듯이 조금씩 목을 축이면서 브라운 씨의 이야기를 기다렸다.

『"그거 국무성에서 통지 왔습니다."』
「　」: 이인국 박사의 미국행이 승인됨.
이인국 박사는 뛸 듯이 기뻤으나 솟구치는 흥분을 억제하면서 천천
히 손을 내밀어 악수를 청했다.

"생큐, 생큐."

어쩌면 이것은 수술 후의 스텐코프가 자기에게 하던 방식 그대로인지도 모른다는 생각이 들었다.

이인국 박사는 지성이면 감천이라고, 나의 처세법은 유에스에이에도 통하는구나 하는 기고만장한 기분이었다.

권력자에게 아부하며 자신의 이익을 위해 살아옴.

일이 뜻대로 잘될 때, 우쭐하여 뽐내는 기세가 대단한

청자병을 몇 번이고 쓰다듬으면서 술잔을 거듭하는 브라운 씨도 몹시 즐거운 표정이었다.

"미국에 가서의 모든 일도 잘 부탁합니다."

"네, 염려 마십시오. 떠나실 때 소개장을 써 드리지요."

"감사합니다."

"역사는 짧지만, 미국은 지상의 낙토입니다. 양국의 우호와 친선에 도움이 되기를 바랍니다."

늘 즐겁고 행복하게 살 수 있는 좋은 땅

"생큐……."   ▶ 이인국 박사의 미국행이 승인되었음을 알려 주는 브라운 씨

다음 날 휴전선 지대로 같이 수렵하러 가기로 약속하고 이인국 박사는 브라운 씨 대문을 나섰다.

사냥하러

이번 새로 장만한 영국제 쌍발 엽총의 짙푸른 총신을 머리에 그리면서 그의 몸은 날기라도 할 듯이 두둥실 가벼웠다. 『이인국 박사는 아까 수술한 환자의 경과가 궁금했으나 그것은 곧 씻겨 갔다.』

『 』: 자신의 직업에 대한 사명감이 없음.

그의 마음속에는 새로운 포부와 희망이 부풀어 올랐다.

신체검사는 이미 끝난 것이고 외무부 출국 수속도 국무성 통지만 오면 즉일 될 수 있게 담당 책임자에게 교섭이 되어 있지 않은가? 빠르면

바로 그날

일주일 내에 떠나게 될지도 모른다는 브라운 씨의 말이 떠올랐다.

『대학을 갓 나와 임상 경험도 신통치 않은 것들이 미국에만 갔다 오

『 』: 미국에 가려는 이유 – 의술을 발전시키기보다는 남들에게 과시하고 출세하기 위해

면 별이라도 딴 듯이 날치는 꼴이 눈꼴사나웠다.

'어디 나도 다녀오고 나면 보자!'』

문득 딸 나미와 아들 원식의 얼굴이 한꺼번에 망막으로 휘몰아 왔다.

그는 두 주먹을 불끈 쥐며 얼굴에 경련을 일으키듯이 긴장을 띠다가 어

색한 미소를 흘려보냈다.

『'흥, 그 사마귀 같은 일본 놈들 틈에서도 살았고 닥싸귀 같은 로스케

『 』: 기회주의자로 살아온 이인국 박사의 삶

속에서도 살아났는데, 양키라고 다를까……』『혁명이 일겠으면 일고,

미국 사람을 낮잡아 이르는 말

나라가 바뀌겠으면 바뀌고, 아직 이 이인국의 살 구멍은 막히지 않았다.

『 』: 이인국의 사고방식 제시 → 변절을 계속하는 기회주의자들에 대한 비판

나보다 얼마든지 날뛰던 놈들도 있는데, 나쯤이야……'』

그는 허공을 향하여 마음껏 소리치고 싶었다.

'그러면 위선 비행기 회사에 들러 형편이나 알아볼까……'

우선

이인국 박사는 캘리포니아 특산 시가를 비스듬히 문 채 지나가는 택

미국 문화를 따라하는 모습

시를 불러 세웠다.

가는 스프링이 튈 듯이 박스에 털썩 주저앉았다.

"반도 호텔로……."

『차창을 거쳐 보이는 맑은 가을 하늘이 이인국 박사에게는 더욱 푸르

『 』: 기회주의자 이인국 박사의 앞날을 희망차게 묘사하면서 당시의 세태를 비판함.

고 드높게만 느껴졌다.』   ▶ 미국에 갈 기대에 부푼 이인국 박사

결말 이인국 박사가 미 국무성의 통지를 받고 미국에 갈 기대에 부품.

　전광용(1919~1988) 소설가이자 국문학자로 함경남도 북청에서 태어났다. 1939년 "동아일보" 신춘문예에 '별나라 공주와 토끼'가, 1955년 "조선일보" 신춘문예에 '흑산도'가 당선되었다. 그의 작품은 상황을 사실적으로 제시하고, 인물을 통해 현실을 날카롭게 비판하는 것이 특징이다. 주요 작품으로는 '사수', '젊은 소용돌이', '나신', '태백산맥' 등이 있다.

● 작품 만나기

　'꺼삐딴 리'는 1962년 "사상계"에 발표된 단편 소설이다. 나라와 민족보다는 자신의 이익을 추구하는 기회주의자인 '이인국 박사'를 통해 당시 민족의 요구에 아랑곳하지 않고 변신을 거듭하여 군림해 온 사회 지도층의 이기적인 모습을 비판한다.

　이 소설은 역순행적 구성으로 이인국 박사의 삶을 현재에서 과거 '일제 강점기 → 광복 직후 → 한국 전쟁 직후'의 순서로 서술하고 있다.

● 핵심 만나기

갈래	단편 소설, 현대 소설, 풍자 소설
성격	풍자적, 비판적, 냉소적
배경	• 시간적: 일제 강점기~1950년대 • 공간적: 남한과 북한
시점	전지적 작가 시점
제재	기회주의자 이인국 박사의 삶
주제	쉽게 변절하는 기회주의자에 대한 비판
특징	• 역순행적 구성임. • 이인국 박사를 통해 기회주의자의 전형적인 모습을 보여 줌.

등장인물

이인국 박사	• 돈과 명예를 최고로 여기는 외과 의사 • 나라와 민족보다는 자신의 이익을 먼저 생각함. • 시대의 변화에 잘 적응하며 기회주의자로 살아감.
스텐코프	• 이인국 박사가 혹을 제거해 준 소련인 장교 • 이인국 박사의 출세를 도와줌.
브라운	• 미국 대사관에서 근무함. • 이인국 박사에게 고려청자를 받고 그의 미국행을 도와줌.

시대의 변화에 따른 '이인국 박사'의 삶

일제 강점기 친일파가 됨.	소련군 점령(북한) 친소파가 됨.	한국 전쟁 이후(남한) 친미파가 됨.
• 일본어만 사용함. • 아이들을 소학교부터 일본 학교에 보냄. • 주로 일본인 환자만 치료함.	• 소련어를 공부함. • 광복 후, 감옥에 가지만 스텐코프 장교의 혹 제거 수술에 성공하여 '꺼삐딴 리'로 불림.	• 영어를 공부함. • 미국 대사관 직원인 브라운 씨와 친밀한 관계임. • 출세를 위해 미국에 갈 예정임.

제목 '꺼삐딴 리'의 의미

'꺼삐딴'은 영어의 'Captain(우두머리)'에 해당하는 러시아 어로 '꺼삐딴 리'는 나라와 민족은 생각하지 않고, 자신의 이익만을 최고로 여기는 기회주의자 이인국 박사를 반어적으로 표현한 것이다.

● 이인국 박사에게 회중시계는 어떤 의미인지 써 보자.

● 책 이름(출판사)　　　　　　　　　● 지은이

● 줄거리 요약

　　 1·4 후퇴 때, 청진기가 든 손가방 하나를 들고 월남한 이인국 박사는 현재 도심의

　종합 병원 의사이다. 그의 병원은 항상 먼지 하나 없이 깨끗하지만,

● 인상 깊은 내용과 그 이유

● 읽고 난 후의 생각이나 느낌

✎ 이 소설의 제목인 '꺼삐딴 리'와 연관된 말을 생각하며 자유롭게 마인드맵을 그
　려 보자.

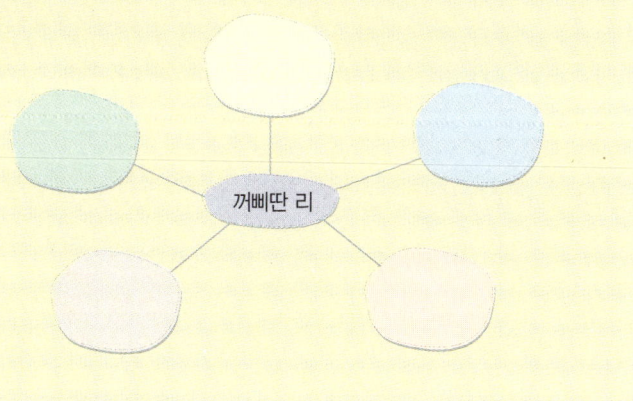

1. 이 소설에 대한 설명으로 알맞은 것은?

　　① 1인칭 주인공 시점의 소설이다.

　　② 시간의 흐름에 따라 이야기가 진행된다.

　　③ 한국 전쟁으로 인한 우리 민족의 비참한 삶을 그린다.

　　④ 기회주의적인 삶을 사는 사회 지도층의 모습을 비판한다.

　　⑤ 이인국 박사를 통해 바람직한 지식인의 모습을 보여 준다.

2. 이인국 박사에 대한 설명으로 알맞지 않은 것은?

　　① 돈과 명예를 최고로 여긴다.

　　② 딸 '나미'는 미국인과 국제결혼을 했다.

　　③ 스텐코프 소련 장교의 혹 제거 수술을 했다.

　　④ 일제 강점기에는 우리나라 사람만 치료했다.

　　⑤ 환자의 경제력을 보고 환자를 가려서 받았다.

3. 이 소설에서 과거 회상의 매개체이자 이인국 박사의 자존심을 의미하는 소재는 무엇인
　　지 쓰시오.

4. 이인국 박사에게 어학적 재질은 무엇을 의미하는지 쓰시오.

5. 이 소설에서 등장인물인 '스텐코프'와 '브라운'의 공통점은 무엇인지 쓰시오.

● 다음 뜻에 해당하는 단어를 풍선에서 찾아 빈칸에 써 보자.

(1) [   ] : 몹시 힘들고 고되어 견디기 어려운 일.

(2) [   ] : 짝이 되는 동무.

(3) [   ] : 일이 뜻대로 잘될 때, 우쭐하여 뽐내는 기세가 대단함.

(4) [   ] : 어떤 사건이나 발표 따위가 세상에 영향을 미치어 일어나는 반응.

(5) [   ] : 알아듣도록 말하여 수긍하게 함.

(6) [   ] : 의사나 태도를 분명하게 드러냄.

(7) [   ] : 대상이나 그림을 일정한 비율로 줄여서 원형보다 작게 그린 그림.

소음 공해

오정희

집에 돌아오자마자, 뜨거운 물로 샤워를 하고 실내복으로 갈아입었다. 목요일, 심신 장애자 시설에서 자원봉사자로 일하는 날은 몸이 젖은

'나'의 이미지 ① – 자원봉사를 하는 마음이 따뜻한 사람

솜처럼 무겁고 피곤하다. 그래도 뇌성 마비나 선천적 기능 장애로 사지가 뒤틀리고 정신마저 온전치 못한 아이들을 씻기고 함께 놀이를 하고 휠체어를 밀어 산책을 시키는 등 시중을 들다 보면, 나를 요구하는 곳에

서술자(1인칭 주인공 시점)

서 시간과 힘을 내어 일한다는 뿌듯함이 있다. 고등학생인 두 아들은 아

'나'의 이미지 ② – 중년의 여성

침에 도시락을 두 개씩 싸 들고 갔으니 밤 11시나 되어야 올 것이고, 남편은 3박 4일의 출장 중이니 날이 저물어도 서두를 일이 없었다. 더욱이 나는 한나절 심신이 지치게 일을 한 뒤라 당당히 휴식을 즐길 권리가 있다. 아이들이 올 때까지의 서너 시간은 오로지 내 시간인 것이다. 아이들은 머리가 커져 치마폭에 감기거나 귀찮게 치대는 일이 없이 "다녀

다 자라서

왔습니다." 한마디로 문 닫고 제 방에 들어앉게 마련이지만, 가족들이 집에 있을 때는 아무리 거실이나 방에 혼자 있어도 혼자 있다는 기분을 갖기 어려웠다. 『사방 문 열린 방에서 두 손 모아 쥐고 전전긍긍 24시간

『 』: '나'의 이미지 ③ – 가족에게 최선을 다함.   몹시 두려워서 벌벌 떨며 조심함.

대기하고 있는 형국이었다.』

▶ '나'에 대한 소개

어떤 일이 벌어진 형편이나 국면

거실 탁자의 갓등을 켜고 커피를 진하게 끓여 마시며 슈베르트의 아

르페지오네 소나타를 틀었다. 첼로의 감미로운 선율이 흐르고, 나는 어
'나'의 이미지 ④ - 교양 있는 사람
슴푸레하고 아득한 공간, 먼 옛날로 돌아가는 듯한 기분에 잠겨 들었다.

몽상과 시와 꿈과 불투명한 미래가 약간은 불안하게, 그러나 기대와 신
실현성이 없는 헛된 생각
비한 예감으로 존재하던 시절, 내가 이러한 모습으로 살아가리라는 것

은 상상할 수도 없었던 시절로……. 사람이 단돈 몇 푼 없는 것은 금세

알아도 본질적인 것을 잃어 가는 것에는 무감하다던가?
사랑, 이웃에 대한 관심 등   관심이나 감각이 없다던가
　　"드르륵드르륵". 눈을 감고 하염없이 소나타의 음률에 따라 흐르던
소음을 비유하는 말
나는 그 감미롭고 슬픔에 찬 흐름을 압도하며 끼어든 불청객에 사납게
보다 뛰어난 힘이나 재주로 남을 눌러 꼼짝 못하게 하며
눈을 치떴다. 무거운 수레를 끄는 듯 둔탁한 그 소리는 중년 여자의 부
소음을 비유하는 말
질없는 회한과 감상을 비웃듯 천장 위에서 쉼 없이 들려왔다. 십 분, 이
뉘우치고 한탄함.
십 분, 초침까지 헤아리며 천장을 노려보다가 나는 신경질적으로 전축

을 껐다. 그 사실적이고 무지한 소리에 피아노와 첼로의 멜로디는 이미
소음
소음에 지나지 않았다.　　　　　　　　　　　▶ '나'의 휴식을 방해하는 위층의 소음
발단 자원봉사 후에 집에 돌아와 휴식을 취하는데 위층의 소음이 들려옴.

　　하루 이틀의 일이 아니었다. 위층 주인이 바뀐 이래 한 달 전부터 나

는 그 정체 모를 소리에 밤낮 없이 시달려 왔다. 진공청소기 소리인가?

운동 기구를 들여 놓았나? 가내 공장을 차렸나? 식구들마다 온갖 추측

을 해 보았으나 도시 알 수 없는 일이었다.
도무지
　　"도깨비가 사나 봐요. 롤러스케이트를 타는 도깨비."

아들 녀석이 머리에 뿔을 만들어 보이며 처음에는 시시덕거렸으나,

자정 넘도록 들려오는 그 소리에 나중에는 짜증을 내기 시작했다. 좀체

남의 험구를 하지 않는 남편도

_{남의 흠을 들추어 헐뜯거나 험상궂은 욕을 함.}

"한 지붕 아래 함께 못 살 사람들이군."

하는 말로 공동생활의 기본적인 수칙을 모르는 이웃을 나무랐다.

▶ 위층의 소음에 시달리던 가족들의 반응

일주일을 참다가 나는 인터폰을 들었다. 인터폰으로 직접 위층을 부르거나 면대하지 않고 경비원을 통해 이쪽 의사를 전달하는 간접적인 방법을 택하는 것은 나로서는 자신의 품위와 상대방에 대한 예절을 지

'나'의 이미지 ⑤ – 품위와 예절을 중시함.

키기 위해서였던 것이다. 나는 자주 경비실에 전화를 걸어, 한밤중에 조심성 없이 화장실 물을 내리는 옆집이나 때 없이 두들겨 대는 피아노 소리, 자정 넘어까지 조명등 쳐들고 비디오 찍어 가며 고래고래 악을 써

_{혼인 때에, 신랑 집에서 신부 집에 보내는 함을 지고 가는 사람}

삼동네에 잠을 깨우는 함진아비의 행태 따위가 얼마나 교양 없고 몰상

_{양옆과 앞에 이웃하여 있는 가까운 동네}

식한 짓인가, 소음 공해와 공동생활의 수칙에 대해 주의를 줄 것을, 선

의의 피해자들을 대변해서 말하곤 했었다. ▶ 위층 소음에 대해 경비원에게 항의하는 '나'

_{전개} 계속되는 소음에 시달리다가 경비원을 통해 항의함.

위층의 소리는 멈추지 않았다. 드르륵거리는 소리에 머리털이 진저리를 치며 곤두서는 것 같았다. 철없고 상식 없는 요즘 젊은 엄마들이 아이들에게 집 안에서 자전거나 스케이트보드 따위를 타게도 한다는데, 아무래도 그런 것 같았다. 인터폰의 수화기를 들자, 경비원의 응답이 들렸다. 내 목소리를 알아채자마자 길게 말꼬리를 늘이며 지레 짚었

_{어떤 기회나 때가 무르익기 전에 미리}

다. 귀찮고 성가셔하는 표정이 눈앞에 역력히 떠올랐다.

"위층이 또 시끄럽습니까? 조용히 해 달라고 말씀드릴까요?"

▶ 경비원을 통해 다시 한 번 항의함.

잠시 후 인터폰이 울렸다.

"충분히 주의하고 있으니 염려 마시랍니다."

경비원의 전갈이었다. 염려 마시라고? 다분히 도전적인 저의가 느껴
<u>사람을 시켜 말을 전하거나 안부를 물음.</u>   <u>겉으로 드러나지 아니한, 속에 품은 생각</u>
지는 전언이었다. 게다가 드르륵드르륵 소리는 여전하지 않은가? 이젠

한판 싸워 보자는 얘긴가? 나는 인터폰을 들어 다짜고짜 909호를 바꿔

달라고 말했다. 신호음이 서너 차례 울린 후에야 신경질적인 젊은 여자

의 응답이 들렸다.

"아래층인데요. 댁이 그런 식으로 말할 건 없잖아요? 나도 참을 만큼

참았다고요. 공동 주택에는 지켜야 할 규칙들이 있잖아요. 난 그 소

리 때문에 병이 날 지경이에요."
                    <u>위층 여자가 장애인임을 암시 ①</u>

『"여보세요. 난 날아다니는 나비나 파리가 아니에요. 내 집에서 맘대
『 』: 조심하고 있는데도 계속 항의하자 위층 여자도 예민해져 있음.
로 움직이지도 못하나요? 해도 너무하시네요. 이틀거리로 전화를 해

대시니 저도 피가 마르는 것 같아요. 저더러 어쩌라는 거예요?"』

"하여튼 아래층 사람 고통도 생각하시고 주의해 주세요."
                              ▶ 위층 여자에게 인터폰으로 직접 항의하는 '나'
나는 거칠게 수화기를 내려놓았다.   위기 위층 여자에게 직접적으로 항의함.

"뻔뻔스럽긴. 이젠 순 배짱이잖아?"
<u>적반하장(賊反荷杖)</u>
소리 내어 욕설을 퍼부어도 화가 가라앉지 않았다. 그렇다고 언제까

지 경비원을 사이에 두고 '하랍신다', '하신다더라' 하며 신경전을 펼

수도 없는 일이었다. 화가 날수록 침착하고 부드럽게 처신해야 한다는

것은 나이가 가르친 지혜였다. 지난겨울 선물로 받은, 아직 쓰지 않은
<u>나이가 들면서 깨닫게 된</u>
실내용 슬리퍼에 생각이 미친 것은 스스로도 신통했다. 선물도 무기가

되는 법. 발소리를 죽이는 푹신한 슬리퍼를 선물함으로써 소리를 죽이
              <u>이웃에 대한 무관심을 상징하는 소재</u>
라는 메시지와 함께 소리 때문에 고통받는 내 심정을 간접적으로 나타

낼 수 있으리라. 사려 깊고 양식 있는 이웃으로서 공동생활의 규범에 대
_{뛰어난 식견이나 건전한 판단}
해 조곤조곤 타이르리라. ▶ 위층 여자에게 슬리퍼를 선물하며 타이르기로 마음먹음.

　위층으로 올라가 벨을 눌렀다. 안쪽에서 "누구세요?" 묻는 소리가 들
_{위층 여자가 장애인임을 암시 ②}
리고도 십 분 가까이 지나 문이 열렸다. '이웃사촌이라는데 아직 인사

도 없이…….' 등등 준비했던 인사말과 함께 포장한 슬리퍼를 내밀려던

나는 첫마디를 뗄 겨를도 없이 우두망찰했다. 『좁은 현관을 꽉 채우며
_{정신이 얼떨떨하여 어찌할 바를 모르는 모양　『 』: 극적 반전}
휠체어에 앉은 젊은 여자가 달갑잖은 표정으로 나를 올려다보았다.』
_{거리낌이나 불만이 있어 마음이 흡족하지 아니한}
"안 그래도 바퀴를 갈아 볼 작정이었어요. 소리가 좀 덜 나는 것으로

요. 어쨌든 죄송해요. 도와주는 아줌마가 지금 안 계셔서 차 대접할

형편도 안 되네요." ▶ 위층 여자의 몸이 불편하다는 사실을 알게 된 '나'
절정 슬리퍼를 선물하러 갔다가 위층 여자가 몸이 불편하다는 것을 알게 됨.
여자의 텅 빈, 허전한 하반신을 덮은 화사한 빛깔의 담요와 휠체어
_{소음의 정체(극적 반전 및 갈등 해소)}
에서 황급히 시선을 떼며 나는 할 말을 잃은 채 부끄러움으로 얼굴만 붉

히며 슬리퍼 든 손을 등 뒤로 감추었다.
_{이웃의 상황을 이해하지 못한 자신이 부끄러워서}
결말 소음이 휠체어 때문이었다는 것을 알고 부끄러워함.

● 작가 만나기

오정희(1947~) 여성 소설가로 서울 출생이다. 1968년 "중앙일보" 신춘문예에 단편 소설 '완구점 여인'이 당선되어 등단하였다. 자신의 본래 모습을 찾고 싶은 여성의 모습, 여성의 복잡한 심리 등을 다룬 작품을 주로 썼으며, 이상 문학상·동인 문학상 등 다수의 문학상을 수상하였다. 주요 작품으로는 소설 '유년의 뜰', '중국인 거리', '저녁의 게임', '옛 우물', '새' 등이 있다.

● 작품 만나기

'소음 공해'는 공동 주택에서 흔히 접하는 층간 소음을 통해 현대인의 삶의 자세를 생각해 보게 하는 단편 소설이다. 층간 소음으로 고통받는 교양 있는 중년 여성을 서술자로 내세워 이웃에게 무관심한 현대인의 태도를 비판하고 있다.

또한 교양 있게 이웃을 훈계하기 위해 주인공이 준비한 '슬리퍼'는 이웃에 대한 무관심을 단적으로 보여 주는 소재이며, 가까운 이웃의 형편을 몰랐던 자신을 부끄러워하는 '나'의 모습은 우리 모두의 모습이다.

● 핵심 만나기

갈래	단편 소설, 현대 소설
성격	고백적, 비판적, 교훈적
배경	• 시간적: 현대 • 공간적: 도시의 아파트
시점	1인칭 주인공 시점
제재	위층의 소음
주제	이웃에 무관심한 현대인의 삶에 대한 비판
특징	• 결말의 반전을 통해 극적 효과를 주고 주제를 강조함. • 1인칭 주인공 시점을 사용하여 인물의 심리 변화를 잘 표현함.

⊛ 등장인물

나(서술자)	• 장애인 시설에서 자원봉사를 하는 마음이 따뜻한 사람 • 평범한 가정주부로 가족을 위해 최선을 다함. • 교양과 품격을 중요하게 여김.
위층 여자	• 하반신이 불편한 장애인 • 휠체어 소음에 대한 아래층의 항의로 인해 예민한 모습을 보임.

⊛ 주요 소재인 '슬리퍼'와 '휠체어'의 의미

슬리퍼	휠체어
• '나'의 교양을 나타내 줌. • 소음을 줄여 달라는 의미를 간접적으로 전달하는 수단임. • 이웃에 대한 무관심을 상징함.	• 소음의 원인이 됨. • 위층 여자의 처지를 드러내 줌. • '나'와 위층 여자의 갈등을 해소해 주는 역할을 함.

⊛ 결말 부분의 극적 반전

'나'는 매주 심신 장애인 시설에서 자원봉사를 하는 교양 있는 중년 여성으로 위층 소음에 대해 고통을 느끼지만 교양 있게 대처하려고 노력한다. 이런 '나'는 사려 깊고 양식 있는 이웃으로서 공동생활의 규범을 타이르려고 위층에 올라가서야 위층 여자의 형편을 알게 된다. 작품은 이러한 결말 부분의 극적 반전을 통해 이웃의 사정에 무관심한 현대인의 모습을 분명하게 보여 준다.

> ● 이 소설에서 '나'와 위층 여자 사이에 갈등이 일어난 이유는 무엇인지 생각해 보자.

● 책 이름(출판사)　　　　　　　　● 지은이

● 줄거리 요약

　　　자원봉사를 하고 난 후에 집에 돌아온 '나'는 음악을 들으며 휴식을 취한다. 이때

　위층에서

● 인상 깊은 내용과 그 이유

● 읐고 난 후의 생각이나 느낌

✎ 이 작품의 내용을 친구에게 퀴즈로 내 보고 답도 달아 보자.

독서 퀴즈

1. 이 소설의 '발단' 부분에 나타난 '나'의 모습으로 알맞지 않은 것은?

① 평범한 중년의 가정주부

② 피아노를 전공한 음악가

③ 가족에게 최선을 다하는 사람

④ 자원봉사를 다니는 마음이 따뜻한 사람

⑤ 휴식을 취하며 클래식 음악을 듣는 사람

2. 다음이 설명하는 소재는 무엇인지 이 소설의 '전개' 부분에서 찾아 한 단어로 쓰시오.

- 얼굴을 직접 대하지 않고 이웃끼리 의사소통을 할 수 있는 매체이다.
- 이웃에 대한 무관심과 단절을 상징한다.

3. 이 소설에서 '소음을 줄여 달라는 의미를 전달하는 수단'으로 쓰인 소재는 무엇인지 쓰시오.

4. 이 소설의 주제로 가장 알맞은 것은?

① 봉사 활동의 필요성

② 품위와 예절의 중요성

③ 교양 있는 사람의 조건

④ 공동체 생활을 할 때의 규칙

⑤ 이웃에 무관심한 현대인의 삶에 대한 반성

● 다음의 뜻에 해당하는 단어를 〈보기〉에서 찾아 써 보자.

보기　　전전긍긍　　형국　　회한　　저의　　양식　　우두망찰

(1) 정신이 얼떨떨하여 어찌할 바를 모르는 모양.

(2) 몹시 두려워서 벌벌 떨며 조심함.

(3) 뉘우치고 한탄함.

(4) 어떤 일이 벌어진 형편이나 국면.

(5) 겉으로 드러나지 아니한, 속에 품은 생각.

(6) 뛰어난 식견이나 건전한 판단.

어린 왕자

생텍쥐페리

앞부분 줄거리 비행기 고장으로 사막에 불시착하게 된 조종사(나)는 이상한 소년을 만난다. 그 소년은 조종사에게 양을 그려 달라고 부탁하는데, 그 소년은 자신이 사는 작은 별 소행성 B-612에 사랑하는 장미꽃을 남겨 두고 세상을 보기 위해 여행길에 오른 어린 왕자였다. (발단)

어린 왕자는 지구에 도착할 때까지 모두 여섯 개의 별을 방문하여 다양한 부류의 사람들을 만난다. 첫 번째 별에서는 권위만 내세우는 왕을, 두 번째 별에서는 허영심 많은 사람을, 세 번째 별에는 술만 마시는 주정뱅이를, 네 번째 별에서는 우주의 5억 개의 별이 모두 자기 것이라고 믿는 상인을, 다섯 번째 별에는 1분마다 한 번씩 불을 켜고 끄는 점등인을, 여섯 번째 별에서는 탐험을 하지 않고 책상에 앉아서 연구만 하는 지리학자를 만난다. (전개)

여섯 개의 별을 거쳐 어린 왕자가 도착한 곳은 지구의 어느 황량한 사막이었다. 어린 왕자는 모래와 바위와 눈길을 지나 장미꽃들이 피어 있는 정원에 도착한다. (위기)

"너희들은 누구니?"

어린 왕자는 어리둥절해서 물어보았다.

"우리는 장미꽃들이야."

장미꽃들이 말했다.

그러자 어린 왕자는 자신이 아주 불행하게 느껴졌다. 『이 세상에 자기와 같은 꽃은 하나뿐이라고 그의 꽃은 그에게 말해 주었던 것이다. 그

소행성 B-612에 있는 장미꽃

런데 정원 가득히 그와 똑같은 꽃들이 오천 송이나 있다니!』

'내 꽃이 이걸 보면 몹시 상심할 거야.'

슬픔이나 걱정 따위로 속을 썩임

하고 어린 왕자는 생각했다.

'기침을 지독히 해 대면서 창피스러운 모습을 보이지 않으려고 죽는 시늉을 하겠지. 그럼 난 간호해 주는 척하지 않을 수 없겠지. 그러지 않으면 내게 죄책감을 주려고 정말로 죽어 버릴지도 몰라.'

저지른 잘못에 대하여 책임을 느끼는 마음

그리고 그는 이렇게 생각했다.

'이 세상에 오직 하나뿐인 꽃을 가졌으니 부자인줄 알았는데 내가 가진 꽃은 그저 평범한 한 송이 꽃일 뿐이야. 그중 하나는 영영 불이 꺼져 버렸는지도 모를, 내 무릎까지 오는 세 개의 화산과 그 꽃으로 나는 굉장히 위대한 왕자가 될 수는 없어.'

땅속에 있는 가스, 마그마 따위가 지표로 분출하는 지점. 또는 그 결과로 생기는 구조

그래서 그는 풀밭에 엎드려 울었다.

▶ 어린 왕자가 오천 송이나 되는 정원의 장미꽃을 보고 자신의 꽃에 실망함.

여우가 나타난 것은 바로 그때였다.

"안녕."

여우가 말했다.

"안녕."

어린 왕자는 공손히 대답하며 뒤를 돌아보았다. 아무것도 보이지 않았다.

겸손하고 예의 바르게   여우의 키가 작아 보이지 않았음.

"나, 여기 있어. 사과나무 밑에……."

하는 목소리가 들렸다.

"넌 누구지? 참 예쁘구나."

어린 왕자가 말했다.

"난 여우야."

"이리 와서 나하고 놀자."

어린 왕자가 말했다.

"난 지금 너무 슬프단다……."

"난 너하고 놀 수가 없어."

여우가 말했다.

"난 아직 길들여지지 않았거든."
　　여우가 어린 왕자와 함께 놀 수 없는 이유
"아, 그래? 미안해."

어린 왕자가 말했다.

▶ 어린 왕자와 여우의 만남

그러나 잠시 생각해 보다가 다시 물었다.

"길들여진다는 게 무슨 말이야?"
　　'길들인다'는 말을 처음 듣는 어린 왕자
"넌 여기 사는 애가 아니구나. 넌 뭘 찾고 있는 거니?"
　　지구
여우가 물었다.

"난 사람들을 찾고 있어."

어린 왕자가 말했다.

"길들여진다는 게 무슨 뜻이야?"
　　'길들인다'의 의미를 궁금해하는 어린 왕자
"사람들은 말이야."

여우가 말했다.

"총을 가지고 사냥을 해. 정말 곤란하기 짝이 없어! 그러면서 또 닭도
　　　　　　　　　　　自신에게 위험한 존재임.
키우지, 그게 그들의 유일한 즐거움이야. 너는 닭을 찾고 있니?"
　자신에게 먹잇감이 되는 닭을 키우는 인간들을 이해하지 못하는 여우

어린 왕자가 말했다.

"아니. 난 친구들을 찾고 있어. 길들여진다는 게 무슨 뜻이야?"

호기심 많은 어린 왕자는 답을 얻을 때까지 반복해서 질문함.

여우가 말했다.

"사람들은 너무나 그걸 쉽게 잊지. 그건 '관계를 맺는다' 는 뜻이야."

"관계를 맺는다고?"

"그래."

여우가 말했다.

"넌 나에게 아직은 세상에 수없이 많은 다른 어린아이들과 조금도 다

길들이기 전=관계를 맺기 전=친해지기 전

를 바 없는 한 아이에 지나지 않아. 그래서 난 널 별로 필요로 하지 않

아. 너 역시 날 필요로 하지 않고. 나도 너에게는 세상에 흔해 빠진 여

우들과 전혀 다를 게 없는 한 마리 여우일 뿐이니까. 그러나 네가 나

를 길들이면 우리는 서로를 필요로 하게 되는 거야. 너는 나한테 이

관계를 맺으면=친해지면

세상에 단 하나밖에 없는 존재가 되는 거야. 난 네게 이 세상에서 하

나밖에 없는 존재가 될 거고……."   ▶ 여우가 '길들인다'의 의미를 가르쳐 줌.

"이제 좀…… 알 것 같아."

어린 왕자가 말했다.

"꽃 한 송이가 있는데 말이야…… 그 꽃이 나를 길들인 것 같아……."

어린 왕자가 살던 별에 있는 장미꽃   어린 왕자가 장미꽃을 그리워하고 있음을 알 수 있는 말

"그럴 수도 있겠지."

여우가 말했다.

"지구에는 별의별 일이 다 있으니까……."

"아, 아니야! 그건 지구에서 있었던 일이 아니야."

어린 왕자가 말했다. 그러자 여우는 아주 궁금해하는 것 같았다.

"그럼 다른 별이란 말이야?"

"응."

"그 별에도 사냥꾼이 있어?"
　　　　　여우에게 위협이 되는 존재
"아니 없어."

"그것참, 재미있네! 그럼 닭은?"
　　　　　　　　여우에게 필요한 먹잇감
"없어."

"이 세상에 완전한 것은 없다니까."
　완벽한 별을 상상했다가 어린 왕자의 말에 실망함.
여우가 한숨을 내쉬었다. 그러나 여우는 다시 하던 이야기를 계속했
다.

　　　　단순하고 변화가 없어 새로운 느낌이 없다.
"『내 생활은 너무 단조로워. 나는 닭을 쫓고, 사람들은 나를 쫓고. 닭
　『 』: 무의미한 삶의 연속
들은 모두 비슷비슷하고 사람들도 모두 비슷비슷해.』 그래서 난 좀

따분해. 하지만 네가 날 길들이면 내 생활은 햇빛이 드는 것처럼 환
　　　　　　　　　　　　　　　　　　　삶에 특별한 의미가 생김.
해질 거야. 난 다른 모든 발소리와는 다른 한 가지 발소리를 분간할
　　　　　　　　　　　　　어떤 대상이나 사물을 다른 것과 구별하여 낼
수 있게 될 거야. 다른 발소리를 들으면 나는 얼른 굴속으로 들어가
　　　　　　　　　　　　　　　　　　경계하는 마음
겠지. 그렇지만 네 발소리를 들으면 마치 음악 소리를 들은 듯이 굴
　　　　　　　　　　　　　　매우 반가운 마음
밖으로 뛰쳐나올 거야. 그리고 저길 봐! 저기 밀밭이 보이지? 나는 빵

을 먹지 않아. 밀은 나한테 아무 소용이 없어. 그래서 밀밭을 보아도
　　　빵의 주재료
머리에 떠오르는 게 아무것도 없거든. 그건 서글픈 일이지! 하지만

너는 금빛 머리카락을 가졌어. 그러니 네가 나를 길들인다면 정말 놀

라운 일이 생기게 돼. 금빛 밀밭을 보면 네 생각이 날 테니까. 그럼 난

밀밭을 스치는 바람 소리도 사랑하게 될 거야······."

▶ 누군가와 관계를 맺으면 삶이 행복해짐.

여우는 말을 그치고 어린 왕자를 오래오래 쳐다보더니,

"부탁이야······ 나를 길들여 줘!"

하고 말했다.

"나도 그러고 싶어."

어린 왕자가 말했다.

"그렇지만······ 난 시간이 없어. 찾아야 할 친구도 있고 또 알아봐야

할 것도 많거든······."
길들이는 것을 망설이는 이유

"누구든 자기가 길들인 것밖에는 알지 못하는 거야."

여우가 말했다.

"사람들은 이제 시간이 없어서 아무것도 알지 못하게 되었어. 그들은

상점에 가서 다 만들어진 물건을 사는 거야. 하지만 친구를 파는 상
과정보다 결과에만 관심을 가짐.

점은 없으니까 사람들은 이제 친구가 없어. 친구를 갖고 싶으면 나를
친구가 되기 위해서는 길들이는 과정이 필요함.

길들여 줘!"

"어떻게 하면 되는 건데?"

"아주 참을성이 많아야 해."
관계를 맺을 때에는 시간과 인내가 필요함.

여우가 대답했다.

"처음에는 나한테서 조금 떨어져 그렇게 풀밭에 앉아 있어야 해. 내

가 곁눈질로 너를 슬쩍 바라볼 거야. 그럼 넌 아무 말 하지 말고 가만
관계를 맺고 싶은 상대에게 관심을 보이는 행동

히 있어. 말은 오해를 낳는 거니까. 하지만 넌 날마다 조금씩 가까이
여우는 말보다 마음이 통하는 사이가 되고 싶어 함.   시간이 지날수록 마음의 거리가 줄어 듦.

다가앉게 될 거야······."

다음날 어린 왕자는 다시 거리로 갔다.

"어제와 똑같은 시간에 왔으면 더 좋았을걸."

여우가 말했다.

"가령, 네가 오후 네 시에 온다면 나는 세 시부터 행복해지기 시작할
<small>기다림</small>
거야. 시간이 갈수록 나는 점점 더 행복해지겠지. 네 시가 되면 나는
<small>기대가 커지기 때문에</small>
벌써 안달이 나서 안절부절못할 거야. 그래서 행복이 얼마나 값진 것
<small>속을 태우며 조급하게 구는 일</small>
인지 알게 되겠지! 그러나 네가 시간을 정하지 않고 아무 때나 오면

나는 몇 시부터 마음을 곱게 단장해야 하는지 통 알 수가 없잖

아……. 그래서 의식(儀式)이 필요한 거야."
<small>행사를 치르는 일정한 법식. 또는 정하여진 방식에 따라 치르는 행사</small>
"의식이 뭐지?"

어린 왕자가 물었다.

"그것도 사람들이 너무나 잊고 있는 것이지."

여우가 말했다.

"그건 어떤 날이 다른 날들과, 어떤 시간이 다른 시간들과 다르게 만
<small>평범한 일상에 특별한 의미를 부여함.</small>
드는 거야. 가령, 나를 쫓는 사냥꾼들에게도 의식이 있지. 그들은 목

요일이면 마을 처녀들과 춤을 추지. 그래서 나에게 목요일은 무척 신

나는 날이야! 나는 포도밭까지 산책을 갈 수 있어. 만일 사냥꾼들이

아무 때나 춤을 춘다고 해 봐. 모든 날이 다 같은 날일 테니 난 하루도

마음 놓고 쉬지 못할 거야……." ▶ 관계를 발전시키려면 특별한 의식이 필요함.

이리하여 어린 왕자는 여우를 길들였다. 그러다가 헤어질 시간이 가
<small>만남 뒤에 찾아오는 이별</small>
까워 오자 여우가 말했다.

"난…… 눈물이 날 것만 같아."

이별을 아쉬워하는 마음

"그건 네 잘못이야. 난 너의 마음을 아프게 하고 싶지 않았어. 그런데

네가 길들여 달라고 해서……."

어린 왕자가 말했다.

"그건 그래."

여우가 말했다.

"그런데 넌 울려고 하잖아!"

어린 왕자가 말했다.

"그래 맞아……."

여우가 말했다.

"그렇다면 넌 도대체 뭘 얻은 거지?"

관계를 맺은 후 얻은 기쁨만큼 이별의 슬픔도 크다면 얻은 게 없다고 생각함.

"얻은 게 있어."

여우가 말했다.

"저 밀밭의 색깔 말이야."

비록 지금은 헤어지지만 밀밭을 볼 때마다 어린 왕자를 추억하게 될 것이므로

그리고 이렇게 덧붙여 말했다.

"장미꽃들을 다시 가서 봐. 너의 장미꽃이 이 세상에 오직 하나뿐인

정원에 핀 오천 송이의 장미꽃   소행성 B-612의 장미꽃

꽃이란 걸 알게 될 거야. 그리고 다시 내게 돌아와서 작별 인사를 해

줘. 그러면 선물로 비밀 하나를 가르쳐 줄게."   ▶ 길들인 여우와의 헤어짐.

어린 왕자는 장미들을 다시 보러 갔다.

그는 꽃들에게 말했다.

"아무도 너희들을 길들이지 않았고 너희들 역시 아무도 길들이지 않

앉어. 너희들은 예전의 내 여우와 같아. 그 여우도 수많은 다른 여우
_{길들이기 전의 여우}
들과 다를 바 없는 한 마리 여우에 지나지 않았거든. 하지만 내가 그
를 내 친구로 만들었으니 이제 그는 이 세상에 오직 하나밖에 없는 여
_{나에게 특별한 의미를 가진 여우}
우가 된 거야."

그러자 장미꽃들은 몹시 당황스러워 했다.

"너희들은 아름답지만 속이 텅 비어 있어."
_{나와 관계를 맺지 않았기 때문에}
어린 왕자가 다시 말을 계속 했다.

"아무도 너희를 위해서 자신의 목숨을 바치지 않아. 물론 내 장미꽃
_{자기희생}
도 멋모르고 지나가는 사람에겐 너희들과 비슷한 꽃으로 보이겠지.

그렇지만 하나뿐인 그 꽃이 내게는 너희들 모두보다 더 소중해. 『내

가 직접 물을 준 꽃이니까. 내가 직접 둥근 덮개를 씌워 준 꽃이니까.
_{『 』: 장미꽃에게 바친 어린 왕자의 자기희생}
내가 직접 벌레를 잡아 준(나비가 되라고 남겨 둔 두세 마리만 제외하

고) 꽃이니까. 내가 불평을 들어주고, 허풍을 들어주고, 어떨 때는 침
_{상대의 단점까지도 이해하고 받아들여야 함.}
묵까지 들어준 꽃이니까. 그건 바로 내 장미꽃이니까.』"
▶ 장미꽃들과 자신의 장미꽃의 차이를 깨달은 어린 왕자
어린 왕자는 다시 여우에게 돌아왔다.

"그럼, 잘 있어."

그가 말했다.

"잘 가!"

여우가 말했다.

"그럼 비밀을 가르쳐 줄게. 아주 간단한 거야. 오직 마음으로 보아야

잘 보인다는 거야. 가장 중요한 것은 눈에 보이지 않아."
_{겉모습만 보고 판단해서는 안 됨.}

"가장 중요한 건 눈에 보이지 않는다."

어린 왕자는 잘 기억해 두기 위해서 되뇌었다.

"네 장미꽃이 그토록 소중해진 건 네가 장미꽃을 위해서 들인 시간

<u>관계를 맺는 과정의 노력이 중요함.</u>

때문이야."

"내가 내 장미꽃을 위해서 들인 시간 때문이야……."

어린 왕자는 잘 기억해 두기 위해서 되뇌었다.

"사람들은 이 진실을 잊어버렸어."

여우가 말했다.

"하지만 너는 잊으면 안 돼. 넌 네가 길들인 것에 대해서 언제까지나

<u>관계를 맺은 후 의미 있는 존재가 되면 서로에게 책임을 져야 함.</u>

책임이 있어. 너는 네 장미꽃한테 책임이 있어."

"나는 내 장미꽃한테 책임이 있어……."

어린 왕자는 잘 기억해 두기 위해서 되뇌었다.

▶ 여우가 어린 왕자에게 비밀을 가르쳐 줌.

절정 어린 왕자가 여우를 만나 '길들인다'의 의미와 길들인 것에 대한 책임을 깨달음.

뒷부분 줄거리 조종사(나)와 어린 왕자는 마실 물이 떨어져 우물을 찾아 나선다. 동이 틀 무렵 두 사람은 우물을 찾아낸다. 조종사는 어린 왕자에게 약속대로 양이 장미를 해치지 못하게 굴레를 그려 준다. 다음 날 저녁, 비행기를 고친 조종사는 어린 왕자를 찾아간다. 어린 왕자는 뱀에게 다리를 물린 뒤 죽어가고 있었다. 그러나 어린 왕자는 죽는 것이 아니라 자신이 살던 별로 돌아가는 것이라고 말한다. 조종사는 밤새 어린 왕자의 곁을 지키지만, 그는 홀연히 사라져 버린다.

● 작가 만나기

생텍쥐페리(Saint-Exupéry, Antoine Marie-Roger de, 1900~1944) 프랑스의 소설가 · 비행기 조종사이다. 자신의 체험을 토대로 항공 소설을 개척하였으며, 위험을 무릅쓰고 행동하는 인간의 아름다움과 고귀함을 그렸다. 1913년 '야간 비행'으로 페미나 상을, 1939년에는 '인간의 대지'로 아카데미 프랑세즈 소설 대상을 받았다. 주요 작품으로는 '남방 우편기', '성채', '전시 조종사' 등이 있다.

● 작품 만나기

'어린 왕자'는 생텍쥐페리가 미국에서 망명 생활을 하던 1943년에 쓴 환상적이고 시적인 소설이다. 생텍쥐페리는 제2차 세계 대전 당시 독일에 점령당해 고통을 겪고 있는 자신의 조국 프랑스에 꿈과 희망을 심어 주기 위하여 이 작품을 썼다고 전해진다. 동화적인 요소가 이 작품의 전반에 걸쳐 나타나고 있으나 실제 이 작품의 대상은 어른들이다. 그리고 편견이나 선입견을 지니고 있는 어른들에 대한 실망과 불신감도 넌지시 드러내고 있다.

'어린 왕자'는 지금까지 160여 개 언어로 번역되어 1억 부 이상 팔렸다. 이 소설이 그토록 많은 사람들에게 감동을 주는 것은 순수한 어린이의 눈을 통하여 사람들이 잊고 사는 진실들을 하나하나 일깨워 주기 때문이다. 잘 보려면 마음으로 보아야 한다는 여우의 충고, 길들인 것에 대한 책임 등이 이 소설 전체에 흐르는 중심 생각이라고 할 수 있다.

● 핵심 만나기

갈래	현대 소설
성격	동화적, 우화적, 교훈적
시점	3인칭 관찰자 시점
제재	어린 왕자와 여우의 만남
주제	관계 맺기를 통해서 본 진정한 삶의 의미
특징	• 여우를 의인화하여 표현함. • 함축성 있는 대사를 통해 시적인 분위기를 조성함. • 우화적이고 동화적인 사건을 통해 교훈성을 부각시킴.

● 등장인물

어린 왕자	세 개의 화산과 장미꽃이 있는 소행성 B-612에 살다가 여섯 개의 별을 거쳐 지구에 온 순수하고 호기심 많은 소년
장미꽃	소행성 B-612에 하나뿐인 꽃. 어린 왕자를 좋아하지만 도도하고 자존심이 세서 자신의 속마음을 들키는 것을 두려워함.
여우	누군가 자신을 길들여 주기를 바라는 외로운 존재. 어린 왕자에게 '길들인다는 것'의 의미를·가르쳐 주는 등 많은 깨달음을 줌.

● 어린 왕자가 여행하면서 만난 어른들

어린 왕자는 지구에 도착할 때까지 6개의 별을 방문하여 여섯 명의 사람을 만난다. 그가 만난 사람들은 지금 우리 시대에 살고 있는 어른들이라고 할 수 있다.

명령밖에 할 줄 모르는 왕은 항상 남에게 시키기만 하려고 하는 어른을 뜻하고, 남들에게 칭찬을 받으려고만 하는 허영심 많은 사람은 허영 속에 사는 어른이다. 술 마시는 게 부끄러워 그걸 잊기 위해 또 술을 마시는 주정뱅이는 허무주의에 빠진 사람이며, 우주의 모든 별들이 자기 것이라고 우기는 상인은 물질 만능주의에 물든 어른이다. 1분마다 한 번씩 불을 켜고 끄는 점등인은 기계 문명에 인간성을 상실한 어른이고, 자기별도 여행하지 못한 지리학자는 이론만 알고 행동으로 옮기지 않는 지식인을 나타낸다.

● 어린 왕자가 깨달은 '길들인다'의 의미에 대해 생각해 보자.

● 책 이름(출판사)　　　　　　　　● 지은이

● 줄거리 요약

　　소행성 B-612에 살던 어린 왕자는 투정만 부리는 장미꽃을 남겨 두고 여행길에 올라 여섯 개의 별을 순례하고 지구에 도착한다. 그리고 여우를 만나

● 인상 깊은 내용과 그 이유

● 읽고 난 후의 생각이나 느낌

　여우는 "가장 중요한 건 눈에 보이지 않는다."라고 말했다. 나에게 있어서 '가장 중요한 것'은 무엇인지 생각해 보자.

1. 어린 왕자가 살던 별의 이름은 무엇인지 쓰시오.

2. 왕자에게 사랑의 의미를 가르쳐 주면서 자신을 길들여 달라고 부탁한 동물은?

   ① 양   ② 토끼   ③ 여우

   ④ 늑대   ⑤ 보아뱀

3. 다음은 누가 누구에게 한 말인지 쓰시오.

   "하지만 너는 잊으면 안 돼. 넌 네가 길들인 것에 대해서 언제까지나 책임이 있어."

4. 어린 왕자가 정원의 장미꽃보다 자신의 별에 있는 하나뿐인 상미꽃이 소중하냐고 말한
   이유가 아닌 것은?

   ① 어린 왕자가 직접 물을 준 꽃이어서
   ② 어린 왕자가 직접 벌레를 잡아 준 꽃이어서
   ③ 어린 왕자가 직접 둥근 덮개를 씌워 준 꽃이어서
   ④ 어린 왕자가 불평, 자랑, 침묵을 다 들어준 꽃이어서
   ⑤ 어린 왕자가 직접 밤마다 자장가를 불러 준 꽃이어서

5. 사냥꾼들이 목요일에 하는 의식은?

　① 사냥　　　　　　② 휴식　　　　　　③ 음악 감상
　④ 마을 처녀들과의 춤　　⑤ 마을 처녀들과의 산책

6. 여우는 어린 왕자에게 가장 중요한 것은 눈에 보이지 않으므로 무엇으로 보아야 한다
고 했는가?

　① 현미경　　　　　　② 망원경　　　　　　③ 매의 눈
　④ 텔레비전　　　　　　⑤ 마음의 눈

7. 어린 왕자에게 장미꽃이 소중하게 된 이유를 한 문장으로 쓰시오.

8. 이 소설에 대한 설명으로 알맞지 않은 것은?

　① 어른을 위한 동화이다.
　② 교훈적인 내용을 담고 있다.
　③ 여우를 의인화해서 표현했다.
　④ 동물을 길들이는 방법을 제공한다.
　⑤ 함축성 있는 대사가 시적인 분위기를 자아낸다.

● 제시된 문제에 따라 단어를 연결하면 어떤 도형이 완성되는지 써 보자.

동물 농장

조지 오웰

앞부분 줄거리 수퇘지 메이저 영감은 메이너 농장의 동물들을 모아 놓고 자신들이 인간들에게 착취당하고 있다고 연설을 한다. 메이저 영감의 연설에서 깨달음을 얻은 동물들은 투쟁하여 농장 주인인 존즈를 쫓아내는 데 성공한다. (발단)

동물들은 농장의 이름을 '동물 농장'으로 바꾸고 모두가 주인이 되어 평등한 대접을 받으면서 즐겁게 일한다. 그러자 농장의 수확량도 늘고 동물들은 여가 시간도 즐길 수 있게 된다. (전개)

동물 농장의 두 지도자인 스노볼과 나폴레옹은 '풍차 사건'을 계기로 사건건 대립한다. 권력 다툼에서 승리한 나폴레옹은 이상주의자 스노볼을 쫓아내고 충성도가 떨어지는 동물들을 무참하게 처단하는 등 무시무시한 독재 정치를 시작한다. (위기)

여러 해가 지났다. 계절이 몇 번이나 바뀌었고 명이 짧은 동물들은 세상을 떠났다. 클로버와 벤자민, 까마귀 모제스, 그리고 상당수의 돼지들을 제외하고는 봉기 전의 옛날을 기억하는 자가 아무도 없는 시절이 온 것이다.

동물들이 인간들에게 사육되던 시절

▶ 세월이 많이 흐름.

뮤리엘이 죽고 블루벨, 제시, 핀처 같은 개도 죽었다. 존즈도 역시 죽

염소

메이너 농장의 전 주인

었다 — 그는 이 지방 다른 마을의 주정뱅이 수용소에서 죽었다. 스노볼

많은 사람을 집단적으로 한곳에 가두거나 모아 넣는 곳

에 대한 기억은 사라졌다. 복서에 대한 기억도, 이제 그를 알던 몇몇을 제외하고는 모두로부터 사라졌다. 클로버는 이제 관절이 뻣뻣해지고

눈곱이 자꾸 끼는 늙고 뚱뚱한 암말이 되었다. 『클로버는 정년을 2년이

나 넘겼지만 실제로 퇴직한 동물은 없었다. 정년퇴직한 동물들을 위해

『 』: 동물들을 위한다는 약속이 지켜지지 않고 있음.

서 목장 한 귀퉁이를 나누어 주겠다던 이야기도 오래전에 없어져 버렸

다.』 나폴레옹은 이제 3백 파운드나 나가는 장년의 수퇘지가 되었다.

스노볼을 쫓아내고 권력을 독점한 동물 농장의 독재자

스퀼러는 너무 살이 쪄서 제대로 눈을 뜨기도 힘들 정도였다. 오직 벤자

호의호식하는 특권층 돼지의 모습

민 영감이 약간 콧등이 희끄무레해지고 복서가 죽은 이후 전보다 더 침

울하고 과묵해졌을 뿐 전과 거의 다름없었다.

말이 적고 침착해졌을

　농장의 동물들은 봉기 초기에 예상했던 숫자만큼 그렇게 많이 불어

나지는 않았지만 제법 숫자가 늘어났다. 이 농장에서 태어난 많은 동물

들은 '봉기'란 그저 입에서 입으로 전해져 오는 전설 같은 것에 불과했

옛날부터 민간에서 전하여 내려오는 이야기

으며, 다른 곳에서 팔려온 동물들은 자기들이 이곳에 오기 전에는 그런

이야기를 들어본 적도 없다고 말했다. 농장에는 이제 클로버 말고도 세

마리의 말이 있었다. 그들은 아주 훌륭한 짐승들로 자발적으로 일하는

선량한 동무들이었지만 머리는 아주 둔했다. 그들은 자기들이 어머니

처럼 존경하고 따르는 클로버로부터 봉기와 동물주의의 원리에 대한

모든 동물은 평등하다는 메이저 영감의 가르침

이야기를 듣고 그 모든 것을 받아들였다. 그러나 그걸 얼마만큼 이해했

는지는 의심스러웠다. ▶ 세월이 지나 많은 동물들이 죽고 봉기에 대한 기억도 흐릿해짐.

　농장은 이제 더 번창하고 더 잘 조직되어 있었다. 부지도 필킹턴 씨

번화하게 창성하고　　　　　·　　　　　건물을 세우거나 도로를 만들기 위해 마련한 땅

로부터 밭을 두 개나 더 사서 훨씬 넓어졌다. 풍차도 마침내 성공적으로

완성되었고, 농장은 탈곡기와 건초 운반기를 소유하게 되었으며, 여러

곡식의 이삭에서 낟알을 떨어내는 농기계

채의 새 건물이 세워졌다. 윔퍼는 자신이 쓸 이륜마차를 사들였다. 그러

나폴레옹이 인간 세상에 동물 농장을 알리기 위해 고용한 인간

나 풍차는 발전에 사용되지 않았다. 그것은 곡식을 빻는 제분용으로만

밀을 빻아서 밀가루로 만듦.

사용되어 상당한 이윤을 남겼다. 동물들은 또 다른 풍차를 세우기 위하

장사 따위를 하여 남은 돈

여 열심히 일하고 있었다. 그것이 완공되면 발전기가 설치될 것이라는

이야기가 있었다. 『스노볼이 동물들에게 꿈처럼 설명해 주던 전등과 냉

『 』: 동물들의 삶의 질을 높이는 복지 정책

온수가 설치된 우리며 일주일에 3일 노동과 같은 사치스러움은 더 이상

말이 없었다.』 나폴레옹은 그 따위의 생각은 동물주의 정신에 위반되는

스노볼의 이상주의

것이라고 비난했다. 그는 동물들의 참다운 행복은 열심히 일하고 검소

하게 생활하는 데 있다고 말했다. ▶ 동물들의 희생으로 번창하는 동물 농장

　농장은 점점 부유해지지만 동물들 자신은 더 이상 부유해지는 것처

재물이 넉넉해지지만

럼 보이지 않았다. 물론 돼지와 개들은 제외하고 말이다. 이것은 아마

돼지와 개들이 너무 많은 탓도 있을 것이다. 그러나 이들 동물들도 자기

들 나름대로 일을 하지 않는 것은 아니었다. 스퀼러가 노상 설명하듯 돼

언제나 변함없이 한 모양으로 줄곧

지들에게는 농장을 지휘 감독하고 조직하느라 일이 끝도 없이 많았다.

그런데 그 일이란 대부분 다른 동물들로선 너무 무식해서 이해할 수 없

는 것들이었다. 스퀼러는 돼지들이 매일 엄청난 노동을 해야 한다고 말

했는데, 예를 들자면 『'문서', '보고서', '의사록', '비망록'이라고 불

『 』: 동물들의 삶과 동떨어진 일들

리는 수수께끼 같은 일이었다.』 이것들은 빼곡하게 글씨를 쓴 커다란

종이들로서 일단 글자로 꽉 차고 나면 그 종이들은 아궁이로 들어가 불

무의미한 일임을 암시하는 표현

살라지곤 했다. 『스퀼러는 이것들이 농장의 복지를 위해 가장 중요한

『 』: 돼지들의 자기 합리화

것이라고 말했다.』 하지만 개나 돼지들은 자신의 노동으로 식량을 생산

하는 일은 조금도 하지 않았다. 게다가 농장에는 개와 돼지들이 너무 많

앉고 그들의 식욕은 언제나 왕성했다. ▶ 동물들을 속여 특권을 누리는 개와 돼지들

『다른 동물들의 삶은 그들이 알기로는 언제나 그 모양 그 꼴이었다.
「 」: 봉기 이후에도 변하지 않는 동물들의 비참한 삶
그들은 늘 굶주렸고 잠은 지푸라기 위에서 잤으며 웅덩이에서 물을 마

시고 눈만 뜨면 밭에 나가 일을 해야 했다. 겨울이면 추위에 떨고 여름

에는 파리 등쌀에 시달렸다.』 나이든 동물들은 때때로 희미한 기억을

더듬어서 존즈가 추방된 지 얼마 안 되던 봉기 초기의 사정이 지금보다

훨씬 더 좋았던가 나빴던가를 비교해 보려고 애썼다. 하지만 기억이 나

지 않았다. 『스퀼러가 읊어대는 통계 숫자 말고는 어디 의존할 자료가
「 」: 돼지들에 의한 언론 통제와 언론 조작
없었던 것이다. 그 통계 숫자들을 보면 언제나 모든 게 더 나아지고 있

다는 얘기였다.』 동물들로서는 전혀 해결할 수 없는 문제였다. 어쨌든

그들은 이제 이런 일들을 생각할 겨를이 거의 없었다. 『오직 벤자민 영

감이 자기의 오랜 생애를 자세히 기억하며 동물들의 생활이 더 좋아질
「 」: 오랜 삶과 경험을 통해 깨달은 벤자민 영감의 가치관
수도, 더 나빠질 수도 없고, 그런 적이 있어본 적도 없었다고 말하곤 했

는데 그의 이야기인즉 굶주림, 고생, 좌절이 동물 생활의 불변의 법칙이

라는 것이었다.』 ▶ 봉기 이후에도 변하지 않는 동물들의 비참한 삶

그래도 동물들은 희망을 버리지 않았다. 더욱이 그들은 한 순간이라

도 자기들이 동물 농장의 구성원이란 명예심과 특권 의식을 잃지 않았

다. 그들은 영국 전체를 통틀어 동물들이 소유하고 동물들이 운영하는
동물들이 희망을 버리지 않은 이유
유일한 농장의 구성원이었다. 어린 새끼들은 물론 10마일 혹은 20마일

떨어진 농장에서 들여온 신참 동물들까지 포함해서 모든 동물들은 자

기네 농장이 단 하나뿐인 동물 농장이라는 사실에 거듭 놀라지 않을 수

없었다. 총 쏘는 소리와 게양대에 녹색 깃발이 펄럭이는 모습을 보고 있
동물 농장을 상징하는 깃발
노라면 그들의 가슴은 끊임없는 자부심으로 부풀어 올랐다. 그러면 화
제는 언제나 그 옛날 존즈를 추방하고 칠계명을 만들고 큰 전투에서 인
봉기 이후 공평한 세상을 만들기 위해 동물들이 헛간 벽에 써 붙인 일곱 가지 행동 지침
간 침략자들을 무찔렀던 그 옛날로 되돌아가곤 했다. 그들은 옛꿈의 어
느 하나도 버리지 않았다. 늙은 메이저가 예언했던 그 동물 공화국, 영
국의 푸른 들판에서 인간의 발길을 몰아낸 다음 세워질 그 동물 공화국
을 여전히 신앙처럼 믿고 있었다. 언젠가는 그것이 오리라, 지금 바로는
오지 않을지도 모른다, 지금 살아 있는 동물들의 생전에는 이루어지지
않을지도 모른다. 그러나 그날은 오고야 말 것이었다. '영국의 동물들'
메이저 영감의 동물주의 사상이 담긴 노래
노래도 여기저기서 남몰래 은밀하게 불려지곤 했다. 어쨌든 농장의 동
봉기의 순수성이 훼손되고 표현의 자유마저 빼앗긴 현실
물들은 소리 내어 부를 수는 없었지만 모두가 그 노래를 알고 있다는 것
은 사실이었다. 그들의 생활이 고통스럽고 자기들의 희망이 하나도 이
루어지지 못했을지도 모르지만, 그들은 자기네가 다른 동물들보다는
매우 특별나다는 것을 의식하고 있었다. 그들이 굶주린다고 할지라도
그것은 인간 독재자들에 의해 사육되지 않기 때문이며 그들이 고통스
럽게 일하고 있다고 하더라도 그것은 적어도 그들 자신을 위해 일하는
것이었다. 그들 중 누구도 두 다리로 걷지 않았다. 어떤 동물도 다른 동
두 다리로 걷는 것은 인간의 특징임.
물을 '주인님'이라고 부르지 않았다. 모든 동물은 평등했다.
▶ 동물들이 희망을 버리지 않는 이유
초여름의 어느 날 스퀄러는 양들에게 자기를 따라오라고 지시하여
농장 끝, 어린 자작나무가 무성하게 자란 황무지로 데려 갔다. 양들은
손을 대어 거두지 않고 내버려 둔 거친 땅
하루 종일 스퀄러의 감독 하에 나뭇잎을 갉아먹으며 지냈다. 저녁이 되

자 스퀼러는 양들에게 날씨가 따뜻하니 그곳에 머물러 있으라고 하고는 혼자 농장 집으로 돌아왔다. 결국 양들은 거기서 일주일을 보냈고 그동안 다른 동물들은 그 양들을 전혀 만나지 못했다. 스퀼러는 거의 온종일 그들과 함께 지냈다. 스퀼러는 그들에게 무슨 새 노래를 하나 가르치는데, 그러자면 비밀이 유지되어야 한다는 것이었다.

▶ 스퀼러가 비밀리에 양들에게 새 노래를 가르침.

양들이 돌아온 직후 어느 상쾌한 저녁, 동물들이 일을 끝내고 농장 건물로 돌아오고 있는데 무시무시한 말 울음소리가 마당에서 들려왔다. 동물들은 깜짝 놀라 발길을 멈추었다. 그것은 클로버의 목소리였다. 클로버의 울음소리가 다시 들리자 동물들은 모두 뛰어서 우르르 마당으로 달려갔다. 그리고 클로버를 놀라게 한 그 광경을 보게 되었다.

돼지 한 마리가 두 발로 서서 걷고 있었다.

인간만이 가진 특징인 두 발 보행을 하는 동물의 등장

스퀼러였다. 그는 커다란 덩치의 몸뚱이를 두 발로 지탱한다는 것이

오래 버티거나 배겨 냄.

아직은 익숙하지 않은 듯 약간 어색했지만 완벽하게 균형을 잡으면서 뒷발로 서서 마당을 이리저리 걷고 있었다. 그리고 잠시 후, 농장 집 문으로부터 긴 돼지 행렬이 쏟아져 나왔는데 모두 뒷다리로 걷고 있었다.

여럿이 줄지어 감. 또는 그런 줄

어떤 돼지는 다른 돼지보다 더 잘 걸었고, 한두 마리는 조금 뒤뚱거려 지팡이를 짚고 다녀야 될 것처럼 보였지만, 모두가 성공적으로 마당을 제대로 걸어 다녔다. 그리고 개들이 요란하게 짖어대는 소리와 검정 수탉의 날카로운 나팔 소리가 나더니 이윽고 나폴레옹이 좌우로 거만한 눈길을 던지며 걸어 나왔다. 당당하게 선 자세였다. 개들이 그의 주위를 뛰어다녔다.

공포 분위기 조성

▶ 동물들이 두 발로 걷는 돼지들을 보고 놀람.

나폴레옹은 앞다리에 채찍을 들고 있었다.

한 순간 죽음 같은 침묵이 흘렀다. 놀라움과 공포심에 질려 몰려 있
<u>큰 충격을 받아 할 말을 잃어버림.</u>
던 동물들은 마당을 천천히 행진하는 돼지들의 긴 행렬을 바라보았다.

마치 세상이 뒤집힌 것 같았다. 『첫 충격이 가라앉자 동물들은 개의 대

한 공포심에도 불구하고, 그리고 몇 해를 거치는 동안 형성된, 어떤 일
『 』: 동물들이 비참한 삶을 견디며 희망을 잃지 않았던 이유(평등)가 사라지려고 했기 때문
이 벌어져도 불평하지 않고 비판하지 않는다는 습관에도 불구하고 몇

마디 항의를 하려고 했다.』 그러나 바로 그 순간에 신호를 받은 것처럼

모든 양들이 일제히 커다란 소리로 외치기 시작했다.

"네 다리는 좋고 두 다리는 더 좋다! 네 다리는 좋고 두 다리는 더 좋
<u>칠계명의 '두 발로 걷는 자는 모두 적이다.'와 모순되는 주장</u>
다! 네 다리는 좋고 두 다리는 더 좋다!"

양들의 외침은 쉬지 않고 5분 동안 계속됐다. 양들이 조용해졌을 때
<u>반복에 의한 세뇌 교육</u>
는 돼지들이 농장 집으로 돌아간 뒤여서 항의고 뭐고 제기해 볼 틈이 없

었다. ▶ 돼지들의 두 발 보행에 항의하려고 하자 양들이 '네 다리는 좋고 두 다리는 더 좋다!'고 외침.

당나귀 벤자민은 누가 자기 어깨에 코를 비벼오는 감촉을 느꼈다. 돌

아보니 클로버였다. 클로버의 눈은 전보다 더 흐릿해 보였다. 그녀는 아

무 말도 없이 벤자민의 갈기를 끌어 칠계명이 씌어 있는 헛간 벽 쪽으로
<u>목덜미에 난 긴 털</u>
그를 데리고 갔다. 잠시 그들은 타르 칠을 한 벽에 쓰인 흰 글자들을 뚫
<u>석탄 따위의 유기물을 증류할 때 생기는 검고 끈끈한 액체</u>
어지게 쳐다보며 서 있었다.

"이제 내 눈이 잘 보이지 않아요."
<u>클로버의 나이가 많음을 알 수 있음.</u>
클로버가 말했다.

"하긴 젊었을 때도 저기 씌어 있는 글을 읽을 줄 몰랐지만요. 그런

데 저 벽이 아주 달라진 것 같지 않아요, 벤자민? 칠계명이 그대로 있

긴 있는 건가요?'

벤자민은 이런 일에 끼어들지 않는다는 자신의 규칙을 이번 한번만

<u>매사에 나서기 싫어하는 벤자민의 냉소적인 성격</u>

은 깨뜨리기로 하고 벽에 씌어 있는 글을 클로버에게 읽어 주었다. 거기

에 칠계명은 오간 데 없고 단 하나의 계명만이 적혀 있었다. 그 계명은

다음과 같았다.

모든 동물들은 평등하다.

그러나 어떤 동물은

다른 동물보다 더 평등하다.　　　▶ 칠계명이 사라지고 새로운 계명이 등장함.

그 후로는, 이를테면 다음 날 농장 일을 감독하러 나온 돼지들이 모

두 앞발에 채찍을 들고 서 있는데도 조금도 이상해 보이지 않았다. 또

돼지들은 라디오를 사고 전화를 놓을 계획이며 "존 불"이니 "팃 비츠"

<u>사람들이 보는 신문이나 잡지의 이름들</u>

니 "데일리 미러"니 하는 신문 잡지들을 정기 구독 신청했다는 것이 알

<u>정기적으로 신문이나 잡지 따위를 구입하여 읽음.</u>

려졌지만 조금도 이상하게 느껴지지 않았다. 나폴레옹이 입에 파이프

를 물고 농장 집 정원을 산책하고 있는 것을 보아도, 심지어 돼지들이

옷장에서 존즈 씨의 옷을 꺼내 입어도 아무렇지 않았다. 나폴레옹이 검

<u>칠계명의 '어떤 동물도 의복을 입으면 안 된다.'는 내용을 어김.</u>

정 코트와 반바지 사냥복과 가죽 각반 차림으로 나타난 것도, 또 그가

<u>발목에서부터 무릎 아래까지 둘러 감거나 싸는 띠</u>

총애하는 암퇘지가 옛날 존즈 부인이 일요일에나 입던 물결무늬 있는

비단옷을 꺼내 입고 알랑거리며 나타날 때에도 조금도 이상해 보이지

않았다.

일주일이 지난 어느 날 오후, 이륜마차 몇 대가 농장으로 들어왔다. 근처의 농장주 대표단이 동물 농장 시찰에 초대된 것이다. 그들은 농장을 구석구석 둘러보면서 보이는 족족 찬사를 했다. 특히 풍차에 대해 대
<small>두루 돌아다니며 실지의 현장을 살핌.</small>
단한 찬사를 보냈다. 동물들은 순무 밭에서 김을 매고 있었다. 그들은
<small>어떤 일을 하는 하나하나</small>
돼지들을 더 무서워해야 할지 아니면 인간 방문객들을 더 무서워해야
<small>무의 한 종류   논밭에 난 잡풀</small>
할지 몰라 고개를 떨군 채 일만 했다. ▶ 근처의 농장주 대표단이 동물 농장을 방문함.

그날 저녁 농장 집으로부터 커다란 웃음소리와 떠들썩한 노랫소리가 들려왔다. 동물과 인간의 말소리가 뒤섞인 그 소리를 듣고 있던 동물들은 갑자기 호기심이 동했다. 동물과 인간이 처음 평등한 관계로 만나는 자리 아닌가, 그러니 지금 거기서 과연 무슨 일이 벌어지고 있을까 동물들은 궁금했다. 그들은 모두 한 덩어리가 되어 살금살금 발소리를 죽이며 농장 집 정원으로 기어갔다.

문가에 이르러 그들은 더럭 겁이 나 잠시 멈칫했지만, 클로버가 그들
<small>어떤 생각이나 감정 따위가 갑자기 생기는 모양</small>
을 이끌고 정원으로 들어섰다. 그들은 발뒤꿈치를 들고 서서 집으로 가까이 다가갔고, 키가 큰 동물들은 응접실 창문 안을 기웃거렸다. 응접실에는 둥그런 식탁에 농장주 여섯 명과 여섯 마리의 고위층 돼지들이 앉아 있는 게 보였고 나폴레옹은 식탁의 주인 자리에 앉아 있었다.

돼지들은 의자에 앉아 있는데도 어색한 기미 없이 아주 자연스러웠다. 그들은 카드놀이를 하다 말고 축배를 들기 위해 잠시 쉬는 중인 것

같았다. 커다란 맥주잔들이 돌았고 빈 잔에는 계속 맥주가 따라졌다. 창문으로 동물들이 안을 들여다보고 있다는 것은 아무도 눈치채지 못했다.

▶ 동물들이 돼지와 인간의 만남을 몰래 지켜봄.

폭스우드 농장의 필킹턴 씨가 맥주잔을 들고 일어났다. 그는, 잠시 후 축배를 들자고 하겠지만 그 전에 우선 몇 마디 하고 싶다고 말했다.

그는 오랜 동안의 불신과 오해가 풀린 것은 자기 자신에게, 그리고
믿지 아니함. 또는 믿지 못함.
여기 있는 다른 모든 이에게도 매우 만족스러운 일로 생각된다고 말했다. 즉 한때는 그 자신이나 여기 있는 어느 누구도 그런 감정을 갖지는
믿지 못하고 두려워하는 마음
않았지만, 동물 농장의 주인에 대한 어떤 적개심과 약간의 의구심을 가
적에 대하여 느끼는 증오와 분노
진 적이 있었다. 불행한 사태가 발생되었고 잘못된 생각들이 퍼졌었다. 돼지들이 소유, 경영하는 농장이 존재한다는 것은 어딘가 비정상적이고 이웃들에게 불안감을 줄 것이라 생각되었다. 상당수의 농장주들은 제대로 알아보지도 않고 이런 농장은 방종과 무질서로 혼란에 빠질 것
제멋대로 행동하여 거리낌이 없음.
이라고 단정했다. 그들은 동물 농장으로 인해 자신들이 기르는 동물들, 심지어 일꾼들에게까지 나쁜 영향을 끼칠까 봐 신경을 곤두세워 왔다. 그러나 이제 그런 의심은 사라졌다. 오늘 그와 그의 친구들이 동물 농장을 방문해서 구석구석 살펴봤는데, 그들이 발견한 것은 무엇인가? 가장 최신의 영농 방법과 다른 농장주들에게 모범이 될 규율과 질서였다. 그
농업을 경영함.
는 동물 농장의 하급 동물들이 일은 더 많이 하고 식량은 이 지방의 어
특권층 돼지를 제외한 동물들
떤 동물들보다 적게 받는다고 말하는 게 옳다고 믿는다. 사실 오늘 이곳에 온 자신과 자신의 일행 모두는 오늘 관찰한 여러 가지 특징들을 자신

의 농장에도 곧 도입하고 싶다라고 연설했다.

그는 동물 농장과 그 이웃들 간에 있어 왔고 또 있어야 할 우의를 또
_{친구 사이의 정}
다시 한 번 강조하는 것으로 연설을 끝마치겠다고 말했다. 돼지와 인간
사이에는 어떤 형태로든 이해의 충돌이 있을 수 없고 또 있을 필요도 없
다. 그들의 투쟁과 당면하는 문제점은 같은 것이고, 노동 문제는 어디서
든 똑같이 일어나지 않는가? 필킹턴 씨는 여기까지 말하다가 심사숙고
_{깊이 잘 생각함.}
하여 준비해 둔 재담(才談)을 좌중(座中)에 털어 놓을 참이었는데, 그런
_{익살과 재치가 담긴 말   여러 사람이 모인 자리. 또는 모여 앉은 여러 사람}
이야기를 할 수 있다는 게 너무 즐거워서 잠시 말을 중단하지 않을 수
없었다. 그는 여러 겹진 턱이 시퍼렇게 될 정도로 한동안 숨 차 하더니
겨우 말을 꺼냈다.

"동물 농장의 주인 여러분. 『당신들에게 다스려야 할 하급 동물들이
_{『 』: 서로 같은 처지에 놓여 있음을 강조하는 말.}
있다면 우리 인간들에겐 다스려야 할 하층 계급이 있습니다.』"

이 '명언'에 좌중은 함성을 질렀다. 필킹턴 씨는 다시 한 번, 동물 농
장이 식량 배급은 줄이면서 노동 시간을 늘인 것을 축하하고 그가 본 대
로 이 농장에서는 동물들이 제멋대로 행동하는 일이 없다는 것도 축하
했다.

마지막으로 그는 모두 자리에서 일어나 잔을 가득 채우라고 요청했
다.

"자, 여러분 건배합시다. 동물 농장의 번영을 위하여!"
▶ 폭스우드 농장주 필킹턴이 돼지들 앞에서 우의를 다지는 내용의 연설을 함.
뜨거운 박수 소리와 발 구르는 소리가 들여왔다. 나폴레옹은 그 필킹
턴 씨가 너무 고마웠던지 자리에서 일어나 식탁을 돌아 필킹턴 씨에게

로 가서 잔을 부딪친 후 술을 들이켰다. 박수 소리가 가라앉자 그 자리에 서 있던 나폴레옹도 역시 몇 마디 하고 싶다고 말했다.

나폴레옹의 연설은 늘 그랬던 것처럼 매우 짧고 간략했다. 그는 자기역시 오해의 시대가 끝나서 매우 행복하다고 말했다. 자기와 동료 돼지들의 사상이 불온하고 심지어 혁명적이기까지 하다는 소문이 오랜 동
_{사상이나 태도 따위가 통치 권력이나 체제에 순응하지 않고 맞서는 성질이 있음.}
안 떠돌았다. 그 소문은 악의를 품은 적들이 퍼뜨린 것으로 아는데, 이
_{나쁜 마음}
웃 농장들의 동물들을 부추겨 반란을 선동하려는 것으로 알려지기도
_{남을 부추겨 어떤 일이나 행동에 나서도록 함.}
했다. 그러나 그것은 사실이 아니다. 자기들의 유일한 소망은 언제나 이웃과 정상적인 사업 거래를 하면서 평화롭게 살자는 것이다. 이 대목에서 나폴레옹은 자기가 관리하는 이 농장이 협동 업체이며 자신이 간직하고 있는 농장의 권리 증서는 돼지들의 공동 소유라고 말했다.

그는 지난날의 의혹이 아직도 남아 있다고는 생각하지 않지만, 최근
_{동물 농장의 동물들이 인간을 배척한다는 의혹}
농장의 관행들 가운데 일부를 뜯어고치기로 했고 이는 농장의 대외 신
_{오래전부터 해 오는 대로 함.}
뢰도를 높여줄 것이라고 말했다. 즉, 지금까지 이 농장의 동료들은 서로를 '동무' 라고 불러왔지만 앞으로 이 우스꽝스러운 관습은 금지시킬 방
_{나폴레옹의 개혁안 ① – '동무' 라고 부르는 관습의 금지}
침이다. 또 하나 괴상한 습관으로는, 언제부터 시작된 건지 모르지만 동물들이 매주 『일요일 아침 마당의 깃발 게양대에 못으로 박아 놓은 어
_{『 』: 나폴레옹의 개혁안 ② – 일요일 아침의 수퇘지 해골 앞 행진 금지}
떤 수퇘지의 두개골 앞을 행진하는 일이다. 이것 역시 금지될 것이며』
_{메이저 영감}
그 두개골은 이미 땅 속에 묻어 버렸다. 손님들은 오늘 게양대에서 펄럭이는 초록색의 깃발을 보았을 것이다. 그렇다면 전에 그려져 있던 『하얀 발굽과 뿔이 이미 삭제되었으며, 지금부터는 아무것도 그려져 있지
_{『 』: 나폴레옹의 개혁안 ③ – 초록색 깃발의 하얀 발굽과 뿔 삭제(발굽과 뿔은 모든 인간이 추방되고 세워질 동물 공화국을 상징함.)}

않은 초록색 깃발로 바뀔 것이다』라고 말하는 것이었다.

그는 필킹턴 씨의 우정 어린 연설에 대하여 단 하나 비판할 것이 있다고 말했다. 필킹턴 씨는 이 농장을 계속 '동물 농장'으로 불렀으나 이제 '동물 농장'이라는 명칭은 폐지된다. 이 사실은 나폴레옹 자신이 지금 처음으로 공표하는 것이니까 필킹턴 씨가 몰랐을 것은 당연하다. 앞으로 이 농장은 '메이너 농장'으로 불릴 것이며 이는 이 농장의 본래 이름

나폴레옹의 개혁안 ④ – 농장의 명칭을 '동물 농장'에서 '메이너 농장'으로 변경

인 것으로 자기는 알고 있다라고 말했다.

"여러분!"

연설을 끝낸 나폴레옹이 결론을 내리듯 말했다.

"아까 필킹턴 씨처럼 나도 똑같은 건배를 하고 싶소. 그러나 형식은 좀 다르오. 자, 건배합시다. '메이너 농장'의 발전을 위하여!"

▶ 나폴레옹이 인간들 앞에서 네 가지 동물 농장 개혁안을 연설함.

아까처럼 또 한 번 뜨거운 박수가 터져 나왔고 술잔은 바닥까지 비워졌다. 그러나 동물들이 창밖에서 안을 들여다보고 있는 사이 뭔가 이상한 일이 일어나고 있는 것 같았다. 돼지들의 얼굴에 무슨 변화가 일어난 것 같은데 뭐가 변한 것일까? 클로버의 침침한 눈이 돼지들의 얼굴을 이리저리 훑어보았다. 어떤 돼지들은 다섯 겹의 턱이 있었고 어떤 돼지는 네 겹 또는 세 겹의 턱을 하고 있었다. 그런데 그 턱들이 흐물흐물하게 녹아내릴 것처럼 이상하게 보이게 만드는 것은 무엇 때문일까? 요란한 박수 소리가 끝나자 그들 모두는 중단했던 카드놀이를 다시 시작했고, 동물들은 혼란스런 머리와 풀지 못한 숙제를 안고 슬그머니 정원을 빠져 나왔다.

▶ 동물들이 돼지들의 얼굴 변화에 혼란을 느낌.

그러나 동물들은 채 20야드도 못 가 걸음을 멈추었다. 아우성치는 요

란한 소리가 농장 집에서 들려왔기 때문이다. 그들은 되돌아 뛰어가 다

길이의 단위. 1야드는 91.44cm

시 창문으로 들여다보았다. 거기에는 격렬한 논쟁이 벌어지고 있었다.

서로 다른 의견을 가진 사람들이 각각 자기의 주장을 말이나 글로 논하여 다툼.

서로가 악을 바락바락 쓰고 책상을 두드리며 의심의 눈초리를 번득이

며 제각기 화를 내면서 그렇지 않다고들 떠들어 댔다. 카드 게임을 하다

가 나폴레옹과 필킹턴 씨가 동시에 스페이드 에이스를 내놓은 것이 싸

검은색으로 나뭇잎 모양과 알파벳 A가 그려진 카드

움의 발단이었다.

어떤 일의 계기가 됨. 또는 그 계기가 되는 일

열두 개의 성난 목소리들이 서로 맞고함을 치고 있었는데 그 목소리

들은 모두 똑같았다. 이제 돼지들의 얼굴에서 어떤 변화가 있었는지 의

심할 여지가 없었다. 바깥에서 지켜보는 동물들은 돼지부터 인간으로,

인간에서 돼지로 시선을 돌리면서 살펴보았다. 그러나 누가 돼지이고

누가 인간인지, 어느 것이 어느 것인지 도무지 종잡을 수 없었다.

▶ 누가 돼지이고 누가 인간인지 분간할 수 없게 됨.

결말 농장의 이름이 다시 '메이너 농장'으로 바뀌고 돼지와 인간을 구분할 수 없는 혼란이 찾아옴.

● 작가 만나기

조지 오웰(George Orwell, 1903~1950) 영국의 소설가로 본명은 에릭 아서 블레어(Eric Arthur Blair)이다. 그는 주로 인간 내면의 강렬한 감정을 바탕으로 당시의 큰 문제였던 계급 의식을 풍자하고 이것을 극복하는 길을 제시하였다. 주요 작품으로는 '파리와 런던의 밑바닥 생활', '버마의 나날', '1984' 등이 있다.

● 작품 만나기

'동물 농장'은 당시 소련 사회의 현실을 빗대어 표현한 것이다. 이 소설에서 반란을 선동하는 돼지 메이저 영감은 공산주의의 창시자라고 불리는 마르크스를, 나폴레옹은 스탈린을, 스노볼은 스탈린에게 쫓겨난 트로츠키를 빗댄 것이다.

이 소설이 오늘날까지 사랑받는 이유는 권력이 타락하는 문제가 비단 어느 한 시기에 국한되는 것이 아니기 때문이다. 또한 표면적으로 소련의 공산주의를 비판하고 있지만, 사실상 이상적인 공약과 선동으로 이루어지는 모든 혁명을 비판하고 있는 것이다.

● 핵심 만나기

갈래	우화 소설, 풍자 소설
성격	우화적, 풍자적, 비판적
배경	• 시간적: 불분명 • 공간적: 영국의 어느 농장
시점	전지적 작가 시점
제재	동물 농장에서 일어난 일들
주제	독재 권력에 대한 풍자와 비판
특징	동물을 의인화하여 인간들의 모습을 풍자함.

● 등장인물

존즈	메이너 농장의 원래 주인으로 혁명 초기 동물들에게 쫓겨남. 러시아 혁명을 촉발시킨 부패하고 타락한 니콜라이 2세를 상징함.
메이저	동물들의 사상적 지도자로 동물들에게 평등한 사회에 대한 꿈을 심어 줌. 공산주의 이념을 체계화한 마르크스를 상징함.
나폴레옹	동물들의 지도자가 되어 인간을 내쫓고 동물 농장을 건설한 수퇘지로 동지였던 스노볼을 쫓아내고 독재자가 됨. 소련의 스탈린을 상징함.
스노볼	나폴레옹과 함께 봉기를 이끌지만 후일 나폴레옹에 의해 숙청당함. 스탈린과 권력 다툼에서 패배한 트로츠키를 상징함.
스퀼러	나폴레옹의 부하 노릇을 하는 돼지로 역사와 진실을 교묘하게 왜곡하면서 권력에 빌붙어 삶.
복서	짐마차를 끄는 수말로 이상 사회에 대한 신념을 믿고 나폴레옹에게 충성을 다하지만 비극적인 죽음을 맞이함. 노동 계급을 상징함.
클로버	복서와 함께 짐마차를 끄는 암말로 혁명에 헌신하는 인물로 숙청 사건을 겪은 뒤에는 다른 동물들을 위로함. 무기력한 중산층을 상징함.
아홉 마리의 개들	나폴레옹의 충복으로 나폴레옹에게 무력을 제공하여 절대 권력을 행사하도록 도움. 스탈린의 비밀 경찰을 상징함.
양들	노래를 불러 나폴레옹 정권의 나팔수 노릇을 함. 권력자의 편에 서서 여론을 조작하는 언론을 상징함.
벤자민	혁명에 가담하지도 혁명에 반대하지도 않는 냉소적인 당나귀임. 그는 정치에 무관심한 인간을 상징함.
필킹턴	동물 농장 근처에 있는 폭스우드 농장의 주인. 폭스우드 농장은 자본주의를, 필킹턴은 미국의 루스벨트 대통령과 영국의 처칠 수상을 상징함.

- 인간에게 반란을 일으켰던 돼지들은 왜 다시 인간처럼 되려고 했을지 생각해 보자.

● 책 이름(출판사) ● 지은이

● 줄거리 요약

인간에게 학대받고 착취당하던 동물들은 인간을 내쫓고 모든 동물이 평등한 '동물 농장'을 세운다. 나폴레옹은 스노볼을 쫓아내고

● 인상 깊은 내용과 그 이유

● 읽고 난 후의 생각이나 느낌

✏ '모든 사람이 평등한 세상은 가능한가?' 라는 주제로 짧은 글을 써 보자.

1. '동물 농장'의 지은이 이름을 쓰시오.

2. '동물 농장'이 풍자한 것으로 가장 알맞은 것은?

　① 신분제 사회의 모순

　② 영국 사회의 불평등

　③ 인간의 끝없는 권력욕

　④ 공산주의와 스탈린의 독재 정치

　⑤ 동물을 학대하는 영국 농장주들의 횡포

3. 영감 벤자민이 오랜 삶을 통해 깨달은 '변하지 않는 동물들의 생활 법칙'은 무엇인지 쓰시오.

4. 나폴레옹이 독재 정치를 시작한 뒤 동물들의 삶은 비참해졌는데도 그들이 희망을 버리지 않은 이유로 틀린 것은?

　① 인간 독재자들에 의해 사육되지 않았기 때문에

　② 큰 전투에서 인간 침략자들을 물리쳤기 때문에

　③ 나폴레옹이 잘살게 해 줄 것이라는 믿음 때문에

　④ 동물들이 운영하는 유일한 농장의 구성원이기 때문에

　⑤ 메이저가 예언한 동물 공화국이 세워질 날에 대한 믿음 때문에

5. 스퀼러와 함께 나갔던 양들이 농장으로 돌아온 날 동물들이 보고 놀란 광경은 무엇인지 쓰시오.

6. 헛간 벽에 씌어 있던 칠계명은 어떻게 달라졌는가?

   ① 모든 동물은 평등하다.

   ② 두 발로 걷는 자는 누구든지 적이다.

   ③ 어떤 동물도 의복을 입어서는 안 된다.

   ④ 어떤 동물도 침대에서 자서는 안 된다.

   ⑤ 모든 동물들은 평등하다. 그러나 어떤 동물은 다른 동물보다 더 평등하다.

7. '동물 농장' 이웃에 있는 폭스우드 농장의 주인은 누구인가?

   ① 존즈   ② 스퀼러   ③ 필킹턴

   ④ 벤자민   ⑤ 나폴레옹

8. 나폴레옹이 농장주들 앞에서 발표한 개혁안으로 알맞지 않은 것은?

   ① '동무' 호칭의 폐지

   ② 깃발 게양대의 수퇘지 두개골 제거

   ③ 동물들에게 농장 수확물을 균등히 분배

   ④ 녹색 깃발에 그려진 하얀 발굽과 뿔 삭제

   ⑤ 농장의 명칭을 '동물 농장'에서 '메이너 농장'으로 변경

9. 동물 농장 근처의 농장주 대표단이 방문한 날 저녁 파티를 벌이던 인간과 돼지들 사이
   에 싸움을 벌어졌다. 싸움의 발단은 무엇이었는지 쓰시오.

어휘력 팡팡

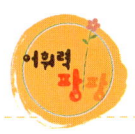

● 다음 뜻에 해당하는 단어를 〈보기〉에서 찾아 빈칸에 써 보자.

보기					
방종	불온	선동	의혹	재담	심사숙고

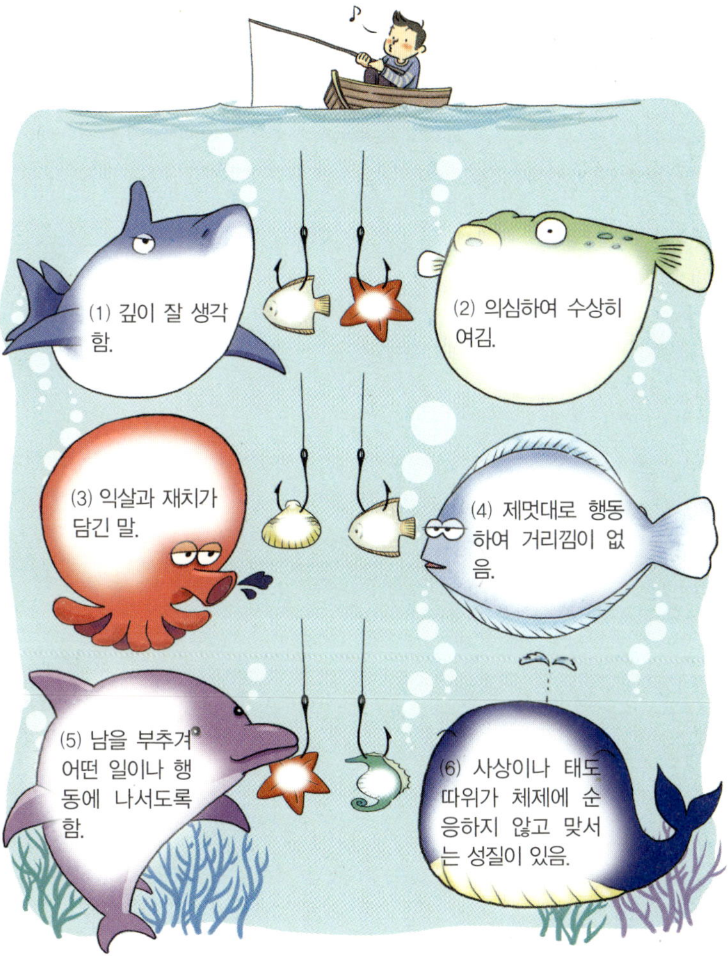

(1) 깊이 잘 생각함.
(2) 의심하여 수상히 여김.
(3) 익살과 재치가 담긴 말.
(4) 제멋대로 행동하여 거리낌이 없음.
(5) 남을 부추겨 어떤 일이나 행동에 나서도록 함.
(6) 사상이나 태도 따위가 체제에 순응하지 않고 맞서는 성질이 있음.

4

더 좋은
세상을 꿈꾸다

화왕계

설총

옛날에 화왕이 이곳에 이르자 향기로운 동산에 심고 푸른 장막으로

<small>꽃 중의 왕이라는 뜻으로 '모란꽃'을 의미함.</small>   <small>한데에서 볕 또는 비바람을 피할 수 있도록 둘러치는 막</small>

둘러 보호했답니다. 늦봄을 맞아 곱게 피어난 화왕은 온갖 꽃들 가운데

가장 빼어났다고 합니다. 그러자 가깝고 먼 곳에서 요염하고도 아리따

<small>사람을 홀릴 만큼 매우 아리따움.</small>

운 꽃들이 모두 달려와서 화왕을 뵙고자 했답니다.

▶ 화왕의 내력

그들 가운데 한 아리따운 이가 발그스름한 볼에 하얀 이를 드러내어

웃으며 고운 나들이옷으로 아름답게 단장하고 간들간들 춤추는 듯 화

왕 앞에 걸어와서 아뢰었습니다.

<small>말씀드려 알리다.</small>

『"저는 눈처럼 하얀 모래벌판을 밟고, 거울처럼 맑은 바다를 마주 보

<small>『 』: 세상에 물들지 않고 곱게 자람.</small>

면서 자랐습니다. 봄비에 목욕하여 몸의 먼지를 씻고, 맑은 바람 속

에서 유유자적하면서 지냈습니다.』 저의 이름은 장미라 하옵니다. 대

<small>속세를 떠나 아무 속박 없이 조용하고 편안하게 삶.</small>   <small>간사한 신하로 '박두옹'과 대조</small>

왕의 어지신 덕망을 듣사옵고, 곁에서 그윽한 향기를 더하여 모시고

자 하오니, 대왕께서 저를 받아들여 주시겠사옵니까?"

▶ 화왕을 유혹하는 장미

그때 또 어떤 백발의 사내가 베옷을 입고 가죽띠를 두른 채, 지팡이

를 짚고 비틀거리는 걸음으로 굽실굽실 걸어오더니 화왕께 아뢰었습니

다.

"저는 서울 밖 한길 가에 살고 있사옵니다. 아래로는 아득히 펼쳐진

들판의 경치를 내려다보고, 위로는 높이 솟은 산의 경치를 의지하고 있습니다. 저의 이름은 백두옹이라 하옵니다. 가만히 생각하건대, 대왕께서는 좌우에서 보살피는 신하들이 좋은 음식과 향기로운 차로

할미꽃(충성스러운 신하로 '장미'와 대조)

수라상을 받들어 흡족하게 해 드리고 있사옵니다. 비록 기름진 쌀과 고기로 배를 채우고 좋은 차로 정신을 맑게 하시며 장롱 속에 의복을 그득히 쌓아 두었다 하더라도, 좋은 약으로 기운을 돋우시고 독한 약으로 병독을 없애야 합니다. 그러므로 옛말에, 『'군자 된 자는 비록

□ : 최선의 것   □ : 차선의 것

명주실과 삼 으로 짠 좋은 옷감이 있더라도, 솔새와 기름사초 같은
누에고치에서 뽑은 가늘고 고운 실   삿갓이나 돗자리를 짜는 거친 풀의 종류
풀도 버리는 일이 없고, 모든 사람들이 아쉬운 것이 없게 한다.'고
『 』: 최선의 것이 있어도 차선의 것을 버리지 않고 유사시에 대비한다는 뜻
하였습니다. 대왕께서도 이러한 뜻을 가지고 계신지 모르겠습니다."

▶ 화왕의 마음가짐에 대해 충고하는 백두옹

그때 어떤 신하가 화왕께 아뢰었습니다.

"두 사람이 이렇게 함께 왔는데, 대왕께서는 누구를 남기고 누구를

보내시겠습니까?"

화왕은 이렇게 말했습니다.

"저 영감의 말도 일리가 있기는 하나, 아름다운 이는 얻기 어려운 것

이니, 장차 어떻게 하면 좋겠는가?"

그러자 노인이 앞으로 나아가 아뢰었습니다.

"저는 대왕께서 총명하여 모든 사리를 잘 판단하시는 분으로 알고 왔
                                                그릇된 이치나 생각
더니, 지금 뵈오니 그러지 않으십니다. 대체로 임금 된 사람치고 간
남의 환심을 사거나 잘 보이려고 알랑거리는
사하고 아첨하는 자를 가까이하지 않고, 곧고 올바른 자를 멀리하지
나쁜 꾀가 있어 거짓으로 남의 비위를 맞추는 태도가 있고
않는 이가 드물었습니다. 그래서 『맹자는 불우하게 일생을 마쳤고,
                                                『 』: 인재 등용의 불합리성을 지적함.
풍당은 말단 벼슬에 파묻혀 머리가 백발이 되었습니다.』예부터 이러

하오니, 저인들 어찌하겠습니까?"

그러자 화왕은 곧 사과했습니다.

"내가 잘못했다. 내가 잘못했다."

▶ 뉘우치는 화왕
옳은 말을 하는 충신을 몰라본 자신의 잘못을 깨달음.

● 작가 만나기

 설총(? ~ ?) 신라 경덕왕 때의 학자이다. 어렸을 때의 이름은 총지(聰智)이고, 시호는 홍유후(弘儒侯)이다. 아버지는 원효 대사, 어머니는 요석 공주이며, 신라의 육두품 신분이었을 것으로 추정된다. 유학과 문학을 깊이 연구한 학자로서 일찍이 국학에 들어가 학생들을 가르쳐 유학의 발전에 기여했다. 강수, 최치원과 함께 신라의 3대 문장가로 꼽힌다.

● 작품 만나기

 '화왕계'는 통일 신라 시대의 학자인 설총이 지은 설화이다. "삼국사기" 설총 열전에 실려 있고, "동문선"에는 '풍왕서'라는 제목으로 수록되어 있다. 신문왕이 설총에게 재미있는 이야기를 해 달라고 청하자, 설총이 왕에게 들려준 것이다. 신문왕은 이야기를 듣고 '뜻이 깊은 이야기'라며 기록하고, 후대의 왕들이 교훈으로 삼고자 하였다. 꽃을 의인화하여 '백두옹'을 '충신'으로 '장미'를 '간신'으로 표현하고 있으며, 백두옹은 설총이 말하고자 하는 바를 대신 전달해 주는 역할을 하고 있다. 우리나라 최초의 창작 설화이기도 한 이 작품은 고려 시대 가전체(假傳體) 문학에 영향을 주었다.

● 핵심 만나기

갈래	설화
성격	우화적, 교훈적, 풍자적
제재	꽃
주제	임금의 마음가짐에 대한 경계
특징	• 우리나라 최초의 창작 설화 • 고려 시대 가전체에 영향을 줌. • '구토지설'과 함께 의인체 설화의 효시가 됨.

◎ 등장인물

화왕 **(모란꽃)**	• 꽃 중의 왕으로 '모란꽃'을 의미함. • '장미'와 '백두옹'을 두고 누구를 선택할지 고민함. • '백두옹'의 말을 듣고 충신을 몰라본 자신을 반성함.
장미	• 아름다운 외모를 지니고 있음. • 화왕에게 아첨하며 자신을 받아 주기를 원함. • 간신을 의미함.
백두옹 **(할미꽃)**	• 볼품없는 외모를 지니고 있음. • 화왕의 마음가짐에 대해 충고함. • 충신을 의미함.

◎ '장미'와 '백두옹'의 비교

구분	장미	백두옹
외모와 행동	• 발그스름한 볼에 하얀 이를 가짐. • 고운 나들이옷으로 아름답게 단장하고 간들간들 춤추는 듯 걸음.	• 베옷을 입고 가죽띠를 두르고 있음. • 지팡이를 짚고 비틀거리는 걸음으로 굽실굽실 걸음.
거주지	눈처럼 하얀 모래벌판	서울 밖 한길 가
역할	명주실과 삼(현재의 부귀)	솔새와 기름사초(미래를 대비)

◎ '백두옹'이 '화왕'에게 말하고자 하는 것

'백두옹'은 '화왕'에게 더 이상 맹자와 풍당 같은 이가 나와서는 안된다고 말한다. 이것은 아첨하는 무리들을 멀리하고, 정직하고 충성스러운 인재를 등용해야 한다는 의미이다. 즉 설총이 신문왕에게 하고자 하는 이야기를 대신하고 있는 것이다.

❶ 설총이 임금에게 전달하고자 한 것은 무엇인지 써 보자.

❷ 등장인물인 '장미'와 '백두옹'은 각각 어떤 사람을 비유적으로 표현한 것인지 생각해 보자.

● 책 이름(출판사)　　　　　　　● 지은이

● 줄거리 요약

　　　많은 꽃들은 화왕(모란꽃)을 만나기 원한다. 어느 날 고운 나들이옷으로 아름답게

　　단장한 장미가 화왕 앞에 나타나는데

● 인상 깊은 내용과 그 이유

● 읽고 난 후의 생각이나 느낌

✏️ 이 작품을 읽고 난 후의 생각이나 느낌을 만화로 표현해 보자.

1. 다음 중 '화왕계'에 대한 설명으로 가장 알맞은 것은?

① 재미를 위해 쓴 글이다.

② 입에서 입으로 전해졌다.

③ 꽃을 의인화하여 표현하였다.

④ 1인칭 주인공 시점인 소설이다.

⑤ 자신이 직접 겪은 일을 쓴 글이다.

2. 화왕에게 옳은 말을 하는 충신을 의미하는 것은 무엇인지 쓰시오.

[3~4] 다음 글을 읽고 물음에 답하시오.

"ⓐ저는 대왕께서 총명하여 모든 ⓑ사리를 잘 판단하시는 분으로 알고 왔더니, 지금 뵈오니 그러지 않으십니다. 대체로 임금 된 사람치고 ⓒ간사하고 아첨하는 자를 가까이하지 않고, ⓓ곧고 올바른 자를 멀리하지 않는 이가 드물었습니다. 그래서 ⓔ맹자는 불우하게 일생을 마쳤고, 풍당은 말단 벼슬에 파묻혀 머리가 백발이 되었습니다. 예부터 이러하오니, 저인들 어찌하겠습니까?"

그러자 화왕은 곧 사과했습니다.

㉮"내가 잘못했다. 내가 잘못했다."

3. ⓐ~ⓔ 중에서 '충신'을 의미하는 것은?

① ⓐ, ⓑ   ② ⓐ, ⓒ   ③ ⓑ, ⓒ

④ ⓒ, ⓓ   ⑤ ⓓ, ⓔ

4. 화왕이 밑줄 친 ㉮와 같이 말한 까닭은 무엇인지 쓰시오.

5. '백두옹'이 '화왕'에게 말하고자 하는 것은 무엇인지 한 문장으로 쓰시오.

● 다음 뜻에 해당하는 단어를 제시된 자음을 이용하여 써 보자.

(1) [ㅈ ㅁ] 한데에서 볕 또는 비바람을 피할 수 있도록 둘러치는 막.

(2) [ㅇ ㄹ ㄷ] 말씀드려 알리다.

(3) [ㅇ ㅇ ㅈ ㅈ] 속세를 떠나 아무 속박 없이 조용하고 편안하게 삶.

(4) [ㅁ ㅈ ㅅ] 누에고치에서 뽑은 가늘고 고운 실.

(5) [ㅅ ㄹ] 그릇된 이치나 생각.

(6) [ㅇ ㅊ] 남의 환심을 사거나 잘 보이려고 알랑거림.

아기장수 우뚜리

지은이 모름

옛날, 먼 옛날의 일이다.

세상은 살기가 아주 어려웠다. 권력자들이 자기 욕심 차리기에 눈이 멀어 백성들 생활은 안중에도 없었다. 대궐에 있는 벼슬아치들은 뇌물
관심이나 의식의 범위 내
을 받고 원님 자리를 팔았고, 원님은 백성들을 쥐어짜서 자기 배를 불렸다. 그러니 백성들의 불만이 하늘을 찌를 수밖에 없었다.

"뼈 빠지게 일해도 입에 풀칠도 못 하니……."

"이놈의 세상, 한번 확 뒤집어져야 해."　　　▶ 백성들을 괴롭히는 권력자들

그때 한 마을에 농사꾼 부부가 살고 있었다. 가진 땅이 없어서 품을
삯을 받고 하는 일
팔아 먹고사는 처지였다. 겨우 끼니를 이어 가던 어느 날, 남편이 갑자기 일터에서 쓰러져 아내를 혼자 남겨 두고 다시 못 올 길로 떠났다. 그
저승길
런데 아내는 혼자가 아니었다. 몸속에 새로운 생명이 자라고 있었던 것이다.

배 속의 아기가 점점 자라 만삭이 되었지만, 여인은 일을 쉴 수가 없었다. 당장 끼니를 때우기 위해서는 품팔이에 나서야만 했다. 사람들이
품삯을 받고 남의 일을 해 주는 일
그 모습을 보고 다들 혀를 찼지만, 모두가 저 살기에 바쁜지라 달리 어
마음이 언짢거나 유감의 뜻을 나타냈지만
떻게 할 방도가 없었다.　　　　　　　　▶ 아이를 가진 채 품팔이하는 여인
어떤 일을 하거나 문제를 풀어 가기 위한 방법과 도리

어느 날 여인은 무거운 몸을 힘들여 추스르면서 혼자 산속에서 밭을 매고 있었다. 한참 호미질을 하고 있는데 배가 아파 오기 시작하더니 꼼짝도 못할 정도가 되고 말았다. 여인이 배를 움켜쥐면서 살려 달라고 소리쳤지만, 지나는 사람이 아무도 없었다. 여인은 천신만고 끝에 혼자 힘으로 아이를 낳았다. 『비몽사몽간에 억새풀을 꺾어서 탯줄도 잘랐다. 그러고는 맥이 풀려서 쓰러졌다.』

온갖 어려운 고비를 다 겪으며 심하게 고생함.
민중의 생명력을 상징
완전히 잠이 들지도 잠에서 깨어나지도 않은 어렴풋한 상태
『 』: 기이한 탄생 ①

그런데 혼미한 중에 생각해 보니 아이 울음소리가 안 들린 것이었다. 깜짝 놀라 정신을 차리고 아이를 살펴보니 입이 꼭 닫혀 있었다. 더 놀라운 것은, 아기 몸이 윗도리만 있는 것이었다. 엉덩이 아래로는 아무것도 없었다. 여인은 그만 울음을 터뜨렸다.

의식이 흐림, 또는 그런 상태
기이한 탄생 ②
이름의 유래, 기이한 탄생 ③

"아이고 신령님, 이 일을 어째요!"

집으로 돌아온 뒤에도 아기는 한 번도 울음을 울지 않았다. 다른 말소리도 내지 않았다. 그저 두 팔을 몸에 붙인 채 가만히 앉아 있을 뿐이었다. 마치 돌부처 같았다.

사람들은 그 아이를 몸이 윗도리만 있다고 해서 '우뚜리' 라고 불렀

다. 부르다 보니 어느새 그게 아이의 이름이 되었다. 그와 함께 아이의 모친은 '우뚤네'라고 불리게 되었다. ▶ 우뚜리의 탄생

발단 우뚜리가 기이하게 태어남.

우뚤네는 다시 품팔이를 하러 다녔다. 우뚜리는 등에 둘러업고 이곳 저곳 일터를 찾아 돌아다녔다. 일터 한구석에 놔두면 우뚜리는 언제까지라도 돌부처럼 가만히 앉아 있었다.

그날도 우뚤네는 품팔이를 나가 우뚜리를 논둑에 앉혀 둔 채 동네 사람들과 함께 모를 심고 있었다. 그때 악독하기로 소문난 고을 아전이 지나가다가 걸음을 멈추고 모 심는 곳으로 다가왔다. 사람들이 또 무슨 트

조선 시대에, 중앙과 지방의 관아에 속한 벼슬아치 밑에서 일을 보던 사람

집을 잡으려나 하고 신경이 곤두서 있는 판인데, 아전은 하필 우뚤네를 부르며 물었다.

"임자, 내 뭐 하나 좀 물음세."

우뚤네가 놀라서 아전을 바라보자 아전이 실실 웃으면서 희롱하듯이

말이나 행동으로 실없이 놀리듯이

말했다.

"지금까지 모를 심은 게 모두 몇 포기나 되는고?"

우뚤네는 당황해서 아무 말도 못 했다. 그러자 아전이 음흉하게 웃으면서 이죽거렸다.

자꾸 밉살스럽게 지껄이며 짓궂게 빈정거리다.

"하하, 제가 심은 것도 못 헤아린단 말인가. 이런 멍청한 것 같으니!"

우뚤네는 아무 말도 못 하고 얼굴이 빨개지고 말았다. 그 모습을 보는 농부들은 마음에 불이 일었지만, 어쩌지 못하고 속으로 화를 삭일뿐이었다. ▶ 우뚤네를 괴롭히는 고을 아전

그때 뜻밖의 일이 벌어졌다. 옆에서 그 모습을 지켜보고 있던 우뚜리

가 입을 열어 아전에게 소리를 친 것이었다.

『"보세요, 그러는 당신은 지금까지 타고 온 말의 발자국이 모두 몇 개

『 』: 우뚜리의 영웅적 면모 ①

나 됩니까?"』

그러자 아전은 아무 말도 못 하고 얼굴이 벌겋게 달아오르고 말았다.

그는 혼자서 붉으락푸르락 화를 돋우다가 말 머리를 돌렸다. 그 모습을

보면서 사람들이 모처럼 통쾌하게 웃었다.

"하하, 저 꼬락서니라니."

"십 년 묵은 체증이 쑥 내려가네그려."

어떤 일로 인하여 더할 나위 없이 속이 후련해짐.

그러는 한편으로 사람들은 벙어리인 줄만 알았던 우뚜리를 아주 경

이로운 눈으로 바라보는 것이었다.   ▶ 고을 아전을 혼내 준 우뚜리의 현명함.

놀랍고 신기한

그날 밤, 우뚜리는 어머니를 앉혀 놓고서 뜻밖의 이야기를 꺼냈다.

『"어머니, 이제 제가 집을 떠날 때가 됐습니다. 언젠가 나라에서 저를

『 』: 우뚜리의 영웅적 면모 ②

죽이러 올 거예요."』

"네가 떠나면 나는……."

"그게 저의 운명이에요. 어머니, 떠나기 전에 부탁이 있습니다. 검은

콩 한 말을 구해다가 한 톨도 빼지 말고 볶아 주세요. 그리고 좁쌀을

금기 사항

한 말 구해다 주세요."

"오냐, 알았다."

우뚜네는 동네를 다니며 곡식을 빌어 검은콩과 좁쌀을 구해 왔다. 그

리고 밤을 새워 콩을 볶았다. 한참 콩을 볶던 우뚜네는 콩이 잘 익었는

지 보려고 무심코 한 알을 집어서 먹었다. 그게 나중에 탈이 될 줄은 꿈

복선   뜻밖에 일어난 걱정할 만한 사고

에도 몰랐다. ▶ 콩을 볶다가 무심코 한 알 집어먹은 우뚤네

다음 날 우뚜리는 콩 자루와 좁쌀 자루를 손에 든 채 어머니의 등에
업혀 길을 떠났다. 산중에 이르러 집채만 한 바위 앞에 이른 우뚜리는
어머니를 멈춰 세웠다. 그리고 어머니더러 억새풀을 꺾어 바위를 치게
했다. 『억새풀로 바위를 치자 놀랍게도 바위가 칼로 벤 듯 두 쪽으로 갈

우뚜리가 태어났을 때 억새풀로 탯줄을 자른 일과 연관된다.

라졌다.』

『 』: 비현실성, 전기성

"어머니, 저를 바위 속에 넣어 주세요. 그리고 저를 잊으세요. 앞으로
삼 년이 찰 때까지 아무한테도 이 일을 말해선 안 됩니다."

금기 사항

어머니는 가여운 마음에 눈물을 흘리며 우뚜리를 갈라진 바위 사이
로 내려놓았다. 그러고 나자 바위는 다시 아무 일도 없었던 것처럼 하나
로 합쳐졌다. 갈라졌던 흔적이 전혀 남지 않았다. ▶ 바위 사이로 사라진 우뚜리

우뚜리가 그렇게 갑자기 사라지자 동네 사람들이 이상하게 여겨서
우뚤네에게 우뚜리 간 곳을 묻기 시작했다.

"아이가 엊저녁에 갑자기 입에 거품을 물더니 쓰러져 죽었다오. 그래
서 산속에 갖다 묻었지요."

우뚤네가 그렇게 둘러댔지만, 사람들은 선뜻 곧이듣지를 않고 의아

의심스럽고 이상하게

하게 여기는 것이었다. 우뚜리가 아전을 혼내는 것을 본 터라서 더 그럴
수밖에 없었다. ▶ 우뚜리가 없어진 것을 이상하게 여기는 사람들

전개 우뚜리의 영웅적 면모가 드러남.

그 후, 언제부터인가 세상 사람들 사이에 이상한 소문이 돌기 시작했
다. 장수가 났다는 소문이었다. 하늘이 '우뚜리'라는 장수를 내보냈는
데, 용마를 타고서 어디론가 사라졌다는 것이었다. 머지않아 그가 나와

용의 머리에 말의 몸을 하고 있다는 신령스러운 전설 상의 짐승

서 이 세상을 바꾸어 놓으리라고들 했다.

사람들은 그 소문을 귀엣말로 은밀하게 전했다. 하지만 발 없는 말이 천 리를 간다고, 소문은 점차 이 마을 저 마을로 퍼져 나가기 시작했다. 나라에 큰 흉년이 들고 관가의 수탈로 사람들이 죽어 나가면서 소문의
강제로 빼앗음.
위력은 점점 커져만 갔다. 언제부턴가 한밤중에 산이 쿵쿵 울리고 사람
상대를 압도할 만큼 강력함. 또는 그런 힘
들이 떠드는 듯한 소리가 들리기도 했는데, 사람들은 그게 우뚜리가 훈련을 하는 소리라고 믿었다. 머지않아 우뚜리가 세상에 나올 것이라고 했다.

▶ 장수 우뚜리에 대한 소문이 퍼짐.

마침내 그 비밀스러운 소문이 권력자들의 귀에까지 들어가고 말았다. 그러자 그들은 눈에 불을 켜고 우뚜리를 찾아 나서기 시작했다. 팔
몹시 욕심을 내거나 관심을 기울이고
도로 장군과 군사를 내려보내 각 고을을 뒤지게 했다.

대궐에서 나온 장군과 고을 원님들은 군사들을 풀어서 이상한 소리가 나는 곳을 찾기 시작했다. 그러나 도무지 소리 나는 곳을 알아낼 수가 없었다. 그러자 군사들은 각 마을을 돌아다니면서 사람들을 족치기
견디지 못하도록 매우 볶아치기
시작했다. 우뚜리가 어느 집에서 났는가 알아내기 위해서였다. 하지만 사람들은 다들 모른다고 입을 모았다.

▶ 우뚜리를 찾으려는 권력자들

그때, 예전에 우뚜리에게 망신을 당했던 그 아전이 문득 삼 년 전의 일을 떠올렸다. 자기를 망신시켰던 아이의 아랫도리가 없다는 데 생각이 미치자 그는 무릎을 탁 쳤다. 그 아이가 우뚜리라는 걸 직감한 것이었다.

장군은 아전을 앞세우고 우뚤네가 사는 마을을 이 잡듯 뒤지기 시작
샅샅이 뒤지어 찾는 모양

했다. 하지만 사람들은 하나같이 모르는 일이라고 발뺌을 했다. 그런데

_{자기가 관계된 일에 책임을 지지 않고 빠지다.}

마을에 방정맞은 아낙네가 하나 있었던 게 탈이었다. 밭에서 일을 하다

_{말이나 행동이 찬찬하지 못하고 몹시 까불어서 가볍고 점잖지 못한}

말고서,

"우뚤네, 이제 그만하고 좀 쉬어."

이렇게 소리치는 것을 그만 장군이 듣고 말았다. 장군은 '우뚤네' 라

_{우연성}

는 말을 놓치지 않고 달려들어서 우뚜리의 어머니를 잡아챘다.

모진 취조가 시작됐다. 우뚤네는 아들이 죽어서 묻었다고 발뺌했지

_{범죄 사실을 밝히기 위하여 혐의자나 죄인을 조사함.}

만 통할 리가 없었다. 우뚜리 유해를 찾아 내보일 수 없었으니 말이다.

_{주검을 태우고 남은 뼈, 또는 무덤 속에서 나온 뼈}

분노한 장군은 우뚤네를 고문하기 시작했다. 갈수록 모질어지는 고문

_{괴로움이나 아픔 따위의 정도가 지나치게 심한}

을 연약한 여인으로서 견뎌 낸다는 것은 불가능했다. 끝내 그녀는 우뚜

리가 바위 속으로 들어간 사실을 실토하고 말았다. 우뚜리가 들어간 지

_{금기 사항을 어김.}

삼 년에서 딱 하루가 모자라는 날이었다. ▶ **우뚤네를 고문하는 장군**

장군은 당장 수천 군사를 거느리고 바위를 향해 달려갔다. 그러고는

바위를 깨뜨리기 시작했다. 도끼로 치고 망치로 때렸지만 집채만 한 바

위는 꿈쩍도 하지 않았다. 안달이 난 장군은 홧김에 억새풀을 뜯어서,

"에이, 이놈의 바위!"

하고 후려갈겼다. 일이 안되려면 뒤로 넘어져도 코가 깨진다더니, 『바

_{채찍이나 주먹을 휘둘러 힘껏 치거나 때리다.}

위는 억새풀을 맞고는 칼로 벤 듯 두 쪽으로 쫙 갈라졌다.』 ▶ **바위 사이에서**
우뚜리를 찾은 장군

『』: 비현실성, 전기성 위기 우뚜리에 대한 소문이 퍼지자 우뚜리를 죽이려 함.

바위 속에서는 놀라운 일이 벌어지고 있었다. 우뚜리가 가지고 들어

간 수만 톨의 좁쌀이 모두 군사로 변해서 우뚜리의 지휘 아래 훈련을 하

고 있었다. 하지만 단 하루가 모자랐던 게 한이었다. 햇빛을 받은 군사

들은 몸을 꽈배기처럼 비틀더니 그 자리에 녹아 버리고 말았다. 더 신기한 건 우뚜리의 몸이었다. 바위에 들어갈 때까지는 없던 아랫도리가 그 사이에 자라나서 우뚜리는 그야말로 늠름한 장수가 돼 있었다. 다만 날짜가 하루 모자라는 바람에 발가락이 덜 생겨서 뒤뚱거렸다. 그 우뚜리의 몸은 쇠보다 단단한 검은 갑옷으로 감싸여 있었다. 가지고 들어간 붉은 콩이 갑옷이 되어 우뚜리의 몸을 감싼 것이다.

▶ 바위에서 늠름한 장수가 된 우뚜리

"어서 저놈을 처치해라!"

명령을 들은 군사들이 우르르 달려들었다. 하지만 그들은 우뚜리의 적수가 될 수 없었다. 『우뚜리가 콩 갑옷을 입은 채로 공중에 번쩍 솟아

『 』: 우뚜리의 영웅적 면모 ③

올랐다가 뛰어내릴 때마다 군사들이 수십 명씩 나가떨어졌다.』다시 우뚜리가 솟아오르자 장군이 소리쳤다.

"한꺼번에 화살을 날려라!"

▶ 우뚜리를 처치하려는 장군

절정 바위 속에서 장수가 되어 수많은 병사를 훈련시킴.

군사들이 우뚜리를 겨냥해 빗발치듯 화살을 날렸다. 화살들은 콩 갑

거센 빗줄기처럼 쏟아지거나 떨어지듯

옷을 뚫지 못하고 힘없이 튀어나왔다. 그러나 그 갑옷은 완전하질 못해 단 한 곳 빈 데가 있었다. 우뚤네가 콩을 볶다가 한 알을 먹은 탓에 겨드랑이 아래가 콩알 하나만큼 비어 있었던 것이다.

▶ 화살을 막는 콩 갑옷

바로 그 빈자리에 화살 한 대가 파고들었다. 그러자 붉은 피가 분수처럼 솟구쳐 올랐다. 우뚜리는 하늘을 향해 한 번 부르짖고는 그대로 땅에 떨어져 거꾸러지고 말았다. 우뚜리의 최후였다.

▶ 우뚜리의 비극적 죽음

사람들은 눈물을 흘리며 우뚜리의 죽음을 슬퍼했다. 그리고 서로의 눈을 마주 보며 굳게 다짐했다. 우뚜리의 그 죽음을 결코 헛되이 하지 않겠다고. 기필코 새로운 세상을 만들고 말겠다고.

▶ 새로운 세상을 향한 사람들의 다짐

결말 우뚜리의 죽음을 통해 새로운 세상을 열망함.

● 작품 만나기

'아기장수 우뚜리'는 영웅을 간절히 기다리는 민중들의 열망이 잘 드러나 있는 설화이다. 우뚜리는 어머니가 탯줄을 억새풀로 자르고 몸이 윗도리만 있는 등 기이하게 태어난다. 또한 마을 아전을 혼내 주거나 나라에서 자신을 죽이려는 것을 미리 알고 바위 속으로 들어가서 병사들을 기르는 등 비범한 능력을 보여 준다. 그러나 삼 년에서 하루가 모자란 날, 검은콩 한 알이 부족한 갑옷을 입고 싸우다가 겨드랑이에 화살을 맞고 비극적인 죽음을 맞는다.

이 설화는 일반적인 영웅 이야기와 다르게 결말이 비극적이다. 그러나 우뚜리의 죽음을 계기로 사람들이 새로운 세상을 더욱 열망하게 된다는 점에서 그의 죽음이 비극만은 아니라는 점을 암시한다.

● 일반적인 영웅 설화의 구조

고귀한 혈통	→	기이한 탄생	→	비범한 능력

↓

고난의 극복과 승리	←	조력자를 만남	←	시련을 겪음

● 핵심 만나기

갈래	설화
성격	서사적, 비극적, 비현실적, 허구적
배경	• 시간적: 먼 옛날(특정한 시간적 배경이 드러나지 않음.) • 공간적: 우리나라(특정한 공간적 배경이 드러나지 않음.)
시점	전지적 작가 시점
제재	우뚜리의 일생
주제	영웅을 기다리는 민중의 열망
특징	• 비현실적이고 전기적 요소가 많음. • 결말을 제외하면 영웅 일대기적 구조를 충실히 따름.

● 등장인물

우뚜리	미천한 신분으로 태어나지만 비범한 능력을 지닌 인물
우뚤네	• 혼자 품을 팔며 우뚜리를 키우는 인물 • 콩을 볶다 한 알을 먹고, 삼 년에서 하루가 모자란 날 우뚜리가 간 곳을 알려 주는 등 금기를 깨뜨림.
아전과 장군	백성들을 괴롭히고 자기 욕심만 차리는 비겁한 권력자

● 입에서 입으로 전하여 내려온 '아기장수 우뚜리'의 특징

• 우리나라의 전국에 걸쳐서 분포되어 있다.
• 지역에 따라 내용이 조금씩 다르다. 대표적으로 다음과 같은 이야기가 있다.

　㉠ 우뚜리는 겨드랑이에 날개가 달린 채 태어난다. 이를 본 부모가 우뚜리를 살리기 위해 지리산으로 피신하자, 영웅이 태어났다는 소문이 돌기 시작한다. 이 소문을 들은 임금이 우뚜리를 잡으려 하고, 콩으로 만든 갑옷을 입은 우뚜리가 콩 한 알이 모자라 겨드랑이에 화살을 맞고 죽는다.

　㉡ 겨드랑이에 날개가 있고 힘이 센 아기장수가 태어난다. 부모는 이 아이가 장차 역적이 되어 집안을 망칠 것이라고 판단하여 미리 죽인다. 그러자 아기장수를 태울 용마가 나타나 주인을 찾아 헤매다가 깊은 웅덩이에 빠져 죽는다.

• 뛰어난 능력을 지닌 영웅이 주위의 반대나 무지함에 의해 그 뜻을 펴지 못하고 죽음을 당한다는 내용은 공통적이다.

> ❶ 다음은 '아기장수 우뚜리'의 어떤 점을 보여 주고자 한 것인지 생각해 보자.
>
> 　억새풀로 탯줄을 잘라 태어났고 몸이 윗도리만 있다.
>
> ❷ '아기장수 우뚜리'가 일반적인 영웅 소설과 다른 점을 두 가지 써 보자.

● 책 이름(출판사)   ● 지은이

● 줄거리 요약

　　우뚜리는 억새풀로 탯줄을 자르고 태어난다. 아랫도리가 없어서 '우뚜리'라고 불
렀는데

● 인상 깊은 내용과 그 이유

● 읽고 난 후의 생각이나 느낌

✏ 이 작품을 읽고 친구들과 토론하고 싶은 내용을 두 가지 이상 써 보자.

1. 우뚜리가 태어날 때 우뚜리 어머니는 무엇으로 탯줄을 잘랐는지 쓰시오.

2. 우뚜리가 바위 속으로 가지고 들어간 좁쌀은 무엇이 되었는가?

　　① 말　　　　　② 칼　　　　　③ 갑옷　　　　　④ 군사　　　　　⑤ 투구

3. 우뚜리가 바위 속으로 가지고 들어간 콩은 무엇이 되었는지 쓰시오.

4. 우뚜리가 바위 속에서 훈련시킨 군사가 모두 사라져 버린 이유는 무엇인가?

　　① 햇빛이 눈부셨기 때문에

　　② 군사들에게 칼이 없었기 때문에

　　③ 좁쌀의 상태가 좋지 않았기 때문에

　　④ 억새풀에 의해서 바위가 깨졌기 때문에

　　⑤ 삼 년에서 하루 모자란 날에 바위가 깨졌기 때문에

5. 우뚜리가 겨드랑이에 화살을 맞고 죽은 이유는 무엇인가?

　　① 우뚤네가 좁쌀 한 톨을 먹었기 때문에

　　② 화살을 쏘는 군사들이 용맹했기 때문에

　　③ 햇빛을 받은 우뚜리의 몸이 비틀어졌기 때문에

　　④ 우뚜리의 발가락이 아직 다 자라지 않았기 때문에

　　⑤ 우뚤네가 콩을 볶다가 한 알을 먹어서 갑옷에 틈이 생겼기 때문에

어휘력 팡팡

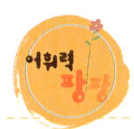

• 다음 뜻에 해당하는 단어를 구슬에서 찾아 빈칸에 써 보자.

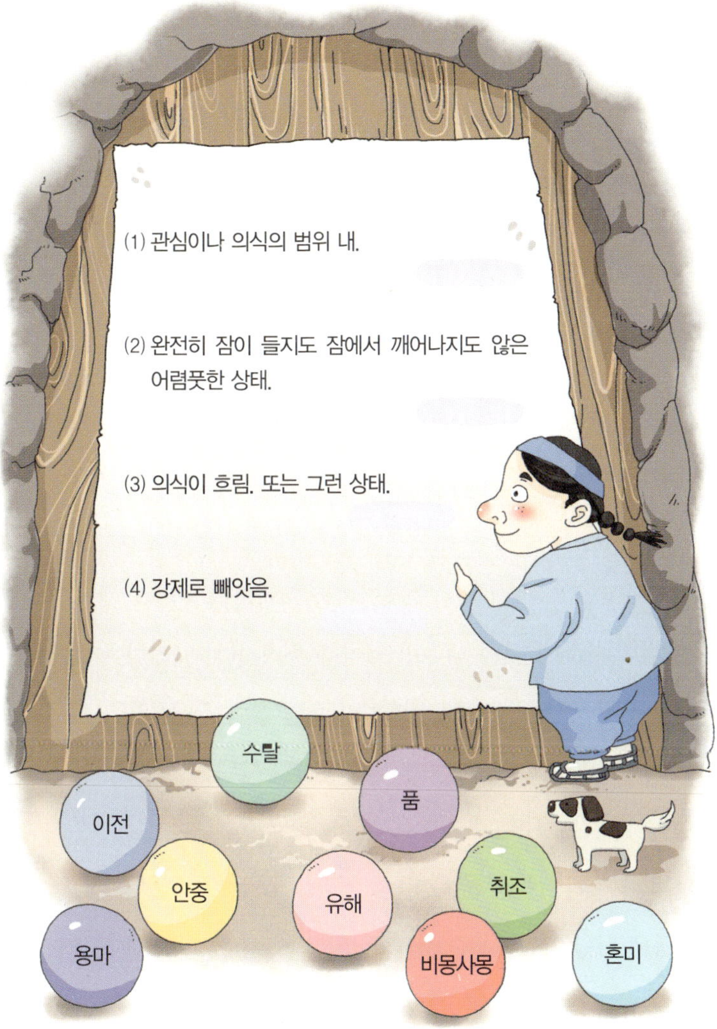
(1) 관심이나 의식의 범위 내.
(2) 완전히 잠이 들지도 잠에서 깨어나지도 않은 어렴풋한 상태.
(3) 의식이 흐림. 또는 그런 상태.
(4) 강제로 빼앗음.
수탈
품
이전
안중
유해
취조
용마
비몽사몽
혼미

홍길동전

허균

세월은 물같이 흘렀다.

『길동은 열 살이 넘도록 아버지를 '아버지'라고 부르지 못하고 형을
『 』: 당시에 신분 제도와 적서 차별 제도가 있었음.
'형'이라고 하지 못하는 처지였다. 그러니 집안의 종들마저 손가락질

하며 수군거리기 일쑤였다.』   ▶ 적서 차별로 천대받는 길동

그해 구월 보름 무렵이었다.
　　　고전 소설의 특징 – 막연한 시간적 배경
『달빛이 처량하고 가을바람은 소슬하여 마음이 더욱 울적하였다.』
　　『 』: 갈등을 심화시키는 분위기　　　으스스하고 쓸쓸하여
방에서 글을 읽던 길동은 문득 책상을 밀치고 긴 한숨을 쉬었다.

『"사내가 공자와 맹자를 본받지 못할 바에야 차라리 병법이라도 익
　　　『 』: 내적 갈등　　　　　무관보다 문관을 숭상함.
혀 장수라도 되어야겠다. 천군만마를 호령하며 나라 밖에 나가 동서

를 정벌하고 큰 공을 세우면 얼마나 통쾌하랴! 그리하여 위로는 한

임금을 섬기고 아래로는 만백성의 으뜸이 되어 이름을 후세에 전하
　　　　　　　　　　　　　　　입신양명(立身揚名)
는 것이 마땅하다. 옛사람도 '왕후장상의 씨가 따로 없다'고 하지 않
　　　　　　제왕, 제후, 장수, 재상을 아울러 이르는 말
았던가? 슬프다. 세상 사람이 다 아비와 형이 있어 스스럼없이 부르

거늘 나는 왜 그렇게 하지 못하는가?"

길동은 답답하고 원통한 마음에 칼을 들고 뜰로 나갔다. 그리고 휘영

청 밝은 달빛 아래 검술을 익히며 갑갑한 마음을 달랬다.』
　　　　　　　　　　　▶ 입신양명에 대한 길동의 바람
　　　　　　발단1　적서 차별로 인한 길동의 한탄과 입신양명의 꿈

『그때 홍 판서가 호젓이 뜰을 거닐며 밝은 달을 바라보다 길동을 알
_{매우 홀가분하여 쓸쓸하고 외롭게}
아보고 불렀다.』 길동이 칼을 버리고 나아가 허리를 숙이니 홍 판서가
『 』: 고전 소설의 특징 – 사건 전개의 우연성
물었다.

"밤이 깊었는데 어찌 잠을 자지 않느냐?"

길동이 공손히 손을 모으고 대답하였다.

"달이 하도 밝아 달빛을 즐기고 있었나이다."

"호오? 너에게 그런 흥이 있었단 말이냐?"

"하늘이 세상 만물을 내시었으되 그중 제일 귀한 것이 사람이라고 하
만민(인간)평등, 인본주의(人本主義), 천부 인권 사상
였습니다. 소인도 그런 복을 받고 태어났지만 아직도 떳떳이 하늘을

우러러보지 못하겠습니다."

열 살밖에 안 된 아이가 평생을 다 산 것 같은 말을 하니 홍 판서는 어

이가 없었다.

"그 무슨 말이냐?

길동의 얼굴이 이내 붉어졌다.
신분의 차이 때문에 '아버지'라 부르지 못함.
"소인이 대감의 정기를 받아 태어났으니 어찌 낳고 길러 주신 부모님
천지 만물을 생성하는 원천이 되는 기운
의 은혜를 잊겠습니까. 하오나 소인이 서러워하는 것은…… 서러워

하는 것은…… 아버지를 '아버지' 라고 부르지 못하고 형을 '형' 이라

고 못하오니 이 어찌 사람이라 하오리까?"

어느새 길동의 목이 메었다.   ▶ 적서 차별의 한을 호소하는 길동
길동에 대한 인간적인 정
『홍 판서가 그 말을 들으니 불쌍한 생각이 들었다. 그러나 만일 그 마
『 』: 인물의 현실 대응 방식 – 현실 순응적
음을 달래 주면 제멋대로 될까 염려하여 일부러 크게 꾸짖었다.』

"양반 집안에 첩이나 종의 자식이 너뿐만이 아니거늘, 조그만 아이가
_{갈등의 근본 원인: 축첩 제도 인해 서자들이 많았던 당시의 사회상이 나타남.}
어찌 이리도 방자하냐? 앞으로 또 그런 말을 하면 다시는 너를 보지
_{어려워하거나 조심스러워하는 태도가 없이 무례하고 건방지다.}
않으리라!"

홍 판서가 그렇게 다그치는 바람에 길동은 감히 한마디도 더 하지 못

하고 고개를 푹 떨구었다. 조금 있다 홍 판서가 물러가라고 하자 길동은

제 방으로 돌아와 그만 참았던 눈물을 주르르 흘리고 말았다.

길동은 본래 재주가 뛰어나고 막힌 데가 없는 성품이라 억울하고 슬

픈 마음을 쉽게 가라앉히지 못하였다. 그리하여 밤마다 잠을 이루지 못
_{고민이 점점 깊어짐 - 전전반측(輾轉反側)}
하다가 몇 달 뒤 사랑채에 나가 다시 아뢰었다. ▶ 홍 판서의 꾸짖음에 슬퍼하는 길동

"소인이 요즘 마음을 못 잡고 있습니다. 비록 천한 신분이나 소인이

글을 잘하여 급제하면 정승을 못하오리까? 활을 잘 쏘아 급제하면 장
_{과거에 합격하던 일}
수를 못하오리까?"

그 말에 홍 판서의 얼굴이 붉으락푸르락해졌다.

"내가 전에도 방자한 말을 하지 말라고 일렀거늘, 어찌 또 그런 말을

하느냐?"　　　　　　　　　**단락2** 적서 차별의 한을 호소하는 길동과 홍 판서의 꾸짖음.

홍 판서가 이번에도 호통을 쳐 물리치자 길동은 제 어미를 찾아가 하

소연하였다.

"사내는 모름지기 세상에 나가 그 이름을 드높여 부모를 드러내고 조
_{사람의 평생 운수}
상의 이름을 빛내야 할 것입니다. 『하오나 소자의 팔자가 사나워 친
_{『　』: 길동의 출가 이유 ①}
척이며 일가들이 다 천하게 여깁니다. 하오니 하늘과 땅은 제 서러운

마음을 알 것입니다. 대장부가 세상을 살며 남에게 천한 대접을 받는

것이 어찌 달갑겠습니까? 제 이름을 당당히 드러내고 병조 판서 벼슬을 받지 못할 바엔 차라리 집을 떠나 다른 길을 찾겠습니다.』 바라건대 어머님께서는 구구한 정에 이끌리지 마시고 소자가 다시 찾아올 때를 기다리소서."

▶ 어머니께 출가의 뜻을 알리는 길동

그 어미가 깜짝 놀라 얼굴빛을 달리하였다.

『"양반 집안에 천한 신분으로 태어난 것이 너뿐만이 아니다. 네가 어
「 」: 인물의 현실 대응 방식 – 현실 순응적
찌 그런 생각으로 이 어미의 마음을 아프게 하느냐?"』

길동이 다시 말하였다.

"집안의 하인들마저 서얼이라고 업신여기며 수군대는 것이 가슴에
본부인이 아닌 딴 여자가 낳은 아들과 그 자손
사무칩니다. 『옛날에 저처럼 천한 신분이었지만 어미와 이별하고 운
「 」: 길동의 출가 이유 ②
봉산에 들어가 도를 닦아 아름다운 이름을 후세에 남긴 사람이 있다
고 들었습니다. 소자도 이제 그런 호걸을 본받고자 하옵니다.』 엎드
려 바라건대 어머님은 없던 자식이라 생각하고 지내소서. 그러면 훗
날 돌아와 어머님의 은혜를 만분의 일이나마 갚겠습니다. 『요즘 곡산
「 」: 길동의 출가 이유 ③
댁의 눈치가 대감의 사랑을 잃을까 봐 우리 모자를 해치려는 듯하오
니 언젠가는 큰 화를 입을까 두렵습니다."』

곡산댁은 홍 판서의 첫 번째 첩인 초랑을 이르는 말이었다. 홍 판서

가 한동안 저를 가까이하자 의기양양하여 제 마음에 들지 않는 일이 있

으면 고자질하여 종종 말썽을 일으키곤 하였다. 『남이 안되면 좋아하고
　　　　　　　　　　　　　　　　　　　　　　　『 』: 곡산댁의 성격이 드러남.
잘되면 배 아파하는 성품에 홍 판서가 길동을 귀여워하고 그 어미를 가

까이하는 것을 참지 못하였다.』

그러나 곡산댁이 아무리 길동 모자를 헐뜯고 고자질하여도 홍 판서

는 허허 웃기만 하였다.

『"그러면 너도 길동이 같은 똑똑한 아이를 낳아라. 늘그막에 그만한
　　『 』: 길동에 대한 홍 판서의 애정　　　　　　　　　　늙어 가는 무렵
복이 없느니라."』

곡산댁은 저도 자식을 낳게 해 달라고 천지신명께 매일 빌었으나 끝

내 아이가 없었다. 그러니 길동 모자를 더욱 미워하게 되었다.
　　　　　　　　　　　　길동이 불안해 하는 이유
길동 어미도 그런 사정을 모르지 않았다. 그러나 우선은 집을 나가겠

다는 어린 자식부터 타일러야겠다고 생각하였다.

『"네 말이 제법 그럴듯하나 곡산댁은 그럴 사람이 아니다. 어찌 그런
　　『 』: 길동 어미도 알고 있으나 모르는 척함.
일이 있겠느냐?"』

"사람의 마음은 헤아리기 어렵습니다. 소자의 말을 가벼이 여기지 마

시고 조심하소서."

그날은 그렇게 넘어갔지만 길동의 서러운 마음이 가라앉은 것은 아

니었다.　　　　　　　　　　　　　▶ 출가의 뜻을 굽히지 않는 길동
　　　　　　　　　　　　　　 발단3 길동이 어머니께 출가의 뜻을 밝힘.

중략 부분 줄거리 길동은 곡산댁의 음모로 암살될 위기에 처하자 도술로 물리친
다. 그 후 부모와 이별하고 집을 떠나게 된다. 정처 없이 떠돌던 길동은 도적의
소굴로 들어가 힘을 겨루고 도적의 두목이 된다.

이때 길동은 도적들을 다 모아 놓고 말하였다.

"여러분은 이제 조선 팔도를 다니며, 백성을 괴롭히는 벼슬아치나 양

반들을 다스리시오. 저들이 백성을 괴롭히며 빼앗은 재물은 가난하
_{당시의 벼슬아치나 양반들의 횡포를 짐작할 수 있음.}
고 의지할 데 없는 백성에게 되돌려 주어 이제부터 우리는 활빈당이

될 것이오."

도적들은 저마다 "활빈당? 활빈당!"하고 되뇌다가 머리를 끄덕였다.

바야흐로 저희의 우두머리로 길동을 믿고 따르게 된 것이다.

▶ 활빈당을 조직하는 길동

길동이 다시 말하였다.

"우리도 또한 이 나라의 백성이니 때가 되면 나라를 위해 나설 것이

오. 다만 때를 만날 때까지 산속에 숨어 살되 백성을 해치고 재물만

축내면 이는 역적의 무리와 다를 바 없소. 이에 활빈당이 큰 법을 세
_{벼슬아치나 양반을 지칭함.}
워 만일 우리 중에 옳지 못한 짓을 하는 자가 있으면 군법으로 엄히

다스릴 것이니 조심하여 죄를 짓지 마시오!"

도적들이 모두 그 영을 따르겠다고 굳게 맹세하였다. 그리하여 몇 달
_{명령}
뒤 활빈당은 몰라보게 질서가 잡히고 의젓해졌다. 이제는 한낱 도적 떼

가 아니었다.

▶ 활빈당의 역할과 성격
_{위기} 길동이 활빈당을 조직함.

그러던 어느 날 길동은 활빈당을 모아 놓고 말하였다.

"이제 우리는 함경 감영에 들어가 창고의 곡식과 병기를 가져와야겠
_{조선 시대에, 관찰사가 직무를 맡아보던 관아}
소."

그러자 무통이 수염을 쓰다듬으며 고개를 외로 꼬았다.

"함경도는 이곳에서 먼 곳이오. 게다가 이 나라를 세운 태조가 기반

으로 삼았던 땅이라 남문 밖에 그 조상들 능이 있소. 조정에서 절대
가만있지 않을 것이오. 공연히 벌집을 건드릴 필요가 있겠소?"

길동도 이미 알고 있다는 듯 머리를 끄덕였다.

"그러니까 눈멀고 귀가 먼 조정에 일부러 알리려는 것이오. 내가 들
<u>가난한 백성들의 모습을 외면하는 조정</u>
으니 함경 감사가 『탐관오리로 백성을 기름 짜듯 괴롭히고 재물을 빼
『 』: 탐관오리의 횡포가 심했음을 알 수 있음.
앗아 모두가 견디기 힘들다고 하오.』 우리가 나서지 않는다면 어찌
백성을 돕는 활빈당이라 하겠소? 여러분은 성안에 미리 들어가 숨어
있으시오. 그러다 삼경이 되면 남문 밖에 불을 놓되 능에는 번지지
<u>하룻밤을 오경으로 나는 셋째 부분. 밤 열한 시에서 새벽 한 시 사이</u>
않게 하오. 불이 나면 성안에서 불을 끄러 달려 나올 것이오. 그 틈에
감영 창고의 문을 열면 되오. 창고를 뒤져 곡식과 병기를 다 가져오
되 백성의 재물은 털끝 하나 건드리지 마시오."

길동의 영에 따라 활빈당이 두셋씩 흩어져 함경도로 떠나 성안에 숨
어들어 갔다. 길동도 부하 육십 명을 데리고 길을 떠났다.
▶ 함경 감영을 침투하라는 명을 내리는 길동
기약한 날 밤, 삼경이 되었다. 성의 남문 밖에 이른 길동은 활빈당에
게 짚단을 날라 불을 지르게 하였다. 이윽고 밤하늘에 불길이 활활 타올
<u>감영 창고의 문을 열라는 신호</u>
랐다.

불길을 본 문지기가 북을 치니 군사들과 백성들이 여기저기서 뛰쳐
나왔다. 감사도 잠결에 북소리를 듣고 무슨 일인가 하여 나왔다. 그런데
남문 밖에 시뻘겋게 불길이 치솟고 있는 것이 아닌가! 감사는 혹시라도
남문 밖 능에 불이 번질까 그것부터 걱정하였다. 그래서 부랴부랴 관아
<u>왕실의 무덤을 중요하게 생각함.</u>
의 군사들과 하인들을 다 거느리고 남문으로 달려갔다. 창고를 지키던

군사마저 불을 끄러 달려 나간 뒤였다.   ▶ 불을 질러 성안을 혼란스럽게 만든 활빈당

이때 길동은 활빈당을 이끌고 성안으로 들어가 감영 창고의 문을 활짝 열었다. 그리하여 곡식과 병기를 소와 말에 잔뜩 싣고 북문으로 달아났다. 그때까지 남문 쪽에서는 아직도 불을 끄느라 정신이 없었다.

▶ 성안에서 곡식과 병기를 가지고 나오는 활빈당

길동은 북문을 빠져나가며 마숙에게 일렀다.

"감사가 나중에 이 일을 알고 틀림없이 장계를 올릴 것이오. 그러면
<u>왕명을 받고 지방에 나가 있는 신하가 자기 관하의 중요한 일을 왕에게 보고하던 일 또는 그런 문서</u>
조정에서 우리를 잡으라는 영을 내릴 것이고, 그러다 잡지 못하면 괜히 죄 없는 엉뚱한 백성을 닦달할 것이오. 우리가 어찌 무고한 백성이 화를 입는 것을 모른 척한단 말이오? 『그러니 저 북문에다 '곡식
『ﹾ: 백성들이 화를 당하지 않게 하기 위하여
과 병기를 훔친 자는 활빈당 장수 홍길동' 이라는 방을 붙이시오."』
<u>어떤 일을 널리 알리기 위하여 사람들이 다니는 길거리나 많이 모이는 곳에 써 붙이는 글</u>
마숙의 눈이 휘둥그레졌다.

"어찌 스스로 화를 부르는 그런 영을 내리시오?"

길동이 허허 웃으며 말하였다.

"아직도 나를 믿지 못하오? 다 피할 묘책이 있으니 잔말 말고 내 말대로 하시오."
<u>매우 교묘한 꾀</u>
▶ 백성들의 화를 면하게 하기 위해 방을 붙이라고 당부함.

마숙은 결국 길동이 시킨 대로 북문에 방을 붙이러 갔다. 그런 다음 길동은 활빈당을 이끌고 축지법으로 밤길을 재촉하였다. 함경도 땅을
<u>땅을 줄여서 먼 거리를 가깝게 하는 술법</u>
벗어나니 동녘 하늘이 뿌옇게 밝아 왔다.   ▶ 성안을 빠져나가는 길동

위기2 길동이 가난한 백성을 돕기 위해 성을 침투함.

뒷부분 줄거리 조정은 신출귀몰하는 길동을 끝내 잡지 못하고, 그의 소원대로 병조 판서의 직책을 내린다. 그러나 길동은 즉시 벼슬을 버리고 고국을 떠나 율도국이라는 새로운 나라를 세우고 그곳의 임금이 되어 행복하게 산다.

● 작가 만나기

허균(1569~1618) 조선 시대의 문신이자 소설가이다. 서자를 차별 대우하는 사회 제도에 반대하였으며, 광해군의 폭정에 항거하기 위하여 반란을 계획하여 참형을 당하였다. 우리나라 최초의 한글 소설인 '홍길동전'을 지었으며, 시문집으로 "성소부부고" 등이 있다.

● 작품 만나기

'홍길동전'은 조선 시대 신분 제도의 모순과 관리들의 부정부패를 비판한 작품이다. 작품은 뛰어난 능력을 가졌지만 서자라는 이유로 차별받던 길동이가 가난한 백성을 위해 의적으로 활약하고 이상 세계를 건설하기까지의 과정을 다룬다.

이 작품은 인본주의, 인간 평등사상을 담고 있으며 영웅 설화의 구조를 처음으로 소설화했다. 또한 당대 사회의 모순과 부조리르 고발하고 적서 차별 철폐, 탐관오리 응징 등 주제의 사실성을 높여 고전 소설의 한계를 극복하고 있다. 그리고 우리나라를 무대로 삼고 있으며, 작품을 한글로 표기하여 독자층을 서민들에게까지 확대시켰다.

● 핵심 만나기

갈래	고전 소설, 장편 소설, 한글 소설, 영웅 소설, 사회 소설
성격	현실 비판적, 비현실적, 전기적, 우연적
배경	• 시간적: 조선 시대 • 공간적: 홍 판서의 집, 함경 감영
시점	전지적 작가 시점
제재	적서 차별 제도, 탐관오리의 횡포로 인한 백성들의 고통
주제	신분 제도의 타파와 인간 평등사상
특징	• 우리나라 최초의 한글 소설 • 봉건적 신분 질서와 유교 중심의 사회 모습이 드러남. • 영웅 소설의 전형적 구조로 주인공의 일대기를 시간의 흐름에 따라 구성함.

🌑 등장인물

홍길동	홍 판서와 춘섬 사이에서 태어난 서자로 모순된 사회 제도에 정면으로 항거하고, 자신의 이상을 성취해 나가는 인물
홍 판서	길동의 아버지로 길동의 재능을 아까워하지만, 적서 차별이라는 당시 사회적 질서를 따르는 인물
길동 어머니	홍 판서의 종 출신으로 자식에 대한 정이 깊으나 자신의 처지에 대해 체념하고 주어진 조건에 순응하는 인물

🌑 '홍길동전'의 창작 배경

'홍길동전'은 임진왜란 직후의 조선 시대를 배경으로 하고 있다. 이 시기에는 부정한 관리의 횡포와 도적 떼의 약탈로 인해 백성들의 생활이 어려웠다. 또한 불합리한 사회 제도를 개혁해야 한다는 목소리가 높았다. 이러한 상황을 바탕으로 적서 차별을 타파하고 부패한 정치를 개혁하려는 의도로 '홍길동전'이 창작되었다.

🌑 길동이 갈등하는 근본적 원인

개인		사회
• 입신양명의 꿈 • 호부호형의 욕망	↔ 외적 갈등	• 봉건적 신분 사회 • 적서 차별

> ● 홍길동이 꿈꾸는 세상은 어떤 모습일지 생각해 보자.

● 책 이름(출판사)   ● 지은이

● 줄거리 요약

　　길동은 어려서부터 재주가 뛰어났으나 서자인 까닭에 아버지를 아버지라 부르지

못하고, 형을 형이라 부르지 못하는 것에 대해 한을 품는데

● 인상 깊은 내용과 그 이유

● 읽고 난 후의 생각이나 느낌

✎ 지은이에게 하고 싶은 말이나 궁금한 점 등을 다섯 가지 이상 질문하고, 그 질
　문에 지은이가 되어 대답하는 내용도 써 보자.

1. '홍길동전'에 대한 설명으로 바르지 <u>않은</u> 것은?

   ① 영웅 소설의 구조를 갖추고 있다.

   ② 당시의 현실적 문제를 다루고 있다.

   ③ 한글로 표기하여 독자층의 확대에 기여하였다.

   ④ 다른 고전 소설처럼 중국을 주요 배경으로 삼고 있다.

   ⑤ 당시 사회의 모순에 저항하는 작가의 의식이 드러난다.

2. 이 작품에 드러난 사회적 배경으로 알맞지 <u>않은</u> 것은?

   ① 양반과 종의 구별이 있었다.

   ② 문관보다는 무관이 더 우대받던 사회였다.

   ③ 출생이 천한 사람은 출세하기가 힘들었다.

   ④ 관리들의 부정부패로 인해 백성들이 고통을 받았다.

   ⑤ 나라에 공을 세워 널리 이름을 알리는 것이 가장 큰 출세였다.

3. 홍 판서가 현실을 대하는 태도는 어떠한가?

   ① 비판적   ② 순응적   ③ 긍정적   ④ 진취적   ⑤ 저항적

4. 활빈당이 하는 일은 무엇인지 쓰시오.

5. 홍길동이 방을 붙이게 한 이유는 무엇인지 쓰시오.

● 다음 뜻에 해당하는 단어를 〈보기〉에서 찾아 빈칸에 써 보자.

보기					
소슬하다	호젓이	방자하다	서얼	묘책	정기

(1) 으스스하고 쓸쓸하다.

(2) 본부인이 아닌 딴 여자가 낳은 아들과 그 자손.

(3) 매우 홀가분하여 쓸쓸하게 외롭게.

(4) 매우 교묘한 꾀.

(5) 천지 만물을 생성하는 원천이 되는 기운.

(6) 어려워하거나 조심스러워하는 태도가 없이 무례하고 건방지다.

박씨전

지은이 모름

앞부분 줄거리 조선 인조 때 서울 안국방(安國坊)에서 태어난 이시백은 어려서부터 매우 총명하고 용맹하여 이름을 널리 떨쳤다. 어느 날 박 처사가 이시백의 집에 찾아가 이시백과 자신의 딸을 정혼시키자고 청하자, 박 처사의 신비한 재주를 보고 감탄한 이 상공은 둘의 혼인을 허락한다. 그러나 이시백은 박씨의 용모가 천하의 박색임을 알고 실망하여 박씨를 대면조차 하지 않는다. (발단)

박씨는 이 상공에게 청하여 후원에 피화당(避禍堂)을 짓고 몸종 계화와 함께 지내며 여러 가지 재주를 부려 이시백이 과거 시험에 장원 급제하도록 도와준다. 그리고 박씨는 때가 되어 아버지 박 처사의 도움으로 허물을 벗고, 절세미인이 된다. 그러자 이시백은 크게 기뻐하며 박씨의 뜻을 그대로 따른다. (전개)

청나라의 용골대, 용울대 형제가 대군을 이끌고 조선을 침략하자(병자호란) 임금은 대궐을 버리고 남한산성으로 피신하게 된다. (위기)

이때 오랑캐 장수 한유와 용골대는 십만 정병을 거느리고 바로 한양
<small>우수하고 강한 군사</small>
을 취하여 대궐 안으로 들어갔다. 대궐 안은 이미 텅 비어 있었고 그들은 그제야 임금 일행이 남한산성으로 피란한 줄 알았다. 용골대는 그의 아우 용울대에게 군사 천여 명을 주어 한양을 지키게 하였다. 그리고 즉시 군사를 몰아 남한산성으로 가서 성을 에워싸고 공략하기 시작했다. 임금과 신하는 여러 날 성중에 갇혀 위태롭기가 짝이 없었다.
▶ 동생 용울대에게 한양을 지키게 하고 남한산성을 공격하는 용골대
한편, 충렬 부인 박씨는 일가친척을 피화당으로 모여 있게 하였다.

병란을 당하여 피란하고자 하던 부인들은 용울대가 성안에서 좋은 물건을 찾아 빼앗는다는 말을 듣고 피란을 서둘렀다. 박씨가 그 거동을 보고 부인들을 위로하여 말했다.
몸을 움직임. 또는 그런 짓이나 태도

"이제 도적이 곳곳에 있사오니 부질없이 움직이지 마옵소서."

박씨의 말을 듣고 부인들은 반신반의하면서 성안에 그대로 머물렀다.
얼마쯤 믿으면서도 한편으로는 의심함.

이때 오랑캐 장수 용울대가 군사 백여 기를 거느리고 성안 사방으로 다니며 수색을 하였다. 한 집에 도달하여 바라보니 정결한 초당이 있는데, 그 초당 전후좌우에는 수목이 무수히 우거져 있었다. 용울대가 좌우를 자세히 살펴보니 서로 엉켜 있는 나무는 용과 호랑이가 되어 머리와 꼬리를 맞대고 있는 듯했고, 가지는 새와 뱀이 되어 변화가 무궁한 듯하여 살기가 하늘에 가득하였다. 용울대는 박씨의 신기와 묘법을 모르고
억새나 짚 따위로 지붕을 인 조그마한 집채
매우 교묘한 꾀
피화당에 있는 물건들을 빼앗고 싶은 마음이 앞서 급히 피화당으로 들
신비롭고 불가사의한 기운
어갔다. 그때였다. 청명하던 하늘에 갑자기 검은 구름이 일어나며 뇌성벽력이 천지를 진동하였다. 무성한 수목이 변하여 무수한 병사가 되고, 가지와 잎은 창검이 되었다. 변화한 병사들이 용울대를 에워쌌다. 용울
창과 검을 아울러 이르는 말
대는 그제야 우의정 이시백의 집인 줄 알고 크게 놀라 도망치고자 했다. 그러나 문득 피화당이 없어지고 첩첩산중이 되었다.

용울대는 정신이 아득하여 어찌할 줄 모르고 서 있었다. 문득 계화가 칼을 들고 나서면서 크게 꾸짖었다.

"어떠한 도적이건대 죽기를 재촉하는가?"

"뉘 댁인지 모르고 왔거니와 당신의 은혜를 입어 살아 돌아가기를 바

라나이다.”

“나는 이 댁 시비 계화다. 너는 어떤 놈인데 사지를 모르고 작은 힘을
믿어 당돌하게 여기에 들어왔느냐? 우리 댁 부인께옵서 네 머리를 베
어 오라고 하시기에 내가 나왔느니라. 네 머리를 베고자 하나니 어서
빨리 칼을 받아라.”

용울대가 그 말을 듣고 크게 화를 내며 칼을 비껴들고 계화를 치려고
하였다. 그러나 칼을 든 손이 갑자기 맥이 빠져 손을 쓸 수가 없었다. 마
음속으로 놀라 탄식하며 말했다.

“슬프다. 장부가 세상에 태어나 벼슬에 나가 한 나라의 대장이 되어
만리타국에 나와 공을 이루지 못하고 조그마한 여자의 손에 죽을 줄
_{조국이나 고향에서 멀리 떨어져 있는 다른 나라}
어찌 알았으리오?”

계화가 크게 웃고 말했다.

“무지한 적장네야! 불쌍하고도 불쌍하도다. 『명색이 대장부가 되어
_{『 』: 남존여비 관습을 비판함.}
타국에 나왔다가 오늘날 나같이 가냘프고 약한 여자를 만나 대항하
지 못하고 탄식만 하고 있느냐.』너 같은 것이 어찌 한 나라의 대장이
되어 타국을 치려고 나왔느냐. 내 말을 들어 보아라. 『무도한 너의 왕
_{청나라 황제를 낮추어 부르는 말}
이 하늘의 뜻을 모르고 외람되이 예의지국을 해하려고 너같이 입에
_{조선을 높여서 부르는 말}
서 젖비린내 나는 어린애를 보내었으니 가히 우습도다.』너의 신세를
_{『 』: 현실 속의 패배를 소설 속에서나마 복수하고자 하는 백성의 심리가 드러남.}
생각하면 측은해서 살려 주고 싶으나, 내 칼은 사정이 없어 너 같은
놈을 용서하지 못하노라. 무지한 필부 놈이라도 하늘의 뜻을 순순히
_{신분이 낮고 보잘것없는 사내}
받아 죽는 것이니 죽은 혼이라도 나를 원망하지 마라.”

말을 마치자마자 계화는 용울대의 머리를 향해 칼을 날렸다. 계화는 적장의 머리를 베어 들고서 피화당에 들어가 박씨에게 바쳤다. 박씨가 그 머리를 받아 밖으로 내치니, 그제야 풍운이 그치고 명월이 환하게 비추었다.

▶ 박씨가 도술로 피화당에 쳐들어온 용울대를 죽임.

이때 임금이 있는 남한산성에는 오랑캐들이 물밀듯 밀려와 공격을 퍼부었다. 창칼 부딪치는 소리가 산성을 뒤흔들었다. 임금과 모든 신하가 산성에 갇혀 꼼짝 못할 지경에 이르자 이조 판서 최명길이 임금에게 말했다.

'경우' 나 '형편', '정도'의 뜻을 나타내는 말

"아뢰옵기 황송하오나, 항복을 하는 것이 좋을 듯하옵니다."

사태가 어려워졌음을 깨달은 임금은 피가 끓는 듯한 아픔으로 항복의 글을 써 오랑캐에게 전했다. 오랑캐들은 바로 산성으로 들어와 왕비와 세자, 그리고 대군을 사로잡아 장안으로 돌아갔다. 그 모습을 본 임금이 통곡을 하다가 기절하니, 여러 신하가 하늘을 우러러 탄식하며 위로했다.

오래된 큰 도성의 성안

한탄하여 한숨을 쉼. 또는 그 한숨

"전하, 망극하옵니다. 옥체를 보존하시옵소서."

임금의 몸

나라가 이렇게 된 것은 하늘의 운수 때문이겠지만, 만고역적(萬古逆賊) 김자점이 적을 도와 나라를 망하게 한 것이었다. 이러하니 모든 신하와 성안 백성들이 김자점의 만행에 치를 떨었다.

세상에 비길 데 없이 괘씸한 역적

용골대는 항서(降書)를 받아 한양 성내로 들어갔다. 그때 장안을 지키던 군사가 급히 보고를 했다.

항복을 인정하는 문서

"용 장군이 여자의 손에 죽었습니다."

이 말을 들은 용골대는 대성통곡을 했다.

"내 이미 조선 왕의 항복을 받았거늘, 누가 감히 내 아우를 해쳤단 말인가? 이 땅은 이제 내 손안에 있으니 원수를 갚기는 어렵지 않을 것이다. 어서 그 집으로 가자." ▶ 동생의 원수를 갚기 위해 피화당으로 향하는 용골대

서릿발같이 군사를 재촉하여 우의정의 집에 이르니, 후원 나무 위에 용울대의 머리가 걸려 있었다. 이를 본 용골대는 더욱 분노하여 칼을 들고 말을 몰아 집 안으로 들어가려 했다. 그때 도원수 한유가 피화당에 심어 놓은 무수한 나무를 보고 깜짝 놀라 황급히 용골대의 앞을 가로막
박씨가 피화당을 지을 때 앞날을 내다 보고 심어 둔 나무
았다.

"장군, 잠시 분을 누르고 내 말을 들으시오, 초당의 사면에 심어진 나무를 보니 범상치 않은 기운이 느껴지는구려. 옛날 제갈공명의 팔문
중국 삼국 시대 촉한의 뛰어난 군사 전략가
금사진(八門金蛇陳)과 사마양저의 오행금사진(五行金蛇陣)을 겸하
중국 삼국 시대 위나라의 명장
였으니, 함부로 들어갔다가는 큰 화를 당할 것 같소. 장군의 동생은 위험한 곳을 모르고 남을 경멸하다가 목숨을 재촉한 것인데 누구를 원망하겠소? 장군도 옛날 육손(陸遜)이 어복포(魚腹浦)에서 제갈공
중국 삼국 시대 오나라의 정치가
명의 팔진도에 갇혀 고생하던 일을 모르지 않을 것이오. 험한 곳이니 들어가지 마시오."

용골대는 끓어오르는 분을 참지 못해 칼로 땅을 두드리며 탄식했다.

"그러면 울대의 원수를 어떻게 갚을 수 있단 말입니까? 만리타국에 우리 형제가 같이 나와서 비록 대사를 이루었다 하지만, 동생을 죽인
용골대가 조선을 침범하여 왕의 항복을 받아냈지만
원수를 갚지 못하면 결코 돌아갈 수 없습니다."

"그대가 잠시의 분을 참지 못한 채 힘만 믿고 저런 험한 곳에 들어간다면, 원수를 갚기는 고사하고 목숨조차 보전하지 못할 것이오. 잠깐 진정하고 그 신기한 재주를 살펴보도록 하시오."

더 말할 나위도 없이

용골대가 다시 투덜거렸다.

"도대체 신기한 재주라는 것이 무엇입니까? 다 소용없습니다. 한 나라의 대장으로 멀리 조선에 나와 이제 임금의 항복까지 받았는데, 무엇을 두려워하고 무엇을 겁내겠습니까?"

한유가 가소롭다는 듯이 용골대를 돌아보았다.

같잖아서 우스운 데가 있다.

"비록 억만 대병을 몰아 들어간다 해도 그 안은 감히 엿보지 못하고 군사는 하나도 살아 돌아올 수 없을 것이오. 하물며 저 험한 곳에 홀로 들어가고자 하니 그렇게 하고 어찌 살기를 바라겠소? 이는 스스로 화를 부르는 일이오. 그토록 식견이 부족한데 어찌 한 나라의 대장 노릇을 하겠소이까?"

학식과 견문이라는 뜻으로, 사물을 분별할 수 있는 능력을 이르는 말

머쓱해진 용골대가 감히 피화당에 들어가지는 못하고 군사들만 다그쳤다.

"나무를 둘러싸고 불을 놓아라."

용골대의 명령에 군사들은 불을 놓기 위해 집을 에워쌌다. 그러자 갑자기 오색구름이 자욱한 가운데 나무들이 무수한 군사로 변하더니 북소리, 고함 소리가 천지를 진동시켰다. 수많은 용과 호랑이는 서로 머리를 맞대고 바람과 구름을 크게 일으키며 오랑캐 군사들을 겹겹이 에워쌌다. 천지가 아득한 가운데 나뭇가지와 잎은 깃발과 창칼로 변했다. 하

늘에서는 신장(神將)들이 긴 창과 큰 칼을 들고 내려와 적군을 몰아쳤

_{귀신 가운데 무력을 맡은 장수신}

다. 사면에 울음소리가 낭자하여 산천이 무너지는 듯했다. 오랑캐 군사

들은 신장의 호령 소리에 넋을 잃고 허둥거리다 밟혀 죽는 자가 그 수를

알 수 없을 정도였다.

　당황한 용골대는 급히 군사를 뒤로 물렸다. 그제야 하늘이 맑아지며

살벌한 소리가 그치고 신장들이 사라졌다.　　　▶ 용골대의 1차 공격 실패

_{행동이나 분위기가 거칠고 무시무시함.}

　오랑캐 장수와 군사들이 정신을 수습하여 다시 칼을 들고 쳐들어가

려 했다. 그러자 이번에는 맑은 날이 순식간에 다시 어두워지며 구름과

안개가 자욱하여 지척을 분간하지 못할 지경이 되었다. 상황이 이쯤 되

_{아주 가까운 거리}

자 용골대 역시 감히 집 안으로 들어가지는 못하고 용울대의 머리만 쳐

다보며 탄식할 뿐이었다.　　　　　　　　　　▶ 용골대의 2차 공격 실패

　이때 나무 사이로 한 여자가 나타났다.

_{박씨의 시비 계화}

　"어리석은 용골대야! 네 동생 용울대가 내 칼에 놀란 혼이 되었는데,

너까지 내 칼에 죽고 싶어 이렇게 찾아왔느냐?"

　용골대는 이 말을 듣고 분을 참을 수 없었다.

　"대체 어떤 계집이 감히 장부를 희롱하느냐? 불행하게도 내 동생이

_{손아귀에 넣고 제멋대로 가지고 놂.}

네 손에 죽었지만, 나는 이미 조선 임금의 항서를 받은 몸이다. 이제

너희도 우리나라 백성인데, 어찌 우리를 해치려 하느냐? 나라가 무

엇인지도 모르는 여자로구나. 살려 두어도 쓸 데가 없으니 나와서 내

_{당시의 사람들이 여성을 어떻게 대하고 생각했는지를 짐작할 수 있음.}

칼을 받아라."

　계화가 들은 척도 하지 않고 계속해서 용울대의 머리만 가리키면서

조롱을 하였다.

"나는 충렬 부인의 시비 계화다. 너야말로 참으로 가련한 사내로구나. 네 동생 울대도 내 손에 죽었는데, 너 역시 나같이 연약한 여자 하나 당하지 못해 그렇듯 분통해하느냐? 참으로 가련한 놈이로다."

오랑캐에 대한 조롱과 남자에 대한 조롱이 다 담긴 표현

용골대는 끓어오르는 화를 참지 못하고, 쇠로 만든 활에 왜전(矮箭)을 먹여 쏘았다. 하지만 계화를 맞히기는커녕 예닐곱 걸음 앞에 가 떨어져 버렸다. 화가 머리끝까지 치밀어 오른 용골대가 다시 군사를 몰아쳤다.

길이가 짧은 화살

"모든 군사는 한꺼번에 화살을 쏘아라."

명령을 들은 군사들은 앞다투어 화살을 쏘았지만 역시 하나도 맞히지 못했다. 화살만 허비한 채 가슴이 막혀 어찌할 바를 모르고 있던 용골대는 황급히 김자점을 불렀다.

▶ 용골대의 3차 공격 실패

"너희도 이제 우리나라의 백성이다. 얼른 도성의 군사들을 뽑아서 저 팔문금사진을 깨뜨리고 박씨와 계화를 잡아들여라. 만일 거역한다면 군법에 따라 처벌할 것이다."

윗사람의 뜻이나 지시 따위를 따르지 않고 거스름.

서릿발 같은 명령을 내리자 김자점이 겁먹은 소리로 대답했다.

"어찌 장군의 명령을 거역하겠습니까?"

김자점은 급히 군사를 모아 대포 한 방을 쏜 뒤 팔문금사진을 에워쌌다. 그런데 갑자기 그 진이 변하여 백여 길이나 되는 늪이 되었다. 갑작스러운 일에 당황하던 용골대가 꾀를 내어, 군사들에게 팔문진 사면에 못을 파게 한 뒤 화약을 묻게 했다.

길이의 단위. 한 길은 사람의 키 정도의 길이

"너희가 아무리 천 가지로 변화하는 술수를 가졌다고 한들 오늘에야

어찌 살기를 바랄까? 목숨이 아깝거든 바로 나와 몸을 던져라."

어떤 일을 꾸미는 꾀나 방법

피화당을 향해 무수히 욕을 했지만 고요한 정적만 흐를 뿐 집 안에서

는 아무 소리도 들리지 않았다.

용골대가 군사들에게 명령하여 일시에 불을 지르니, 화약 터지는 소

리가 산천을 무너뜨릴 것 같았다. 사면에서 불이 일어나 불빛이 하늘을

산과 내를 아울러 이르는 말

가득 메웠다.

이때, 박씨 부인이 옥으로 된 발을 걷고 나와 손에 옥화선을 쥐고 불

을 향해 부쳤다. 그러자 갑자기 큰바람이 불면서 불기운이 오히려 오랑

옥으로 깎아 만든 불부채

캐 진영을 덮쳤다. 오랑캐 장졸들이 불꽃 한가운데에서 천지를 분별하

군대가 진을 치고 있는 곳

지 못한 채 넋을 잃고 허둥거리다가 무수히 짓밟혀 죽었다. 순식간에 피

화당 근처는 아수라장이 되었다. ▶ 용골대의 4차 공격 실패

싸움이나 그 밖의 다른 일로 큰 혼란에 빠진 곳. 또는 그런 상태

용골대는 크게 놀라 급히 물러났다.

"한 번의 싸움에 이겨서 항복을 받았으니 이미 큰 공을 세웠거늘, 부

질없이 조그마한 계집을 시험하다가 장졸들만 다 죽이게 되었구나.

이런 절통(切痛)하고 분한 일이 어디 있단 말인가?"

뼈에 사무치도록 원통함.

통곡을 하며 몸부림쳤지만 더 이상 어찌할 도리가 없었다.

"우리 임금이 장졸을 전장에 보내시고 칠 년 가뭄에 비 기다리듯 기

다리실 텐데, 무슨 면목으로 임금을 뵙는단 말인가? 우리 재주로는

낯

도저히 감당을 못할 듯하니 이제라도 그냥 돌아가는 것이 좋겠구나."

모든 장수와 군사가 용골대의 말에 살길을 찾은 듯 안도의 한숨을 내

쉬었다.

▶ 피화당 공격을 포기하고 물러나는 용골대

용골대가 모든 장졸을 뒤로 물린 후, 왕비와 세자, 대군을 모시고 장
예전에, 장수와 병졸을 아울러 이르던 말
안의 재물과 미녀를 거두어 돌아갈 채비를 꾸렸다. 오랑캐에게 잡혀가
어떤 일이 되기 위하여 필요한 물건, 자세 따위가 미리 갖추어져 차려지거나 그렇게 되게 함. 또는 그 물건이나 자세
는 사람들의 슬픈 울음소리가 장안에 진동했다.

박씨가 계화를 시켜 용골대에게 소리쳤다.

"무지한 오랑캐 놈들아! 내 말을 들어라. 조선의 운수가 사나워 은혜
이미 정하여져 있어 인간의 힘으로는 어쩔 수 없는 운명
도 모르는 너희에게 패배를 당했지만, 왕비는 데려가지 못할 것이다.

만일 그런 뜻을 둔다면 내 너희를 몰살시킬 것이니 당장 왕비를 모셔
모조리 다 죽거나 죽임.
오너라."

하지만 용골대는 오히려 코웃음을 날렸다.

"참으로 가소롭구나. 우리는 이미 조선 왕의 항서를 받았다. 데려가

고 안 데려가고는 우리 뜻에 달린 일이니, 그런 말은 입 밖에 내지도

마라."

오히려 욕설만 무수히 퍼붓고 듣지 않자 계화가 다시 소리쳤다.

"너희의 뜻이 진실로 그러하다면 이제 내 재주를 한 번 더 보여 주겠

다."

계화가 주문을 외자 문득 공중에서 두 줄기 무지개가 일어나며 노신
기세가 몹시 매섭고 사나운
비가 천지를 뒤덮을 듯 쏟아졌다. 뒤이어 얼음이 얼고 그 위로는 흰 눈

이 날리니, 오랑캐 군사들의 말발굽이 땅에 붙어 한 걸음도 옮기지 못하

게 되었다. 그제야 용골대는 사태가 예사롭지 않음을 깨달았다.

"당초 우리 왕비께서 분부하시기를 장안에 신인(神人)이 있을 것이니
신과 같이 신령하고 숭고한 사람

이시백의 후원을 범치 말라 하셨는데, 과연 그것이 틀린 말이 아니었구나. 지금이라도 부인에게 빌어 무사히 돌아가는 편이 낫겠다."

용골대가 갑옷을 벗고 창칼을 버린 뒤 무릎을 꿇고 애걸하였다.

스스로 무장을 해제한 용골대의 비굴한 모습

"소장이 천하를 두루 다니다 조선까지 나왔지만, 지금까지 무릎을 꿇
장군이 스스로를 낮추어 부르는 말
은 적은 한 번도 없었습니다. 이제 부인 앞에 무릎을 꿇어 비나이다. 부인의 명대로 왕비는 모셔 가지 않을 것이니, 부디 길을 열어 무사히 돌아가게 해 주십시오."

▶ 용골대의 항복

무수히 애원하자 그제야 박씨가 발을 걷고 나왔다.
가늘고 긴 대를 줄로 엮거나, 줄 따위를 여러 개 나란히 늘어뜨려 만든 물건
"원래는 너희의 씨도 남기지 않고 모두 죽이려 했었다. 하지만 내 사람 목숨 죽이는 것을 좋아하지 않기에 용서하는 것이니, 네 말대로 왕비는 모셔 가지 마라. 너희가 부득이 세자와 대군을 모셔 간다면 그 또한 하늘의 뜻이기에 거역하지 못하겠구나. 부디 조심하여 모셔
윗사람의 뜻이나 지시 따위를 따르지 않고 거스름.
가라. 그렇게 하지 않으면 신장과 갑옷 입은 군사를 몰아 너희를 다 죽인 뒤, 너희 국왕을 사로잡아 분함을 풀고 무죄한 백성까지 남기지 않을 것이다. 나는 앉아 있어도 모든 일을 알 수 있다. 부디 내 말을 명심하여라."

오랑캐 병사들은 황급히 머리를 조아리고 용골대는 다시 애원을 했다.

"말씀드리기 황송하오나 소장 아우의 머리를 내주시면, 부인의 태산 같은 은혜를 잊지 않을 것이옵니다."

하지만 박씨는 고개를 저었다.

"들거라. 옛날 조양자(趙襄子)는 지백(智伯)의 머리를 옻칠하여 두고
중국 전국 시대 초기 조나라의 제후(諸侯)   중국 춘추 시대 진나라의 대부(大夫)
진양성에서 패한 원수를 갚았다 하더구나. 우리도 용울대의 머리를

내어 주지 않고 남한산성에서 패한 분을 조금이라도 풀 것이다. 아무
이 소설의 창작 의도가 드러남.
리 애걸을 해도 그렇게는 하지 못하겠다."

이 말을 들은 용골대는 그저 용울대의 머리를 보고 통곡할 수밖에 없

었다.   ▶ 용골대를 꾸짖는 박씨

정리 박씨가 비범한 능력을 발휘하여 용울대의 원수를 갚기 위해 피화당으로 온 용골대를 물리침.

뒷부분 줄거리 박씨는 용골대에게 임경업 장군을 뵙고 가라고 명령하고, 임경업
장군은 의주로 온 용골대 일행을 무찌른다. 조정으로 돌아온 임금은 동쪽을 지켜
적의 침입에 대비하라는 박씨의 말을 듣지 않은 것을 크게 뉘우치며 박씨에게 정
경부인의 칭호를 내린다. 박씨의 덕행은 온 나라에 울려 퍼지고 그 이름은 후세
에 길이 전해진다. (결말)

● 작품 만나기

'박씨전'은 1636년(인조 14년)에 일어난 병자호란을 바탕으로 허구의 인물과 사건을 더하여 창작된 작품이다. 병자호란은 조선 역사상 유례없는 치욕적 사건으로 백성들에게 극심한 고통을 주었다. 이 소설은 현실적인 패배와 고통을 소설 속에서나마 복수하고자 하는 백성들의 심리를 반영한 작품이다.

이 작품에서 '박씨'는 여성으로 초인적인 능력을 가진 비범한 인물이다. 이는 남성 중심의 사회에서 벗어나고 싶은 여성들의 욕구가 반영된 것이다. 그리고 여성도 남성 못지않게 나라의 어려움을 해결할 수 있다는 점을 보여 준다.

● 박씨전의 의의와 가치

여성 영웅의 등장	• 남자를 여자보다 우대하고 존중하는 조선의 관습을 비판함. • 병자호란 때 나라를 지키지 못한 남성들을 간접적으로 질타함. • 여성 영웅을 통해 남성에게 억눌렸던 여성들이 대리 만족을 느낌.
백성들의 소망 실현	• 역사적으로는 병자호란 때 조선이 청나라에 패배했지만 소설에서는 승리한 것으로 바꾸어 당시 백성들의 고통을 위로함. • 소설에서나마 청나라에 복수하고자 했던 당시 백성들의 소망을 반영함. • 여성도 나라의 어려움을 해결할 수 있다는 의식을 반영함.

● 핵심 만나기

갈래	고전 소설, 역사 소설, 군담 소설, 여걸 소설
성격	비현실적, 비역사적, 여성 중심적
배경	• 시간적: 병자호란(1636년) • 공간적: 조선
시점	전지적 작가 시점
주제	여성 영웅의 초인적 도술과 청나라에 대한 복수심
특징	• 실존 인물을 등장시켜 사실성을 높임. • 기이하고 신기한 일이 일어나는 전기적인 성격이 강함. • 여성을 남성보다 우월하게 형상화하여 여권 의식이 나타남.

● 등장인물

박씨	• 이시백의 부인. 박색인 용모를 지녔지만 나중에 절세 미인으로 바뀜. • 학문이 깊고 사려가 깊으며 초인적인 능력을 지님.
이시백	박씨의 남편. 외모만 보고 박씨를 멀리하지만, 후에 아내의 특별한 재주를 알고 의지함.
계화	박씨의 몸종. 항상 박씨 곁에 머물며 박씨를 도와줌.
박 처사	박씨의 아버지 신령한 인물(도인)
용골대	청나라 장수. 감정에 사로잡혀 박씨를 공격하나 결국 박씨에게 항복함.

● 병자호란과 삼전도의 굴욕

'병자호란'은 1636년(인조 14년)에 청나라가 조선을 침략한 전쟁이다. 1627년 후금(청나라의 전신)은 조선을 침략하여 승리한 후, 동생의 나라로 대접했다. 그런데 1632년 세력을 더 키운 후금이 조선에게 신하의 예를 강요했다. 조선이 이를 거부하자 후금은 1636년 국호를 청으로 고친 다음, 12월에 조선을 침략했다.

청나라의 주력군인 기마 부대가 재빨리 한양까지 진격했고, 인조는 겨우 남한산성으로 피신했다. 그러나 오래 버티지 못하고 한 달 보름 만에 항복한다. 인조는 세자와 함께 삼전도(지금의 서울 송파)에서 청나라 태종에게 세 번 절하고 아홉 번 머리를 조아리는 굴욕적인 의식을 치러야 했다. 소현 세자를 비롯한 왕족과 신하, 많은 양민들이 청나라의 인질로 잡혀갔으며 조선의 자존심은 땅에 떨어졌다.

이후 청나라를 정벌하여 치욕을 씻자는 북벌론이 일기도 했다. 그러나 조선의 현실을 깨닫고 실제 생활에 도움을 주는 학문을 연구하여 나라를 부강하게 만들어야 한다는 실학사상이 등장했다.

●이 소설의 지은이가 여성 영웅을 주인공으로 등장시킨 이유가 무엇인지 써 보자.

● 책 이름(출판사)   ● 지은이

● 줄거리 요약

　　비범한 능력을 가졌지만 추한 외모 때문에 남편에게 박대를 받으며 지내던 박씨는

아버지의 도움으로 허물을 벗고 빼어난 용모를 갖추게 되는데

● 인상 깊은 내용과 그 이유

● 읽고 난 후의 생각이나 느낌

✏ 이 소설의 배경인 병자호란에 대해 알아보고, 실제 역사와 이 소설의 내용이 어
　떻게 다른지 비교해 보자.

1. 이 글에 대한 설명으로 바르지 <u>않은</u> 것은?

　① 병자호란을 배경으로 한다.

　② 여성 영웅이 주인공으로 등장한다.

　③ 역사적 사실에 허구적 상상력을 가미했다.

　④ 전쟁에서 진 남성들의 무능을 비판하고 있다.

　⑤ 봉건 체제에 대한 여성들의 저항 의식을 주제로 한다.

2. 이 소설에서 조선을 침략한 청나라 장수 형제의 이름을 쓰시오.

3. 조선 인조 무렵 중국은 어떤 나라였는가?

　① 당　　　　② 송　　　　③ 원　　　　④ 명　　　　⑤ 청

4. 임금에게 항복을 권한 사람은? 이조 판서 ○○○

　① 한유　　　　　　② 김자점　　　　　　③ 최명길

　④ 임경업　　　　　　⑤ 이시백

5. 박씨는 피화당에 쳐들어와 불을 지르는 청나라 군사들을 어떻게 무찔렀는지 쓰시오.

6. 계화의 신분은 무엇인가?

    ① 시백의 첩   ② 박씨의 몸종   ③ 박씨의 언니
    ④ 박씨의 유모   ⑤ 박씨의 시어머니

7. 지은이가 이 소설에 실존 인물을 등장시킨 이유는?

    ① 실존 인물들을 비판하려고
    ② 이야기의 사실감을 높이기 위해
    ③ 사건의 허구성을 두드러지게 보이려고
    ④ 당시 사람들의 삶의 모습을 반영하려고
    ⑤ 주인공의 영웅적인 모습을 돋보이게 하려고

8. 이 작품이 창작될 당시의 독자가 다음 구절을 읽고 어떤 생각을 했을지 추측하여 쓰시오.

    "소장이 천하를 두루 다니다 조선까지 나왔지만, 지금까지 무릎을 꿇은 적은 한 번도 없었습니다. 이제 부인 앞에 무릎을 꿇어 비나이다. 부인의 명대로 왕비는 모셔 가지 않을 것이니, 부디 길을 열어 무사히 돌아가게 해 주십시오."

● 사다리 타기를 하며 각 단어에 해당하는 뜻을 찾아 그 번호를 써 보자.

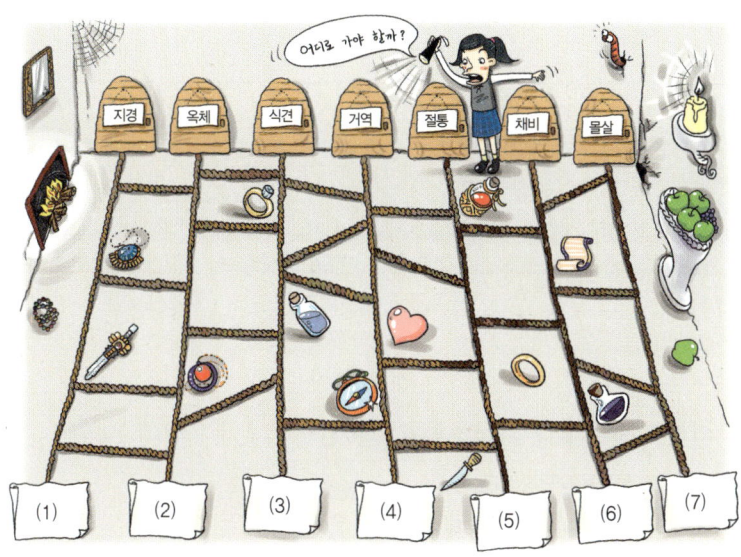

⊙ 임금의 몸.

ⓛ 모조리 다 죽거나 죽임.

ⓒ 뼈에 사무치도록 원통함.

ⓔ '경우'나 '형편', '정도'의 뜻을 나타내는 말.

ⓜ 윗사람의 뜻이나 지시 따위를 따르지 않고 거스름.

ⓑ 학식과 견문이라는 뜻으로, 사물을 분별할 수 있는 능력을 이르는 말.

ⓢ 어떤 일이 되기 위하여 필요한 물건, 자세 따위가 미리 갖추어져 차려지거나 그렇게 되게 함.

춘향전

지은이 모름

앞부분 줄거리 전라도 남원 부사의 아들 이몽룡과 퇴기 월매의 딸 성춘향이 광한
주에서 만나 서로 사랑에 빠진다. (발단)

그러나 몽룡이 부친을 따라 한양으로 가게 돼 두 사람은 이별을 한다. (전개)

새로 부임한 사또 변학도는 춘향에게 수청을 강요하고, 춘향은 이를 거절하여
옥에 갇힌다. 그 무렵 몽룡은 과거에 급제하여 암행어사가 되어 남원으로 내려오
게 된다. (위기)

어사또 들어가 단정히 앉아 좌우를 살펴보니 마루 위의 모든 수령들
'이몽룡'을 가리킴.   각 고을을 맡아 다스리던 지방관을 통틀어 이르는 말
이 다과상을 앞에 놓고 진양조 느린 가락을 즐기는데, 어사또 상을 보니

어찌 아니 통분하랴. 『귀퉁이가 떨어진 개다리소반에 닥나무 젓가락,
원통하고 분하다.   『 』: 수령들에 대한 대접과 대조되는 걸인(어사또)에 대한 푸대접
콩나물에 깍두기, 막걸리 한 사발이 놓였구나.』 상을 발로 탁 차 던지며

운봉의 갈비를 슬쩍 집어 들고,

"갈비 한 대 먹읍시다."

"다리도 잡수시오."

하고 운봉이 하는 말이,

"이런 잔치에 풍류로만 놀아서는 맛이 적으니 운자(韻字)를 따라 시
'변 사또'의 생일잔치   한시의 운으로 다는 글자
한 수씩 지어 보면 어떻겠소?"

"그 말이 옳다."

다들 찬성을 했다. 운봉이 먼저 운을 낼 때 '높을 고(高)' 자, '기름 고
(膏)' 자 두 자를 내어놓고 차례로 운을 달아 시를 지었다. 앞사람이 끝나
면 앞사람을 받아 뒷사람이 시를 지을 때 어사또 끼어들어 하는 말이,

"이 걸인도 어려서 글을 좀 읽었는데, 좋은 잔치를 맞아 술과 안주를
<u>거지</u>   <u>반어적 표현</u>
포식하고 그냥 가기가 염치가 아니니 한 수 하겠소이다."
        <u>체면을 차릴 줄 알며 부끄러움을 아는 마음</u>
운봉이 반갑게 듣고 붓과 벼루를 내어 주니, 백성들의 사정과 <u>본관</u>

사또의 정체를 생각하여 시 한 편을 써 내려갔다.
세금을 가혹하게 거두어 드리고, 재물을 빼앗음.

금준미주는 천인혈이요.

옥반가효는 만성고라.

촉루낙시에 민루락이요.

가성고처에 원성고라.

이 글의 뜻은,

『금 술잔의 좋은 술은 수많은 사람들의 피요.
「 」: '변 사또'를 풍자하며, 글의 긴장감을 고조시킴.
옥쟁반의 좋은 안주는 만백성의 기름이라.

촛농이 떨어질 때 백성들 눈물도 떨어지고

노랫소리 높은 곳에 원망의 소리도 높구나.』
                        ▶ '어사또'가 '변 사또'를 비판하는 시를 지음.

이렇게 시를 지어 보이니 술에 취한 변 사또는 무슨 뜻인지도 모르지
                                <u>'변 사또'의 어리석음.</u>

만, 글을 받아 본 운봉은 속으로 '아뿔싸! 일 났다.' 가슴이 철렁 내려앉

_{'어사또'의 정체를 눈치챔.}

았다.

이때 어사또 하직하고 간 연후에 운봉이 공형 불러 분부한다.

_{작별}   _{공방과 형방}

"야야, 일 났다!"

『공방 불러 자리 단속, 병방 불러 역마 단속, 관청색 불러 다과상 단

_{『 』: 판소리 사설조의 말투, 열거법과 대구법이 쓰임.}

속, 옥사장 불러 죄인 단속, 집사 불러 형벌 기구 단속, 형방 불러 서류

단속, 사령 불러 숙직 단속,』 한참 이렇게 요란할 때 눈치 없는 본관 사

또, 운봉을 향해 말을 던진다.

"여보 운봉, 어딜 그리 바삐 다니시오."

"소피 보고 들어오오."

_{오줌}

그때 술이 거나하게 취한 변 사또가 술주정을 하느라고 느닷없이 명

_{술 등에 어지간히 취한 상태에 있음.}

을 내렸다.

"춘향이 빨리 불러 올려라."   ▶ '운봉'이 '어사또'의 정체를 눈치챔.

_{위기감 고조}

이때 어사또가 서리에게 눈길을 주어 신호를 하니, 서리·중방이 역

_{관아에 속하여 말단 행정 실무에 종사하던 관리}

졸 불러 단속할 때, 이리 가며 수군, 저리 가며 수군수군 신호를 전한다.

서리·역졸의 거동을 보자. 한 가닥 올로 지은 망건에 두터운 비단 갓싸

_{서술자가 작품 속 인물에 대한 자신의 판단이나 생각을 서술하는 대목(편집자적 논평)}

개, 새 패랭이를 눌러 쓰고, 석 자 길이 발감개에 새 짚신 신고, 속적

삼·속바지 산뜻이 입고, 여섯 모 방망이에 사슴 가죽 끈을 매달아 손목

에 걸어 쥐고, 여기서 번뜻 저기서 번뜻, 남원읍이 웅성거렸다.

이때 청파 역 역졸들이 달 같은 마패를 햇빛같이 번쩍 들고 우렁차게

_{암행어사가 고통받는 백성들의 삶을 밝혀 줄 것을 암시함.}

소리를 질렀다.

"암행어사 출두야!"

_{극적 반전}

역졸들이 일시에 외치는 소리에 강산이 무너지고 천지가 뒤집히는

듯하니 산천초목인들 금수인들 아니 떨겠는가. 한 번 소리가 나자 남문

_{암행어사의 위세 – 과장법, 직유법}

에서도

"출두야!"

북문에서도

"출두야!"

동문에서도 서문에서도 "출두야!" 소리가 맑은 하늘에 천둥 치듯 진

_{암행어사의 출두 상황 – 과장법, 직유법}

동했다.

"공형 들라."

외치는 소리에 육방이 넋을 잃는다.

_{이방, 호방, 예방, 병방, 형방, 공방}

"공형이오."

서둘러 나오는데 등나무 채찍으로 따악 치니,

"애고, 죽네."

"공방, 공방!"

공방이 자리를 들고 들어오며,

"안 하려는 공방을 하라더니 저 불 속에 어찌 들어가랴?"

_{'암행어사'가 출두한 상황}

등나무 채찍으로 따악 치니,

"애고, 박 터졌네."

▶ '암행어사'가 출두함.

『좌수 · 별감은 넋을 잃고, 이방 · 호장은 혼을 잃고, 삼색 옷 입은 나

_{『 』: 열거법과 대구법이 쓰임.}

졸들은 분주하네. 모든 수령들이 도망하는데 그 꼴이 가관이다. 도장 궤

잃고, 유밀과 들고, 병부 잃고 송편 들고, 탕건 잃고 용수 쓰고, 갓 잃고 밥상 쓰고, 칼집 쥐고 오줌 누기, 부서지니 거문고요, 깨지나니 북·장고라.」

본관 사또 똥을 싸고, 멍석 구멍에 생쥐 눈뜨듯 하면서 관아 깊숙한
<u>'변 사또'의 공포를 해학적으로 표현</u>
안채로 들어가며 급히 내뱉는 말이,

"어, 추워라. 문 들어온다, 바람 닫아라. 물 마른다, 목 들여라."
<u>'변 사또'의 당황한 모습을 해학적으로 표현</u>

관청색은 상을 잃고 문짝을 이고 내달으니 서리·역졸 달려들어 후
<u>해학적 표현</u>
다닥 따악 친다.　　　　　　　　　　　　　　　　▶ 수령들이 넋을 잃고 도망감.

"애고, 나 죽네."

이때 암행어사 분부하되,

"이 고을은 대감께서 계시던 고을이다. 소란을 금하고 객사로 옮기
<u>'이몽룡'의 아버지</u>
라."

관아를 한차례 정리하고 동헌에 올라앉은 후에,
<u>지방 관아에서 수령들이 공사를 처리하던 중심 건물</u>
"본관은 봉고파직하라."
<u>어사나 감사가 못된 짓을 많이 한 고을의 원을 파면하고 관가의 창고를 봉하여 잠금.</u>
"본관은 봉고파직이오."　　　　　　　　▶ '암행어사'가 '변 사또'를 봉고파직함.

동서남북 문밖에 봉고파직이라는 암행어사의 명이 나붙었다. 절차에 따라 옥의 형리를 불러 분부하되,

"옥에 갇힌 죄인들을 다 올리라."

호령하니 죄인을 올리거늘 다 각각 죄를 물은 후에 죄 없는 자들을 풀어 줄 때,

"저 계집은 무엇인고?"

형리가 아뢴다.

"기생 월매의 딸이온데 관가에서 포악을 떤 죄로 옥중에 있사옵니
  사납고 악함.
다."

"무슨 죄인고?"

"본관 사또를 모시라고 불렀더니 절개를 지킨다면서 사또의 명을 거
                        지조와 정조를 깨끗하게 지키는 여자의 품성
역하고 사또 앞에서 악을 쓴 춘향이로소이다."

어사또 분부하되,

『"너만 한 년이 수절한다고 나라의 관리를 욕보였으니 살기를 바랄
           정절을 지킴.
것이냐. 죽어 마땅할 것이나 기회를 한 번 더 주마. 내 수청도 거역할
『 』: '춘향' 의 절개를 시험함.
테냐?"』

▶ '어사또' 가 '춘향' 의 절개를 시험함.

이 어사는 춘향의 마음을 떠보려고 짐짓 한번 다그쳐 보는 것인데, 춘향은 어이가 없고 기가 콱 막힌다.

『"내려오는 사또마다 빠짐없이 명관이로구나!』 어사또 들으시오.
『 』: 반어적 표현   정치를 잘하여 이름이 난 관리
『층층이 높은 절벽 높은 바위가 바람이 분들 무너지며, 푸른 솔 푸른
'춘향'의 절개 ①   시련, 고난 상징   '춘향'의 절개 ②
대가 눈이 온들 변하리까? 그런 분부 마옵시고 어서 빨리 죽여 주
시련, 고난 상징
오."』『 』: '춘향'의 굳은 절개

하면서 무슨 생각이 났는지 황급히 이리저리 두리번거리며 향단이를 찾는다.

"향단아, 서방님 혹시 어디 계신가 살펴보아라. 어젯밤 오셨을 때 천

만당부 하였는데 어디를 가셨는지, 나 죽는 줄도 모르시는가? 어서
간곡한 당부
찾아보아라."   ▶ '춘향'의 굳은 절개

어사또 다시 분부하되,

"얼굴을 들어 나를 보아라."

하시기에 춘향이 천천히 고개를 들어 대 위를 살펴보니, 거지로 왔던 낭

군이 어사또로 뚜렷이 앉아 있었다. 순간, 춘향은 깜짝 놀라 눈을 질끈
극적 반전
감았다가 떴다.

"나를 알아보겠느냐? 네가 찾는 서방이 바로 여기 있느니라."

어사또는 즉시 춘향의 몸을 묶은 오라를 풀고 동헌 위로 모시라고 명
도둑이나 죄인을 묶을 때 쓰던, 붉고 굵은 줄
을 내렸다. 몸이 풀린 춘향은 웃음 반 울음 반으로,

"얼씨구나 좋을씨고, 어사 낭군 좋을씨고. 남원읍에 가을 들어 낙엽
'변 사또'의 가혹한 정치
처럼 질 줄 알았더니 객사에 봄이 들어 봄바람에 핀 오얏꽃이 날 살리
어사또로 돌아온 '이몽룡'

네. 꿈이냐 생시냐? 꿈이 깰까 염려로다.” ▶ '몽룡'과 '춘향'의 재회

정점 '몽룡'이 암행어사로 내려와 '변 사또'를 파직하고 '춘향'과 재회함.

뒷부분 줄거리 춘향이 몽룡의 정실부인이 되어 한양으로 올라가 행복하게 산다. (결말)

● 작품 만나기

'춘향전'은 판소리계 소설의 대표적인 작품이다. 판소리계 소설은 민간에 전해 내려오는 설화를 북장단에 맞추어 소리와 몸짓을 섞어 판소리로 부르던 것이 소설로 발전한 것이다. '춘향전'은 남녀 간의 사랑 이야기인 염정 설화, 암행어사가 부정한 관리를 벌주는 이야기인 암행어사 설화, 절개가 굳은 여자 이야기인 열녀 설화 등을 바탕으로 한다.

이 작품의 주요 내용은 춘향과 이몽룡의 사랑 이야기이지만, 춘향이 수청을 강요하는 변학도에 맞서 절개를 지키는 모습을 통해 부정한 관리들의 행동과 신분 제도를 비판한다. 그래서 '춘향전'의 주제는 남녀 간의 사랑, 여인의 정절, 부도덕한 지배 계층에 대한 저항, 민중의 신분 상승 욕구 등으로 다양하게 해석된다.

이것은 '춘향전'의 독자층이 다양했다는 사실과 관련이 있다. 백성들은 변학도에 대한 춘향의 저항과 이몽룡의 응징, 이몽룡과 결혼하여 신분이 상승된 춘향이를 보면서 대리 만족을 느꼈을 것이다. 반면 양반들은 춘향의 수절이 당시 윤리에 부합되었기 때문에 이 소설을 통해 그러한 윤리가 퍼져 나가기를 바랐다고 할 수 있다.

● 핵심 만나기

갈래	판소리계 소설, 고전 소설, 염정 소설
성격	교훈적, 해학적, 풍자적
배경	• 시간적: 조선 시대 후기 • 공간적: 전라도 남원
시점	전지적 작가 시점
제재	춘향의 정절
주제	신분을 초월한 남녀 간의 사랑 / 부도덕한 지배 계층에 대한 민중의 저항
특징	• 장면과 인물의 묘사가 사실적임. • 열거, 반복, 과장 등을 사용하여 장면을 두드러지게 함. • 판소리의 영향으로 운문체와 산문체가 혼합되어 나타남. • 의성어와 의태어를 사용하여 상황이나 심리를 실감 나게 표현함. • 해학과 풍자의 기법으로 인간과 사회의 문제를 경쾌하고 흥미 있게 표현함.

● 등장인물

성춘향	신분의 차이를 극복하고 사랑을 성취하는 진취적이고 의지적인 성격으로, 신분 상승에 대한 백성들의 욕구를 반영한 전형적인 인물
이몽룡	미숙하고 철없는 성격에서 사랑을 지키는 의리가 있는 성격으로 변모하는 인물로 백성들의 기대와 열망을 실현함.
변학도	성질이 급하고 고집이 센 어리석은 권력자로 부패한 탐관오리의 전형적인 인물

● '춘향전'의 갈등 구조

여성의 정절을 지키려 함.	성춘향	변학도	춘향에게 수청을 강요함.	
백성들의 재물을 빼앗고 백성들에게 행실이 바르지 않은 관리를 벌주려 함.	이몽룡 ↔ 변학도		백성들의 재물을 빼앗고 백성들에게 행실이 바르지 않으며 가혹한 정치를 함.	
신분의 한계에 벗어나려 함.	성춘향	사회	신분 질서를 존중하는 사회	

● 춘향이 변학도의 수청을 거절한 이유

남원 부사인 변학도가 기생인 춘향에게 수청을 요구하는 것은 당대 사회의 관습으로 볼 때 정당한 것이다. 당시 여성의 정절은 반드시 지켜야 할 가치였지만 기생에게는 해당되지 않았기 때문이다.

그러나 춘향은 몽룡에 대한 변함없는 사랑으로 목숨을 걸고 자신의 정절을 지켰다. 그것은 두 사람의 사랑을 넘어서서, 불합리한 신분 제도를 벗어나 인간답게 살고 싶은 욕구가 담겨 있었다고 볼 수 있다.

- '어사또'가 한시를 지은 이유가 무엇인지 생각해 보자.

● 책 이름(출판사)　　　　　　● 지은이

● 줄거리 요약

　　　남원 부사의 아들 이몽룡과 기생 월매의 딸 성춘향이 사랑에 빠진다. 몽룡이 부친

　　을 따라 한양으로 가게 되어 춘향과 이별을 하게 되는데,

● 인상 깊은 내용과 그 이유

● 읽고 난 후의 생각이나 느낌

✎ 이 소설의 주인공인 '춘향'과 연관된 말을 생각하며 자유롭게 마인드맵을 그려
　보자.

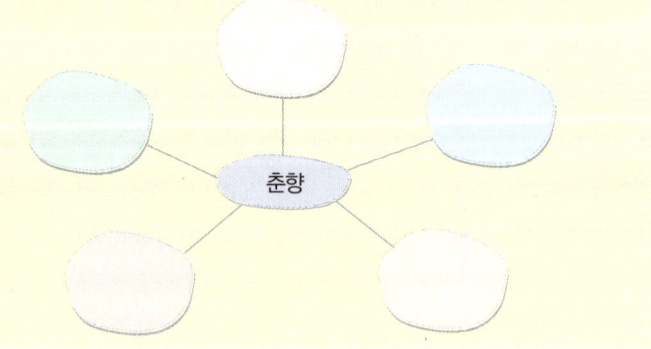

1. 이 작품에 대한 설명으로 알맞지 않은 것은?

   ① 이본(異本)이 많다.

   ② 해학과 풍자의 기법이 쓰였다.

   ③ 조선 후기 전라도 남원이 작품의 배경이다.

   ④ 신분을 초월한 남녀 간의 사랑을 보여 준다.

   ⑤ 1인칭 주인공 시점으로 주인공 춘향이 서술자이다.

2. 다음 시에서 풍자하고 있는 대상은 누구인가?

   금준미주는 천인혈이요,
   옥반가효는 만성고라.
   촉루낙시에 민루락이요,
   가성고처에 원성고라.

   ① 춘향   ② 몽룡   ③ 향단   ④ 방자   ⑤ 변학도

3. 어사나 감사가 못된 짓을 많이 한 고을의 원을 파면하고 관가의 창고를 봉하여 잠그는 것을 무엇이라고 하는지 쓰시오.

4. '내려오는 사또마다 빠짐없이 명관이로구나!'에 쓰인 표현 기법으로 알맞은 것은?

   ① 과장   ② 반어   ③ 역설   ④ 은유   ⑤ 직유

5. 다음 빈칸에 공통으로 들어갈 알맞은 말을 쓰시오.

   (   )계 소설은 설화를 바탕으로 (   )가 형성되고, 그 (   ) 사설이 소설로 정착된 것을 가리킨다. 형식은 4(3)·4조, 4음보 연속체이다.

6. ㉠이 가리키는 인물을 쓰시오.

> ㉠어사또 들어가 앉아 좌우를 살펴보니 마루 위의 모든 수령들이 다과상을 앞에 놓고 진양조 느린 가락을 즐기는데, 어사또 상을 보니 어찌 아니 통분하랴.

7. '층층이 높은 절벽 높은 바위'와 '푸른 솔 푸른 대'가 '춘향'의 절개를 나타낸다면, 억압과 시련을 의미하는 소재로 쓰인 것은? (정답 2개)

① 눈　　　　② 비　　　　③ 물　　　　④ 바람　　　　⑤ 구름

8. ㉠이 가리키는 인물로 알맞은 것은?

> "남원읍에 가을 들어 낙엽처럼 질 줄 알았더니 객사에 봄이 들어 ㉠봄바람에 핀 오얏꽃이 날 살리네, 꿈이냐 생시냐? 꿈이 깰까 염려로다."

① 춘향　　　　② 몽룡　　　　③ 향단　　　　④ 방자　　　　⑤ 변학도

9. '춘향전'의 주제로 가장 거리가 먼 것은?

① 남녀 간의 사랑　　　　　　② 부모에 대한 효도.
③ 민중의 신분 상승 욕구　　　④ 여성의 정절에 대한 강조
⑤ 부패한 관리에 대한 저항

● 다음 뜻에 해당하는 단어를 〈보기〉에서 찾아 빈칸에 써 보자.

보기
운자   통분   포악   수절   명관   천만당부

(1) 한시의 운으로 다는 글자.

(2) 사납고 악함.

(3) 원통하고 분함.

(4) 간곡한 당부.

(5) 정치를 잘 하여 이름난 관리.

(6) 정절을 지킴.

해답

I. 나라 잃은 사람들의 삶을 엿보다

🌐 그 많던 싱아는 누가 먹었을까

생각 톡톡 36쪽
평화로운 세상을 꿈꾸며, 아픔의 시대를 벗어나서, 싱아를 찾아서 등

독서 퀴즈 38쪽
1. ③ 2. 싱아 3. ⑤ 4. ④ 5. ②

어휘력 팡팡 39쪽
(1) 임종 (2) 호상 (3) 상가 (4) 출상 (5) 장지

🌐 운수 좋은 날

생각 톡톡 58쪽
❶ '추적추적 비가 내리는' 배경은 음산하고 불길한 분위기 형성과 비극적 결말을 암시한다. 즉 아내의 죽음 암시하는 것이다. 그리고 이러한 배경을 설정함으로써 일제 강점기의 열악한 삶의 조건을 잘 보여 주고 있다.
❷ '운수 좋은 날'이라는 소설의 제목은 김 첨지가 큰 벌이를 한 가장 운수 좋은 날이 아니라 병든 아내가 죽은 가장 운수 나쁜 날에 대한 반어적 표현이다. 결국 작품은 외면적 행운 뒤에 비극적 결말이 준비되어 있다는 모순적 현실을 표현하고 있다.

독서 퀴즈 60쪽
1. 전찻길 2. 조밥을 먹고 체하였다. 3. ①, ⑤ 4. 솔잎 송이 5. 설렁탕

어휘력 팡팡 61쪽
(1) ⓛ (2) ⓗ (3) ⓓ (4) ⓔ (5) ⓒ (6) ⓖ

🌐 상록수

생각 톡톡 77쪽
주인공 영신을 빗댄 제목이다. 영신은 어떠한 상황에서도 자신의 신념과 의지를 굽히지 않는 푸른 기상을 지니고 있기 때문이다.

1. ⑤ 2. ⑤ 3. 금 4. ③ 5. ① 6. ① 7. 전지적 작가 시점 8. ⑤

어휘력 팡팡 81쪽
(1) 입내 (2) 괴발개발 (3) 주재소 (4) 형세 (5) 넌덜머리 (6) 상책

🌐 치숙

생각 톡톡 102쪽
❶ 사회주의 운동을 한 지식인이지만 경제적으로는 무능력한 모습, 자신의 가정을 돌보지 못
하는 모습
❷ 독자들이 신뢰할 수 없는 인물인 '나'가 '아저씨'를 비판하는 것에 의심을 품고, 진짜 비판
하고자 하는 것이 무엇인지 생각해 볼 수 있도록 하기 위해서이다.

독서 퀴즈 104쪽
1. ② 2. ⑤ 3. '어리석은 아저씨'란 뜻으로, 사회주의 운동을 하는 '아저씨'를 비판하는
'나'의 태도를 나타낸다. 4. 일제 강점기, 나 5. 칭찬과 비난의 역전 기법

어휘력 팡팡 105쪽
(1) 후분 (2) 계제 (3) 유만부동 (4) 여망

🌐 잃어버린 이름

생각 톡톡 125쪽
❶ '창씨개명'을 강요받아 조상으로부터 받은 성씨가 없어지는 것을 조상을 잃은 것이나 마찬
가지라는 생각으로 장례식에 참석할 때 차는 검은 완장을 두른 것이다.
❷ 독립에 반석이 되고자 하는 아버지의 의지가 담겨 있다.

독서 퀴즈 127~128쪽
1. ① 2. ⑤ 3. ⑤ 4. 이와모토 5. 성씨 6. ② 7. ② 8. ⑤ 9. 일제 또는 일본 10. 용서

어휘력 팡팡 129쪽
(1) 경부 (2) 기색 (3) 숭상 (4) 참배 (5) 아량 (6) 반석

2. 전쟁의 아픔을 넘어 서다

🔵 송아지

생각 톡톡 140쪽
단순한 동물이 아니라 친구처럼 대하고 있다.

독서 퀴즈 142쪽
1. ④ 2. ⑤ 3. 송아지를 아끼고 사랑하는 마음 4. 송아지와 함께 강에 빠져서 죽었을 것이다.

어휘력 팡팡 143쪽
(1) ⓒ (2) ⓜ (3) ⓛ (4) ⓐ (5) ⓔ (6) ⓗ

🔵 수난이대

생각 톡톡 164쪽
❶ '외나무다리'는 우리 민족이 겪어야 했던 고난의 역사와 앞으로 만도와 진수가 겪게 될 시련, 곧 우리 민족이 극복해야 할 시련을 상징한다.
❷ 만도와 진수는 각각 일제의 강제 징용과 한국 전쟁으로 불구가 되었다는 점에서 우리 민족의 비극적 역사를 대변하고 있는 인물이다. 그런 만도가 아들 진수를 업고 외나무다리를 건너는 것은 '화합과 협동'으로 민족 수난의 역사를 극복한다는 의미가 담겨 있다고 볼 수 있다.

독서 퀴즈 166쪽
1. ② 2. 고등어 3. ⑤ 4. 외나무다리

어휘력 팡팡 167쪽
(1) ⓒ (2) ⓐ (3) ⓔ (4) ⓜ (5) ⓗ (6) ⓛ

🔵 학

생각 톡톡 176쪽
❶ 자유로운 몸이 된 '덕재'를 의미한다. / 우리 민족을 상징한다. / '성삼'과 '덕재'가 우정을 회복하는 매개체가 된다.
❷ 이념의 대립 때문이다.

1. 6·25 전쟁 2. 학 3. ③ 4. 고개 5. 덕재를 호송하는 과정에서 덕재와 대화를 나누게 되고, 덕재의 사정을 이해하게 되었기 때문이다.

어휘력 팡팡 179쪽
(1) 호송 (2) 꼴 (3) 새끼 (4) 검버섯

🔵 기억 속의 들꽃

생각 톡톡 204쪽
❶ 명선이가 살아가기 위한 수단이다. / 어른들의 탐욕스러운 모습을 상징한다. / 명선이를 죽음으로 이끄는 소재이다.
❷ 전쟁의 비극성, 인간성을 점점 잃어가는 사람들의 모습

독서 퀴즈 206쪽
1. ③ 2. ② 3. 개패 4. 명선이가 죽는 장소 / 전쟁의 처참함과 비극성을 상징함. / 명선이의 위태로운 처지를 나타내 줌. 5. 전쟁 중에는 여자보다 남자가 수난도 덜 당하고 훨씬 안전하며 사람들이 얕잡아 보지 않기 때문에 명선이는 살아남기 위해 남자아이처럼 행동했다.

어휘력 팡팡 207쪽
별 모양
(1) 되똑하다 (2) 무남독녀 (3) 타관 (4) 가장귀 (5) 개패

🔵 밤에는 쥐들도 잠을 잔다

생각 톡톡 216쪽
❶ 위르겐이 밤에는 잠을 잘 수 있게 하기 위해서이다.
❷ 사내는 위르겐이 다시 희망을 갖고 살게 되기를 바라는 마음에서 토끼를 선물했다.

독서 퀴즈 218쪽
1. ⑤ 2. 네 살 3. ① 4. 토끼풀 5. 흰색 6. ①

어휘력 팡팡 219쪽
(1) ⓑ (2) ⓔ (3) Ⓐ (4) ⓒ (5) ⓞ (6) ⓒ

3. 현실을 비판하는 길목에 서다

🕐 양반전

생각 톡톡 230쪽
❶ 양반의 허례허식과 실용성 없는 생활 태도, 특권 의식을 풍자하고 있다.
❷ 당신네들은 나를 도둑놈으로 만들 작정이시오?

독서 퀴즈 232쪽
1. 조선 시대 후기 2. 군수 3. 군자 4. ⑤ 5. ③

어휘력 팡팡 233쪽
(1) 자청 (2) 축내다 (3) 존귀하다 (4) 뒤축 (5) 저속 (6) 숭상

🕐 꺼삐딴 리

생각 톡톡 260쪽
과거를 회상하게 하는 매개체로 이인국 박사의 자존심을 의미한다.

독서 퀴즈 262쪽
1. ④ 2. ④ 3. 회중시계 4. 처세술의 한 방법이고 출세를 위한 수단이다. 5. 서로 다른 이념을 지닌 인물이지만, 이인국 박사의 성공을 위해서는 꼭 필요한 인물이다.

어휘력 팡팡 263쪽
(1) 고역 (2) 반려 (3) 기고만장 (4) 반향 (5) 설복 (6) 표명 (7) 축도

🕐 소음 공해

생각 톡톡 270쪽
위층의 계속되는 소음 때문에 '나'와 위층 여자 사이에 갈등이 일어났다.

독서 퀴즈 272쪽
1. ② 2. 인터폰 3. 슬리퍼 4. ⑤

어휘력 팡팡 273쪽
(1) 우두망찰 (2) 전전긍긍 (3) 회한 (4) 형국 (5) 저의 (6) 양식

어린 왕자

생각 톡톡 285쪽
나에게 어떤 의미도 없던 것들을 하나씩 의미 있고 가슴 설레는 존재로 변화시키는 것을 의미한다.

독서 퀴즈 287~288쪽
1. 소행성 B-612 2. ③ 3. 여우가 어린 왕자에게 4. ⑤ 5. ④ 6. ⑤ 7. 어린 왕자가 장미꽃에게 들인 시간 때문이다. 8. ④

어휘력 팡팡 289쪽
별 모양
(1) 상심 (2) 죄책감 (3) 단조롭다 (4) 분간 (5) 안달 (6) 상심

동물 농장

생각 톡톡 305쪽
권력에 대한 끝없는 욕망 때문에

독서 퀴즈 307~308쪽
1. 조지 오웰 2. ④ 3. 변하지 않는 동물 생활의 법칙은 굶주림과 고생, 좌절이다. 4. ③ 5. 두 발로 걷고 있는 광경 6. ⑤ 7. ③ 8. ③ 9. 카드 게임 도중 나폴레옹과 필킹턴이 동시에 스페이드 에이스를 내놓은 일

어휘력 팡팡 309쪽
(1) 심사숙고 (2) 의혹 (3) 재담 (4) 방종 (5) 선동 (6) 불온

4. 더 좋은 세상을 꿈꾸다

🔵 화왕계

생각 톡톡 316쪽
❶ 아첨하는 신하를 멀리하고 옳은 말을 하는 현명한 신하를 가까이 해야 한다.
❷ 장미는 아첨하는 간신을, 백두옹은 정직하고 충언하는 충신을 비유적으로 표현한 것이다.

독서 퀴즈 318쪽
1. ③ 2. 백두옹 3. ⑤ 4. 옳은 말을 하는 충신을 몰라본 자신의 잘못을 깨달았기 때문이다.
5. 아첨하는 신하를 멀리하고 정직하고 충성스러운 신하를 등용해야 한다.

어휘력 팡팡 319쪽
(1) 장막 (2) 아뢰다 (3) 유유자적 (4) 명주실 (5) 사리 (6) 아첨

🔵 아기장수 우뚜리

생각 톡톡 330쪽
❶ 아기장수 우뚜리의 기이한 탄생
❷ 미천한 혈통과 고난을 극복하지 못한다는 점이 다른 영웅 소설과 다르다.

독서 퀴즈 332쪽
1. 억새풀 2. ④ 3. 갑옷 4. ⑤ 5. ⑤

어휘력 팡팡 333쪽
(1) 안중 (2) 비몽사몽 (3) 혼미 (4) 수탈

🔵 홍길동전

생각 톡톡 344쪽
신분 차별이 없는 평등한 세상, 불의가 없는 세상, 부정부패가 없는 세상

독서 퀴즈 346쪽
1. ④ 2. ② 3. ② 4. 조선 팔도를 다니며 백성을 괴롭히는 벼슬아치나 양반을 혼내 주고 수
탈한 재물을 백성에게 되돌려 주기 5. 무고한 백성이 화를 당하지 않게 하기 위해서

(1) 소슬하다 (2) 서얼 (3) 호젓이 (4) 묘책 (5) 정기 (6) 방자하다

🌐 박씨전

생각 톡톡 361쪽
뛰어난 능력을 가진 여성 영웅을 통해 조선의 남존여비 관습을 비판하고 그동안 남성에게 억눌려 있었던 여성들을 대리 만족시키기 위해서이다.

독서 퀴즈 363~364쪽
1. ⑤ 2. 용골대, 용울대 3. ⑤ 4. ③ 5. 옥화선(불부채)을 이용함. 6. ② 7. ② 8. 잠시나마 패전의 아픔을 잊고 통쾌하게 생각했을 것이다.

어휘력 팡팡 365쪽
(1) ⓑ (2) ⓛ (3) ⓢ (4) ㉠ (5) ⓜ (6) ㉣ (7) ㉢

🌐 춘향전

생각 톡톡 375쪽
백성들을 가혹하게 하는 변 사또의 정치를 풍자하기 위해서이다.

독서 퀴즈 377~378쪽
1. ⑤ 2. ⑤ 3. 봉고파직 4. ② 5. 판소리 6. 이몽룡 7. ①, ④ 8. ② 9. ②

어휘력 팡팡 379쪽
(1) 운자 (2) 포악 (3) 통분하다 (4) 천만당부 (5) 명관 (6) 수절

교과서 탐구 여행 시리즈

국어 교과서 소설 탐구 여행②

2013년 3월 3일 초판 인쇄
2013년 3월 10일 초판 발행

펴낸이 양철우
엮은이 OK통합논술연구소
　　　　장재현, 김태정, 홍연숙, 양미애, 김지우, 곽소영, 김하림, 박은주, 김요한, 이보현,
　　　　조민경, 주혜정
표지 디자인 (주)교학사 디자인센터
내지 디자인 블루 디자인 오홍만

펴낸곳 (주)교학사
등록 18-7호(1962. 6. 26.)
주소 서울 마포구 마포대로14길 4(공덕동)
전화 편집부 02) 707-0968, 영업부 02) 707-5155
팩스 편집부 02) 712-2218, 영업부 02) 707-5160
홈페이지 http://www.kyohak.co.kr

ISBN 978-89-09-18039-9 04810
ISBN 978-89-09-18042-9(세트)